高橋義人著

形態と象徴

ゲーテと「緑の自然科学」

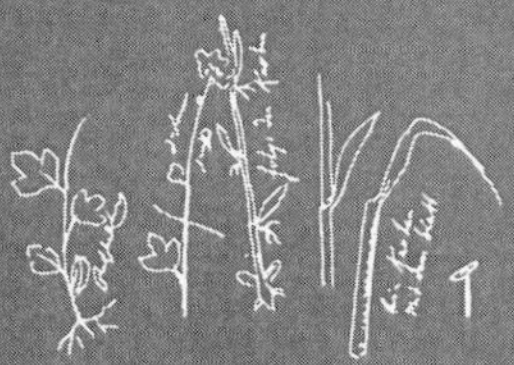

岩波書店

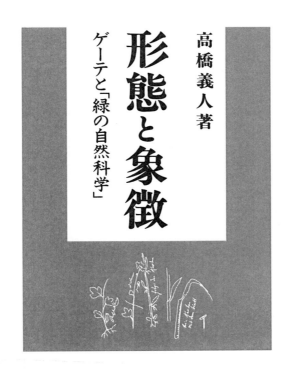

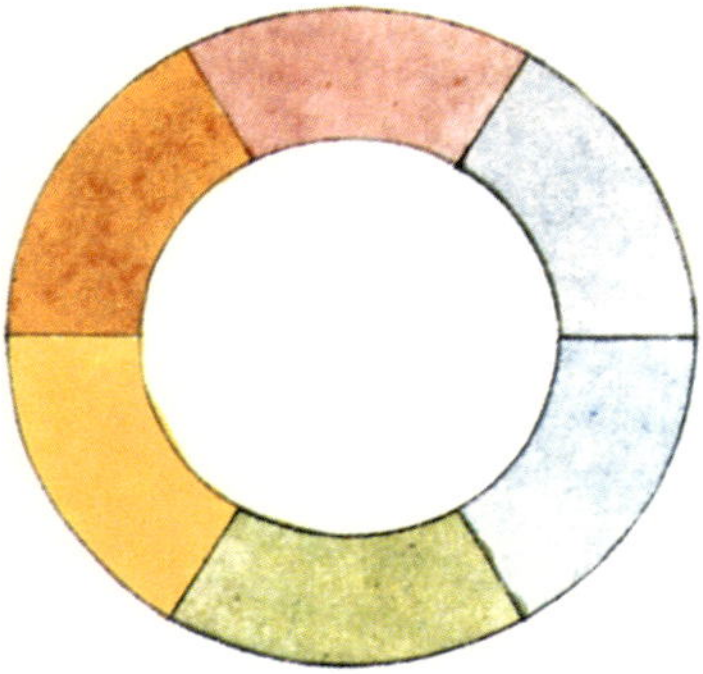

i　ゲーテの色彩環(p.370 参照)

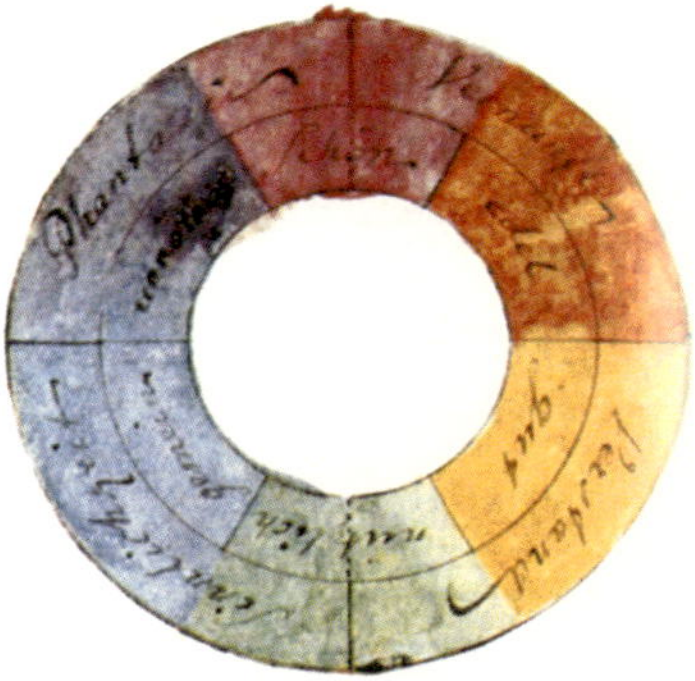

ii　色彩の感覚的精神的作用(p.383 参照)

iii　螺旋的色彩環（ゲーテの素描をもとにマッテイが描き直した図, p.385 参照)

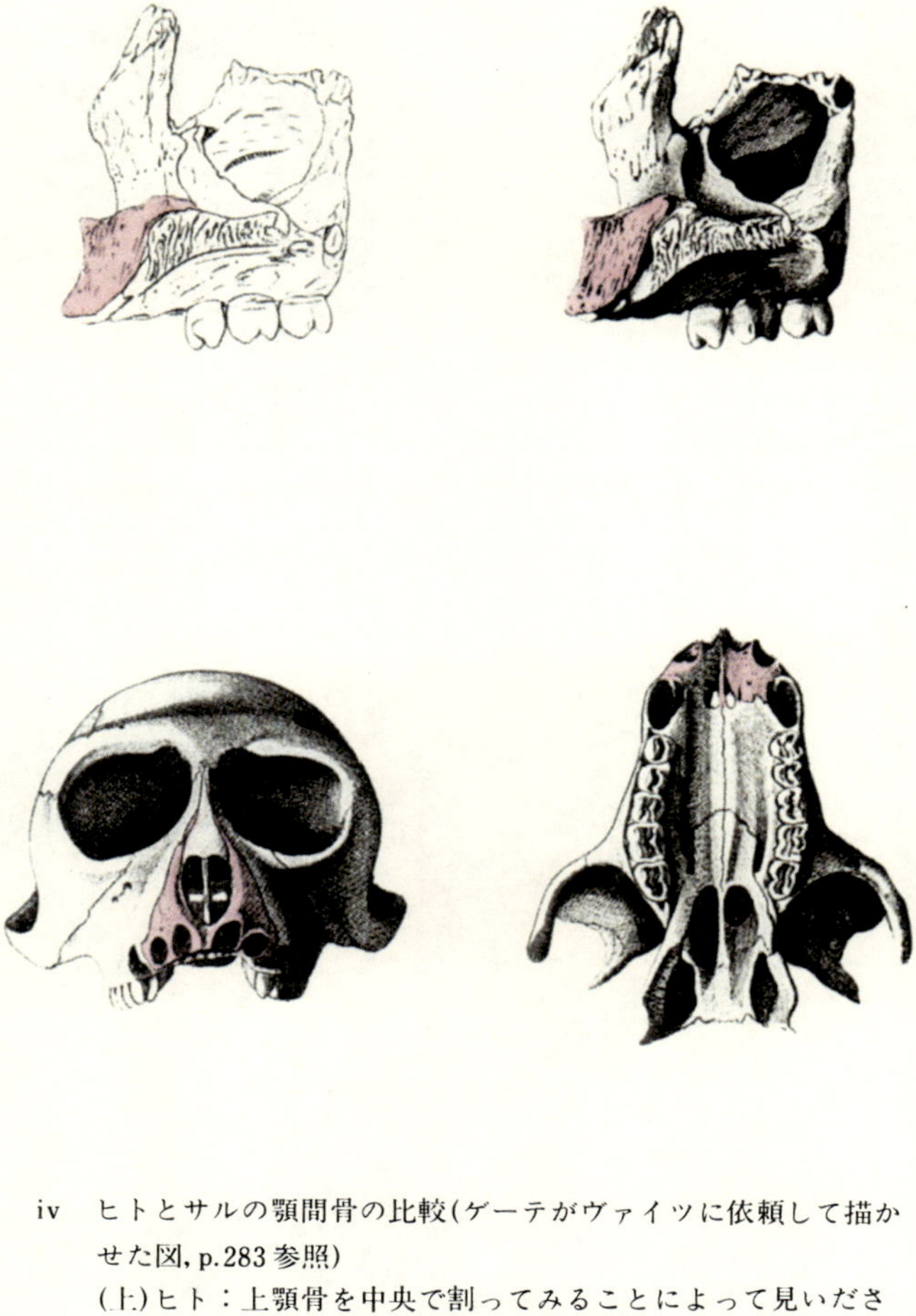

iv　ヒトとサルの顎間骨の比較(ゲーテがヴァイツに依頼して描かせた図, p.283参照)

(上)ヒト：上顎骨を中央で割ってみることによって見いだされた顎間骨．右図には陰影が書き加えられている．

(下)サル：正面から見ても(左)，上顎骨を口蓋側《こうがいそく》から見ても(右)，顎間骨は容易に見いだされる．

今は亡き菊池栄一先生に

形態と象徴——ゲーテと「緑の自然科学」——

目次

目　次

序　ヨーロッパ諸学の危機と対象的思惟

序　ヨーロッパ諸学の危機と対象的思惟

今日、西欧の科学が万能だと考えているオプティミストは、もはや多くはない。過去数世紀にわたって近代の自然科学は自然を征服し、人間を支配者の地位につけることに努めてきた。科学は人間に武器や乗物や産業や管理手段を提供したし、これらの道具を逸早く手に入れた人々は、自然ばかりではなく、他の人々をも支配することができた。真理に奉仕するはずの科学はじつは権力に奉仕し、時には戦争を促してきた。しかもこれらの科学者や権力者は、自然と人間との調和について思いをひそめることもほとんどなく、こうして科学の発展や歴史の「進歩」とともに、自然の荒廃と人間の自然からの疎外とが進行していった。

今世紀の初めにフッサールやハイデガー、ヴァレリーやオルテガが今のヨーロッパは病んでいる、ヨーロッパは大きな危機に陥っていると声高に叫んだとき、彼らは一様に、この危機はガリレイ、ニュートン以来の近代科学によって招来されたと考えた。われわれは一方では近代科学の生み出した技術的成果を大いに享受しながらも、他方では自然科学的世界像によってわれわれの精神自身を脅かされている。二十世紀も終りに近づいた今日、彼らの警告の正しさはより一層明らかになってきた。ナチズムは科学を野蛮の道具に変え、核兵器の開発競争は人類全体をいつくるともわからぬ死滅の危機へと陥れ、公害はかつて白砂青松と謳われた自然を破壊し、数多の人々を奇病に苦しめている。このような時代において、ゲーテの自然科学は近年とみに再評価されつつある。近代的な物理学的・抽象的な自然科学が確立されようとしていた十八世紀末から十九世紀初めにかけて、人間の精神と自然の怖るべき破壊者に対して、孤独にして果敢な闘いを挑んだのは、まさにゲーテその人だったからだ。

事実ゲーテは、その執筆にほぼ二〇年を費やした『色彩論』全三巻を、『ファウスト』を含む自分の他のあらゆる著作よりも重視していた。明らかに彼はこう考えていたのだ。自分の色彩論が受け容れられるかどうかに、ヨーロッパの未来がかかっているのだ、と。しかし、その後のヨーロッパの歴史は彼の期待を見事に裏切った。ゲーテの『色彩論』は一〇〇年以上ものあいだ、蔑視と嘲弄の対象にされてきた。文学研究者も、ゲーテの詩や小説や戯曲について語るばかりで、彼の自然研究には一顧だにしなかったし、また彼の文学作品に含まれている自然観や鋭い時代批判についても十分な関心が向けられなかった。こうして日本でもヨーロッパでも、ゲーテは「時代遅れの古典的文学者」というイメージがいつしか定着してしまったのである。

この誤ったイメージを打破したのは、皮肉なことにゲーテが批判してやまなかった物理学者たちだった。ハイゼンベルクは一九六七年に日本で行なった講演「ゲーテの自然像と技術・自然科学の世界」(『朝日ジャーナル』)や『自然科学的世界像』(みすず書房)等のなかで、ハイトラーは

『科学と人間』(みすず書房)のなかで、C・F・ヴァイツゼッカーは『自然科学論集』(ハンブルク版『ゲーテ全集』第一〇巻)の「あとがき」等のなかで、またわが国の朝永振一郎は『物理学とは何だろうか』(岩波新書)のなかで、ゲーテの自然科学に立ち返ることによって、近代科学のあり方を今一度考え直そうとしている。

ハイゼンベルクは、一九三二年一一月のザクセン・アカデミーにおける講演のなかで、ゲーテの色彩論について次のように述べている。

彼のニュートン攻撃をつまらぬものと見なし顧みないことは、軽率だと思われる。ゲーテのような最大級の人物が全力を注いでニュートン光学の進歩を阻止しようとしたことには、深い意味が秘められているのだ。もしもここでゲーテを非難できる点があるとすれば、それは唯一、最後のとどめを刺せなかったことである。彼は、本当はニュートン理論と闘うよりも、ニュートンの物理学というものは——光学も力学も重力法則も——すべて悪魔の血をひいている、と言うべきだったのである。(1)

ハイゼンベルクと同じくノーベル賞の受賞者である朝永振一郎は、ノーベル物理学賞のメダルに描かれている図(扉図)を紹介しながら、ゲーテの科学批判について論じている。ノーベル賞のメダルには、表にはノーベルの肖像が、裏には二人の女神の立像が描かれている。中央に立ち、ベールをかぶっている女神は、NATURA(自然)を表わしている。一方、彼女の右側からNATURAのベールを持ちあげ、その顔を覗きこんでいる女神の傍にはSCIENTIA(科学)と刻まれている。つまり自然の女神はベールをかぶっていて、なかなか本当の素顔を見せたがらないが、科学はそのベールをめくって素顔を覗き見る、科学とはまさにそういうものなのだということを、このメダルは寓意的に表わしているのだ。そのような科学の使命に対して、朝永振一郎はゲーテに依拠しながら再考を促している。

うっかり女性のベールをめくったりすれば、たいへん失礼だって叱られるのと同じように、科学が自然に対してしていることは、ある意味で自然に対する冒瀆とも言えるわけです。そういう意味でゲーテは科学に対して批判的であった。

〔中略〕

彼は、科学者は実験という方法で人為的に自然をひどくいためつけて見つけたものを自然だと言ってるけれども、そんなものは自然じゃない、もっと直接にわれわれに生き生きとした姿を見せるものがほんとうの自然だ、と言う。ニュートンに対する批判のなかでゲーテはこういうことを言っています。ニュートンの言ってることは全部間違いだ。その間違いの原因はどこにあるかというと、自分は複雑なものを根拠として簡単なものを説明しようとしている。ところがニュートン自身は複雑なものを簡単なもので説明したつもりでいる、と。(2)

右の言葉には若干の訂正の必要がある。ゲーテは、生き生きとした本当の自然を眼にせずに、自分の科学的な仮説や先入見を実験を用いて強引に証明しようとするやり方こそ批判していたが、実験そのものは高く評価していた。また「複雑なものを根拠として簡単なものを説明しようとしている」のはニュートンの方で、「複雑なものを簡単なもので説明」しようとするのがゲーテの方法論だった。

それはともかく、ハイゼンベルクや朝永振一郎を始めとして、今日、意外に多くの科学者が、近代的な物理学的自然像というものが本当の自然からあまりにも遠くかけ離れてしまっている事実を深刻に受けとめ、憂慮の念を隠さないでいる。ヨーロッパの科学はどこかでその歩みを誤ってしまったのではなかろうか。近代科学の歴史には、じつは今では忘れ去られている三叉路があって、そこで道の選択を間違えてしまったのではなかろうか。そう考えた人たちは、ゲーテがニュートンに対して挑んだ一見ドン・キホーテ的とも思える論争のなかに、この三叉路のもう一方の道を探り当てようとしている。

ゲーテの自然科学を、近代の自然科学から分つ表徴は二つある。第一に近代の力学的自然観は自然を無機的な機械と見なし、自然からその生命を奪いとってしまった。自然はもはや人間に直接に語りかける生きたものではなくなってしまった。それに対してゲーテの言う自然とは、豊かなる生命を宿した緑なす自然であり、そうした自然の生きた「すがた」を捉えることこそが、彼の自然研究の第一の眼目であった。現代のドイツ文学を代表するA・ムシュクは、『亡命者としてのゲーテ』と題する近著のなかで、いみじくもゲーテの自然科学を「緑の自然科学」と名づけた。(3)灰色の自然科学を捨てて緑の自然科学へ還ろう、と。また一八八二年、弱冠二二歳の若者でありながら、キュルシュナー版『ドイツ国民文学全集』の『ゲーテ自然科学論集』の部の編集と解説の仕事を依頼されたルドルフ・シュタイナーは、近代の力学的自然科学が無機的自然の認識ばかりを旨としているのに対して、ゲーテの自然科学は、有機的自然の認識を内包していることに眼を向けた。彼によれば、「ゲーテは有機的世界のコペルニクスであり、ケプラーである」。(4)ゲーテ以前に有機的自然の世界が観察されなかったわけではない。しかしその根本原理を初めて発見したのはゲーテなのだ、と。『私の生涯の歩み』(一九二五年)のなかでシュタイナーは次のように記している。

ゲーテは有機体学の創始者であると私の眼に映った。有機体学と生物との関係は、力学と無生物の関係と同一である。近代の精神的生の歴史のなかでガリレイを考察してみたとき、彼が近代の自然科学にその形姿を与えることができたのは、無機物に関する諸概念をつくりあげたからであることに私は気がついた。ガリレイが無機物に関してなしとげたことを、ゲーテは有機体に関して具現しようと努めたのだった。こうしてゲーテは、私にとって有機体学のガリレイとなった(5)。

無機的自然の認識においては概念が並列されるだけであるが、有機的自然の認識にとって必要なのは形象(Bild)に由来する別種の概念である。シュタイナーによれば、この形象的概念は「硬直した生命のない概念ではなく、種々さまざまの形をとって現われる概念である。こうした形を精神のなかで展開することによって、人は植物というものの全体像を構築することができる。自然が現実に植物をつくり出した過程が、心のなかで理念的になぞられるのだ(6)」。

生命は生命によってのみ把握されうる。有機体の生きたすがたは、形象的概念を生き生きと眼前に彷彿とさせることのできる精神によってのみ捉えることができる。こうしたシュタイナーのゲーテ解釈が決して的はずれではないことは、ゲーテ自身が、「ものはそれと同一のものによってのみ認識されうる」(LA I-4, 18)と語っていることからも首肯されよう。「自然と人間との相互作用を確信」していた彼は、自然における「存在と生成の多様性、あるいはまた存在と生成が生き生きと織りなす関係の多様性」を認識するには、「観察するその人自身の側において、自分の感受性と判断力に、新しい受けとめ方や新しい反応の仕方を絶えず習得させつつ、自分自身を無限に完成してゆく」ことが必要であると自覚していた(LA I-9, 5)。

第二にゲーテは近代の多くの自然科学者のように自然を客体化するのではなく、自然と相和し、自然と自己とを同一化する術を心得ていた。多くの科学者の眼に、このようなゲーテのやり方はあまりにも文学的すぎると映じるであろう。しかしじつはこの点にこそ、ゲーテ自然科学の看過できない方法論的特質がある。自然を支配し征服することに努めている近代の自然科学は、当然のことながら自然と人間との二元論の上に立っている。それに対してゲーテは、人間もやはり自然であり、小宇宙である人間は、大宇宙である自然のなかに包みこまれていると考えていた。言うまでもなく、こうした一元論的思想の淵源は古代ギリシアに求められる。近代のヨーロッパにおいてこそゲーテの自然科学は異端の思想であり、彼の宗教観は、後述するように多分に異教徒の思想であったが、しかしそれは本来ヨーロッパに昔からあったものなのだ。神が自然のなかに内在しているという思想は、キリスト教によって否定された。しかしキリスト教の伝播後も民衆のあいだでは神の自然内在説は固く信じられていたし、大宇宙である自然と小宇宙である人間が同心円をなしているということは、中世の民間信仰を理解する上で、無視できない前提である。しかし変革は十六世紀になって始まった。ガリレイやデカルト以降、〈質〉を奪われた自然は、物質ないし機械と化した。認識は非主観化され（認識論的変革）、数学的方法が自然科学の世界を制御するにいたった（方法論的変革）[7]。しかしゲーテは、科学史上のこの大変革後も、依然として古代ギリシア以来の忘れられがちな伝統に忠実でありつづけた。『詩と真実』のなかに記されているように、彼はあるいは新プラトン主義やカバラ思想に、あるいはパラケルススを始めとするヘルメティシズムに、またあるいはスピノザをひそかに愛読する異端者に親近感を抱いていた。このようにゲーテの出発点は、デカルトやニュートンによって築かれた近代科学のそれとは全く違ったものだった。ゲーテばかりではない。機械論的方法が時代の趨勢をすでに決定していたとはいえ、十八世紀においてはハーマン、リヒテンベルク、ヘルダーをはじめとして、科学と文学の親縁関係を信じる伝統がまだ健在だった[8]。むろんゲーテはその代表者だった。つまり今日ゲーテの自然科学が広範囲に再評価されているということは、人々がデカルト的な二元論的方法に見切りをつけ、ゲーテを手がかりにしながら、かつて存在していたヨーロッパの古き伝統へ還ろうとしているとも考えられるのだ。

科学批判とデカルト主義の再考――ここにこそ二十世紀の哲学の大きな特徴がある。この点で最もドラスティックなのは、おそらくハイデガーであろう。ヨーロッパの歴史はすべて誤りであったと考える彼は、『存在と時間』以降、古代ギリシアや東洋への傾斜を深めていった。ハイデガーによれば、近代物理学の表象している自然は「対象領域としての自然」、つまり対象化された自然にすぎず、それは「自然の豊かなる本質」を包みこむことができない。近代科学は自然の本質を把握することができない、と彼は鋭く衝いた。(9)

ハイデガーが「対象領域としての自然」と言い表わしたものを、フッサールは『ヨーロッパ諸学の危機と超越論的現象学』のなかで、「客観主義的合理主義」と名づけた。フッサールによれば、客観主義的合理主義という近代的理念の創始者はデカルトであるが、しかし彼は同時に、この客観主義を打破する超越論的な動機の創始者でもあった。本来デカルト主義者を自認していたフッサールは、この遺著においてデカルトを批判しつつも擁護している。「ヨーロッパ諸学の危機」を招いた責任は、デカルトよりも、デカルトの有していた二面性に気がつかず、客観主義的合理主義を盲信していた人々に帰せられる。これらの人々の見解を、フッサールは晩年の講演のなかで次のように要約している。

自然科学の偉大さは、直観的な経験に甘んじないという点にある。そう考える人々からすれば、自然の記述などというものはすべて、精密なる説明、つまりは物理化学的説明へといたる方法上の通路をなすものにすぎない。彼らの言うところによると、「単なる記述的」な科学が、われわれを地上的な周囲世界の有限性へと縛りつけるのに対し、数学的な精密科学は、その方法からして、地上的な周囲世界の実在性と現実的な可能性のうちに潜む無限性を包摂している。直観的な所与を単なる主観的・相対的現実と見なす彼らは、超自然的――つまり「客観的」――な自然自体に体系的に接近しながら、その成素や法則の絶対的な普遍性を探究しなければならないと説くのである。(10)

フッサールは言及こそしていないが、ここで客観主義を標榜している精密科学者たちが批判している「直観的な経験」や「記述的な科学」こそ、じつはゲーテの自然科学を特徴づけるものにほかならない。たとえばゲーテが「リンゴが木から落ちる」ところを見ていたとする。これは彼にとって直観的な経験、自然の「すがた」、生き生きとした現象であり、このような現象を直接に経験されたままに記述すること、言いかえれば直観に与えられたままの自然の「すがた」を記述することが彼の自然科学だった。それに対してニュートンなら、同じ現象を物体、落下、速度といった概念や数学に置きかえ、それによって現象を「説明」しようとするであろう。しかし、そのようにして捉えられた自然はもはや具体的な「すがた」ではなくなっている。ゲーテによれば、そこでは抽象的な物理学的公式と引きかえに、豊饒なる自然の生命、自然の質がすでに失われているのだ。

ゲーテの自然科学は、今でこそ量子力学者やニューサイエンスの旗手たちによって高く評価されるようになってはきたものの、永いこと多くの科学者の侮蔑の対象だった。自然のすがたを記述する科学などというものはおよそ「科学的」ではない、それは「主観的・相対的現象」にすぎない、経験に依拠しているということ自体が主観的な感性に縛られていることを示すものなのだ、と。このような主張の目標は、自然現象を数字や量に還元する定量的な科学、経験を数式を使って「説明」する科学、そして人間の感性を能うるかぎり排除した悟性の科学にある。

　ゲーテの自然科学をアナクロニズムだと言って非難する人々は、そこに太古のアニミズムの匂いを嗅ぎとっている。彼らによれば、科学とは人々を自然に対する畏怖から解放し、より理性的な世界を約束するものなのである。しかし過去数百年のあいだ、近代科学が大砲や原爆を発明し、軍需産業に利用されつづけてきたことを考えると、近代科学の理性度を額面通りに受け取ることは難しい。近代科学は豊かな技術文明を生み出す一方、たえず戦争を促進してきたのだ。しかしじつはそれは、自然を対象化し、自然を質のない物質、無機的な機械と見なしてきた西欧の近代的理性の必然的帰結ではなかったであろうか。この点を鋭く看破したのは、ホルクハイマーやアドルノを初めとするフランクフルト学派だった。彼らは、西欧的な啓蒙主義が近代に入ってから技術的・道具的理性に変貌していったことを苦渋に充ちた筆致で暴露した。「〔今や〕理性そのものが、一切を包括する経済機構の単なる補助手段と化した。理性というものは、さまざまな道具をつくり出す普遍的な道具、ひたすら目的に向って邁進する道具にもなりうる。……目的達成のための純粋な器官であろうとする理性の昔からの野心は、〔今日〕ついに叶えられた。……しかしそれは、工場やオフィスにおける人間の物化を公認するものなのだ」[11]。『啓蒙の弁証法』においてホルクハイマーとアドルノの二人は、啓蒙主義が歴史の仮借なき歩みとともに啓蒙の精神そのものを冒し、文明は、当初そこから脱出しようと努めていたはずの野蛮へと堕してゆくことを詳らかにした。同じくフランクフルト学派に属するH・マルクーゼもまた、ハイデガーの科学批判について論じたくだりのなかで、近代科学を支えているのは、「管理と組織化のための材料、潜在的な手段として捉えているような技術的アプリオリ」であると断じている[12]。このように近代科学を批判しつづけるフランクフルト学派が、やがてゲーテの自然科学にその研究の照準を定めたとしても、何ら不思議なことではあるまい。今日アドルノやマルクーゼなどの後を継ぎフランクフルト学派を代表するアルフレート・シュミットは、『ゲーテの晴れやかに輝く自然』と題する近著のなかで、「道具的地平のなかで発展をとげてきた」近代科学の対極にゲーテの自然科学を位置づけている[13]。

もしもゲーテの自然科学がアルフレート・シュミットの言うように技術的・道具的理性に陥る危険を免れているとすれば、それは前述したように、ゲーテが第一に自然を抽象化・物質化せず、第二に自然を敵対視したり支配しようとはしなかったからにほかならない。この二重の意味において、ゲーテは反デカルト主義の最先端に立っていた。彼はデカルトのような物心二元論とも、自然の対象化ともおよそ無縁だった。注目すべきことに、彼においては対象が思惟のなかに、思惟が対象のなかに深く入りこんでいる。ゲーテの或る友人は、このような彼の特異な思考方法をいみじくも「対象的思惟」と名づけた。このような思惟は自然を対象化するのではなく、逆に思惟が自然の対象にぴったりと寄り添うのである。

ハインロート博士は人類学に関する彼の著書『人類学教本』、これからいくたびも言及することになる著書のなかで、私の存在や活動について好意的に触れられ、私の方法は独特なものであると指摘されておられる。つまり私の思惟能力は対象に即していてはたらくというのである。氏の言わんとするところは、私の思惟はその対象から分離することがなく、対象の構成因とも言うべき直観が思惟のなかに入りこみ、思惟によって奥深く滲透され、私の直観自体が思惟に、思惟が直観になっているということである。このような方法に対して、この友は讃嘆の念を惜しまないでいてくれる。　（LA　I-9, 307）

ゲーテは、ハインロートの言う「対象的」というこの一語によって、認識論の歴史における自らの独自な立場に眼を開かれた。自分がこれまで植物のメタモルフォーゼや頭蓋椎骨説を初めとするさまざまな自然科学上の諸理念をさながらインスピレーションのように発見してこられたのは、自然について多くの直観と対象的思惟を重ねてきたためではなかったか、対象的思惟を重ねているうちに、そのなかから「含蓄のある一点」が忽然として浮び上り、その一点から、これまで未解決であった諸現象の由来や連関が一気に導出(ableiten)されてきたのではなかったか、と。それればかりではない、彼は、自分が機会詩というものをことさらに愛好してきたのも、つねに対象的に詩作してきたからこそであり、畢竟するところ自分の世界の捉え方はいつでも「対象的」であると自覚するにいたった。

アルフレート・シュミットもゲーテの「対象的思惟」のうちに、デカルト主義に対抗するための橋頭堡を見いだしている。「ゲーテは、デカルト以来近代人の思惟を支配してきた存在の主客への分離、繕いがたき分離は誤りだと考えている」(14)。事実、自らの方法が「対象的思惟」にあることを自覚したゲーテは、対象を自分から切り離して「客観的自然」の探究に没頭している科学者ばかりではなく、ヨーロッパの精神史——とりわけ近代史——そのものに対して大きな疑問符を投げかける。

ここで私は告白しておきたいのだが、「汝自身を知れ」という、きわめて深遠に響くあの大きな課題を、私は以前からつねにいかがわしいものと感じてきた。それは人間を達成不可能な要求によって混乱させ、外界に対する活動から誤った内的瞑想へ誘いこもうとする秘密結社の神官たちの策略のように思われたのだった。人間は世界を知るかぎりにおいてのみ自己自身を知り、世界を自己のうちにおいて、自己を世界のうちにおいて認識する。どんな新しい対象でも、よく注視すれば、われわれのなかに新しい器官を開示してくれるものなのだ。

(LA I-9, 307)

こう書いたとき、ゲーテの念頭に主にあったのは、デカルト以降の近代の観念論だった。彼は物理学的な客観主義に対してばかりではなく、近代哲学の観念論的主観主義に対しても嫌悪の情を隠すことができなかった。「哲学、特に最近の哲学というものは何とけったいなものなのでしょう。自分自身のなかに入りこみ、自分の精神がちょうど働いているところを引っ捕え、こうして自分を自分自身のなかに完全に閉じこめておけば、対象をより一層よく知ることができるというのですからね。果してこれが正しい道でしょうか」(GA XIII, 263)。ヨーロッパ人は昔から自然と人間のあいだに境界線を引き、それによって一方では自然の本質を規定し、他方では人間の本質を規定しようとしてきた。その結果生れたのが、物理学的客観主義と観念論的主観主義という二つの偏狭な考え方であるが、それらの考え方がともに排されなければならないのは、自然と人間のあいだに境界線を引くという出発点それ自体が間違っていたからである。そこでゲーテは、物理学的客観主義でも観念論的主観主義でもない第三の道、「対象的思惟」という言葉によって表わされる自然と人間との融和する道を歩もうと決意する。「観念論者が物自体というものをいかに拒絶したとしても、彼は自分でも気がつかないうちに、いつしか自分の外にある物に突き当るでしょう。……つまり二つの派があって、一方の派が外側から精神を捉えようとしてもできないように、他方の派が内側から物体に到達しようとしても、それはとても難しいことなのです。ですから私たちは哲学的自然状態に止って、〔主客に〕分化していない自分のあり方をできるだけ活用するのがよいのです。そうすれば両派の哲学者たちはいつかは和合するにいたり、彼らが分離してしまったものも再び合一するにちがいありません」（シラー宛書簡、一七九八年一月六日）。

「哲学的自然状態」とは、シェリングの『自然哲学の理念』から取られた言葉である。古代ギリシアにおいて哲学が始まる以前、人々はまだ哲学的自然状態にあって、自分自身や自分を取りまく世界と一つになっていた。シェリングによれば、哲学は人間が自分を外界に対立させるとともに始まった。したがって「哲学的自然状態」とは、「哲学以前の状態」という意味にほかなるまい。ゲーテはこのような状態にあえて帰ろうとする。では果してこのような自然状態とはどのような世界なのであろうか。次にわれわれは、ゲーテが哲学に関心を持ちはじめる以前のテクスト、つまりシュトルム・ウント・ドラング時代の文学作品に見られる彼の自然観を考察しながら、若きゲーテが「哲学的自然状態」のなかで見たものを確かめてみることにしよう。

I

「見る」ことの科学

1 生命の泉　クリストとアンチクリストのあいだ

何と自然は
晴れやかに輝き
陽は燃え
野は笑みにみちていることだろう

どの枝からも
花々が咲きいで
茂みのなかからは
鳥たちが数知れず囀《さえず》る

どの胸からも
喜びがあふれ出る
ああ　大地よ　太陽よ
幸福よ　喜びよ

ああ　愛よ　この愛よ
金色に輝く
山の頂の
朝雲のように

きみは晴れやかに祝福する
新鮮な野辺を
花霞にけぶる
この全き世界を

ああ　乙女よ　乙女よ

ぼくは何ときみを愛していることだろう
きみの目は何と輝き
ぼくを何と愛してくれていることだろう

雲雀《ひばり》が歌と
大気を愛し
朝の花々が
空の薫りを愛するように

熱き血をもて
ぼくはきみを愛する
ぼくに青春と
喜びと勇気を与え

新しき歌と舞踏へと
誘ってくれるきみ

いつまでも幸せでいてくれ
ぼくを愛するかぎり

ゲーテ二一歳のときの作「五月の歌」（一七七一年五月）のなかには、その後ゲーテが発展させていった自然観の基本構造と主要な主題のいくつかが、すでにその萌芽を現わしている。第一連――若きゲーテの眼に、自然はつねに生き生きと輝いて見えた。自然の光、太陽の輝きを感じ、野辺の言葉を聞きとりながら、彼は自然の「大いなる生命」を確かめている。第二連――当時のゲーテは植物学のことも動物学のこともほとんど知らなかったが、生き生きと輝く自然を直観する彼の眼には、花の咲きいでるすがたも、鳥の囀る声も、すべてが「動き」として、生成として捉えられている。第三連――こうして自然の生きている「すがた」が直観されるとき、そのような自然に包まれている彼の心も同じく生き生きと脈動し、胸のなかからは歓喜が滾々《こんこん》として湧出する。そのとき彼は幸福に酔い痴れながら、喜びをもって太陽を称え、大地を抱擁する。ここにゲーテの自然観を生涯貫いた基本姿勢がある。太陽の鑽仰は言うまでもなく後年の色彩論研究につながり、大地の抱擁は、彼の自然観全体――とりわけ形態学――の礎を築くものとなった。第四連――自然に対するこの愛情と恍惚感は、多感な詩人の恋心によってさらに一層高められる。後述するように、若きゲーテは「主よ、私の胸を拡げ給え」という『コーラン』の一節を好んで引用したが、ここでも彼の胸は大きく拡げられている。胸のうちなるエロスは自然のうちなる生命に呼応し、彼は「金色に輝く山の頂の朝雲」のなかに愛を見いだす。したがって第五連の冒頭に出てくる「きみ」は、M・ヴュンシュがいみじくも指摘しているように、(15)「愛」であり、「自然」であり、また「ぼく」の愛する「乙女」でもあるのだ。こうして万物が一つに融けあったとき、自然は万物の祝福を受けて、いやましに美しく、いやましに新しい。すると「全き世界」が花霞のなかに開示される。彼が愛でる自然、彼が抱擁する大地こそは世界のすべてであって、その外に世界はなく、かつその世界は花霞のけぶるなか、すべての差異を打ち消して、一つの象徴的な全体として浮び上ってくる。第六連――そのとき「ぼく」の「乙女」に対する愛と、「乙女」の「ぼく」に対する愛の無限の深さが相互に確かめられる。なぜなら二人の愛は、自然に対する大いなる愛とどこかで通底しているからだ。「ぼく」は「きみ」の眼のなかにぼくを見いだし、「きみ」は「ぼく」の眼のなかにきみを見いだす。第七連――こうして自然と愛は一つになる。愛にみちみちた自然。詩人は自然のなかのいたるところに愛を認める。雲雀のなかに、朝の花々のなかに。自然の讃歌のなか、すべての人間、すべての生物が友であることが感得され、今や世界は絶対的に肯定されるものとなる。世界はあくまでも美しい、と。

これが「五月の歌」において若きゲーテがすでに感得していた境地にほかならない。それだけに幾人かの評家が指摘しているように、(16)最後の二連はいささか奇異な印象を与えずにはおかない。

「熱き血」とともに自我意識ばかりが肥大し、我と世界、我と汝の一体感はすでに失われつつある。「いつまでも幸せでいてくれ／ぼくを愛するかぎり」という結びの二行は、二人の愛がいつまでも続くものではないという不安な予感を示してはいないだろうか。最高の瞬間、最高の幸福は永続きするものではないことを、詩人は漠然とながら感じている。そしてそれこそは若きヴェルテルを死にいたらしめ、ファウストをしてメフィストと賭をさせたものなのだ。

詩「五月の歌」に見られるように、若きゲーテはたえず永遠なるものと無常なるもの、合一と分裂、存在と生成のはざまで揺れ動いていた。これら両者を統合せしめ、「流転のなかの永遠」(晩年の詩の題)という確信に到達することこそは、彼の生涯の目標だった。後述するように、ゲーテは後に自然科学者として形態学と色彩論という二つの新しい学を創始するのであるが、これら二つの学においても、彼は存在と生成を有機的に統合することに努めた。形態学において原型とメタモルフォーゼとが、色彩論において光と色彩とが関数的関係をなしているのは、彼の自然観の必然的な帰着点であった。

＊

森羅万象を一つに結びつけている自然のうちなる大いなる生命をひとたび体得し、世界と自己との幸福な合体感を体験しながらも、それからしばらくすると、この至上の幸福の喪失感に苦しまなければならなかった若きゲーテは、それだけ一層、自然の「大いなる生命」に憧れずにはいられなかった。『ファウスト』初稿はシュトルム・ウント・ドラング時代に書かれたが、そのなかでファウストは、「万有のなかにすべてが調和のとれた響きを奏でている」自然に向って、

……天と地を支えている
あらゆる生命の泉よ、
しぼんだおれの胸はおまえの泉を汲んでみたい——

(Urfaust, V. 103 ff.)

と呼びかけている。胸がしぼんでいるからこそ、彼は「生命の泉」に憧れるのだ。ところで「生命の泉」という言葉は当時の流行語の一つで、ゲーテの年上の友人ヘルダーはその著作のなかでたびたびこの言葉を用いているし、一七七〇年前後にゲーテが愛読していたパラケルススの著作のなかでは、自然の力の根源的な源として「生命液」(liquor vitae)という言葉が用いられている。また若きゲーテがひそかに傾倒していたカバラ的・新プラトン主義的流出説においても、「生命の泉」は神とほぼ同一視され、そこから万物が「流出」してくるのだと考えられていた。何人かの研究者は、「生命の泉」というモティーフの起源をオリエントに求めている。(17) 砂漠に生きる人々にとって最も重要なものは、水であり、砂地から湧き出る泉だからである。ちなみに井筒俊

彦は、十二世紀のイスラームの思想家ハマダーニーが、神を「存在の泉」と呼んでいたことに注意を喚起して、「原表現の yanbūʿ(泉)という語には生々しい形象性がある。滾々と湧き出す水は、常に同じ水でありながら、一瞬一瞬、新しい。同じ水であるという点では静止的だが、瞬間ごとに新しいという点では動的、力動的。これが存在の根源イマージュである」[18]と指摘している。ゲーテが「泉は流れるかぎりにおいてのみ考えられうる」(HA IX, 228)と言っているのも、ほぼ同じ意味だと言えるだろう。「生命の泉」ないし「存在の泉」という表現は、神という抽象的な概念よりも、自然のうちに内在し、万有の究極の源泉をなすものを、じつに動的かつ直観的に捉えているのである。

ゲーテのイスラーム世界に対する親近感は、晩年の『西東詩集』において見事な実を結ぶことになるが、しかし若きゲーテも、友人ヘルダーの影響のもとに、一七七一年に刊行されたメーゲリン訳『コーラン』(原典から初めて直接に独訳されたもの)を読み、一七七二年七月にはヘルダー宛の手紙のなかで、「ぼくは『コーラン』のなかのモーセのように、「主よ、私の胸を拡げ給え」と祈りたい」と書いている。これは『コーラン』二〇章二六節から採られた言葉で、『コーラン』では以下次のように記されている。

「主よ、私の胸を拡げ給え」と彼〔モーセ〕が言う、「私のためにこの仕事を円滑ならしめ給え。わが舌の結ぼれを解いて、わが言葉を人々のわかるようになし給え。……」と。

（井筒俊彦訳）

ゲーテは前記の手紙のなかで頭脳がすべてであると主張する人々を批判し、知性に対する感情や心の優位を唱えた後、『コーラン』のなかのこの一句を引用した。つまり彼は、「しぼんだおれの胸」を蘇らせ、おれに豊かなる心と芸術的な表現力を与え給え、と言っているのだ。一七七一年秋に書かれた『ゲッツ』初稿の第一幕第二場においても、主人公のゴットフリートは「神は君たちの胸を拡げてくれるだろう」と語っているが(GA IV, 523)、ここでも『コーラン』の影響は歴然としている。

当時ゲーテが『コーラン』に対していかに強い関心を抱いていたかということは、メーゲリンのドイツ語訳やコラッチのラテン語訳をもとにしながら、『コーラン』の抜粋を作っていたことからも知られよう。彼がこのような抜粋を作ったのは、ムハンマド(マホメット)の英雄的にして悲劇的な生涯を劇曲化するためであった。当時ムハンマドをキリストの敵、いかがわしい山師のように見る風潮の強かったヨーロッパにおいて、ゲーテはムハンマドの宗教思想を高く賞揚しようとした。この戯曲は一七七二年(一説では一七七四年)に着手されたものの、冒頭のわずかの頁が書かれただけで、結局のところ完成しなかったのだが、しかし残された断片を見ると、ゲーテがムハンマドの神概念に強い親近感を抱いていたこと、いや、ムハンマドの宗教感を自分の汎神論思想にかなり強引に引き寄せていることがわかる。鈴木邦武は『ゲーテとコーラン』のなかで、この点について次のように詳述している。

ところで、ゲーテのマホメットは、コーランのアブラハムとは、全く違った描かれ方をしているのに、われわれは気付く。アブラハムは、支配者としての星に、月に、太陽に挨拶を送るが、それらが沈んでしまうと、挨拶したときと同時に素早く、それらを無視して、それらが、彼の崇拝を失望させたということを嘆く。しかし、ゲーテは、ここでも、マホメットを、愛する者として、語らせている。彼は、沈みゆく太陽に向っても、心魅せられて「すばらしき(herrlich)太陽よ！」と呼びかける。コーランの中では、どんな偉大なものでも、アッラーの目に見えない偉大さの前では、無価値なのだが、ゲーテの場合は、創造されたものの中から、語りかけることがなければ、アッラーと言えども、問題にならない。ゲーテにとっては、星の中にも、泉の中にも、月や太陽の中にも、樹木の中にも、魂を捕える神性なものが存在しているのだ。(19)

＊

詩「五月の歌」と同じように、劇詩断片『ムハンマド』の主人公は太陽や大地のなかに、そしてとりわけ「泉」のなかに神を見いだしている。

お母さまには見えないのですか。静かな泉のほとりや花咲く樹の下で、私はいつでも神に出会い、その暖い愛に包まれているのです。どんなに私は感謝していることでしょう。神は私の胸を開いてくれました。私の心の固い殻を取り除いてくれました。だから私は神が近づいてくるのを感じることができるのです。（GA IV, 182）

泉のほとりで神の暖い愛に包まれているとき、ムハンマドの胸は開かれる。「主よ、私の胸を拡げ給え」という祈りは叶えられて、彼は神の存在をありありと感得するのである。

ちなみに泉のモティーフは、本来戯曲『ムハンマド』のなかに収められる予定だった頌歌「ムハンマドの歌」のなかにも現われている。ムハンマドの生涯が河の流れに譬えられているこの頌歌において、「岩間の泉」から「流出」したムハンマドは次第に成長し、弛みなく活動しつづけ、やがて多くの兄弟を引き連れて、創造主なる大海原のなかへと帰ってゆくのである。

若きゲーテの眼から見れば、ムハンマドはキリストと並ぶ偉大な聖人であった。そして彼は劇詩『ムハンマド』や頌歌「ムハンマドの歌」において、自らの異教的な感情をはっきりと世間に示したのだった。しかし彼はキリスト教を否定していたのではない。彼は自分自身の体験に照らしてこう主張しているのだ。キリストが見た神もムハンマドが見た神もじつは同じものである。いや、人間の見神体験というものは、いかに民族や時代が異なっていても本質的には同一のものである。そしてわれわれがしなければならないのは、多様な宗教に分化し、さまざまな意匠を帯びる前の、神の原体験に戻ることなのだ、と。

*

自然のうちなる大いなる生命としての「生命の泉」——このモティーフに大きな意味が与えられているのは、未完の劇詩『プロメートイス』においてである。ギリシア神話では巨人族の一人プロメートイスは人間を愛するあまり、ゼウスから火を盗んで人間に与えた。そのため怒ったゼウスはプロメートイスをカウカソス山に鎖でつなぎ、大鷲に毎日その肝を食らわせたという。ゲーテが一七七三年に劇詩『プロメートイス』を書くに当ってこのギリシア神話から採用したのは、神々への反抗と火の獲得という二つの主題であった。しかし後者の方は大幅に改変された。プロメートイスが神々の眼を盗んで手に入れるのは、火ではなく水、つまり生命の泉である。劇詩の第一幕においてプロメートイスは粘土や陶土で人間の塑像をつくるが、むろんこの塑像には生命が欠けている。そこで彼はゼウスの娘ミネルヴァを説得して生命の泉へと案内してもらい、この泉の水を汲んで、自分がつくった人間たちに生命を与えるのだ。

「生命の泉」――それは万物を産出する自然の根源的な原理であり、スピノザ的な能産的自然である。劇詩『プロメートイス』を書いていた頃のゲーテが、この生命の泉を、スピノザの言う自然の「形相的本質」ないし自然のうちなる「力」であるとまで考えていたかどうかはともかくとして(ちなみに彼はこの頃すでにスピノザの『エチカ』を読んでいた)、少なくともこの泉のなかからは永遠なる生命が滾々と湧き出している。ここで注意しておかなければならないのは、この生命の属性であろう。生命の泉という以上、それは水にちがいない。しかし劇詩の第二幕でプロメートイスが娘パンドーラに向って生命の本質を説いているくだりでは、生命が逆に火になぞらえられている。

おれたちが憧れ、夢み、望み、恐れてきたことの
すべてが充たされる瞬間があるのだよ、わが子よ――
それこそは死なのだ。
〔……〕
お前が心の奥底から震撼させられて、
かつて胸に感じた喜びや苦しみのすべてを

一時《いっとき》にことごとく感じるとき、
お前の心は嵐のように膨れあがり、
流す涙で心を軽くしようと思っても、胸の炎は燃えさかるばかりで、
身体全体が鳴りひびき、震え、おののくことだろう。
すると感覚のすべてが失われ、
身体も消えてなくなってゆくかのようで、
身のまわりのすべてのものが
夜闇のなかに沈んでゆくだろう。そのときこそお前は
内的感情のなかにひとつの世界をつかみとるだろう。
だがいいか、そのとき人間は死んでゆくのだよ。
(V. 391 ff.)

ここでゲーテは、火を盗むプロメートイスというギリシア神話の本来の主題に立ち返っている。自然のうちなる力や生命の最高の高揚を如実に示してくれるのは、水よりも火のイメージなのだ。では生命の泉から湧き出してくる水には、果して力は宿っていないのであろうか。いや、むろん水もまた偉大な力を有している。水か火か。水成説か火成説か。それは、『ファウスト』第二部においてタレスとアナクサゴラスの論争となって現われている。この論争について、多くの評家

のように、ゲーテはタレスの水成論の肩を持っているのだと指摘するのは早計にすぎるというものだろう。ゲーテの地質学論文の一つに、「玄武岩の生成に関する火成論者と水成論者の和解案」と題されたものがあるが、この題名の示すように、ゲーテはつねに水成論と火成論の統合を目指していた。自然は水からのみ成るのでもなければ、火からのみ成るのでもない。地水火風の四大――それが自然なのだ。

もとよりこの思想はゲーテ独自のものではない。彼に多大の影響を与えたパラケルススにも同様の思想が見いだされる。彼は、自然のなかに遍在しているエーテル状の「生命液」から、人間のさまざまな「似姿」が流出してくると考えていたが、他面において生命を火、とりわけ男性のリビドーと同一化していた。このパラケルスス的な火と生命の方程式は、先に引いたプロメートイスの言葉のなかにも見いだされる。プロメートイスは、胸のうちの憧れや夢や願望のすべてが充たされるような生命の高揚を、燃えさかる「胸の炎」と呼んでいる。燃えさかる胸の炎のなかで、人はその炎が世界のすべてを包みこむように感じる。万有がまるで自分の胸のうちにあるかのように。しかし炎が激しく燃えさかれば燃えさかるほど、火は瞬時にして燃えつき、人間をめくるめく死へと導く。言うまでもなくここには、「最高の瞬間における死」という『ファウスト』の中心主題が現われている。フランスの科学哲学者バシュラールは、生の本能(エロス)と死に向う本能(タナトス)とを一つに結びつけるこのような火に対する特別な愛着を、「エンペドクレス・

コンプレックス」と名づけた。このコンプレックスに関する彼の考察は、そのままプロメートイスの言葉のすぐれた解釈であると思われる。

火はそれを観想する人間にとっては迅速なる生成の一例であり、また完璧な生成の一例である。流れる水ほど単調でもなく、抽象的でもなく、叢みの中で毎日われわれが見張る雛鳥よりもすこやかに育ち、変ってゆきもする火とは、時間を変え、駆りたてる慾望の、全生命をその終末へ、その彼岸へとつれゆかんとする慾望の暗示なのだ。そのときだ、夢想が真に魅惑的になり、劇的となるのは。それは人間の運命を押しひろげる。それは小さなものを大きなものに、炉を火山に、一本の薪の生命をひとつの世界の生命に結びつける。魅せられたる者は「焚死の呼び声」に耳を傾ける。彼にとって破滅とはひとつの変化以上のもの、まさしく再生なのである。(20)

「エンペドクレス・コンプレックス」とは、単にエロスとタナトスとを結びつけるばかりではない。それは、燃えさかる火が死を経て「生命の泉」もしくは「生命液」へと還帰しようとする願望でもある。こうしてプロメートイス的な生命においては、火と水とが一つに結びつく。言いかえれば、若きゲーテが見ていた自然とは、地水火風が分化する以前の自然、ちょうど地球内部のマグマのように火でもあり水でもある名状しがたい大地なのだ。このような形なき自然、無気味にして永遠なる大地こそ、若きゲーテが『ウル・ファウスト』(初稿ファウスト)のなかで描いた「地霊」にほかならない(扉図参照)。ファウストはすべての学問を究めつくした天才であり、自然の「大いなる生命」を知悉し、精霊の言葉にも親しんでいる超人、精神的な意味でのプロメートイス的巨人である。そのファウストが、自分は神にも似た人間以上の存在であり、「地霊よ、お前の方がおれに近い」(V. 108)と考えたのも無理はない。しかし「地獄も悪魔も恐くない」(V. 16)と豪語していたファウストも、現実に眼の前に地霊が現われると、そのあまりにも怪異な姿に思わず面をそむけざるをえない。というのも地霊はまばゆいばかりの真赤な焔に包まれ、とてもそれを正視することができないからだ。しかし地霊は火であるばかりではない。地霊は「灼熱の生命」であるとともに、「生命の潮」でもある。

生命の潮、行為の嵐のなかを
おれは荒れ狂いつつ、昇っては降り、
機《はた》を織りつつ、かなたへ往ってはこなたへ走る。
出生と墓、
永遠の海、

変転する活動
灼熱の生命
こうしておれはざわめく機で時を織り、
神の生きた衣をつくるのだ。

(V. 149 ff.)

水と火の両性具有である地霊とは、善き霊でも悪しき霊でもない。それは善悪の彼岸に位置する超自然的な力である。そして若きゲーテが信奉していたのは、教会が説いているような抹香臭い神ではなく、地霊――大地の霊――と呼ばれる根源的な神であり、それは時に応じて、あるいは水という慈愛にみちた温和な顔、母なる顔を、あるいは火という猛々しく怖ろしい顔、父なる顔を見せるのである。自然のうちなる神の持つこうした二面性は、『若きヴェルテルの悩み』のなかにはっきりと描かれている。一七七一年五月一〇日付の書簡のなかでヴェルテルは、「永遠の歓喜のなかにただよいつつ、ぼくたちを担い、養い、ものみなすべてを愛してくださる方の息吹」を感じている。

春の朝の甘い大気を胸一杯に吸いこむときのように、ぼくの心は今、不思議な爽やかさにつつまれている。ぼくは今、全くひとりきりで、ぼくの魂のためにつくられたのではないかと思われるようなこの地で、自分の生活を楽しんでいる。でも友よ、ぼくはとても幸福だし、安らかな存在感情にすっかり身を委ねてしまっているだけに、芸術のほうはうまくゆかない。絵を描こうとしても、いまは一筆も描けないだろうと思う。ところがぼくが今ほど偉大な画家であったことはない。うるわしい谷間は身のまわりにけぶり、暗い森のなかには頭上の太陽も光を射しこむことがなく、森のなかの聖域にかすかに洩れてくるのは、幾筋かの光線にすぎない。そんなときぼくは、勢いよく流れてゆく谷川のほとりの丈高くしげった草のなかに身をひそめ、大地により近いところで、幾千ものさまざまな草の姿に眼をとめ、茎と茎とのあいだにあるささやかな世界のうごめきや、小さな虫けら、蚊などの無数の測り知れない姿をずっと胸の近くに感じ、そしてまた自分の姿を元にしてぼくたちすべてをつくってくださった方の存在を、永遠の歓喜のなかにただよいつつ、ぼくたちを担い、養い、ものみなすべてを愛してくださる方の息吹を感じることができる。友よ、すると夢をみているような心持になってきて、周囲の世界と天空とは、恋人の姿のように、ぼくの魂のなかにすっぽりと安らってしまう。そんなとき、ぼくはしばしば切ないあこがれに駆られ、自分に向ってこう叫ぶのだ。ああ、ぼくの内部にこんなにも豊かに、こんなにもあたたかく生きているものを再現し、画紙の上に甦らせることはできないものか、そうできれば、それはぼくの魂の鏡となるというのに、ちょうどぼくの魂が無限なる神の鏡であるように、と。友よ、だがぼくはそう思った途端にくずおれてしまう。これらの現象の素晴らしい力に押しひしがれてしまうのだ。

しかし他方八月一八日付の書簡のなかでは、逆にヴェルテルは自然の持つ横暴な力、万物を破壊してやまぬ悍《おぞ》ましい力を前にして怖れ戦いている。「五月の歌」の最後の二連に見られる不安な予感が的中したかのように。

ぼくの魂の前にあった幕が、まるでなくなってしまったかのようで、果てしない生の舞台は、いまや永遠に閉じることのない暗黒の墓穴と化してしまった。「それはそこにある」などときみは言えるか。すべてのものは移ろいゆき、すべてのものは稲妻のごとく流れ去り、存在するものの力がすべてそのままの姿で持続することは稀にしかなく、それは、ああ、流れにさらわれ、水中に没し、岩に当って砕けちってしまうではないか。きみやきみの身内を蝕《むしば》まずにいられるような時は一瞬とてなく、きみが破壊者にならないですむような時も一瞬とてない。何気ない散策でさえ、無数の虫の生命をあわれにも奪ってしまう。たった一歩踏み出しただけで、蟻が孜々として築いてきた家は打ち砕かれ、ささやかな世界は踏みつぶされて、残酷な墓場と化してしまう。ああ、ぼくの心を苦しめるのは、村々を洗い流してしまう大洪水だとか、町々を呑みこんでしまう大地震といった、この世で稀にしか起らない大災害ではない。自然はいろいろなものをつくり出しておきながら、つくり出したもの自身を、その周囲にあるものをふくめて破壊してしまうのだ。森羅万象のなかに潜むこうした破砕力こそ、ぼくの心を深くえぐってやまぬ。そう思うと、ぼくは不安のあまりめまいがしてくる。天と地と、それらが織りなすもろもろの力がぼくをつつんでいることは知っている。でもぼくの眼に映じるのは、永遠に呑みつづけ、永遠に反芻する途轍もない怪物の姿だけなのだ。

ヴェルテルは自然の示すこの二つの相貌のあいだの矛盾に大いに悩み、苦しんだ。というのもこの矛盾は彼自身の内部にある、エロスとタナトスの矛盾に対応していたからである。ロッテに対する恋心が萌えそめたときには、ヴェルテルの眼に自然はいかにも美しく、万物が彼に向って微笑みかけているように見えた。しかしその恋が閉塞状態に陥ると、自然は「途轍もない怪物の姿」となって彼の前に立ちはだかるのだ。

しかし晩年のゲーテは、この矛盾をありのままに肯定するにいたった。彼が、自然のうちなる神聖にして無気味なる超自然的な力に「デモーニッシュなもの」という名前を与えたとき、彼は自然の絶対的矛盾を自己同一として捉えたのである。『詩と真実』第二〇章のなかで、彼は「デモーニッシュなもの」について次のように書いている。

生ある自然のなかにも生なき自然のなかにも、魂ある自然のなかにも魂なき自然のなかにも、ただ矛盾を孕んだ姿でしか現われず、それだけにどんな概念を用いても、ましてやどんな言葉を用いても捉えきれない何ものかがあるのを私は発見したと思った。それは非理性的なものに見えたから神的なものではなかったし、悟性を持っていなかったから人間的なものではなかったし、慈愛に充ちていたから悪魔的なものではなかったし、意地悪気に振舞うことがしばしばだったから天使的なものでもなかった。それはまた一貫性に欠けていたから偶然に等しく、〔全体の〕連関を暗示していたから神の摂理に似ていた。それはわれわれを制約しているあらゆるもののなかに侵入したり、われわれの現存在の必然的な諸要素を勝手気儘に操ることができるかのようで、こうして時間を凝縮し、空間を拡大した。気に入るのは不可能事だけで、可能事なぞは侮蔑の眼で撥ねつけんばかりだった。他のすべてのもののなかに入りこみ、それらを分離したり結合したりするように思われたこのものを、私は古代人や、またこれと似たものを認めてきた人々の先例にならって、デモーニッシュなものと名づけた。

(HA　X, 175 f.)

この「デモーニッシュなもの」をゲーテは「途轍もないもの」(HA　X, 175)とも名づけているが、まさにそれは若きヴェルテルが見た矛盾に充ちた神的存在、「ものみなすべてを愛してくださる」かと思えば、「いろいろなものをつくり出しておきながら、つくり出したもの自身を、その周囲にあるものをふくめて破壊してしまう……途轍もない怪物」なのだ。しかも若きヴェルテルが自然のうちなる神々しくも悍《おぞ》ましい力に対して慎重に「神」という言葉を避けていたように、晩年のゲーテも「デモーニッシュなもの」とは、神の摂理に似ながらも、神にも悪魔にも、善にも悪にも分化していない異様なものの総称だと言う。仮にそれを「神」と呼ぶことができるとしても、少なくともそれはキリスト教的な人格神や道徳的なアレゴリーではない。ゲーテ自身が示唆しているように、それはキリスト教が生れる以前の古代人や、またキリスト教とは無縁の諸民族が知っている超自然的な恐るべき力、突如として顕在化して人々を聖なる恐怖で包むアニミズム的な神である。

イギリスの人類学者コドリントンによれば[21]、メラネシアの人々は今でも、時として自然界に天変地異を起こす見慣れぬ不可視的な力を畏怖の念をこめてマナと名づけている。この悍《おぞ》ましくも聖なる力は天変地異を起こすばかりではない。それは石や蛇のなかに、あるいは生きた人間や死人の亡霊のなかにも宿ることがある。マナをつねに身のうちに備えている人はひとりもいないが、しかしマナはどこからかやってきて、或る人々のなかに宿るのである。したがってメラネシア人の宗教的儀式の目的は、この非人格的にして超自然的な力を呪術的に手に入れることによって自然を支配し、雨を降らせたりよい天気にしたり、病気を惹き起こしたり治したりすることにある。マナを畏怖する宗教的世界においては、現世と冥府のあいだに確たる境界はなく、人々は物質と精神の区別も知らない。そればかりかマナは単数でもなければ複数でもなく、名詞でもなければ形容詞でもない。だからカッシーラーは、マナは「無名」の性格を有していると言う[22]。われわれはむしろこう考えるべきかもしれない。マナは言葉によっては言い表わしがたきもの、つまりは見知らぬものに触れた驚きの叫びなのだ、と。

同じく東南アジアの山奥の人々もアニミズム的宗教感情を強く持ちつづけている。彼らは巨石や大樹、山や川や虎や蛇などに、あるいは守護神として、あるいは悪霊として姿を現わすおどろおどろしい力が宿っていると考えている。この超自然的な力をケンヤー族は「バリ」と、またラオ族やタイ族は「ピー」と名づけている[23]。

名前こそ異なるものの、メラネシアの人々も、東南アジアの山里の人々も、自然のなかに神聖にして悍ましい不可知の力を認めている。いや、折口信夫によれば、古代の日本人もマナに似たものを信奉していた[24]。仏教が伝来する以前の日本人を支えていたのは、アニミズム的な神だったのだ。そしておそらくこのアニミズム的な神を今でもわれわれは意識の底で熟知している。しかしこの神は、キリスト教を初めとする高等宗教の人格化された神とは、その性格をかなり異にしている。アニミズムにおいては、人格的なものと非人格的なもののあいだに明瞭な区別は存在していないのだ。そこで文化人類学者の岩田慶治は、アニミズムにおける神を高等宗教における神と区別して、片仮名で「カミ」と表記する。[25] つまるところ若きヴェルテルが自然のなかに認めたものも、晩年のゲーテが「デモーニッシュなもの」と呼んだものも、ともに「神」ではなく、「カミ」であったと言えよう。彼は一貫して自然のうちなる無定形のカミを信じつづけ、カミという直接経験に帰ろうとした。「神の存在に関する目的論的証明は、批判的理性によって排除された。私たちはそれを承認しよう。しかし証明として通用しないからといって、感情としても通用しないというわけではない。だから雷神学や風雪神学などのなかから、こうした敬虔な努力のすべてを呼び集めてみようではないか。私たちは稲妻や雷や嵐のなかに人間を圧倒する大いなる力の訪れを、花の香りや風のそよぎのなかにやさしく近づいてくるものの存在を感じているのだから」(MuR 808)。

ホルクハイマーとアドルノが指摘するように、西欧近代の精神的使命が、アニミズムを根絶し、古代ギリシアにはまだ残っていたマナ的宗教原理を抹殺することにあったとすれば、[26] ゲーテは啓蒙主義とキリスト教の支配する社会において、あまりにも危険な存在であった。当然のことながら、彼もまた自分が異端思想の持主であることを早くから自覚していた。多くの評家の指摘するように、プロメートイスの神々に対する反抗のなかにゲーテは自らの異端感情を反映させている。すでにライプツィヒ時代(一七六五—六八年)に、彼は友人ランガー宛の手紙(一七六八年一一月二四日)のなかで、「私はキリスト教徒ではありません」とはっきりと言明している。しかし他方において彼は、自分の信じるカミがキリスト教の神やムハンマドの言う神とじつはどこか深いところで通底していることを知っていた。若きゲーテが一時ピエティスムス(敬虔主義)に魅かれたのは、そのためである。『詩と真実』のなかの記述によれば、公教会の唱える無味乾燥な道徳論や教義に反撥して、この頃ピエティスムスを初めとする色々な宗派が生れていたが、これらの宗派が意図していたのは、神にただ直接に近づくことであった(HA IX, 43)。ランガーもこのピエティスムスの熱心な信奉者であったが、彼との対話を通してゲーテは、キリスト教には啓示を重視する宗派(ピエティスムス)と科学的合理性を重視する宗派(理神論)の二派があることを知った。理神論はいわば蛹の殻を脱ぎすてた蝶のようなもので、神の直接体験という幼虫時代のことをすっかり忘失してしまっている。それに対してピエティスムスは植物のようなもので、美しい花を開きながらも、根からも母なる幹からも離れることがない(HA IX, 334)。この植物の譬喩によって、ゲーテはアニミズムとキリスト教との折衷を図った。あくまでも正統主義の枠内に止っていたピエティスムスを、彼は自らの汎神論と強引に結びつけようとした。人類の諸々の宗教のあいだに本質的な断絶などというものは存在しない。アニミズム的なカミの原体験が母なる幹であるとすれば、キリストの教えやムハンマドの教えはこの幹の上に咲いた花なのではあるまいか、と。

この折衷主義こそは、ゲーテの生涯を貫いているものにほかならない[27]。ライプツィヒから生家フランクフルトに戻ったゲーテは、ピエティスムスばかりではなく、新プラトン主義や錬金術やカバラ思想などを研究したが、それらはいずれもアニミズムという母なる幹の上につけた新たな花々であった。この頃ゲーテに特に大きな影響を与えたのは、アーノルトの『教会と異端者の歴史』(一六六九年)であるが、この奇書について『詩と真実』のなかには次のように記されている。「この本を読んで特に嬉しく思ったのは、これまで気違いじみているとか、背徳的であると言われてきた多くの異端者について、もっと肯定的な知識を得たことである。反逆精神や逆説を好む気持は、誰の心のなかにも潜んでいるものであろうが、私はこれら種々さまざまな見解を熱心に研究した。そして人間は誰でも結局は自分自身の宗教を持つものだとこれまでに何度も聞かされていたので、私もまた自分自身の宗教をつくりあげるのが当然だと思うようになった」(HA IX, 350)。

こうしてつくりあげられた彼自身の宗教は、一方ではピエティスムス的な神秘主義的キリスト教の受容を、他方では権威主義的な公教会に対する反逆を内包していた。一七七〇年にシュトラースブルク大学の法学部に入学したゲーテは、翌年、公認の礼拝様式をめぐる国家と教会の対立をテーマにした博士論文を提出したものの、この論文は、政治的かつ宗教的にみていかがわしいふしがあるという理由で却下されてしまった。この論文は今では残っていないが、法哲学者ラートブルフによれば、このなかでゲーテはルソーにならって、「国家・立法者は、一つの礼拝を規定する権利を持っている。聖職者はその礼拝にもとづいて教え、そして行動しなければならないし、在家のものは外面的ならびに公共的には、その礼拝に順応しなくてはならない。しかしながら各個人が、なにを考え、なにを感じ、なにを思念するか、そんなことは問われてはいけない」と主張していたという。(28) 若きゲーテは政治的にも宗教的にもかなりの危険思想の持主だった。彼が十八世紀のドイツ文学界にシュトルム・ウント・ドラングの激しい嵐を巻き起こすことができたのも、後にニュートン流の正統主義的な科学に対して孤立無援の果敢な闘いを挑むことができたのも、彼自身が反逆の精神に支えられていたからにほかならない。

ゲーテの危険思想の根は、神内在説とでも言うべき彼の自然観のなかにあった。一七七〇年に書かれた『エフェメリデス』のなかに、ゲーテはラテン語で次のように記している。

神と自然を分けて論じるなどということは、なかなかできることではないし、また危険なことでもある。それは身体と精神を別々に考察するようなものだ。精神は身体を通してのみ認識されるし、神も自然の観察を通してのみ認識することができる。したがって真に哲学的な思索にもとづいて神を世界と結びつけた人々を不条理だと言って責めるのは、それこそ不条理というものだ。この世に存在する万物は、神の本質に属している。というのも神こそは

唯一の実在であり、万物を包摂しているからである。(GA IV, 966)

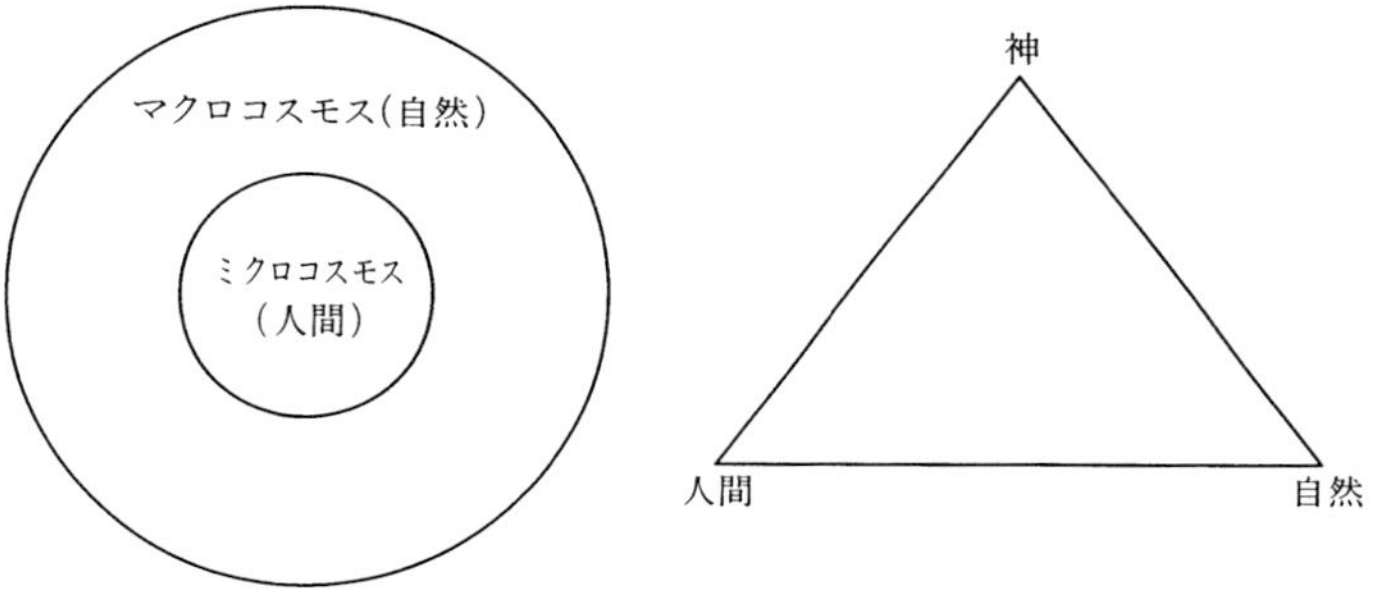

図 1 ゲーテ的宇宙観(左)とキリスト教的宇宙観(右)

神と自然、身体と精神とを分けて論じているのは、言うまでもなくキリスト教である。キリスト教的な世界観では、神は自然と人間のはるか頭上に位置し、そこから自然や人間を支配している。宇宙は神と自然と人間の三者からなる三角形をなしているというのが、キリスト教的な世界観だと言えるだろう(図1参照)。ここでは神と自然、神と人間ばかりではなく、自然と人間も相対立した関係にある。つまり自然を対象化し、客観化して捉える西欧近代科学の淵源は、じつはキリスト教的な宇宙観に求められるのだ。

一方ゲーテ的な宇宙観においては、自然はすなわち神であり、すなわち世界である。しかも人間は、このような自然(マクロコスモス=無限宇宙)の縮図というべきミクロコスモスにほかならない。この場合マクロコスモスとミクロコスモスは同心円をなしているから(図1参照)、自然を自然の外側からではなく、自然の内側から考察することは、彼にとっては全く当然なことだった。まさしく彼にとって自然を知ることはそのまま自分自身を知ることであり、自然を見ることはそのまま自然のうちなる神、自分のうちなる神を見ることにほかならなかった。晩年のゲーテは、詩集『神と世界』の序詩(HA I, 357)のなかで次のように謳っている。

外から世界をあやつって　その指先で
ものみなをぐるぐるともてあそぶ神などいらぬ
わが神は　内から世界を動かして
自然を御身のうちに　自然のうちに御身を宿す
だからこそその身のうちに在《あ》りて　生きてはたらくすべてのものは
神の力を　精神をいかなる時も欠くことがない

＊

ああ　胸のうちにも拡がる宇宙　だからこそ
もろもろの民びとはその昔から
自分らの知っている至高のものに

神の名あたえ　いや　わが神と名づけつつ
天と地の理《ことわり》をこの神にゆだね　そしてまた
献げつづけた　愛と畏《おそ》れを

このような一元論的な自然観は、もとよりゲーテ固有のものではない。同じような宇宙観の持主として、若きゲーテはプロティノスやパラケルススやJ・ベーメ等の名前をあげている。ヴァイマルに入ってから、彼はスピノザの『エチカ』にめぐりあった。イタリアでは自然と古代と自己の三位一体を体験した。そして晩年のゲーテは、『西東詩集』や詩「中国風ドイツ暦」において、イスラーム的・東洋的自然観にさらに接近していった。彼は歴史上の遠い過去のなかに、あるいは非ヨーロッパ世界のなかに、自分と似た思想の水脈を求めずにはいられなかった。

ゲーテ時代には、彼のように古代的なものや非西欧的なもののなかに自らのアイデンティティーを見いだそうとする動きは、むろん少なかった。しかし人類学や構造主義などの興隆とともに、今日では事情は一変している。東洋に対する西洋の優位、未開に対する文明の優位という従来の通念はもはや通用しなくなりつつある。人々はこう疑いはじめたのだ。ガリレイ＝ニュートン的な正統的自然科学とは、じつは特殊西欧的な自然科学にすぎないのではなかろうか、アニミズム的なカミの直接体験を基盤に置く一元論的な自然観や宗教観の方が、より普遍的な自然観や宗教観となる可能性を秘めているのではなかろうか、機械論的な自然観に代って、今こそ有機的な自然観を復興すべきなのではなかろうか、と。そして「生命の泉」という思想に立脚するゲーテの自然科学は、まさにそのようなドラスティックな価値の転換を内包しているのである。

2 永遠なる大地への回帰 「冬のハールツの旅」

神よ、御身はおぼろな月明りで
夜の浅瀬をわたる
詩人の足もとを照らし
荒れはてた原野の
道なき道を照らす
朝が明ければ　綾なす色彩は
詩人の心に微笑《ほほえ》みかけ
肌を突き刺す寒風のなか
詩人は山頂へと足を運ぶ
冬の渓流が岩壁をたぎり落ちて

詩人の讃歌《うた》に唱和するとき
村人らが畏れおののきながら
魔性のものの座と仰ぎ見る
峻険なる山の白い頂も
詩人の眼には
感謝を捧げる祭壇となる

人間にはそのふところの究めがたい御身は
神秘にみたされつつ　すべてを開示してくれている
御身は人々の讃嘆する世界の上にそそり立ち
地上の壮麗な国々を
雲間より見下ろしながら
御身の同胞なる山々の鉱脈によって
国々を潤おしてくれているのだ

一七七五年にヴァイマルの宮廷に入ったゲーテは、その二年後の冬、ハールッ地方に旅し、一

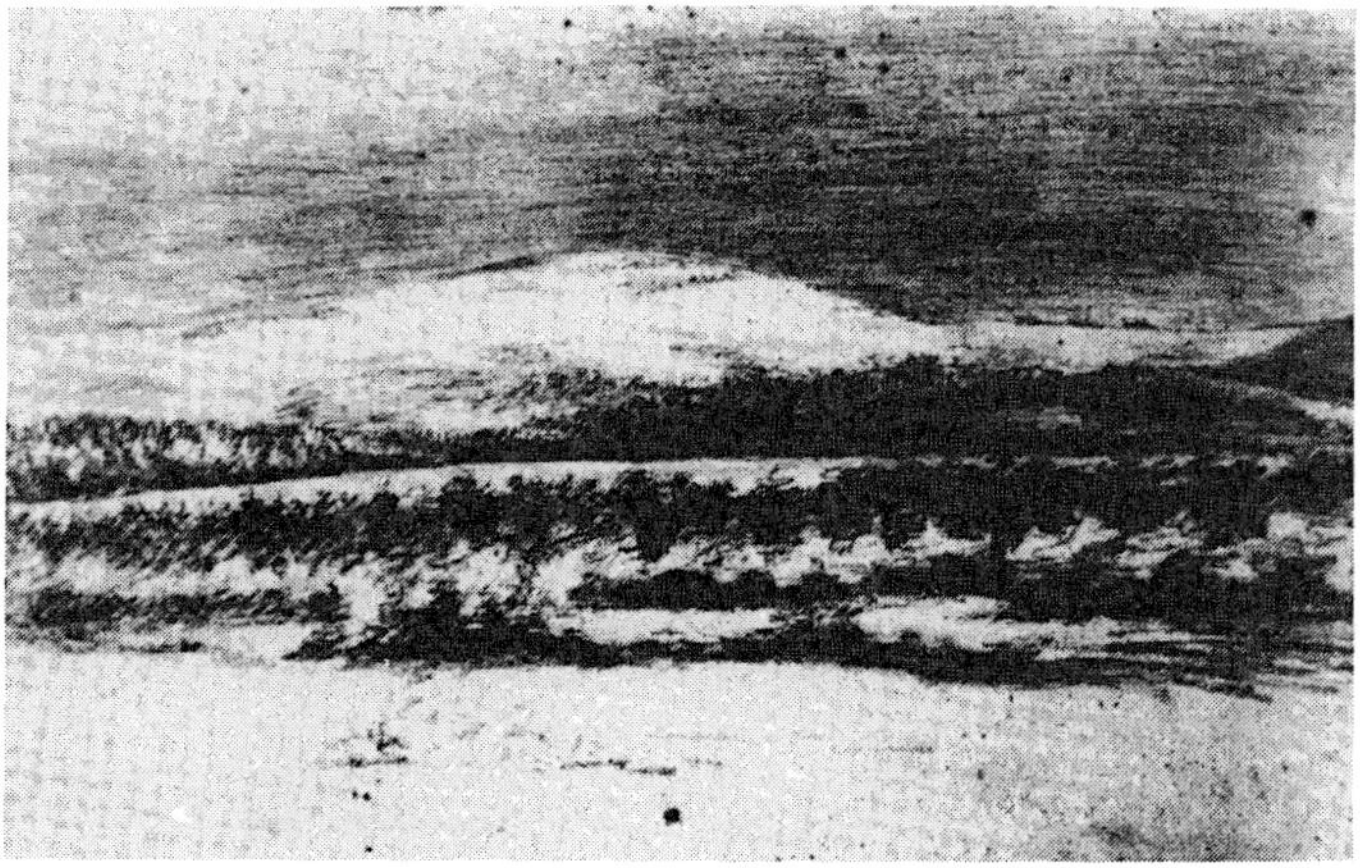

図 2 「月の光に照らされたブロッケン山．1777 年」(ゲーテの素描)

二月一〇日、この地方の最高峰ブロッケン山に登った。峻険な雪山に登るなどということは、当時ではほとんど誰も企てたことのない無謀な試みだったが、彼は天候にも恵まれ、無事登頂に成功した。彼はこの体験をもとに詩「冬のハールツの旅」を書いたが、右に掲げたのはこの詩の最後の二連である。ゲーテ自身が書いているところによれば、この旅には二つの目的があった。一つはハールツ地方の鉱山を直接に視察することであり(イルメナウの鉱山を復興しようとしていたゲーテは、当時すでに地質学や鉱物学に関心を抱いていた)、他の一つはヴェルテル的な憂鬱症に苦しむ青年プレッシングを訪ね、慰めることであった(HA I, 399)。詩の第六連から第八連でゲーテは、プレッシングの心の病を癒やし、荒野にも数多の泉があることを教えてあげてほしいと、「愛の父[29]」に祈りを捧げている。ここに見られるのは、『若きヴェルテルの悩み』に代表されるシュトルム・ウント・ドラング時代に訣別し、古典主義時代へ向って歩みを進めようとしている詩人の姿である。

この詩に描かれた詩人は、ヴェルテルやプレッシングのように内面のなかで跼蹐《きょくせき》することなく、外なる世界に対して大きく心を開いている。しかし自然こそ神であるというシュトルム・ウント・ドラング時代以来の信念は、むしろ強まってきてさえいる。彼はおぼろな月明りのなかに、朝焼けの色彩の綾のなかに、岩壁をたぎり落ちる渓流のなかに、要するに自然のなかのいたるところに神を感じている。そして聳え立つブロッケン山の白い頂を、彼は大胆にも「祭壇」と呼ぶのである。

ブロッケン山がどういう山であるかを知れば、この呼称がどれほど異端的な響きを持っているかがわかるであろう。『ファウスト』第一部には「ヴァルプルギスの夜」の場が収められているが、ヴァルプルギスの夜とは、四月三〇日から五月一日にかけての夜に、魔女たちがブロッケン山に集まって開く夜宴《サバト》のことである。ゲーテが『ファウスト』全篇の中核をなす「グレートヒェン悲劇」を書こうと思い立ったのは、マルガレータ(愛称グレートヒェン)という名前のフランクフルトの実在の女性が、一七七一年に嬰児殺しの罪に問われ、裁判にかけられた結果、魔女という烙印を押されて斬首の刑に処せられたことに大きな衝撃を受けたからであった。それ以来彼は「魔女狩り」というキリスト教社会固有の風習に大きな疑問を抱き、一七九九年には、メンデルスゾーンの作曲によっても知られる「ヴァルプルギスの夜の始まり」という詩を書いている。それによればヴァルプルギスの夜の宴は、本来は春の訪れを祝うゲルマン民族の素朴な祭にすぎなかったが、キリスト教社会の確立とともに、この祭は次第に異端視されるようになってしまった。ブロッケン山はキリスト教徒からは悪魔の山と見なされていたわけで、だからこそゲーテが一七七七年一二月一〇日付のシュタイン夫人宛の手紙のなかに、「今日ぼくは山上に立ち、悪魔の祭壇でぼくの神に深い感謝の念を捧げました」と記したとき、彼は――ピエティスムスに対する信奉こそ捨てなかったものの――正統的なキリスト教に対して背《そびら》を向けたのである。

「冬のハールツの旅」のもつ反キリスト教的な性格は、この詩の最後の一連に明らかである。A・シェーネによれば、ゲーテは『マタイ伝』第四章に出てくる悪魔によるキリストの誘惑の場を念頭に置きながら、この詩句を書いたという(30)。「悪魔はキリストをとても高い山の上へ連れてゆき、キリストに地上のありとあらゆる国々とその壮麗さとを見せて、こう言った。「お前がわしの前に平伏して、わしを崇めるならば、この地のすべてをお前にやろう」と」。「地上の壮麗な国々」はキリストには悪魔の刻印を受けているものと映ったが、しかしゲーテは逆にこの豊饒なる自然のなかにこそ神を見いだそうとした。ここでは明らかに価値の転換が行なわれている。自然は蔑まれるべきものではない。山々は「生命の泉」ともいうべき鉱脈を有し、それによって「国国を潤してくれている(wässern)」のだ。この鉱脈を探りあてることが、ゲーテのハールツ旅行の目的の一つだった。ハールツ旅行においては、地質学者としてのゲーテの眼と詩人としてのゲーテの眼が一つに重なりあっている。自然は「人間にはそのふところの究めがたい」ものであり、数学や測定術によって解明されるものではありえない。自然は「神秘にみたされ」ている。しかも朝永振一郎が指摘しているように、この神秘のベールをはがそうなどと考えてはならないのだ。自然は「神秘にみたされつつ　すべてを開示してくれている」。ここにはすでに、ゲーテが後に自然科学者として主張しつづけた基本的な立場がはっきりと現われている。『箴言と省察』のなかで、彼はこう記している。「あらゆる事実がすでに理論であると知ることこそ最上のことであろう。空の青は、われわれに色彩論の根本法則を開示してくれている。現象の背後に何も探してはならない。現象自体が学説なのだ」(MuR　575)。

＊

ゲーテが自然のなかに神を感得し、白い山の頂を「祭壇」と呼んだのが、ブロッケン山という峻険な山の登山過程においてであったということは、看過されてはならない。彼はひたすら歩きつづけ、登りつづけた。するといつしか雑念は消え去り、心は無になり、彼は足許の大地と、それを一歩一歩踏みしめている自分の足運びだけを意識するようになった。彼はもはや「考える私」ではない。彼は「歩く私」であり、「身体としての私」である。しかもこの「身体としての私」は、足許の広大なる大地に向って無限に開かれている。「私」は大地によって抱擁されている。大地は私が生きる「場所」なのだ。このような「大地—内—存在」において、「私」はもはや脳髄の一部において生きているような点ではない。「私」とは、無限なる大地を底面とする円錐なのだ(図3)。

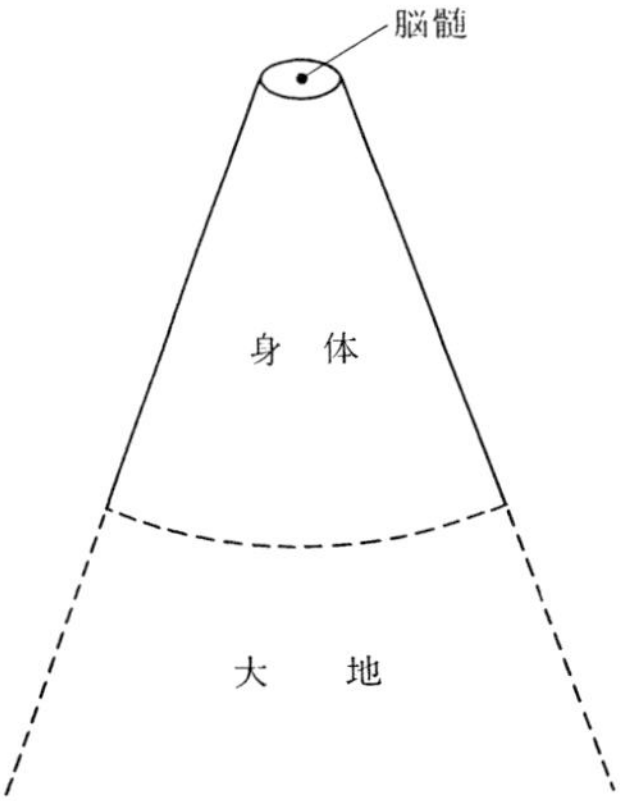

図 3

ハールツ旅行から数年後、ゲーテは地質学者として、花崗岩こそは地球の一番奥深いところにある一番古い岩石であるという当時の通説を再確認した。一七八四年に書かれた小論文「花崗岩について」のなかでは、「冬のハールツの旅」と同様、大地が「祭壇」と呼ばれ、この祭壇に対して深い畏敬の念が捧げられている。

> むき出しの高い山頂に座ってあたり一帯を見わたしていたとき、こう私はわが身に向って呼びかけた。大地の最も深いところにまで達している基盤のすぐ上にお前は腰をおろしている。お前と太古の固い地盤のあいだには、どんな新しい地層も、どんな土砂の堆積もない。お前が

歩いているのは、肥沃な美しい谷間に見られるような悠久の墓場の上ではない。この山頂は、いまだかつて生き物を産み出したこともなければ、生き物を呑みこんだこともないのだ。あらゆる生に先んじ、あらゆる生を超えているこの山頂よ。万物を牽引し動かす大地のこの内的な力がいわば直接私に働きかけ、天の影響が私のまわりに及んでくるこの瞬間、私は自然をより高度に考察したい気持に駆られる。……宇宙の奥底のすぐ上に建てられたこの最古にして永遠なる祭壇の上で、私は万物の主のための供儀を行なうのだ。われわれの現存在の確固たる原初の姿がここにあるのだ。

(LA I-1, 59)

花崗岩が地球の最古の岩石であるという当時の通説[31]は間違っていたが(火成岩のなかで一番古いものは、花崗岩ではなく玄武岩である)、しかし、たとえゲーテがそれを知ったとしても、大地の確固たる基盤の上に根を下ろしているという彼の信念は、いささかも揺るがなかったであろう。彼は、「万物を牽引し動かす大地のこの内的な力がいわば直接私に働きかけ」ているのを感じている。彼を支えているのは脳髄ではなく、大地の内的な力、すなわち重力である。つまり、このとき彼の存在の中心と大地の中心とは一つになっているのだ。しかもこの大地は、太古から今日まで続いている永遠なる大地であり、それはあらゆる時間を超え、あらゆる歴史を超えている。だからゲーテは主張した。「永遠なる祭壇」としてのこのような大地へ還ろうと。

ところでここで思い出されるのは、一般に「コペルニクス説の崩壊」というタイトルで知られる晩年のフッサールの論文である。このなかでフッサールは、客体化される以前の自然、あらゆる生と歴史に先立ち、かつそれらを包摂している自然への回帰を呼びかけた。天体としての地球にではなく、万物の基盤としての「大地」へ回帰せよ、と。コペルニクス的観念からすれば世界は無数の物体から成る。地球もまた物体であると見なされる。しかしわれわれがそこで生きている大地とは、決して物体として経験されることのない世界、あらゆる経験の基盤をなす世界、あらゆる人々にとって同じ世界である。ノアの方舟《はこぶね》がわれわれの祖先を洪水から守ったように、われわれ人間を無に沈みこまぬように支えてくれている大地――このような大地こそ、われわれの「根源的な住処」(Urheimstätte)をなすものであり、われわれは身体や運動感覚を通してこの永遠なる大地に根を下ろしているのである(図4)。

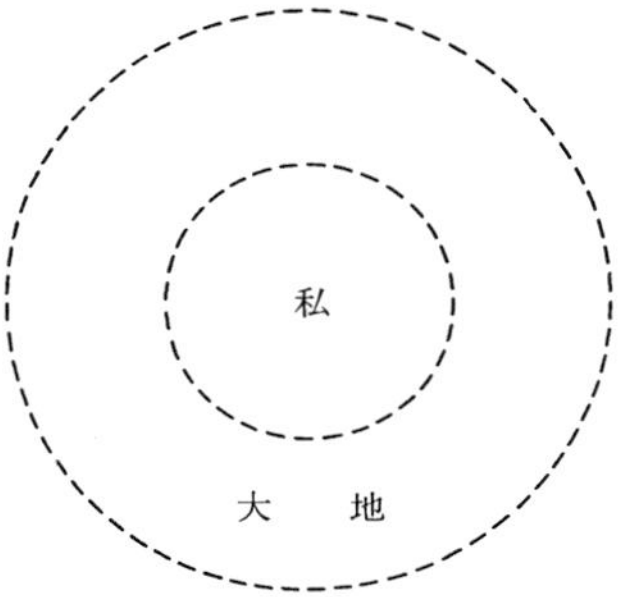

図 4

ゲーテはコペルニクスの説に対して当惑の念を隠しきれなかったが、けだしその背景には、フッサールが指摘しているような自然と人間との関係に関する本質的な問題が隠されていた。「コペルニクスの体系は、かつて理解しがたいものであったばかりではなく、今でも日々われわれの感覚とは矛盾する理念にもとづいている。われわれは、認識もできないし理解もできないことを、鸚鵡返しに口にしているにすぎないのだ」(MuR 1138)。

ゲーテはフッサールとともに、コペルニクス的な宇宙観ではなく、人間の生と経験の土壌としての大地にあくまでも依拠しようとした。彼からすれば、神は天上にいる「超越的」な存在ではない。山々のなかに、われわれの足許の大地のなかに神は「内在」している。だからこの「感謝を捧げる祭壇」、この永遠なる大地を喜びをもって抱擁しなければならない。光はこの大地のなかから射してくるのだ。

眼をまばたきしながら天上を仰ぎ
雲の上に人間に似た者がいるなどと思う奴は愚か者だ。
しっかりと大地に足を踏みしめ、周囲を見わたすがよい。
有為な人間に対して、この世は決して黙していることがない。

(V. 11443 ff.)

ファウストのこの台詞のなかからは、後にニーチェがツァラトゥストラに語らしめた言葉が響いてくるかのようだ。「兄弟たちよ、私は切願したい。大地に忠実であれ、と。超地上的な希望を説く者を信じるな。彼らは、自分にはわからぬかもしれないが、毒を盛る者なのだ」(32)。

ファウストにとってもツァラトゥストラにとっても、神は天上にいるのではない。人間を救済してくれるもの、それは大地のなかに秘められた大いなる力なのだ。『ファウスト』第二部の冒頭には、そうした反キリスト教的な救済思想がまことに美しく形象化されている。第一部の最後で嬰児殺しの罪に問われたグレートヒェンは死刑に処せられるが、ゲーテの本来の構想によれば、グレートヒェンはフランシスコ会修道士やドミニコ会修道士たちによって魔女の烙印を押された結果、火炙りにされ、頭部を切り落とされる。このあまりにも残忍な、あまりにも反キリスト教的な結末の惹き起こすセンセーションを怖れて、その後ゲーテはグレートヒェンの処刑の場を含む第一部の「ヴァルプルギスの夜」を今日みられるような形に大幅に改変してしまった。[33] しかし今日のわれわれは、グレートヒェンの死を嘆く第二部冒頭のファウストの絶望のなかに、アンチクリストの姿を見なければならない。そしてその彼の絶望を癒やすのは、大地なのだ。

よみがえった生命が生き生きと脈動しはじめ、
エーテルのみなぎる黎明にやさしい会釈を送る。
大地よ、お前はこの一夜も不変でいてくれた。
そしていま新たな生気にみちて俺の足許に息づき
はやくも歓喜で俺を包みはじめている。

お前は俺を鼓舞し、力強い決心へと促してくれる。
最高の存在を目指して不断の努力をつづけよう、と。

(V. 4679 ff.)

大地には神的なエーテルが充ちている。昨日も、今日も、そして明日も不変である大地。このような大地に回帰することによってファウストは蘇り、大地の力が全身に流れ、大地の呼吸と体内の生命の脈動とがたがいに呼応する。芦津丈夫が指摘しているように(34)、ゲーテは自然のいたるところに「大地の呼吸」を見ている。植物の葉の収縮と拡張のうちに、光と闇とが交錯する色彩現象のうちに、気圧の増減のうちに、雲の上下のうちに、潮の干満のうちに、四季の移り変りのうちに。このように大地の呼吸を会得し、大地と大気との相互作用を観察しつづけたゲーテは、エッカーマンが出会った老人の伝えているところによれば、一七八三年の或る夜、空を仰ぎながら、ヴァイマルから遠く離れたどこかで、いま地震が起こっていると告げることができるほどだった。彼の言葉が正しかったことは、それから数週間して、その夜メッシーナに地震があったことによって確かめられたのである。

『ファウスト』第二部冒頭を飾る大地による蘇生のモティーフの淵源は、「冬のハールツの旅」にある。このヴァイマル時代初期の詩において、ゲーテは「永遠なる大地」、そのふところの「究めがたい」大地、神をも人間をも包みこむ大地の意義を見いだした。憂鬱症に苦しむ青年プレッシングは、若きヴェルテルであると同時に、グレートヒェンを死にいたらしめたという自責の念に苦しむファウストでもある。プレッシングは結局のところ憂鬱症から癒やされることがなかった。しかし「冬のハールツの旅」の作者は、心的病を癒やす大いなる力をすでに知っている。それはいかなる内的動揺にもびくともしない堅固なる大地の力なのだ。『大地と意志の夢想』のなかでバシュラールは書いている。「ゲーテのように花崗岩を夢みることは、動かしがたい存在として自己を示すだけでなく、あらゆる打撃や、あらゆる侮辱にも内面的には自分が無感覚でいるようにするためなのだ。軟弱なたましいは硬い性質をほとんど想像することはできない」(35)。しかし、あらゆる打撃や侮辱に対して無感覚でいることは、かならずしも心が冷淡であることを意味してはいない。この詩のなかで、プレッシングのために作者が「愛の父」に祈りを捧げていたのは、彼がすでに大地の大いなる力を発見していたからである。私が抱擁するこの大地は、私の大地であるばかりではなく、きみの大地、彼の大地でもある。永遠なる大地への愛において、人は「私」が「われわれ」であることにも目覚めるであろう。相互主観性を開示するものとしての大地。愛の微笑を教える大地。こうしてブロッケン山の「感謝を捧げる祭壇」は、「愛の祭壇」となるのである。

3 神即自然　スピノザとの出会い

冬のブロッケン山の登頂に成功したのと同じ頃、ゲーテのうちには、神即自然という直接体験を「母なる幹」としながら、すべての宗教を統括もしくは融合することはできないだろうかという思いがますます強まってきた。そしてまさにそのようなときに彼がたまたま出会ったものこそ、当時では入手するのも難しかったスピノザの『エチカ』にほかならない。「私に決定的な影響を与え、私の考え方全体に大きな作用を及ぼしたのはスピノザであった。私のような特異な人物を形成してくれる手段を私は色々な世界に求めたが、空しい努力を重ねた後で私がついにめぐりあったのは、この人の『エチカ』であった」(HA X, 35)。彼がスピノザに初めて出会ったのは一七七三年のことで、同年五月七日には『エチカ』を貸してくれたヘップナー宛の礼状のなかで、「スピノザの〔思想の〕鉱坑と鉱脈をどこまで追究してゆけるか、確かめてみたいと思っています」と記している。この追究の成果がはっきりと表に現われるのは、翌年四月二六日付のラーヴァターとフェニンガー両名宛の手紙においてである。ともにチューリヒの牧師をしていた両名は、この頃ゲーテにみられる非キリスト教的な性向を咎め、ルッター派への改宗を強いていた。たとえばラーヴァターは一七七四年五月一日付のゲーテ宛の手紙のなかで、「無神論者かキリスト教徒か」の二者択一を迫っている。しかしキリスト教の神もムハンマドの神も自分自身のカミもじつは同じ「母なる幹」にもとづいているというゲーテの堅い信念からすれば、彼らのいささか差し出がましい主張は到底受け容れられるものではなかった。そこで両名に宛てて、彼はこう述べている。

〔……〕私たちのあいだで矛盾と思われるすべてのことは、じつは言葉の争いにすぎません。こういう争いが起きるのは、私が同じ事柄を述べても、それをあなた方とは別のものと結びつけないわけにゆかず、したがって結びつけられた二つの事柄の相関性を表現すると、同じ事柄にも別の名前をつけることになるからです。

ここにこそ、これまでの、そしてこれからも続くであろうありとあらゆる論争の永遠の源泉があります。

〔中略〕

ですから人間の言葉は、僧侶の言葉であろうと売春婦の言葉であろうと……、私にとっては神の言葉と同じです。モーゼであろうと、予言者であろうと、福音史家であろうと、使徒であろうと、スピノザであろうと、マキアヴェリであろうと、私はこれら同胞の人々に心からすがりつくのです。

この手紙は、すでにゲーテのスピノザに対する強い共感を示している。この世に存在する唯一の実在は神であるが、この神には無限の属性があるから、立場が違えば、神の見方、神の呼称が違うのも当然である。そのためさまざまな宗教が生れることになるが、これらは、自然界のすべての存在物と同様、唯一の実体である神の多様な様態と見なされるべきである。宗教をめぐる歴史上のさまざまな論争は、この点を正しく認識していないがゆえの無益な争いである。だからゲーテは、「ここにこそ、……ありとあらゆる論争の永遠の源泉がある」と言う。多くの評家の指摘するように、ゲーテのこの言葉は、『エチカ』第一部の付録の一節にもとづいていると考えられる。「これら一切(さまざまな見解の食いちがい)は、人々が事物を自分の頭の状態にしたがって判断したり、自分の表象能力の受けた刺戟を事物自体と見なしたりしてきたことをあますところなく示している。だからこそ……人々のあいだに、われわれが見聞きしているようなあれほど多くの論争が起きているのであり、そこからついには懐疑論が登場してきたのも決して不思議なことではない」。

ところで僧侶の言葉も売春婦の言葉も神の言葉であり、モーゼの教えも『福音書』の教えもスピノザの教えもその幹は同じであるという、ゲーテの当時としてはきわめてドラスティックな見解は、ユダヤ教とキリスト教とイスラム教との宥和を説いたレッシングの『賢者ナータン』(一七七九年)を想起させよう。レッシングはすでに「神の外なる事物の現実性」や「スピノザによってライプニッツは初めて予定調和説に達した」という論文において深いスピノザ解釈を示していたが、彼のスピノザに対する傾倒はその後ますます強まり、一七八〇年七月にはドイツ文学史および哲学史に名高いヤコービとのスピノザ論争を迎えることになった。そしてこの論争を機に、ゲーテは一七八〇年代の中頃、再度スピノザと取り組むことになるのである。

レッシングとヤコービのスピノザ論争を惹き起こす契機になったのは、ゲーテが一七七四年に書いた頌詩「プロメートイス」(ゲーテは後にこの詩を未完に終った前述の戯曲『プロメートイス』第三幕の序とした)であった。すでに一七七四年にこの詩をゲーテから見せてもらい、その写しを取っていたヤコービは、一七八〇年七月六日にレッシングが自宅に訪ねてきたときに、この詩を見せた。ヤコービは、この詩にみられるスピノザ的汎神論に、自分の深く敬愛するレッシングは当然憤慨するだろうと期待したのである。ところがレッシングは驚いたことに、憤慨するどころか逆にこの詩に大いに共感し、こう言明した。「神についての正統的な概念は、もはや私には用がありません。〈一にして全《ヘン・カイ・パーン》〉――それ以外に私は何も知りません。この詩が目指しているのもまさにそれです」。議論は白熱し、そのためレッシングは翌日もヤコービ宅を訪ねて、続けてスピノザ論を闘わせた。このときレッシングは、「スピノザの哲学以外に哲学はない」とまで言い切って、ヤコービをひどく困惑させたのだった。(36)

スピノザの哲学は有神論なのか無神論なのか――それこそは両者の論争の争点をなすものだった。ヤコービは、「私は世界の理性的人格的原因を信じます」(37)と言っている。彼が信じていた神は、レッシングが指摘しているように、「世界の外にいる(extramundan)人格神」(38)であった。一方、〈一にして全《ヘン・カイ・パーン》〉を自らの信条とするレッシングからすれば、神という一者は万物のなかに遍在し、神は超越的にではなく、スピノザが説いているように内在的に捉えられなければならなかった。しかしこのように世界内在的な神のみを信じて、超越的な人格神(キリスト)を否定するということは、当時ヨーロッパでは無神論者ないし異端者の烙印を押されるに等しかった。実際ルカーチが指摘しているように、敬虔主義の代表者であるはずのレッシングがスピノザ主義者であったということは、「平均的なドイツの啓蒙主義者たちを喫驚させ、耳目を聳動させた」のである。(39)

この論争の半年後にレッシングは五二年の生涯を閉じたが、その後ヤコービは故人への思い出をこめて、彼との論争を忠実に記録した『スピノザの学説について』という小さな本を著わした。この原稿を携えて、一七八四年の秋にヤコービはヴァイマルにゲーテとヘルダーを訪ね、一七八五年にはその校正刷をヴァイマルに送っている。校正刷を受け取ったゲーテは永いこと返事をためらっていたが、同年六月九日に彼は勇を鼓してヤコービ宛に手紙を書き、じつは自分もスピノザ主義者であると表明した。当然のことながら彼はここで、スピノザが異端視されている当時の社会状勢を考慮し、スピノザを真の有神論者として擁護している。

あなたが認めておられるように、スピノザ主義全体の根柢をなしているのは、他の一切がそれにもとづき、他の一切がそこから流出してくる最高の実在です。スピノザは神の存在を証明したりはいたしません。存在が神なのですから。そのために他の人たちが彼を無神論者であると非難するなら、私は、彼こそは最高の有神論者、最高のキリスト教徒であると言って、彼を讃えたいと思います。

〔中略〕

神的本質が問題になるとき、私がとかく沈黙しがちになることをお許し下さい。神的本質を私は個物においてのみ、また個物のうちからのみ認識いたします。個物をよりつぶさに、より深く観察するように鼓舞してくれる人は、スピノザを措いてほかにいません。

ゲーテはさらに同年一〇月二一日付のヤコービ宛の手紙のなかでも、「私にとってスピノザ主義と無神論とは別のものです」と記している。同じ頃、ゲーテはスピノザに関する小論文（本来無題、今日では「スピノザにもとづく試論」と呼ばれることが多い)を書いている。それからしばらくのあいだゲーテはスピノザから遠ざかっていたが、一八一一年にはふたたびヤコービに刺戟されてスピノザの哲学と取り組んでいる。この年、ヤコービは『神的事物について』という書物を著わし、このなかで彼はゲーテの年下の友人であったシェリングの自然哲学を、スピノザにかぶれた無神論として断罪した。それまでゲーテはヤコービのことを相変らず友人だと考えてはいたが、彼のこの著書は、二人の永年にわたる友情のほぼ終焉を意味するものとなった。『年代記』の一八一一年の項には次のように記されている。

ヤコービの『神的事物について』には好感が持てなかった。親愛な友人の書物のなかに、自然は神を隠してしまうなどというテーゼが述べられているのを見て、どうしてその書物を歓迎できようか。生得的なものであると同時に、その後修錬によって純化され、深められた私の直観様式は、自然のなかに神を、神のなかに自然を見ることをはっきりと教えてくれていたし、そのためこの見方は私の存在全体の基盤をなしているほどだったが、それだけに彼の奇怪で偏頗な主張が――いかに彼が高潔な人物で、その心根を私が深く敬愛していたとしても――、私を彼から精神的に永久に遠ざけることになったのは、やむをえざることだった。そのためひどく不機嫌な気持になった私は、こうした気持を払拭すべく昔からの避難所へ逃げこみ、スピノザの『エチカ』のなかに数週間のあいだ日々の楽しみを見いだしたのだった。

(GA XI, 853)

自然と神とを対立的に把握するヤコービのやり方は、神即自然というスピノザ的モットーを掲げるゲーテには到底受け容れられるものではなかった。畢竟するところ両者の違いは、神を超越的なものと捉えるか内在的なものと捉えるかという点にある。一八一二年一月三一日付のシュリヒテグロール宛の手紙によると、ゲーテはヤコービの『神的事物について』を繰り返し読んだ後、「ヤコービの本性や、彼が従来から取っていた道からすれば、彼の神はますます世界から離れてゆかざるをえない。一方私の神は一層世界のなかへ入りこんでゆく」という結論に達した。言うまでもなく両者の思想の逢着点は二元論と一元論である。一八一二年四月八日付のクネーベル宛の手紙のなかで、ゲーテはヤコービの偏狭な性格について不平を述べた後、暗に彼を指してこう述べている。「精神と物質、霊魂と身体、思惟と延長、あるいは……意志と運動とはなるほど過去・現在・未来にわたって宇宙の必然的な二つの成素をなし、両者はそれぞれ同等の権利を要求していますが、しかしそれだけに両者が一つにならなければ神を代弁することはできないのです。それがわからない人は、……思索することをやめて、卑俗な世間話に日々を過ごせばよいでしょう」と。ここでゲーテはスピノザにおける二元論と一元論の関係を的確に把握している。この世のなかには神(自然)という唯一の実体以外のものはなく、したがって精神と物質、霊魂と身体は、一つの実体の二つの「属性」にすぎない。つまり神(自然)とは、思惟するものとしては精神の世界であり、延長を持つものとしては物質の世界であるような全体にほかならない。思惟と延長がそれぞれ精神と物質の属性をなすと主張したのは、言うまでもなくデカルトである。たしかに一見すると思惟と延長、精神と物質とは別のものに見えるかもしれない。しかしゲーテはスピノザとともにデカルト的な二元論を一応は認めながらも、基本的にはアンチ・デカルトの立場に立っている。別々に分離して見えるものはともに神の属性をなすものなのだから、世界とはじつは一つなのではなかろうか。実際『エチカ』第三部の冒頭にはこう記されている。「自然はつねに同一であり、その力や作用はいたるところ一つにして同一なるものである。言いかえれば、すべてのものがそれにもとづいて生れ、一つの形相から別の形相へと変化してゆくその自然法則と自然規則とは、いつでもどこでも同じものなのだ。だからあらゆる事物の本性を認識する方法は、ひとつにして同一なるものでなければならない。普遍的な自然法則と規則による認識でなければならない」。三木清は、このくだりを深く読みこみ、スピノザにおいては精神科学も自然科学もひとつであり、「ひとり両者の方法の同一のみでなく、寧ろ何よりも対象の原理的な同一性が信ぜられた」[40]と結論している。そしてそれは取りも直さず芸術と自然、詩と科学との同一性を敢然として主張するゲーテの基本的な立場でもあった。彼によれば芸術は第二の自然であり、また物質的な自然のなかにもじつは精神が浸透している。彼は、スピノザと同じく二元論と一元論とを重層的に捉えていた。彼は一方では岩石や鉱物を生物と峻別しながらも、他方においては、「鉱物質の物体にも自然の普遍的な息吹が恵みあたえられている」(LA I-9, 203)ことをはっきりと認めているのだから。

ゲーテは一八二八年五月二四日付の翰長フォン・ミュラー宛の手紙のなかで、ありとあらゆる自然には二大動輪があるという、彼の自然観の要諦に触れる有名な言葉を書き遺している。

> ……それはすなわち分極性という概念と高昇という概念です。両者はともに物質(自然)の属性をなしていますが、その場合われわれは、分極性は物質的であり、これに対し高昇は精神的であると考えています。前者はたえまなく続く牽引と反撥であり、後者はたえまなく努力する上昇志向にほかなりません。しかし物質は精神がなければ、精神は物質がなければ存在しえませんし、活動できないのですから、物質もまた高昇することができますし、精神もまた牽引したり反撥したりしたがるものです。ちょうど、結合するために十分に分離し、そして再度分離するために十分に結合した者だけが、物事を真に考えることができるように。
> (LA I-11, 299)

ここでゲーテは精神と物質を一応は区別しながらも、両者はじつは自然のなかで相互に浸透しあっているのだと主張している。そして後で詳述するように、彼は自らが創始した形態学と色彩論という二つの学を、分極性という物質的な概念と高昇という精神的な概念を駆使することによって樹立しようとしたのである。

*

一八一六年一一月七日付のツェルター宛の手紙のなかで晩年のゲーテは、リンネとシェイクスピアとスピノザの三人が自分に最も大きな影響を与えた人物であると告白している。ではスピノザがゲーテに与えた影響とは一体何だったのか。おそらくそれは次の三点に要約できるであろう。

㈠　ゲーテは、レッシングと同じく〈一にして全《ヘン・カイ・パーン》〉という古代ギリシアの汎神論思想に深く共鳴していた。スピノザはこの古代的な思想に近代的な幾何学的・形而上学的衣裳を与えた。しかし本質的に反形而上学的な性向を有していたゲーテは、この衣裳にはあまり大きな関心を示さなかった。彼が何よりも惹かれたのは、神を超越的なものとしてではなく、内世界的《ムンダーン》なものとして捉えるスピノザの立場であった。彼はスピノザと同様、全(万物)のなかに一を、個物のなかに神的本質を認識した。これは取りも直さず、自然研究において外在的目的論を排することを意味している。『エチカ』第一部の付録のなかにある、「自然はいかなる目的も立てず、またすべての目的原因は人間の想像物以外の何ものでもない」という言葉は、ゲーテの自然研究の基調をなしているものでもある。実際ゲーテは「普遍的な比較理論の試み」と題する科学的小論文のなかで、「生物はある目的のために外界に向って生み出されたものであり、生物の形態はその目的を遂行しようとするある意図的な根源力によって決定されているという見方」(LA I-10, 118)の弊害を鋭く衝いている。彼によれば――そしてこれはスピノザの考えでもあったろうが――、生物が有しているのは内的合目的性であって、外的合目的性ではない。そしてこのような考え方は、次の有名な言葉のなかに結実している、「魚は水のために存在するというよりも魚は水のなかで水によって存在すると言ったほうが、ずっと含蓄が深いように思われる」(LA I-10, 120 f.)。ディルタイが指摘しているように、「いかなる宗教や形而上学ともかかわりなく、現存在を現存在そのものから解釈すること[41]」こそ、ゲーテの自然観の基本的な態度をなしているのである。

㈡「宇宙を、その最も大きく拡張した姿や、もはやこれ以上分割しえないほど小さな姿において観察してみると、全体の根柢に一つの理念があり、それにもとづいて神は自然のなかで、自然は神のなかで、永劫の過去から永劫の未来へと創造し、活動しているものだという考えをわれわれは斥《しりぞ》けることができない」と、晩年のゲーテは哲学的小論文の冒頭に記している(LA I-9, 97)。この言葉が、スピノザの「神即自然」(deus sive natura)の思想に合致していることは言うを俟たない。もっともスピノザが「神即自然」という場合の自然とは、いわゆる能産的自然natura naturans)のことであり、様態としての世界の謂にほかならぬ所産的自然(natura naturata)とは区別される。また後述するように、ここでゲーテが言っている「理念」とは、スピノザ的な「形相的本質」ないしは「原型」(模式図)のことなのだから、右のゲーテの言葉は、「全体の根柢にひとつの形相的本質があり、それにもとづいて能産的自然は所産的自然のなかで、所産的自然は能産的自然のなかで、永劫の過去から永劫の未来へと創造し、活動している」と言いかえることができよう。ところでゲーテは能産的自然のことを「創造する自然」とか「形成する自然」とも呼んでいる。自然とは行為する主体なのだ。彼の自然科学論文のなかに「力」という言葉がしばしば散見されるのも、そのためにほかならない。骨学に関するある論文のなかにあるように、「このように創造的な威力は、ある普遍的な模式図《シェーマ》にもとづいて比較的完全な有機的自然を生産し、発展させてきた」(LA I-9, 199)のである。このように神を自然のうちなる大いなる力と解し、自然をこの力にもとづく動的な発展の過程と見なすことこそ、ゲーテのスピノザ受容の大きな特色をなしている。おそらくこれには、ゲーテの年長の友人であったヘルダーの影響が考えられよう。ヘルダーはスピノザを高く評価し、スピノザの言う神とは力のことだと主張しながらも、その形而上学はデカルト的な機械論の名残を多分に残すスタティックな体系にとどまり、発展の概念を欠いていると鋭く指摘した。神とは、魂と身体の根源をなす生き生きとした力のことだと言うのだ。たしかにスピノザの哲学にデカルトの流れを汲む機械論的でスタティックな側面があることは否定できない。しかしヘルダーの批判はおそらく半ばしか正鵠を得ていない。というのもスピノザ自身も神と力、存在と行為とを同一視し、自然を力にもとづく動的な体系として捉えようとしていたのだから。いずれにせよゲーテの多分に動的なスピノザ解釈は、スピノザの哲学のなかに無限なる力動的過程を見ようとするアルチュセールやジル・ドゥルーズらの最新のスピノザ研究をかなりの程度先取りしていると考えられる。もっともジル・ドゥルーズ自身は、スピノザの哲学を形態の有機的組織化という方向で解釈したゲーテは、真のスピノチストではないと言う(42)。真のスピノチストであったかどうかについて結着をつけることはおそらく難しい。しかし少なくともゲーテはスピノザの汎神論を多分に動的に解釈しながら、その形態学研究においてメタモルフォーゼ理論や、後成説を重視した発生学的研究を展開していった。たしかにスピノザには有機体についての考察はほとんど見られない。しかし、だからといってスピノザの哲学を有機体の世界に適用することができないとはかぎらない。そしてゲーテの形態学は、この点について一つの興味深い事例を提供してくれているとは言えないだろうか。

㈢　ゲーテはヘルダーとともにスピノザ的な神を力と解することによって、彼の自然観の礎を築くことができた。しかしゲーテはヘルダーとは違って、スピノザ哲学の有するスタティックな性格にも深い敬意を払っていた。ゲーテの形態学に認められる静と動の二面性が、ここにも指摘されよう。『詩と真実』第一六章の冒頭には、スピノザの『エチカ』を初めて読んだときの思い出が記されている。「かつてこの注目すべき人物の遺著を繙いたとき、何という安らぎと明澄に包まれたか、私は今でもはっきりと憶えている。細部までは思い出せないが、あのときの印象は私の心のなかに鮮やかに残っていた。そこで私は、あれほど教えられるところの多かったこの著作を今一度急いで手にしてみた。すると同じ平和の微風がふたたびそよいできたのだった。私はこの読書に没頭した。そしてわが身を振り返ってみて、いまだかつて世界をこれほど明確に見たことはなかったように思った」(HA X, 76f.)。スピノザ研究は、ゲーテをシュトルム・ウント・ドラングの灼熱に燃えさかる世界から、平和の微風のそよぐ明澄な古典主義的世界のなかへと連れ出す案内役を果した。自然のなかにおいても、彼はもはやディオニゾス的なめくるめく陶酔にわが身を委ねるのではなく、アポロ的な世界の澄みわたった果てしない平安のなかで、自然の生命と自分の生命が奥底で深くつながっていることを確かめることができた。疾風怒濤の嵐から明るく穏やかな大海原へ。『詩と真実』の著者は、スピノザのこうした温和で静かな性格のなかに、「諦念」(HA X, 77)や「無私」の精神を読みとっている。「スピノザにおいて特に私を魅きつけたのは、どの文章からも輝き出てくる限りない無私の精神であった」(HA X, 35)。晩年のゲーテの大きな課題であった「諦念」や「無私」の精神の萌芽は、スピノザの『エチカ』との初めての出会いのうちに与えられていたのである。この萌芽は、ヴァイマル時代初期においてすでにはっきりと認められるまでに生育している。『プロメートイス』(一七七三—七四年)の主題が神々への反抗であったとすれば、詩「人間の限界」(一七八一年)や「神性」(一七八三年)の主題をなしているのは、神々への敬虔なる帰依である。ヴァイマル時代初期にスピノザの「平和の微風」に魅かれたのが、「純粋理念」を追究していた時期の直後であったということは、決して偶然ではない。「私が口のなかへ入れる一片の食物にまでもおよぶ純粋理念が、私のなかでますます明晰になるように」とゲーテは一七七九年八月七日の日記のなかに記している。後で詳述するように、この頃彼は静謐で孤独な心的宇宙のなかに閉じこもり、ひたすら意識の純化に努めていた。こうした意識純化の努力は、彼がスピノザと本格的に取り組むようになった一七八〇年代中頃にはすでにほとんど忘れられかけていたが、しかしスピノザの「平和の微風」は、彼にふたたび澄みわたった静謐な世界を思い出させた。ゲーテが追究していた「純粋理念」とスピノザの『エチカ』に共通しているもの――それは、あらゆる情念や熱情を鎮静させ、必然的法則を内包した純粋にして神的な世界に帰依していこうとする態度である。しかしこのような態度は、あまりにも受動的なものだとは言えないだろうか。「純粋理念」の旗印のもとに構築された静謐な心的宇宙は、受動的総合としての宇宙であって、だからライプニッツがスピノザの一面を批判して指摘しているように、スピノザ的な平和のなかでは、いかに彼が行為の意義を強調しようとも、活潑なエネルギーが十分に発散することはないのである。

この点においてヴァイマル時代初期のゲーテは、もはやシュトルム・ウント・ドラング時代のゲーテではない。しかしだからといってシュトルム・ウント・ドラング時代の汎神論思想が否定されたわけではない。若きヴェルテルが自然の聖なる息吹を恍惚として感じるばかりで、絵筆をとっても何も描けなかったのに対し、スピノザ的な無私の精神を学んだゲーテは、自然のなかに「永遠なもの、必然的なもの、法則的なもの」(HA X, 78)を明確に見ている。自然が「永遠なもの」を宿しているという信念において、昔の彼とのあいだに大きな隔たりはない。大きく違っているのは、自然のなかに「法則的なもの」を直視し、「必然的なもの」——ひいては自らの運命——に従容として服していこうとする彼の畏敬にみちた態度である。そしてこのとき彼には、もはや一時のヴェルテルのように、「永遠に呑みつづけ、永遠に反芻する途轍もない怪物の姿」が眼に映じることも、「五月の歌」の最後の二連に見られるように、肥大した自我意識のため、自然との一体感が失われることもなくなっていたにちがいない。というのも、つねに必然性に依拠しているスピノザ的な神においては、「すべてのものを破壊し、それを無に転化させてしまうような能力」(『エチカ』第二部定理三備考)があるはずはないからである。

つまるところスピノザはゲーテに「見る」こと(直観)を教えた。イタリアに旅立つ四カ月前に書かれたヤコービ宛の手紙のなかで、彼は『エチカ』の一節を引用しながら、次のように記している。「あなたが、神はただ信じるのみだと言われるなら、私は直観を大事にすると言わざるをえません。スピノザは「直観知」について語っていますし、「この種の知は、神の属性の形相的本質についての十全な理念から出発して、事物の本質についての十全な知へと進むものだ」とも述べていますが、この言葉は、私の全生涯を事物の観察に捧げようという勇気を与えてくれます。私はどうにかして事物の観察をなしとげ、その形相的本質から然るべき理念をつくりあげたいものだと思っています」(一七八六年五月五日)。多くの評家は、ゲーテがここでスピノザの言葉を意図的に改変しているのだと主張している。「形相的本質」という語は、ここで引かれている『エチカ』第五部定理二五のなかには見られないもので、この語はゲーテがわざわざ付け加えたものだと言うのだ。しかしそれは完全な誤りで、これは『エチカ』第二部定理四〇の一節の正確な引用にほかならない。それはともかく、ここでゲーテがスピノザの言う「直観知」(scientia intuitiva)や「形相的本質」(essentia formalis)に大きな意味づけを与えていることは明らかである。彼はスピノザに依拠しながら、いわば「本質直観」とでも呼べるものがあると言っているのだ。では、ここで引かれている「神の属性の形相的本質」とは果して何であろうか。

この地上に見られる諸々の事物はじつに多種多様である。しかしスピノザによれば、身体の理念および「現実に存在する個々の事物の理念は、いずれも神の永遠にして無限なる本質を含んでいる」(『エチカ』第二部定理四五)。これが形相的本質である。ところで右の定理においては事物とその理念が区別されている。前者が延長という属性の様態であるのに対し、後者は思惟という属性の様態だからだ。個々の事物は言うまでもなく特殊的な所産的自然である。しかしこれら事物を「永遠の相のもとで」観察するとき、つまり特殊的所産的自然を能産的自然との関係において観察するとき、事物の形相的本質が初めて「直観知」される(第五部定理二九)。このようにして見いだされた神のうちにある所産的自然を、スピノザは処女作「神・人間、そして人間の幸福に関する短論文」のなかで、特殊的所産的自然とは区別して普遍的所産的自然と呼んでいる。先に引いたヤコービ宛の手紙のなかでゲーテが、「私はどうにかして事物の観察をなしとげ、その形相的本質から然るべき理念をつくりあげたいものだと思っています」と書いているのは、事物から理念へ、特殊的所産的自然から普遍的所産的自然への移行を示していると言えよう。ちなみにスピノザによれば、「理念とは、思惟することを旨とする精神が形成する、精神の概念のことである」(第二部定義三)。彼にとって理念は、事物の世界からより自由な、精神の能動性を示している。だからこそわれわれは事物との関係を離れて、形相的本質という理念それ自体を考察することができるのである。畢竟するところ、スピノザは形相的本質を、事物(延長の様態)の形相的本質と理念(思惟の様態)の形相的本質の二つに分けていた。しかし言うまでもなく、これら両者は神の本質において合一する。「心身平行論」の名で知られているように、「真の理念はその対象と一致しなければならない。言いかえれば、知性のうちに客観的に含まれているものは、かならずや自然のうちにも存在していなければならない」(第一部定理三〇)からである。

この形相的本質を原因として、この地上には「無限に多くのものが無限に多くの仕方で生じてくる」(第二部定理四)。無数の差異の宝庫でありながら、自然が全体としては同じ形相を維持しつづけることができるのは、形相的本質が「あらゆる事物の内在的原因」(第一部定理一八)をなしているからである。たしかにスピノザは目的論を排していた。しかし明らかに彼にとっての自然とは、外的目的性ならぬ内的合目的性を有する〈一にして全《ヘン・カイ・パーン》〉だったのである。

ゲーテが「形相的本質」に関するスピノザの思想をいかに理解していたかということは、先に引いたヤコービ宛の手紙と同じ頃に書かれたシュタイン夫人宛の手紙から明らかである。ここでは植物に関して、「本質的な形の認識」ということが問題にされている。「自然はこの本質的な形といわばつねに戯れているようなもので、戯れながら多種多様な生命を生み出しているのです」(一七八六年七月九日)。普通ゲーテが有名な「原植物」(植物の原型)という理念に想到したのはイタリア旅行中のことであると考えられているが、しかしじつは一七八六年九月にイタリアに向って旅立つ少し前から、彼はスピノザの哲学に独自な解釈を加えつつ、事物(植物や動物)の形相的本質という問題を究明しようと努めていた。そしてそれから約一年後、「特に植物学において私はヘン・カイ・パーンに到達した」(『イタリア紀行』、一七八七年九月六日)と彼が確信をもって記したのはローマにおいてであった。イタリア旅行とはまさしく彼にとって「直観的知」を深め、自然の「形相的本質」を求める旅にほかならず、そこにおいて彼はシュタイン夫人とともにかつて研究したスピノザの哲学を、有機体の世界へ援用するのである。

4　われまたアルカディアにあり　自然と古代と自己

ああ　ローマにいるこの幸せよ　想い出してもみよ
北国の灰色の日に包まれていたあの頃を
空は暗く重く頭《こうべ》を圧し
色も形もない世界に囲まれて疲れはとれず
私は心充たされぬまま　わが身について
ひとり暗いもの思いに沈むばかりだった
だが今は明るいエーテルの光輝が額を照らし
日の神フェーブスが形と色を呼び出している
夜も星明りにみたされて　柔らかな歌声が鳴り響き
月の光は北国の昼よりも明るいほどだ

ああ　何という幸せよ　これは夢ではあるまいか　（「ローマ悲歌」第七歌）

一七八八年六月にイタリアから帰国したゲーテは、その年の秋から翌々年の春にかけて連作詩「ローマ悲歌」を書き、官能的な愛の悦びとイタリアですごした美しき日々の思い出を謳いあげた。特にこの第七歌には、イタリアで彼が見いだしたものが明確に語られている。それは「形と色」である。イタリアに向って旅立つ前の数年間、彼はドイツという「色も形もない世界」のなかで、永い憂鬱の病にとりつかれていた。ここイタリアへ来なかったら、自分は全く破滅してしまっていただろう（一七八六年一〇月一二日他）と、『イタリア紀行』のなかで彼は一再ならず記している。イタリアは彼にとって、暗い迷宮と危機を通り抜けたところに開かれた再生の世界、「明るいエーテルの光輝」に照らされた至福の世界を意味していた。彼は自分がイタリアに来て生れ変ったこと、イタリアで真の再生が始まったことを欣然として告白している。[43] 彼は心の牢獄から解き放たれ、「レモンの花の咲き匂う南の国」（「ミニヨンの歌」）で幸福な日々をすごす。『イタリア紀行』初版の扉には、「われまたアルカディアにあり」という十七・八世紀に画家や詩人に好まれた句が記されているが、言うまでもなくゲーテはここに、「われまた憧れの古代に来たり、この地にて地上の楽園を享受せり」という彼自身の喜びをこめたのである。

アルカディアと名づけられたイタリアは、自然と古代の宝庫であった。ここでは「明るいエーテルの光輝が額を照らし、日の神フェーブスが形と色を呼び出している」。彼は南国的な自然と、時間の隔りを越えて現前する古代のなかで、エーテルという神の息吹に包まれながら、明確な輪郭をもった「形」と明るくあざやかな「色」の世界を見いだしている。ゲーテの自然科学は形態学と色彩論の二分野から成ると言ってよいが、その基盤は明らかにイタリア旅行中に築かれた。自然の形相的本質というスピノザから学んだ思想をゲーテはイタリア旅行中に深め、原植物やメタモルフォーゼに関する理論を発展させていった。またルネサンス期の絵画を鑑賞しながら、彼は「明暗、彩色、色彩の調和」などといった問題を「執拗なまでに生き生きと、繰り返し繰り返し話題にした」(LA I-6, 416)。ゲーテが色彩を物理学的に研究しはじめるのは、イタリア旅行から帰ってからであるが、しかしイタリアにおいてルネサンスの巨匠たちの作品を数多く鑑賞し、自分自身も、それまで折に触れて描いていた単なる素描画には飽き足らず、彩色を手がけたということは、その後の彼の色彩論研究にとって重要な素地をなすにいたった。

要するにゲーテはイタリアにおいて後年の自然研究にいたる道を切り拓き、古代的世界に対する理解を深め、そして暗い心のトンネルを通り抜けた幸福を享受したのだった。一カ月後にはイタリアに別れを告げて帰国しようという或る日、彼はローマで、「この八週間、私は人生の最高の満足を味わい、今後それにもとづいて私の生の充実度を計れるような究極点を知ることができた」(一七八八年三月一四日)と告白している。ちょうどファウストが瞬間に向って、「止れ、お前はいかにも美しい」と呼びかけたのと同じように。同じ三月一四日には、「ローマに来て私は初めて自己自身を発見し、自己自身と初めて一つになって、幸福で理性的になった」と記している。つまりイタリアにおいて彼が享受した幸福と、彼の言う「自己自身の発見」とのあいだには密接な関係があるのだ。では一体彼の言う「自己自身」とは何なのだろうか。ゲーテの『イタリア紀行』を読むこと――それはゲーテの自然観察、古代研究の跡を辿りながら、彼がイタリアにおいて獲得した存在の独特な様式を会得することであり、彼とともに自己自身を発見し、自己自身と一つになることにほかならない。『イタリア紀行』においては自然と古代と自己とがいわば三位一体をなし、それがこの書から溢れ出てくるかぎりない幸福感を支えているのだ。そこで次に、イタリアにおけるゲーテのこの独特な存在構造に照明を与えてみることにしよう。

*

第一に注意すべきことは、イタリアにおいてゲーテが見たものは、南国の風景も、古代の遺跡も、パラディオの建築も、イタリアの人々の風習も、すべてが広義での「自然」だったということである。すべてが彼に自然の吐息を吹きかけ、それらのものに包まれているとき、彼は「世界内存在」ならぬ「自然内存在」だった。たとえばヴェローナの博物館を訪れて、さほど重要とは思われぬ古代の墓碑や円柱の遺跡を見ながら、彼はそこに「自然」を見いだしている。

図 5 「ヴィラ・パムフィーリからサン・ピエトロ大聖堂を望む」(ゲーテの素描)

古代人の墓石から吹きよせる風は、薔薇の丘を越えてくるような芳香に充ちていた。墓碑はしみじみとした心のこもったもので、「そこに眠る人の」生命をつねによみがえらせる。……こういう墓石が眼の前に現前しているのは、まことに感動的なものだった。それらは古代ギリシア後期の作ではあるが、単純で自然で、誰の心にも訴えかけてくる。……技法に巧拙はあるものの、作者は人間が現前している単純な姿だけを描き、それによって人間の存在を永遠に持続するものにしているのだ。彼らは合掌してるわけでもなければ、天を仰いでいるわけでもない。彼らはこの地上にあり、かつてあったそのままの姿で今もなおあるのである。

(『イタリア紀行』、一七八六年九月一六日)

またローマに近いスポレートでは、古代ローマ遺跡として知られる壮大な水道橋ポンテ・デッレ・トッリを眼前にして、「市民の目的にかなった第二の自然、それが古代人の建築である。円形劇場も神殿も水道橋もみなそうだ。いま私には初めて、すべての恣意的なものが嫌悪を感じさせてきた理由が呑みこめた」(『イタリア紀行』、一七八六年一〇月二七日)と述べている。この水道橋については、同じ日の『旅日記』(イタリア旅行中、シュタイン夫人のために記されたもの)のなかに次のような記事がある。「これは私が見た三つ目の古代作品である。前に見た二つの作品と同じように、これはいかにも美しく、自然で、合目的性を持ち、真実である。古代人たちはかくも偉大な心を持っていたのだ。……真実にして内的な存在を持たないものは生命を持たず、生気づけられることもない。それは偉大なものではないし、〔どんなに手を加えても〕偉大になることはできな

図 6　スポレートのポンテ・デッレ・トッリ

い」。ゲーテにとって古代とは、人間が自然のなかで自然と一つになって生きていた時代だった。古代人たちは、自然を機械と見なすガリレイ、デカルト以来の近代的思想とは根本的に違った自然観を有していた。「われわれが今日従事している自然は、もはや自然と呼べるものではまるでなく、ギリシア人が関わっていたものとは全く別のものである」(MuR 1364)。というのも古代の人々は、自然の世界には精神——ゲーテの言う「生命」——が充満していると考えていたからである。スピノザ的な「神即自然」の思想は、古代ギリシアにおいてはすでに自明のものだった。一七八七年九月六日に、ゲーテはローマで書いている。「古代の芸術家たちが、ホメーロスと同じように自然をよく知っていたということは明らかである。……これらの高貴な芸術作品は、同時に最高の自然の作品として、真実にして自然なる法則にもとづき人間によってつくり出された。すべての恣意的なもの、空想的なものは脆くも瓦解してしまう。ここには必然性があり、神がある」。

ところでゲーテが終生敬愛しつづけた古代研究家ヴィンケルマンは、自然のうちなるこの精神を「高貴な単純と静かなる偉大」と呼んだが、ゲーテがヴェローナの博物館で見た墓石を「単純で自然で……」と形容し、スポレートの水道橋に「偉大な心」を見いだしたとき、彼の念頭にあったのは、ヴィンケルマンのこの言葉だったと思われる。ゲーテからすれば、「単純で自然」な精神、「偉大な心」を生き生きと表わしたものこそが古代芸術であり、彼の言う「第二の自然」

にほかならなかった。「高貴な単純と静かなる偉大」は自然のうちからのみ生れてくる。そのような信念に到達したゲーテにとって、北方のゴシックはもはや唾棄すべきものでしかなかった。美術家ヴェルフリンがゲーテのイタリア旅行について指摘しているように[44]、古代建築が第二の自然であったとすれば、北方のゴシックは恣意の塊なのだ。彼は古代神殿の建築模様を見ながら、ドイツの厭わしいゴシック装飾を思い出している。古代のこのような建築模様は、「石の支柱の上にうずくまるようにして重なりあっている、わがドイツのゴシック装飾の聖者像とはむろん別のものだし、ドイツのパイプ状の円柱や尖った小塔や花形鋸歯とも違ったものだ。ありがたいことに、これらのものと私は永遠に訣別したのだ」(一七八六年一〇月八日)。

ところでルネサンス期に自然を忠実に観察し、かつ古代的な「単純で自然」な精神を最高度に表現した芸術家、ゲーテが理想と仰ぐ芸術家がいた。建築家パラディオである。ゲーテはすでに若いときから父親の影響のもとにパラディオに関心を寄せていたが、一七八二年秋――イタリアに旅立つ四年前――にはスカモッツィのパラディオ研究書[45]によってパラディオのヴィラ・ロトンダに対する憧憬を掻きたてられ、有名な「ミニヨンの歌」第二番を書いた[46]。

知っていますね　あの家を　円柱の上にそびえる屋根
きらめく広間　ともし灯の輝く居間を――

立ちならぶ大理石の像は私を見つめ
「可哀そうに　どうしたの」とたずねてくれる
知っていますね　あの家を
　あそこへ　あそこへ
一緒に行きたい　あなたとともに

ここに歌われている「あの家」がヴィッツェンツァにあるヴィラ・ロトンダであることは、『旅日記』の次の一節から推測される。「私は永いことミニヨンの祖国をヴェローナかヴィッツェンツァにしようと考えてきたが、今やそれは疑いもなくヴィッツェンツァである」(一七八六年九月二二日)。ヴェローナやヴィッツェンツァにおけるパラディオの建築作品との出会いは、ゲーテのイタリア旅行の一つの頂点をなしている。(47)「私はヴィトルヴィウスやパラディオの本から都市や寺院の建設方法を学んで以来、これらのものに大きな敬意を払っている。かくも自然で、自然であるなかにかくも偉大であるものに」(『旅日記』、一七八六年一〇月二六日)。「パラディオは古代人の存在様式によってすっかり充たされていたので、自分の時代の窮屈な狭苦しさに我慢できなかった」(『イタリア紀行』、一〇月三日)。自然であることと古代的であることが完全に合致している パラディオの建築作品を通して、ゲーテは古代的な世界へと導かれ、古代人の自然観を深く理解

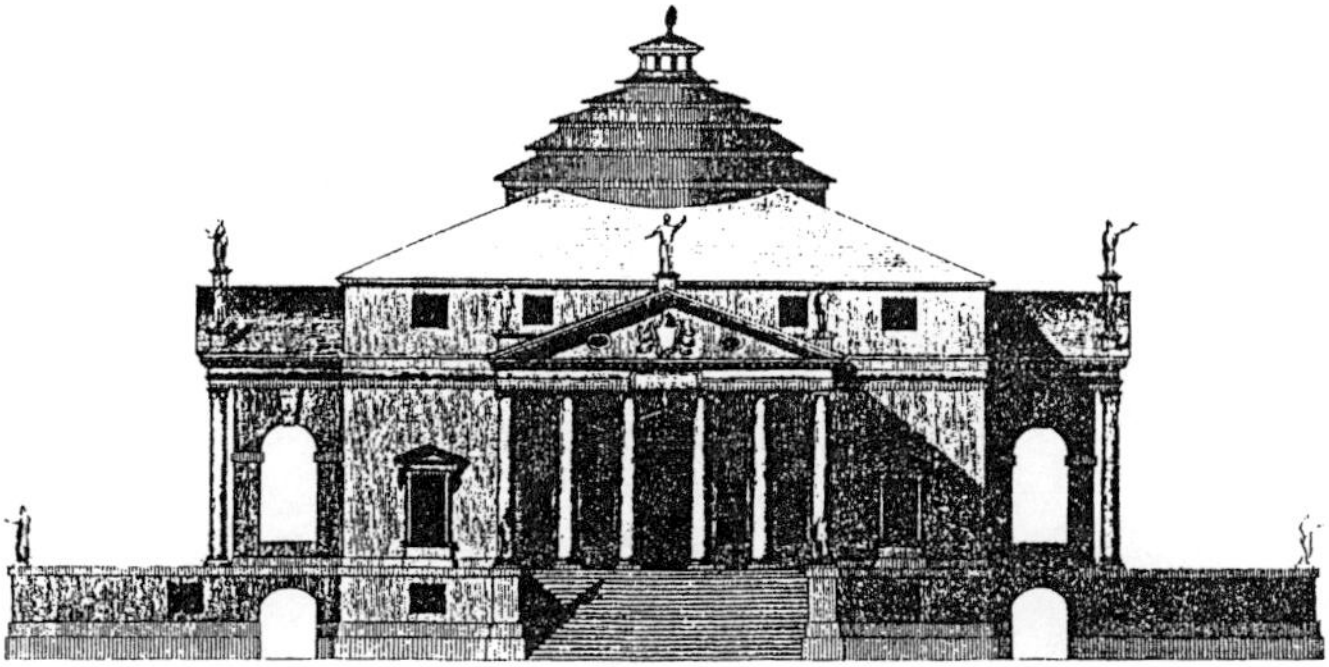

図 7　パラディオのヴィラ・ロトンダ

するにいたった。むろん彼にはそれを理解できるだけの心の準備が十分にできていた。明らかに彼は古代人やパラディオの自然観のなかに、スピノザの〈一にして全《ヘン・カイ・パーン》〉に通じるものを見いだしていたのだった。自然は一つであるから単純であり、全であるから無限である。自然とは広大なるマクロコスモスそのものにほかならない。そして古代ローマ遺跡やパラディオの建築が「第二の自然」だと言えるのは、それらが自然の法則を具現しつつ、マクロコスモスの縮図になっているからだ。アッシジでゲーテはヴィトルヴィウスやパラディオの著書を参照しつつ、建築と自然環境(および都市空間)との調和の問題に特別の関心を払っている。ミクロコスモスとしての建築はマクロコスモスと共鳴し、諧調を奏でなければならない。そしてそのとき、それらは「いかにも美しく、自然で、合目的性を持ち、真実で」、また「偉大」なものとして人々の眼に映るのである。

このような自然観を身につけること、それは取りも直さずミクロコスモスとしての自分自身が広大なる自然のなかに解き放たれることであり、かつ永遠なる大地と自分がどこかで通底していると自覚することである。このような自覚をゲーテは大胆にも「革命」と呼ぶ。「私がかつて予見し、そしていま私のなかで進行している革命は、永いこと熱心に自然を観察してきた芸術家なら誰でも、古代人の偉大な精神の遺産を眼にしたときに体験したことなのだ。魂が横溢してくると、これらの芸術家は自らの一種の内的な変容を、自由になった生を、そして軽快で優美な高められた存在を感じたであろう」(『旅日記』、一七八六年九月三〇日)。自然を客体化するのではなく、自分は自然のうちなる存在であり、自分がつくる作品も第二の自然であると知ること――それによってこのような内的な変容がもたらされる。なぜなら、そのことを知った人間は、自分自身が自然の一部として広大な自然のなかを自由に飛翔することができるからだ。ここには自然と人間の二元論がもはや見られない。ここにあるのは、客体として構成される以前の世界であり、このような世界が「全き自然」もしくは「永遠なる大地」という名で呼ばれるのだ。

永遠なる大地は太古から今日まで続いている。それはあらゆる時間とあらゆる歴史を超えている。ヴェローナの博物館を訪れたゲーテが、「古代人の墓石から吹きよせる風は……」と書いたとき、彼は明らかにこのような大地に包まれていた。ここで「現前」(Gegenwart)という言葉が二度も使われていることに注意しなければならない。「古代人の墓石から吹きよせる風」は遠い時間の隔たりを越えている。今吹いているこの風は、古代に吹いていた風だ。「薔薇の丘を越えてくるような芳香に充ち」ているこの風は、永遠なる大地そのものの息吹なのだ。死の世界を指し示しているはずの墓石を見ながらも、ゲーテはその墓石に刻まれた人々が今なお「この地上にあり、かつてあったそのままの姿で今なおある」ことを強調している。つまり古代なる過去の遺跡を見ながら、彼はそこに永遠なる大地、生き生きとした現在を見いだしているのである。

*

永遠なる大地と生き生きとした現在——これこそはイタリアにおいてゲーテを再生(もしくは新生)せしめたものにほかならない。イタリアにゆく前のゲーテは重度の鬱病と深い自己分裂に悩まされていた。彼がイタリア旅行に携えていった旅嚢のなかには、当時まだ未完成だった二つの戯曲『タウリスのイフィゲーニエ』と『トルクヴァート・タッソー』が含まれていたが、前者におけるオレストのハムレット的な苦悩にはイタリアに向って発つ前のゲーテ自身の憂鬱が、また後者におけるタッソーとアントニオの性格上の不和には、作者自身の自己分裂が反映していることは、従来から指摘されてきた通りである。しかしイタリアにおいて、自らを包む自然のなかに永遠なる生き生きとした現在を見いだしているとき、これらの心の病はいつしか跡形もなく消え去ってしまっていたにちがいない。というのも生き生きとした現在が永遠に持続するものとして感じられているということは、そう感じている私が永遠に同時的な「私」として存在しつづけ、生が連続的に澱みなく流れているということを意味しているからだ。一七八八年一月一〇日に、彼はローマでこう書いている。

〔……〕私は今、あらゆる人間の知識と行為の究極ともいうべき人体を研究している。予備的なものかもしれないが、全き自然の熱心な研究、ことに骨学の研究は、私を大いに進歩させてくれている。私は今、いや今初めて、古代の人々が残してくれた最高のものを、彫像のかずかずを眺め、享受しているのだ。それでも私にはよくわかっている、一生涯研究を積んでも、それでもなお最後の時には、「今、私は初めて眺め、享受している」と叫びたくなるであろうことが。

現在が生き生きと流れつつあるとき、同じ彫像を眺め、享受していても、見ている私はつねに新しい。だから生き生きとした現在の流れのいかなる断面においても、彼は「今、私は初めて眺め、享受している」と叫びたくなるのだ。

当然のことながら、このような「私」はいかなる分裂も知らず、いかなる差異も知らない。いや、このような「私」はまだ何者にもなっていない。それは何者かになる以前の私、不断に新しく生起する私、匿名の私である。いみじくもシラーはオレストの苦悩を対象のない長々しい単調な苦悩と評したが(ゲーテ宛書簡、一八〇二年一月二一日)、たしかにオレストは世界と遮蔽した自分自身の檻のなかに閉じこもり、自分は何者かであるという意識にしがみついている。オレスト的な「自我」は、世界と通底していない閉じられた自我にほかならない。しかしイタリアにおいてゲーテが自然を心いっぱいに受容し、かつ自然に向って生き生きと働きかけているとき、彼の存在は自然のなかに解き放たれ、彼は、自然が万物を包摂しているように、自分も世界や他者を包みこんでいると感じるのだ。それは明らかに自我という狭い枠を超えた開かれた私、新たな次元に開示された私であり、ゲーテはそれを先に引いた『旅日記』の一節で、「自らの一種の内的な変容」、「自由になった生」、「軽快で優美な高められた存在」と呼んだのである。

*

自然とのこのような生き生きとした相関的関係において、ゲーテは「見る」ことの喜びを知る。「私はただひたすら歩きまわって、眺め、私の眼と内的な感覚を磨いている」(『旅日記』、一七八六年九月二一日)。「さらにいくつかの建物を見て、私の眼は見事につくり始められたところです」(『旅日記』、九月二五日)。「眼をもっているならば、ただひたすら見なければならない。そうすればすべては自ずから展開してくるだろう」(『旅日記』、一〇月七日)。この場合、「見る」ことが世界を対象化するものではないことに注意しよう。「私はただひたすら歩きまわって、眺め」ているということは、「見る私」が歩行や視線の移動といった身体の運動によって、「見られる世界」のなかにますます深く入りこみ、世界に対してわが身を開いているということなのだ。したがって「見られる世界」が素晴らしいものであればあるほど、「見られる世界」のなかにいる「見る私」も一層高められ、眼と内的な感覚はひときわ磨かれるのである。世界と私とは不可分な関係にある。この世界がなければ私はなく、私がいなければこの世界はありえない。そして「世界内存在」と名づけられるような世界と自己とのこうした一元論的構造においては、言うまでもなくデカルト的な思惟と延長との分離はつとに克服されているのである。

さてゲーテの眼を磨くのに最も役に立ったのは、パラディオの建築作品だった。パラディオの町ヴィツェンツァを訪れたゲーテはこう書いている。「これらの作品は、それが眼の前に現前しているのを見るとき、初めてその偉大な価値を認識することができる。現に眼にするその大きさと具体性が眼を充たし、……その三次元的な美しい調和が精神を満足させてくれるからだ」(『イタリア紀行』、一七八六年九月一九日)。彼は単に見ているばかりではない。「見る」ことによって彼は「認識」へと導かれている。ここには、「世界を注意深く眺めているだけで、われわれはすでに理論化を行なっていると言うことができる」という後述する彼の自然科学的方法論の要諦が示されている。実際、ゲーテはイタリアにおいてスピノザから借りた「形相的本質」の思想を深め、一七八六年九月末にはパドヴァの植物園において、一七八七年四月中旬にはパレルモの公園において多種多様な植物に取り囲まれながら、そのなかに、それらすべてを包摂する原植物を見いだすにいたる。原植物とは実在する植物ではないから、その存在を肉眼で確かめることはできない。しかし自分の眼と内的な感覚を磨いたゲーテは、原植物という眼に見えないものも見ることができるようになった。これを何か特別な神秘的な体験であるかのように解してはならない。真に「見る」ということは、「見えるもの」を純化することによって、そのものの本質をなしているものを現前させることなのだ。この点について『旅日記』のなかにはこう記されている。「事物の純粋な印象を得ようとするなら、いかなる場合にも何度も何度も見ることだ。第一印象というものは奇妙なもので、そこでは真と偽とがつねに高度に結びついている。どうしてそうなのか、私にはまだよくわからないが」(一七八六年九月二四日)。事物を見るということが、その事物の純粋な印象(もしくは像)を得ることであるとすれば、ひたすら「見る」ことに費やされたゲーテのイタリア旅行とは、世界をできるかぎり純粋なすがたで見いだそうという試みだったのである。

旅の愉悦を純粋なものにしようとするなら、それは抽象的なものになる。不快なもの、厭わしいもの、自分に合わないもの、自分の望まないものは捨て去らなければならない。同じく芸術作品においては、時や事物の変遷がその後それに与えたものをすべて除去して、芸術家の思想、完成時の最初の状態、作品誕生時の生命を引き出し、その生命を自分の心のなかで純粋なままに再現しなければならない。そうすると私は持続する純粋な愉悦を得ることができる。私が旅に出たのはそのためにほかならず、刹那的な満足や楽しみのためではない。自然を観察する愉悦も、これと全く同じである。(『旅日記』、一七八六年九月二五日)

『イタリア紀行』や『旅日記』のなかでは、「純粋な」(rein)という形容詞が多用されているが、これは前述したように、イタリアに向って旅立つ以前から、ゲーテが特別な意味づけを与えていた形容詞にほかならない。一七七九年八月七日の日記のなかで彼はそれまでの人生を回顧し、これまでの自分はなんと短兵急で、情熱を浪費してばかりいて、独りよがりだったことだろうかと反省した後、「私が口のなかへ入れる一片の食物にまでもおよぶ純粋理念(die Idee des Reinen)が、私のなかでますます明晰になるように」と記している(八三頁参照)。ヴァイマル時代の初期に、ゲーテはひたすら純粋理念を追究した。一七七七年から一七八〇年にかけての彼の日記を繙いてみると、そこにはたとえば次のように書かれている。「聖なる運命よ、……私にも清らかさ(Reinheit)を生き生きと享受させてくれたまえ」(一七七七年一一月一四日)。「今週は氷上に出ていることが多かった。それもいつも変らぬ清らかな(rein)心持で。自分自身や家政についての美しい闡明。静けさ(Stille)と叡智の予感」(一七七八年二月初)。「引きつづき人々から離れて清らかに(rein)暮らしている。生活にも行為にも静けさ(Stille)と確実さが支配している。心中には多彩な楽しい(fröhlich)想いが次から次に湧いてくる」(同年二月一二日)。「予想もしなかった美しい天気が続いている。樹々の緑もほんの数日で濃くなってきた。植物のように静かに(still)、清らかに(rein)暮らしている」(同年四月初)。「このところ心中はおおむねいたって静かだ(still)。一層引き籠った生活をするために、建築の素描をする。さまざまな事情についてのかなり清らかな(rein)想念」(同年二月末)。「このところ、天気と同じく心中は澄みわたり(klar)、清らかで(rein)、楽しい(fröhlich)」(一七七九年三月二九日—三一日)。「(美しき神々の訪れはいまだに続いている。)清らかな(rein)天気もまた同じ」(同年九月四日)。「日々の生活は穏やかに(ruhig)清らかに(rein)進んでいる。〔……〕ヒポコンデリーのお化けも消え去り、新たな秘密が心中に開示される。〔……〕深い静けさ(Stille)ほど素晴らしいものはない。私はこの静けさのなかで俗世間には背を向けて暮らし、成長し、そして世間の人々が火や剣をもってしても私から奪うことのできないものを勝ちとるのである」(一七八〇年五月一三日)。

ヴァイマル時代初期の「純粋理念」は、シュトルム・ウント・ドラング時代の彼の激情や懊悩を鎮める役割を果した。『若きヴェルテルの悩み』が出版された後、ゲーテがこの小説を初めて読み返して、まるで見知らぬ他人が書いたもののような不思議な感に捉われたのも、まさにこの頃だった(『日記』、一七八〇年四月三〇日参照)。「純粋な(rein)」が「静かな(still)」や「楽しい

(fröhlich)」と併用されていることからもわかるように、彼は「静けさのなかで俗世間には背を向けて暮らし」(一七八〇年五月一三日)ながら、幸福裡に純粋理念を追究しつづけた。静謐な孤独のなかでこそ、彼は自分の意識ないし内的世界が清められ、純化してゆくのを感じることができたし、それとともに叡智の予感(一七七八年二月初)や新たな秘密の開示(一七八〇年五月一三日)も与えられたのだった。それを彼は「美しき神々の訪れ」と表現している。イタリアにおいて、「明るいエーテルの光輝が額を照らし」ていたように、彼の生きるレアールな世界は、イデア的な世界からやってきた神々によって包みこまれ、純化されている。純粋理念によって充たされた世界。彼が口のなかに入れる一片の食物までもがだ。つまり彼は世界を純粋なものとして見いだすと同時に、その純粋さが自分自身の身体のなかにまで浸透しているのを知覚している。そしてこうした意識のもとでは、彼を包む空間(たとえば彼の部屋)は、外的なものであると同時に、彼自身によって受け容れられたもの、内在化されたものになっている。詩「エピレマ」に謳われているように、「内にあるものもなければ、外にあるものもない」のだ。「引き籠った生活」の場である彼の部屋は、同時に彼の内的宇宙である。そしてこのような宇宙のなかでこそ、彼は自己自身の存在をしかと取り戻すことができたのである。

一七八〇年以降、ゲーテが「純粋」について語ることは急に少なくなる。本章の冒頭に引いた「ローマ悲歌」第七歌に謳われているように、イタリア旅行に出発するまでの数年間、彼は「色も形もない世界に囲まれて疲れはとれず……心充たされぬまま、わが身について、ひとり暗いもの思いに沈むばかりだった」のだから。

しかしイタリアにおいて、ゲーテは純粋理念に再会した。ヴァイマル時代初期にも、ゲーテは美しく澄んだ空について一再ならず語っていたが、『イタリア紀行』のなかにも、南国の「澄んだ空(ein reiner Himmel)」を称える言葉がいくつも見いだされる。ヴァイマルでの陰鬱な生活を逃れてきたゲーテの心は、イタリアのどこまでも青い空のなかに包みこまれ、青く澄みわたった空と彼の澄んだ眼とは一つに重なりあった。ヴァイマル時代初期のゲーテが、「俗世間には背を向けて」孤独な静けさ、純化された小宇宙のなかに引き籠っていたとすれば、イタリアにおけるゲーテは、澄みわたった、もっと大きな宇宙のなかに包みこまれていた。そしてこのように内なるミクロコスモスが外なるマクロコスモスに向って開かれた状態のなかで、彼は意識的な自己純化の作業にとりかかった。彼の精神はいまや「純化(reinigen)」されるとともに確固たるものになり(一七八七年六月二〇日)、彼は「久しく忘れていた明澄さ(Klarheit)と安らぎ(Ruhe)」(一七八六年一一月一〇日)を得る。そしてこのような純粋な精神のもとで、彼は「事物を正しく評価し」(一七八七年一一月一〇日)、「事物をあるがままに眺め」(一七八七年六月三〇日)、「事物の品位と気高さとによって、……非常な高みにまで導かれ、〔彼の〕眼は信じがたいほど成長する」(一七八七年六月末)。しかも、こうして精神と眼が純化されるとともに、彼は「これまで私を苦しめてきた自分の二つの主要な欠点を発見」(一七八七年七月二〇日)し、「自分に固有なものとそうでないものとを区別」(同年六月一六日)し、「自己と自己の能力がどこに帰着するかについての光明を得る」(同年九月六日)。そしてこのような地道で注意深い努力のもとに、『イタリア紀行』における最も美しい思想が誕生する。それは「自己自身との一致」という思想である。「ローマで私は初めて自己自身を発見し、初めて自己自身と一致して幸福で理性的になった」とゲーテは『イタリア紀行』の終り近くに記している(一七八八年三月一四日)。しかもそれは、「私は本当に静かで(still)清らかな(rein)気持でいる」と記された(一七八八年二月六日)時期に当る。偶然的なものをすべて排し、自分に固有でないものを排し、一切の虚栄や仮定や期待を排することによって、ゲーテは真の自己自身を見いだした。いわば裸にされた自己を見つめる彼の眼に、すべては静かで清らかである。かぎりなく明澄な意識のなかで、彼はこれからは自分にとって本来的なもの、必然的なものだけを引き受けてゆこうとする。「自己自身との一致」——そこには、これからはできるだけ寄り道をゆかず、自分に与えられた運命を忠実に生きてゆこうとするゲーテの倫理的な決意があらわれている。そしてこの決意を可能にしたのは、「純粋理念」を追究していた当時にはなかったスピノザ的な「必然性」という視点だったのである。

*

「自己自身との一致」――それは、ヴァイマル時代初期に追究していた純粋理念の最高の到達点を意味しているだろう。しかし両者のあいだにある截然とした違いを見落としてはならない。ヴァイマル時代初期には「純粋な(清らかな)」という形容詞が「静かな」という形容詞としばしば併用されていた。「植物のように静かに清らかに暮らしている」(一七七八年四月初)彼の生は、あまりにも受動的で求心的だったと言ってよい。しかしイタリアにおけるゲーテは――少なくとも「自己自身を発見」するまでは――、生を受動的・求心的にばかりではなく能動的・遠心的にも追究している。「今や私には新しい時期が始まっている。今、私の心情は多くのものを見たり認識したりすることによって非常に拡大されているため、私は自分を何か或る一つの仕事のなかに制約しなければならない」(一七八七年一〇月二七日)。一方には拡大があり、他方には制約がある。イタリアにおいて古代遺跡やルネサンス芸術に触れたゲーテは、すべてを一からやり直し、自分を内奥から改造する必要を痛感する(一七八六年一二月二〇日)。従来の彼の文学観、芸術観、自然観のすべてが根本から再検討される。彼は新たな文学者、新たな芸術家、新たな自然科学者として生れ変ろうとするのだ。この試みが成功したかどうかは別として、じつはここにこそイタリアにおけるゲーテの特異な存在様式がある。それは「可能性感覚」とでも名づけられるような自己拡大ないし自己脱却の傾向であって、それが「自己自身との一致」という必然的感覚とともに、ゲーテ的存在のいわば両軸をなしているのである。

イタリアにおいて彼が試みた幾多の可能性のなかでも最も特筆すべきものは、彼が画家になろうとしたことであろう。素描画に関する彼の才能をわれわれは疑うことができない。しかし彼の熱意にもかかわらず、彩色に関する彼の孜々たる努力は結局のところ水泡に帰した。オルテガはゲーテ百回忌の記念講演のなかで彼のこうした試みを鋭く批判して、「ゲーテのような早熟の人が、四〇歳に達してもまだイタリアの街路上で、自分は詩人だろうか、画家だろうか、あるいは学者なのだろうかと自問したり、一七八八年三月一四日にローマから、「ローマで私は初めて自己自身を発見し、初めて自己自身と一致して幸福になった」と書いている」のは、およそ理解に苦しむことだと言っている。(48)「この人は、自己自身を探し求め、あるいは自己自身を避けることに生涯を費やしたのだ。それは、自己自身を完全に実現することに意を用いるのとは途方もなく懸へだたった姿勢だと言わねばならぬ」と。要するにゲーテは生を無駄遣いしたというのだ。しかしゲーテの試みは本当に無駄だったのであろうか。オルテガが「自己自身を完全に実現する」と言う場合、それはすでに何者かである私、運命によって規定された必然的な自己の実現を意味している。それに対してイタリアにおけるゲーテは、たえず自己を脱却し、不断に新たな自己として甦ろうとしているのである。晩年のゲーテは『詩と真実』のなかで、人間の生には自己強化(sich verselbsten)と自己脱却(sich entselbstigen)という二つの方向があり、そのどちらも蔑ろにしてはならないと書いている。それにならって言えば、静謐な孤独ばかりを追究していたヴァイマル時代初期のゲーテは、自己強化の方向に向うばかりで、人間とは本来「脱自的存在」であることを失念していたがゆえに、結局のところ自己閉塞的な状況に陥ってしまったのだとは言えないだろうか。しかしイタリアにおけるゲーテは、建設する前にまず破壊する。有と無のあいだを彼は何度も往き来する。そして、こうした試みを繰り返しているうちに、人間の自己形成においては自己強化と自己脱却、自己制約と自己拡大、受動と能動、必然性と可能性とが相補的な関係をなしていなければならないという自覚が次第に深まってゆくのだ。だから彼の言う「自己自身との一致」とは、破壊や無を経て獲得されたものにほかならず、それはオルテガの言う「自己自身の実現」とは比べものにならないほど深い意味を有しているのである。

ニーチェは、ゲーテの「誤り」と彼の自己実現との関係を、オルテガよりもより的確に捉えている。たしかに「彼は二度も、自分が現実に持っているものよりも高いものを持っていると思った」。一度は自分は偉大な造型芸術家になれるという思いこみにおいて、もう一度は最大の科学的発見者の一人であるという思いこみにおいて。後者が誤った思いこみであるかどうかはともかく、ニーチェによれば、「迷うという遠回りをしなかったら、ゲーテはゲーテにならなかっただろう」というのだ(49)。

イタリア旅行の約一〇年後に書かれた自画像的な小エッセイのなかで、ゲーテは自分のことを三人称で語りながら、自分がたびたび陥る「誤った傾向」と「自己形成」との不可分の関係について論じている。この小エッセイはニーチェの洞察の正しさをはからずも裏づけている。

たえまなく活動しつづけ、内へも外へも働きつづける詩的な形成意欲(Bildungstrieb)が、彼の存在の中核をなし、その基盤を作っている。この形成意欲を把握すれば、爾余の外面上の矛盾はすべて解消する。この形成意欲は休むことを知らないから、材料が不足してくると、わが身を自ら食い尽くしてしまわないともかぎらない。そうならないために、彼の眼は否応なく外へ向けられる。しかも静観的ではなく、ひたすら実践的な人間である彼は、外へ向って働きかけずにはいられない。そこから多くの誤った傾向が生れる。自分にはその素質がないのに造型芸術に向ったり、実務的柔軟さを欠いているのに政務に向ったり、十分な根気がないのに科学の研究に向ったりするという傾向が。しかし、これら三つの誤りに対しながら彼は自己形成しつづけるので……、これらの方向の誤った努力ですら、外に対しても内に対しても何らかの実を結ぶのだ。　(HA　X, 529)

晩年にゲーテが編んだ詩集『神と世界』のなかには、「オルペウス教に倣《なら》いし原詞」と題された五連の八行詩が含まれているが、この詩は、迷いながらたえず自己形成に励むゲーテの姿、つまり必然性と可能性との相関関係から成る彼の存在構造を見事に示している。この連作詩は、

「個性」という詩に始まる。

きみがこの世に生れ出たとき
太陽は惑星たちの挨拶をうけていた
その日からきみはすくすく育ちはじめた
生れたときの法則に従って――
きみはかく定められ　己から逃れられない
古の巫女も予言者も言っていた
いかなる時も　いかなる力も破壊できない
生成し発展してゆく　刻印された形相を

「生成し発展してゆく刻印された形相」と名づけられた「個性」こそは、『イタリア紀行』で言われている「自己自身」にほかならない。「いかなる時もいかなる力も破壊できない」硬質にして不変なる個性。後にゲーテ自身が書いたこの詩の注解によれば、「人格が有する、必然的な限定された個性、個々の人間を他の人間から区別する性格」こそは、人間の「核」をなしている(HA I, 403 f.)。ところが「この硬質で堅い本体」の活動を妨げ、人生の歩みをあちらこちらへと揺り動かすものがある。それが第二連の主題をなす「偶然」である。偶然は時には人間の個性を促進し、時には「人間をもて遊び、迷える者を新たな迷宮へと誘いこむ」。偶然とは人間を突如として襲う運命にほかならない。偶然のうち最も重視すべきものは、第三連で謳われる「愛」である。愛において人間は、単に偶然によって規定されるばかりではなく、意識的に世界に向って働きかけることができる。いまや「個性」は、運命によってもたらされた対象を、ひいては運命それ自体を愛するにいたるのだ。

こうして愛する人と結ばれると、そこに家族という一つの全体が形成される。しかしこの小さな社会的集団は多くの義務を強制し、その結果ふたたび人間は運命の意志に服することになる。第四連の「必然」では、次のように謳われている。

かくもきびしき必然に　心も意志も従って
かくてぼくらは見かけこそ自由でも　年とともに
最初よりますます狭くせばめられてゆく

年とともに可能性の「ますます狭くせばめられてゆく」仮借なき宿命。しかしこの連作詩の最後を飾る「希望」において、「ぼくらを阻む鉄壁と限界のいまわしい扉もいつしか開かれ」、ぼくたちはふたたび自由な大空へと導かれる。

君たちも知るように　至るところに希望はみちみち
ひと羽搏《はばた》きで　ぼくたちはすでに時空を超えている

連作詩「オルペウス教に倣いし原詞」においてゲーテは、天から「個性」という硬質の核を与えられた人間が、世界との関わりにおいて必然性と偶然性(可能性)、運命と自由のあいだを何度も往き来するものであることを示した。人間とは単なる必然的存在でもなければ、単なる可能的存在でもない。両者の総合が人間であり、「自己」である。世界と自己とのこのような相関関係を、われわれはおそらく図8のように図示できるであろう。そしてそれは取りも直さず、イタリアにおいてゲーテに開示された自然と古代と自己という三つの同心円を指し示すものにほかならない。

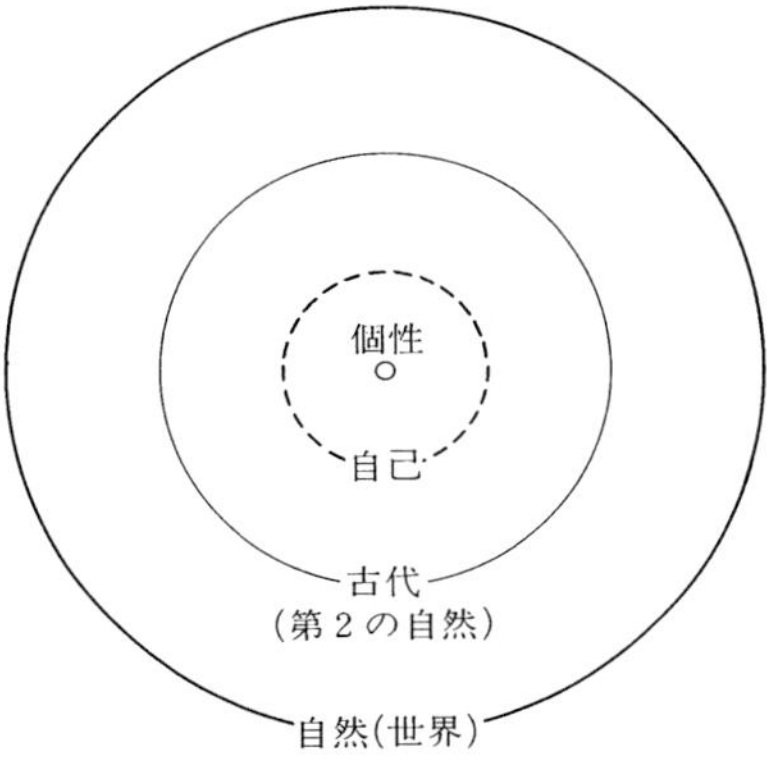

図8

「自己」を点線で示したのは、それがエラスティックな存在であるからで、「自己」は可能性感覚や愛を持ちながら世界と関わり、かつ世界によって浸透されている。したがって「自己」の大きさは人によって異なるし、また同一人物においても時に応じて異なる。世界に向って積極的に働きかけてゆくとき、その自己は当然のことながら大きくなる。それは中心から外へ外へと拡大してゆく精神である(拡張)。それに対して修道僧のように世俗的な世界との交わりを断ち、自己の核をなす硬質な堅いものへと肉薄をつづける精神もある(収縮)。そして晩年のゲーテは、この二種類の精神を『ヴィルヘルム・マイスターの遍歴時代』のなかで、マカーリエ、およびモンターンの匿名の友人のうちに形象化したのである。

必然性と可能性、恒常性と可変性、つまりは存在と生成――それこそはゲーテがイタリアにおいて認識するにいたった生の二極構造にほかならない。しかもこの二極構造は、彼が自然のなかに見いだしたものでもあった。「オルペウス教に倣いし原詞」の第一連を結ぶ「生成し発展してゆく刻印された形相」という有名な句は、人間ばかりではなく、動植物もまた「刻印された形相」という恒常性と「生成し発展してゆく」可変性を有していることを示している。第Ⅱ章で詳述するように、イタリアにおいてゲーテは、植物は形相的本質(原植物=植物原型)という必然性に執着する一方、環境(偶然性)の影響下、メタモルフォーゼという無限の自己変容を重ねることをつぶさに観察した。イタリアにゆかなかったら、ゲーテは彼の形態学の両軸をなす「原型」と「メタモルフォーゼ」という思想を見いだし、深めることはとてもできなかったにちがいない。イタリア旅行とは、自然科学者としての彼にとっても、記念すべき里程標をなすものだったのである。

5　現象に、あくまでも根本現象に　シラーとの交友

ヴァイマルの宮廷入り、イタリア旅行と並んでゲーテの人生を大きく画することになったのは、シラーとの交友である。永い放浪時代を経てシラーがヴァイマルに入ったのは、一七八七年七月二一日のことで、そのときゲーテはちょうどイタリア旅行に出ていた。しかしゲーテがイタリアから帰国してからも約六年のあいだ、二人は同じ小さな町のなかに住みながら、親しく言葉を交わすことがほとんどなかった。若いながらもすでに盛名を博し、ヴァイマル宮中顧問官の称号さえ受けていたシラーは、ヴァイマルに来ればすぐにでもゲーテの知遇を得られるものと思っていた。ところがイタリアにおいて古典主義的様式感覚を身につけて帰国したゲーテの眼から見れば、シラーは自分がつとに克服したシュトルム・ウント・ドラングの唾棄すべき精神の虜になっているとしか見えなかった。「シラーと初めて知りあった頃」という短いエッセイのなかには次のように記されている。

シラーとのあいだに突然開けた関係は、およそ私が願いうる以上のもので、私の後半生における最高の幸福に数えることができる。しかもこんな幸運を恵んでくれたのは、ほかでもない植物のメタモルフォーゼに関する私の研究で、それが契機となって、私を永いあいだ彼から隔てていた不自然な状態はやっと除去されたのである。

イタリアにいたあいだ、私は芸術のすべての部門においてより一層の明確さと純粋さを得ようとして修養につとめ、その間ドイツにおいて何が起こっていようと一切意に介していなかったが、いざ帰国してみると新旧さまざまの文学作品が大変な好評を博し、広汎な影響を与えていた。ところがそれらは残念なことに私に強い嫌悪を催させるものばかりであった。ここではハインゼの『アルディンゲロ』とシラーの『群盗』だけを挙げておこう。造型芸術を描きながら、官能や錯綜した考え方を美化し飾りたてていた前者も、当時私が脱却しようとしていた倫理的劇的背理を、激しい勢いでわが国に拡めていた力強くも未熟な天才である後者も、私にはひどく厭わしいものに感じられた。

〔中略〕

シラーと交誼を結ぶなどということは、思いもよらぬことであった。シラーの真価を正しく評価していたダールベルクがいくら親切に言ってくれても無駄だった。交際することなぞできないという私の理由は、誰にも反駁しようがなかった。精神的に正反対な二人のあいだに、地球の直径以上の隔たりがあるのを、誰も否定できなかった。お互いに一つの極として認められているものが一緒に会するなどということは、到底ありえないことだったのである。

(GA XII, 619 ff.)

ゲーテがシラーに対して反感を抱いた理由は二つあったといってよいだろう。第一にシラーは、『群盗』に代表されるようなシュトルム・ウント・ドラングの作家であると見なされていた。若きヴェルテルの熱情と惑乱は、イタリア旅行を経てきたゲーテにとっては厭わしい過去の思い出にしかすぎず、シラーに対する反感は、彼にとっては昔日の自らの姿に対する嫌悪に等しかった。ところがシラーの方も、じつは当時すでにシュトルム・ウント・ドラングの熱き血を脱却し、ホメーロスの『オデュッセイア』の研究に没頭していたのである。二人がやがて手を携えて、ドイツ文学の古典主義時代を切り拓く素地は十分にできていたと言えよう。

第二の理由は、「精神的に正反対な二人のあいだに、地球の直径以上の隔たりがある」ことであった。たしかに二人の精神は正反対の型に属していた。ヴィルヘルム・フォン・フンボルトは一八〇〇年九月のシラー宛の手紙のなかで、この点を正確に衝いている。「あなたに対する非難も賞讃も、結局のところは客観性に対する主観性の優越という点に帰着します。……ゲーテの想像力の働かせ方は、あなたのそれとは全く違っています。彼は生の諸現象を別のやり方で受けとめ、別のやり方で私たちの心に訴え、別のやり方で精神的な考察へと高めます。彼は自ら創作しているときでも、今なお受容しているかのようです。彼はほとんどいつでも自分の周囲を眺めて、自分が見たものを語っているにすぎず、〔あなたのように〕自分のなかに閉じこもって仕事をしたり、仕事を急いだりすることは、どうやら全くありません。……彼は直観的・感覚的な人間に直接に働きかけるのです」。

フンボルトが鋭く看破しているように、シラーが「主観的なもの」や「理念」を重視する「思弁的」な人間――広義での合理論者――であったとすれば、ゲーテの方は――少なくとも古典主義時代においては――「客観的なもの」や「経験」に依拠してゆこうとする「直観的・感覚的な人間」――広義での経験論者――であった。畢竟するところゲーテはより多く自然に依拠し、シラーはより多く精神に依拠していた。だからといってゲーテ的な「自然」に精神が欠けていたわけではない。「自然内存在」であるゲーテにおいては、自然もまた精神を内包していた。ところがシラーの場合は、精神が自然を内包していたわけではなかった。『優美と尊厳について』(一七九三年)のなかで主張されているように――そしてそれこそは、ゲーテにシラーを疎んじせしめた理由の一つであった――シラーは基本的には精神と自然とを対立する敵対物として捉えていた。精神と自然ばかりではない。彼の一連の美学論文によれば、自分のような近代人は、理性と感性、形式と素材、人格と状態といった両極にたえず引き裂かれている。彼は近代ヨーロッパの典型的な二元論者なのだ。しかし引き裂かれているが故に、彼は精神と自然の失われた統一を求めた。『素朴文学と情感文学について』のなかで、彼は書いている。「詩人は自然であるか、失われた自然を求めるかのどちらかである」[50]と。

フンボルトはシラーについて、彼は「真に対話的天性の持主だ」と述べているが、そのような天性は明らかに彼の二元論的性格に由来している。彼がドイツの偉大な劇作家になることができたのも、そのためにほかなるまい。芝居とは基本的にはダイアローグであるが、そのようなドラマトゥルギーの本質に、シラーの性格はゲーテよりもはるかに適していたのだ。

さて如上のようなゲーテとシラーの心性の基本的な差異は、一七九四年七月、イエナでの自然科学学会の帰途における二人の忘れがたい出会いにおいて、ヴィヴィッドに浮び上ることになった。この出会いについて、ゲーテはシラーの死後、次のように書き遺している。

> シラーがイエナに引越してきていたが、私はまだ会ったことはなかった。ちょうどその頃バッチュが感嘆すべき熱意をもって自然科学の研究会を開き、標本の素晴らしいコレクションを集めたり、大事な器具を使って実験をしたりしていた。この例会に私はたいてい出席していたが、あるときシラーもそこに来ていて、たまたま同時に外に出ることになった。おの

ずから言葉が交されたが、彼は今日の講演について言いたいことのある様子だった。ああいうふうに自然をこま切れにしてしまうやり方は、折角関心を持っている素人にも決していいものとは思えないと、まことにもののわかった聡明な見解を述べ、私をいたく喜ばせた。

私はそれに答えて、ああいうやり方は専門家にもたぶん納得のゆかないもので、自然をばらばらにして分析的に考察するのではなく、全体から部分に向って、自然を生き生きと活動しているものとして表現するもっと別のやり方があるのではないでしょうかと語った。彼はそれを教えてほしいとは言ったものの、果してそんなものがありうるのだろうかという内心の疑念を隠しきれなかった。私の主張したことがすでに経験にもとづいているということが、彼には認められなかったのである。

私たちは彼の家に着いたが、話に誘われて私は家のなかに入った。私は熱心に植物のメタモルフォーゼを説明し、象徴的な植物を、その特徴を示すべく、彼の眼の前でデッサンしてみせた。彼は私の話に耳を傾け、大変面白いし、よくわかるといった様子でじっと黙って聞いていた。しかし私が話を終えると、彼は首を振って、「それは経験ではない。理念です」と言った。私ははっとし、いささか腹が立った。というのも私たちを隔てていた点が、それによってとてもはっきりしてきたからである。彼が『優美と品位について』のなかで主張していたことがふたたび思い出され、彼に対する昔からの反感が頭をもたげてきた。しかし私は気を取り直して、こう答えた。「私が自分でも知らずに理念を持っていて、しかもそれを眼で見ているということは、とても嬉しいことです」と。 (GA XII, 622)

シラーからすれば、ゲーテの言う象徴的な植物、すなわち原植物は実在するものではない以上、それは超越的な「理念」でなければならなかった。「それは経験ではない。理念です」というシラーの言葉は、おそらくゲーテには、自分が主張している原植物はまるで恣意の産物であると指摘されたかのように思われたであろう。原植物はたしかに実在する植物ではない。だが現に自分はそれを眼で見ている以上、それはやはり広い意味での「経験」に属しているのではあるまいか。しかしシラーの指摘を受けて、ゲーテも「経験」と「理念」に関する自分の概念規定の曖昧さを認めざるをえなかった。そこで彼は、たとえ原植物が理念であるとしても、それは思弁的・抽象的な理念ではなく、生き生きとした具体性を持った理念、スピノザ的な「直観知」によって把握された理念であるとやり返したのである。

原植物をめぐるこの日の対話は、二人の心性の大きな差異について、ゲーテとシラーの双方にそれぞれ深く考える機会を与えた。シラーはゲーテの直観的な方法について考察をめぐらし、一方ゲーテは、自分の自然科学的方法論を認識論的に基礎づける必要に駆られた。こうしてゲーテの人生は大きな転機を迎えることになった。シラーとの交友の始まりについて、彼はこう記している。「特に私にとっては新たな春が来たようなものだった。すべてが楽しげに競いあって芽生える春、種子や枝が芽を吹く春が。私たちの往復書簡は、その最も直接的で、最も純粋で、最も完全な証言である」(GA XII, 623)。

*

原植物についての意味深い対話を交した約一カ月後、シラーはゲーテに宛てて長文の有名な手紙(一七九四年八月二三日)を書き、そのなかでゲーテの精神を直観的精神——分析という苦しい努力がようやくのことで手に入れるすべてを難なく獲得できる精神——と特徴づけるとともに、ゲーテが求めている「自然のなかの必然的なもの」や「類(Gattung)」を正確に把握するには、思弁的精神の助けが必要であると指摘した。まるでその助けを提供できるのは自分であるとでも言うかのように。

こうしてゲーテはシラーによって哲学の世界へ導かれていった。しかし彼の「直観的精神」は、哲学がしばしば見せる、あまりにも思弁的であまりにも形而上学的な相貌に対してはひどく無愛想だった。後に彼は、「本来の意味での哲学に対して、私は何の器官も持っていなかった」(LA I-9, 90)と述懐している。今日、われわれはこの言葉を次のように解釈すべきであろう。ゲーテは哲学とは無縁ではなかったが、しかしあくまでも自然や経験から出発する「ゲーテ的哲学」は、反思弁的・反形而上学的な性格を有していたのだ、と。

スピノザの『エチカ』と並んでゲーテが最も愛読した哲学書はカントの三大批判書——とりわけ『判断力批判』——であったし、この点において彼の関心はシラーのそれと奇しくも合致していた。もっともゲーテがカントに惹かれたのは、シラーの場合とは違って、カントが思弁的理性のゆきすぎた使用に対して徹底した批判を加えるとともに、ゲーテが重視する人間の直観能力の可能性を認識論的に基礎づけていたからであった。『純粋理性批判』第二版の序文にあるように——ゲーテが読んだのは、第二版序文を含む第三版であった——、「思弁的理性によって経験の限界を越えたりはしない」(B XXIV)こと、「思弁的理性から自分の分を越えた認識ができるなどという思い上りを奪いとる」(B XXX)ことこそ、カントの出発点の一つをなしていた。そしてこの序文に続く緒言の冒頭は、ゲーテの関心を特に惹いた部分であった。

われわれのすべての認識が経験を契機として始まるということは、疑う余地もない。〔後略〕

しかし、われわれのすべての認識が経験を契機として始まるといっても、だからといってすべての認識が経験に由来するとはかぎらない。というのも、われわれの経験的認識ですら、じつはわれわれが〔感覚的〕印象を通して受容したものと、われわれの認識能力が〔感覚的印

象に促されて)自分自身のなかから取り出したものとの合成物だからである。(B I)

このくだりをゲーテは繰り返し読んだ。ここに彼は経験と理論との関係に関する貴重な示唆を読みとると同時に、自分のこれまでのやり方の正しさが確かめられた、と感じたにちがいない。

カントの『純粋理性批判』が世に出てからすでに永いこと経っていたが、しかしこの本は全く私の関心の外にあった。それでも私はこれに関する討論には何度も居合せたし、われわれの精神的存在に自我と外界はどれほど寄与しているかという昔ながらの大問題が新たにされているのを、ほんの少し注意するだけで見てとることができた。それまで私は、自我と外界の両者を決して区別したことがなかったし、私なりに外的対象について哲学的に思索したときには、無意識の素朴さからそうしていたのであり、私は自分の見解を眼の前に見ていると本当に信じていたのである。しかし例の論争が話題になると、私はすぐに、みずから進んで人間を一番尊重してくれる側に立ったし、カントとともに、われわれのすべての認識は経験を契機として始まるが、だからといってすべての認識が経験に由来するとはかぎらないと主張する友人全員に全面的な賛意を表した。アプリオリな認識も私の気に入るものだったし、アプリオリな総合判断もそうであった。というのも全生涯を通して私は、詩作したり観察したりしながら、あるときは総合的な、またあるときは分析的な方法をとっていたからである。人間精神の収縮と拡張とは私にとって第二の呼吸とでも言うべきもので、たえず脈動していて、決して引き離すことのできないものだったのである。しかしこうしたやり方のすべてを表現する言葉を私は持っていなかったし、ましてや専門用語は持っていなかった。だが今や初めて一つの理論が私に向ってほほえみかけているように思われた。私が気に入ったのは入口である。奥の迷宮そのものには入ろうという気になれなかった。詩才に妨げられたり、常識に妨げられて、私は決して前進しているとは感じられなかった。(LA I-9, 90 f.)

右の文章は、ゲーテの認識方法に関するいくつかの秘密を明かしている。

㈠「自然内存在」であるゲーテは、「自我と外界の両者を決して区別したことがなかったし」、彼はつねに対象的に思惟していた。

㈡ 対象的に思惟していると、理論もしくは理念が自ずから眼の前に浮び上ってくる。したがって彼は、「自分の見解を眼の前に見ていると本当に信じていた」。ゲーテ的直観は、経験的対象ばかりではなく、理念的対象をも把握することができたのである。

㈢ したがってゲーテは合理論者でもなければ、また単純な経験論者でもなかった。彼はあくまでも経験に依拠しようとしたが、しかしその経験は、どこかでアプリオリな認識やアプリオリな総合判断と結びつくのである。ゲーテ的経験は、理論的認識とほとんど切れ目なくつながっている。このような経験を、後にゲーテは「繊細なる経験」(zarte Empirie)と呼んだ。「対象とぴったりと同一化し、それによって本当の理論と化す繊細なる経験がある。しかし精神的能力のこうした昂揚は、文化的に高度な時代のものである」(M u R　565)。

㈣　こうしてゲーテは経験と理論、総合的な方法と分析的な方法のあいだをたえず往き来していた。彼は「人間精神の収縮と拡張」とを繰り返しながら、総合と分析、全体と個のあいだを、後述するようにいわば解釈学的に循環しつづけていたのである。

＊

このようにゲーテが経験と理論の関係を次第に深く考察するにいたった背後には、前述したようにシラーの存在があった。『カリアス書簡』(一七九二年)や『人間の美的教育について』(一七九五年)などにおいて、カントにみられる自由と自然、理性と感性の二律背反を克服しようと努めていたシラーは、ゲーテにとってカント哲学のよき案内役でもあった。シラーとの対話や往復書簡を通して、彼はカント哲学にますます深く通暁するとともに、後に「対象的思惟」と名づけられることになる自らの独自な認識方法を哲学的により正確に理解しようと努めた。そうした努力が頂点を迎えるのは、一七九八年一月におけるシラーとの手紙のやりとりにおいてであり、ここにおいてゲーテの広義での経験論とシラーの広義での合理論はたがいに手を結ぶことになる。
この年の初めにゲーテは色彩論に関する草稿類を整理し、四、五年前に書かれた未発表の哲学的論文「主観と客観との媒介としての実験」を送って、シラーの意見を求めた。この論文のなかで彼は、自然科学者というものはあくまでも経験に依拠しながらも、いくつもの個別的経験を総合した「高度の経験」を目指さなければならないと主張している。

生きた自然においては、全体とつながりを持たないものは何一つとして起こりはしない。経験が孤立したものとしてしか現象せず、実験が孤立した事実としか見なされないとしても、だからといってそれらのものが孤立して存在しているというわけではない。ただ問題になるのは、われわれがどうやってこれらの現象、これらの出来事のあいだのつながりを見つけるかということである。

すでに見てきたように、孤立した事実を自分の思考力や判断力と直接に結びつけようとした人々〔ニュートンとその一派のこと〕が、真先に誤謬を犯したのである。それに対してたった一つの経験、たった一つの実験のありとあらゆる側面や様相を、あらゆる可能性において検討し、研究することを怠らなかった人々こそ、最もよい成果をあげることができたのだと言えよう。

〔中略〕

私が『光学論考』の第一、二巻で呈示しようとしたのは、相互に隣接し、直接に触れあっている一連の実験であったが、これらの実験は、もしもそのすべてを知悉し、見渡すことができるならば、いわばただ一つの実験、じつに多様な観点から見られたただ一つの経験を成すものであった。

他のいくつかの経験から成り立っているこのような経験は、明らかに高度の経験であり、そのなかに個々の計算例が数えきれないほど表現されているような公式を呈示している。このような高度の経験を目指して研究を進めることは、自然研究者の最高の義務であると私は考えているし、この分野で活躍した最もすぐれた人々の実例は、われわれにそれを示してくれてもいる。

(LA I-8, 311 ff.)

この論文を送られたシラーは、一月一二日付のゲーテ宛の手紙のなかで、この論文は『光学論考』の序文とでもいうべき体裁を有しているが、この体裁を改め、その主旨だけをもっと詳述したらどうかと忠告するとともに、この論文の含むいくつかの問題点を彼なりの立場から敷衍している。

(一)　この論文は、「合理的経験」(rationelle Empirie) というものの必要性、つまり合理論と経験論を統合するという困難にして最高の課題を説いている。というのも、「理論的命題を直接に実験によって証明しようとする」経験論が一方において危険なものだとすれば、他方において合理論は、「自然の世界と悟性の世界の本質的な差異を完全に見誤り、自然のすべてを蔑ろにしている」からである。

(二)　経験論と合理論の誤りは、近代科学そのものがこれまでに冒してきた誤りでもある。それは、「第一には、自然を理論によって狭めたことであり、第二には、思惟能力を客体によってあまりにも制約しようとしてきた」ことである。

(三)　したがって自然科学の発展を図るためには、一方ではあるがままの現象にあくまでも忠実でありつづけ、あまねき自然をそのままのすがたで受容しなければならないし、他方では人間の表象力と総合能力を自由に行使しなければならない。

右の手紙のなかでシラーは、ゲーテの言う「高度の経験」を「合理的経験」と言いかえるとともに、さらに「経験」の代りに「現象」の語を用いている。ゲーテの「合理的経験」においては、合理論と現象に即した経験論が統合されていると言うのだ。この「示唆に富んだ」手紙はゲーテをいたく喜ばせた。彼は翌日すぐに返事を書き、御指摘のすべてに同意するばかりではなく、いただいた手紙に署名してもいいくらいだと述べている。彼が「現象」というものにカントよりももっと積極的な意味付けを与えるにいたったのは、この頃だと言えよう。この日のシラー宛の返書のなかで、「大半の研究者は自分の〔思惟〕能力を適用する機縁、自分の仕事を進める機縁として自然現象を利用している」にすぎないと記したゲーテは、さらに一月一七日には、「主観と客観との媒介としての実験」の主旨を深く掘り下げた無題の有名な論文を彼に書き送った。

自然を観察したり考察したりする際に、私はこれまで——特に近年がそうであるが——次のような方法をできるかぎり忠実に守ってきた。

現象の不変性と一貫性をある程度まで経験的に究めたら、そこから経験的な法則を引き出して、これをそののち出会う現象にまず当てはめてみる。法則と現象とがその後も完全に合致するようであったら、私は正しかったことになる。完全には合致しなかったら、私はひとつひとつの事例の持つさまざまな状況に注意を向け、矛盾をきたしているような実験をもっとあざやかに解明してくれる新しい条件を否応なく求めざるをえなくなる。ところが同じ状況下でありながら、私の法則と矛盾をきたしているような事例も往々にしてあるので、その場合にはこの研究全体を一歩先に進めて、もっと高い観点を求めなければならない。

私の経験からすればこの観点とは、人間の精神が対象の普遍性に最も近づき、これを引き寄せ、(いつも日常的な経験においてしているように)合理的なやり方でこれといわば融合できるような点にほかならない。

だからわれわれの研究に関して、おそらく次の点を呈示しておかなければならないと思われる。

一、経験的現象――これはどんな人間でも自然のなかに認めることのできるもので、後に実験によって止揚され、

二、学問的現象――となる。これは最初に確認されたのとは異なる状況や条件のもとで、多少なりとも巧みに系統立てられ、記述される。

三、純粋現象――これはありとあらゆる経験、ありとあらゆる実験の結果として究極的な位置を占めている。これは決してそれだけで孤立していることはなく、連続した系列的現象として示される。これを表現するために人間の精神は、経験界では揺れ動いているものを規定し、偶然的なものを除去し、不純なものを排除し、混乱したものを解きほぐして、ついに未知のものを発見するのである。

人間が身の程をわきまえているとすれば、ここにこそわれわれの力の最終的な目標があると言えよう。というのもここで問われているのは原因ではなく、さまざまな現象があらわれる際の条件だからである。つまり現象が首尾一貫していること、数多の条件のもとでも永遠

に回帰すること、同じものでありながら変りやすいことなどを直観し、それを諾《うべな》うことができれば、現象を規定している性格が認められ、人間の精神はそれをさらに規定してゆくことができるのである。（LA I-11, 39 f.）

この論文がことのほか重要なのは、これがいわばゲーテ的「現象学」のマニフェストと見なされるからである。「経験論ではないが、しかしあくまでも経験に忠実に」といぅかつての主張は、「経験的現象ではなく、学問的現象を経て純粋現象へ」というより明確なテーゼへと高められている。彼が現象を三段階に分けた背景には、明らかにカント哲学の影響がある。これら三種類の現象は、カントの言う表象、法則、原理（もしくは理念）にかなりの程度対応している。しかもカントによれば、これら三者を認識するのは、人間のうちなる感性、悟性、理論理性（もしくは実践理性）にほかならない。ゲーテはこうしたカント的図式を熟知していたし、とりわけ悟性と理性の区別は彼が好んで用いたものであった。にもかかわらずゲーテは、カント的図式に全面的には与しようとしなかった。というのも、われわれの眼が自然のなかに認識するものは、法則や原理といった生命の脱殼ではなく、永遠に生成しつづける現象であるからだ。そしてこの点にこそ、ゲーテ的方法を広義での「現象学」と呼びうる謂れもあるのである。

むろん現象学と言っても、ゲーテ的な現象学をフッサールのそれと同一視するわけにはゆかない。現象学者のあいだでも、ビンスヴァンガー、コンラート＝マルティウス、ハンス・リップス、H・シュミッツなど、ゲーテの自然科学方法論を現象学として捉えている人は少なくないが、しかし彼らはいずれもゲーテのなかに、フッサールが歩んだのとは別の現象学の道を探ろうとした。あくまでも「自然内存在」の立場をとるゲーテと、「超越論的還元」によって自然的態度を括弧に入れる『イデーン』以降のフッサールとのあいだには大きな隔たりがある。ゲーテにとって自然とはあらかじめ与えられた世界であり、人間の身体および人間の眼は、もとよりこの世界の只中に位置している。自然はデカルト主義者たちの主張するように客体化されうるものではない。客体化されることによって、自然は精巧な機械、抽象化された法則として把握されるであろう。しかし自然を内側から眼によって注視するとき、自然は生きた具体的なものとして見えてくる。それこそは、われわれが呼吸し、生を享けている現象の世界なのだ。法則や原理を唱えることが、現象から眼を離すことであってはならない。現象とは自然の生きた「すがた」にほかならず、われわれは現象をあくまでもあるがままに受けとめ、その「すがた」にひたすら見入らなければならない。しかもそのようにひたすら見入ることによって、見られたものは次第に純化され、やがて自然の本質的な「すがた」が開示されてくるであろう。それが純粋現象である。

あらゆる事実がすでに理論であると知ることこそ最上のことであろう。空の青は、われわ

れに色彩論の根本法則を開示してくれている。現象の背後に何も探してはならない。現象自体が学説なのだ。　(MuR 575)

純粋現象——それは、ヴァイマル時代初期やイタリア旅行においてゲーテが追究した「純粋理念」のいわば科学的呼称である。後にゲーテは「純粋現象」に代って「根本現象」(Urphänomen)の語を用いるようになった。「それというのも〔「根本」とあるごとく〕現象のなかにはこれを超えるものはありえないし、また〔「現象」とあるごとく〕さきにわれわれが経験的なものから根本現象へと上ってきたように、根本現象から日常的な経験のごくありふれた事例へ一段一段降りてゆくことも完全に可能だからである」(『色彩論』教示篇、一七五節)。根本現象こそは、「われわれの力の最終的な目標」(一三四頁参照)である。ゲーテの自然科学はあくまでも経験に忠実でありつづけることによって、超経験的な根本現象の開示を目指す独自の現象学である。彼は経験的現象のなかに眼を通して根本現象を読みとり、それを記述しようとする。彼にとっては自然もまたレクチュールの対象だったのだ。その意味でゲーテの自然科学は自然の現象学であるばかりではなく、自然の解釈学であるとさえ言うことができる。解釈学に関する最近の広汎な研究は、本来は文献や聖書の単なる解釈技術にすぎなかった解釈学を、生の領域や、そしてさらには自然の領域にまで適用することを可能にしてくれた。事実ゲーテは自然を何度か書物になぞらえている。

『イタリア紀行』のなかでは、「何といっても自然は、全ページにわたって偉大なる内容を提供してくれる唯一の書物だ」(一七八七年三月九日)と記しているし、テューリンゲンの森のなかの町イルメナウからはシュタイン夫人に宛てて、「自然という書物をどれほど読みとれるようになったかということは、口ではとても言い表わせません。一語一語永いこと苦労して読んでいたのが役に立ち、今や突如として進展したのです。私のひそかな喜びには筆舌に尽くしがたいものがあります」(一七八六年六月一五日)と書いている。ちなみにゲーテの自然科学についてその解釈学的性格を初めて指摘したのは、フッサールの弟子であると同時に、解釈学的論理学の創始者として知られるハンス・リップスだった。「〔ゲーテにとって〕見ることは事物を解釈することである。〔眼と世界との〕純粋な関わりの枠組のなかで、事物は解釈されるのだ」(51)。経験的現象と根本現象、特殊と普遍、多と一のあいだをたえず循環しつづけながら、現象と、現象に見入る眼をより深い次元へと導いてゆくゲーテ的方法論には、現象学的性格ばかりではなく、広義での解釈学的性格をも認めることができるのではないだろうか。ハンス・リップスとゲーテ自然科学との関係に関する示唆に富んだ論考のなかでシャイフェレが指摘しているように(52)、ゲーテに解釈学の前提をなす「前理解」という概念を見いだすことはできないものの、しかし彼は「前理解」という問題設定に、じつはすでにかなり近づいていた。たとえば彼は、E・A・シュティーデンロートの『心理現象を解明するための心理学』(一八二四年)のなかから次の一節を引いている。「思惟というものは何もないところから生れるものではなく、それはかならず前形成や前もっての関係づけというものを前提にしている」(LA　I-9, 355)。彼が好んで用いた「予見」(Antizipation)という言葉も、「前理解」に代るゲーテ的な表現であると考えられる。

もしも私が予見によって世界をすでに自分のなかに有していなかったら、私は文盲同様であったろうし、どんな探究も、どんな経験も、生気のない無駄な努力に終っただろう。光がここにあり、色彩がわれわれを囲繞しているが、われわれが自分自身の眼のなかに光と色彩を持っていなかったなら、われわれの外にある光と色彩も見ることはできないだろう。

(エッカーマンとの対話、一八二四年二月二六日)

『動物哲学の原理』のなかで、ゲーテはキュヴィエに対してかなり手厳しい批判を加えているが、それは、キュヴィエが「予見によって世界をすでに自分のなかに有していなかった」からにほかならない。「全体のなかに個を前もって直観し、予感するなどということは、分離や識別を、経験にもとづき経験から出発することを旨とする人〔キュヴィエ〕には、到底容認しがたいものだった」(LA　I-10, 374)。キュヴィエには「前直観」、つまりは「予見」が欠けているというのである。たしかにゲーテ的「予見」がなければ、『色彩論』緒言のなかの次の言葉も理解することが難しい。

> ものをただ眺めているだけでは、われわれは少しも先に進むことができない。熟視は観察へ、観察は思考へ、思考は統合へとかならずや移行するものであって、だから世界を注意深く眺めているだけで、われわれはすでに理論化を行なっていると言うことができる。
>
> (LA I-4,5)

このように見てみるならば、ゲーテ的な「現象学」にも、リクールの次の指摘は当てはまるであろう。「現象学は解釈学の乗り越えられない前提である。他方では、現象学は解釈学的前提なしにそれ自身を構成することはできない[53]」。

シラーはゲーテの自然科学のよき理解者であり、またよき助言者であったが、しかし彼にはゲーテの自然科学の有するこうした現象学的性格を十分に理解することはできなかった。前述したように、カントが表象と法則と原理を明確に区別したのに対し、ゲーテは認識の三段階にいずれも「現象」の語を付すことによって、それらのあいだの連続性をより強調した。しかしカント研究家だったシラーには、ゲーテのユニークな思想を、カント哲学に引きつけすぎて解釈している嫌いが否めない。

ゲーテの論文(一三三—三五頁参照)を受け取った後、一月一九日付の長文の手紙のなかでシラーは、ゲーテの言う三種類の現象に、カント的範疇にもとづいて仔細な吟味を加えた。通俗的な意味での経験論は経験的現象を出ることがないが、そのような経験は量の範疇から言えば唯一の事例しか有していず、それは真に「経験」と呼ばれるに値しない。経験的現象が学問的現象へ高められるためには、合理論の助け、つまり思惟能力が必要である。しかし思惟は恣意と混同されやすく、そのため合理論は人を真理にばかりではなく、誤謬へも導きかねない。たとえば合理論は、質の範疇からみれば、諸々の現象を対立させ、識別し、比較するという優れた能力を有している。しかしそれがゆきすぎると、自然において結合されているものを無理にも分離するという過誤を冒しやすい。また関係の範疇から言えば、合理論は因果律を追究し、諸現象を原因と結果によって結びつけようとする。このような努力が自然科学において不可欠なことは言うまでもないが、他面それは、自然を「長さ」においてのみ捉え、自然の有する「奥行」を蔑ろにする危険を内包している。経験論と合理論を統合するもの、それがゲーテが「純粋現象」と呼んだ合理的経験論である。合理的経験論は、客体に対してはその権利をあますところなく認め、主体に対してはそこから恣意を除去する。合理的経験論は、量の範疇からみれば、多様性における統一性を恢復せしめ、関係の範疇からみれば、自然を長さにおいてばかりではなく、広さにおいても把握する。こうして合理的経験論においてこそ、真の科学的認識が可能になるのだ、と。

右のシラーの手紙には、彼の方法論の二元論的・弁証法的性格が明確にあらわれている。彼は好んでテーゼとアンチテーゼを設定し、次に両者の止揚を図るのだ。だがゲーテには、シラーのような弁証法的思考癖はおよそ無縁のものだった。彼は、一方ではシラーの委曲を尽した手紙に対して深い謝意を表しながらも、他方においては、彼の解釈に完全には承服できなかったにちがいない。シラーの言う合理的経験論は、ゲーテにとってはいわば天賦の才とでも言うべきものであり、別に経験論と合理論との葛藤の末に獲得されるものではない。そればかりではない。シラーは、「純粋現象は、私の判断によれば客観的自然法則と同じものです」と書いているが、これはゲーテには到底容認できないものであったろう。純粋(根本)現象とは、彼にとっては抽象的な法則などではなく、あくまでも「現象」であり、「現象によって直観に開示されるものである」(『色彩論』教示篇、一七五節)からだ。

> つきつめて言えば、根本現象は多様な結果を解明してくれる根本的な法則と同等視されるべきではなく、そのなかに多様なものが直観される根源的な現象(*Grunderscheinung*)であると考えられるべきなのです。(C・D・フォン・ブッテル宛書簡、一八二七年五月三日)

法則を学問的現象になぞらえることは、或る程度できるであろう。しかし純粋現象の具現している「対象の普遍性」を、法則の普遍性と混同してはならない。カッシーラーが『実体概念と関数概念』のなかで用いている用語を借りれば、普遍性には二つの種類がある。種の区別を一切無視する「抽象的普遍」と、すべての種の特殊態を内に含み、ある規則にのっとって特殊を展開する「具体的普遍」とが。(54) そして根本現象とは、まさにそのような具体的普遍にほかならない。

*

抽象的普遍よりも具体的普遍を。ここにこそゲーテ的思惟の特徴が色濃く現われている。ゲーテとシラーがいかに精神的に大きく歩みよったとしても、両者のあいだには決して超えられない間隙があった。概念的思惟と直観的思惟のあいだの間隙が。概念的思惟は、表象と法則と原理を、また感性と悟性と理性とを明確に区別する。しかし直観的思惟においては、経験的現象と学問的現象と純粋現象とが連続的に捉えられるばかりではなく、感性も悟性も理性も「直観」という上位概念に包摂されるのである。一七九八年六月三〇日付のシラー宛の手紙のなかでゲーテは、自分は上から下へ降りてゆく自然哲学者でもなければ、下から上へ昇ってゆく自然研究者でもない。「その中間に位置する直観のなかにこそ、私は自分の安らぎを見いだす」と書いている。スピノザから学んだ「直観知」や、「事物をあるがままに眺め……、眼を澄明にし……、あらゆる個人的欲求を完全に払拭」(一七八六年一一月一〇日)しようとしたイタリアでの孜々たる努力は、今や自然科学の領域において、従来の概念的・因果律的・分析的科学とは截然と異なる直観の科学――「見る」ことの科学――への道を拓いた。「眼こそは、他の何よりも私が世界を把握する器官であった」(『詩と真実』第三部第六章、HA IX, 224)。眼は五感のなかでも特にすぐれた認識能力である。この思想をゲーテは、『コーラン』にもとづいて書かれたイギリスの一冊の箴言集のなかに見いだした。

五感のなかで視覚は最も高貴な感覚である。他の四つは感覚的な器官を通してしかわれわれに伝えられない。われわれはあらゆるものと接触することによって、聞いたり、触ったり、嗅いだり、味わったりする。しかし視覚はこれらの感覚よりもはるかに高いところにある感覚、物質的なものを超越した洗練された感覚、精神的能力に近い感覚である。

(MuR 744)

ハンス・リップスは、ゲーテの自然科学から視覚の「卓越した位置」を学んだ。視覚以外の感覚は、一般に事物と接触し、事物を操作するものでしかないのに対し、視覚は「開示する」性格を有している。リップスによれば、「見る」ことは何よりも「行為」にほかならず、光とともに事物を見ているうちに、事物は自ずから「見えてくる」(55)。エッカーマンが伝えているソレーとの対話のなかでゲーテは、真に自然と接しているとき、人は自らのうちに「精神の息吹き」とでも言ったものを感じると語っている(一八三〇年八月二日)。そのとき自然はまことにありありと見えてくるであろう。しかもそのような精神の息吹きにおいては、自分のうちなるすべての認識能力が開花し、脈動する。しかし近代科学者の多くは、「あまりにも文学的な」、あるいは「あまりにも哲学的な」という口実のもとに、この精神の息吹きを否定し、顧みてこなかった。

〔……〕昔から私は機会があるたびに、人間の心的な能力には上から下まであるという学説が、若い頃の私の心中に惹き起こした嫌悪感について述べてきた。人間の精神や宇宙には、上もなければ下もない。万物は共通の中心に対して同じ権利を要求しているが、すべての部分はこの中心と調和のとれた関係を形成しているために、この中心は神秘的な性格を帯びるにいたっている。すべての論争は、古代から近世を経て現代にいたるまで、神が自然のなかに生み出すときに結びつけておいたものを人間が分離してしまった点に起因している。一人一人の人間の性質においては、普通何らかの力、何らかの能力が特に秀でていて、そのためわれわれのものの見方はどうしても一面的なものになりやすいことを、われわれはよく知っている。というのも人間は自分自身を通してしか世界を知ることはできなくて、そのため無邪気な思い上りから、世界は自分の力で、自分のためにつくられたのだと信じているからである。だから人間は自分の第一の能力を全能力の頂点に置き、他の劣った能力を頭から否定して、存在の全体性にみずから穴をあけてしまうことになる。感性と理性、構想力と悟性といった人間存在のすべてのあらわれは、たとえそのうちのどれかが自分のなかで支配的であるとしても、明確な統一をなしていなければならないが、そう確信していない人は、不愉快な制約にたえず苦しみ、なぜ自分には頑固な敵がこれほど多いのか、いや、一時的にもせよ、なぜ自分自身をさえも敵にまわさなければならないことがこれほど多いのか、決して理解できないであろう。

こうしていわゆる精密科学の道へ生れ育った人は、その悟性的理性の頂点においても、それがなければ芸術というものが全く考えられないような精密な感性的想像というものがありうることを、容易に理解できないであろう。

(LA I-9, 353 f.)

近代ヨーロッパの精密科学が合理性を規範としているのに対し、ゲーテ的な「見る」ことの科学は、理性をも包摂した感性的な科学である。「感覚は欺かない。判断が欺くのだ」(MuR 1193)というのはゲーテのつねに変らぬ固い信念であった。その意味で彼は、「コギト・エルゴ・スム」というデカルト的伝統とは明確に一線を画していた。「人間の精神や宇宙には、上もなければ下もない」のであり、ゲーテにとっての「私」とは単なる「考える私」ではなく、「思惟し、感覚し、想像する私」である。彼は、頭脳ばかりが肥大化し、身体感覚を忘失してしまうことがどれほど危険なことであるか、鋭く察知していた。

健全な感覚を用いるかぎり、人間自身こそおよそ存在しうる最も偉大で最も精密な科学的器械にほかならない。そして近代自然科学の最大の不幸は、いわば実験を人間から切り離し、人工的な器械が示すもののなかにしか自然を認めようとはせず、それどころか自然のなしうることをあらかじめそのように制約したうえで、それを立証しようとしている点にある。
(MuR 706)

ここで思い出されるのは、レヴィ＝ストロースの『野生の思考』の第一章である。彼はこのなかで、科学的思考には二つの様式があることを明らかにしている。その一つは近代的な精密科学を生むにいたった思考、多くの人々によって唯一無二のものと信じられてきた西欧的思考であり、もう一つは古代の呪術的思考や神話的思考にその淵源を持ち、「非科学的」という烙印を押されがちな思考である。しかし後者も世界の秩序づけを目指しているばかりではなく、精密科学とは別の形態をとっているとはいえ、やはり因果律を有していて、その意味でこれもまた科学と呼ばれなければならない。すなわち精密科学が限定されたレベルについて因果律を適用するのに対し、呪術的思考は、狩猟で殺した牝野牛の腹から取り出した胎児の発育段階で春の近さを判断するブラックフット・インディアンの場合のように、別種の因果律が、つまり包括的かつ全面的な因果律が見られるとレヴィ＝ストロースは主張する。果してこのような思考方法をも因果律と呼ぶことができるかどうかはともかくとして、呪術的思考が或るものと他のものとを関係づけることによって、全体を構築しようとしていることは疑いえない。

しかもこのような科学は感覚的世界をもその対象としている。後に定量的な研究がようやくにして到達した結論を、このような科学が感性的な直観によって先取りしていることがしばしばあることに、レヴィ＝ストロースは眼を向けている。つまり精密科学が概念をその認識媒体としているのに対し、このような科学は知覚や想像力によって世界を探るのだ。

レヴィ＝ストロースはこの「非西欧的な」科学をいみじくも「具体の科学」と名づけるとともに、具体の科学と近代的な精密科学とはじつは両立していなければならないと説くのであるが、そう説くことによって彼は、抽象的ではない可視的な自然像の復権を控え目ながらも主張している。とすれば、まさしくゲーテこそこのような具体の科学のめざましい体現者であったと言えよう。抽象の世界に生きる近代人のなかにありながら、ゲーテは意識して別の道を歩もうとした。抽象化され、人間と断絶した自然像ではなく、誰もが眼にしているありのままの豊饒な自然を正確に捉えることが、自然科学者としての彼の課題だった。おそらく彼の立場からすれば、レヴィ＝ストロースが説いているような具体の科学と近代的な精密科学との両立はありえないことだった。近代的な理性は、自然を抽象化することによって、自分自身が抽象化されてしまっている。それこそは、「近代科学の最大の不幸」だというのだ。自然のうちなる生命の泉も知らなければ、大地に対する畏敬も知らぬ盲目なる理性。自然を管理し、支配するための道具と化した理性。そのような理性は、自然を支配したつもりでいて、じつは母なる大地から疎外されてしまっているのではなかろうか。

近代の道具的・抽象的理性は、自然は無限に分析しつづけることが可能だと考えている。自然をより多く支配し、より多く分析することこそ、近代の神話化された「進歩」である。こうして自然科学者のあいだでは、いつしか「形」という言葉も「色」という言葉も姿を消してしまった。形も色も量に還元できると考えられているからだ。十九世紀後半にディルタイは、自然科学的合理主義のゆきすぎた発展によって、人間の精神が不具にされつつある状況を深く憂えた。彼が「生の究めがたさ」(Unergründlichkeit des Lebens) への還帰を呼びかけたのは、道具化され抽象化された理性に代って、人間が具体的な理性を取り戻すよう希ったからにほかならない。したがってディルタイの創始した生の哲学は、ホルクハイマーが正しく洞察しているように、通俗的な非合理主義とは全く無縁のものだった。マーティン・ジェイは書いている。「ホルクハイマーにとっては、かれら〔ニーチェ、ディルタイ、ベルクソン〕が創り出すことになった *Lebensphilo-*

sophie(生の哲学)は、抽象的合理主義のますます増大する硬直性と、それに随伴する高度資本主義下の生活に特徴的な個人生活の標準化とに対する、正当な抗議を表明したものであった」[56]。ディルタイがゲーテの自然科学から大きな影響を受けていたのは、偶然なことではない。彼はゲーテの自然観のすぐれた特徴を、「自然の探究しがたさ」(Unerforschlichkeit der Natur)というゲーテ自身がしばしば用いている表現のなかに認めたが[57]、それというのも、自然とは探究しがたいものであり、測定術によって量に還元できるようなものではないと知ることこそ、理性が道具化・抽象化の陥穽を免れ、「生の究めがたさ」が恢復される道だからである。

ジェフリー・ヴィカーズは「合理と直観」と題する論文のなかで、「合理的なプロセスは記述しつくすことができるのに対し、直観的なプロセスは記述しつくせない。……私たちの文化はどういうわけか、すべて実在するものは記述しつくせなくてはならないという、裏づけもなければ本当とも思えない確信を生み出してしまったので、直観の存在を認めるのについつい二の足を踏んでしまう」[58]と述べている。「探究しがたい」、「記述しつくせない」という理由で、直観的なプロセスを科学のなかから放逐する傾向が顕著になったのは、ヴィカーズによれば十八世紀も末になってからのことである。それはまさにゲーテが生きた時代に当る。だからこそ彼は時代批判の思いをこめて主張しなければならなかった。「思索する人間の最高の幸福は、探究できるものを探究しつくし、探究しがたいものを静かに敬うことである」(M u R　1207)と。

このような見解を非合理主義的な不可知論などと混同してはならない。ヴィカーズは、記述しつくせない直観的プロセスの代表としてフォルム（形）を挙げ、フォルムを美学の領域に追い払った点にこそ、今日の文化的混乱があると言っている。むろん直観的プロセスとして挙げられるべきものは、フォルムばかりではあるまい。ゲーテなら、色も音も、そして大地そのものが探究しがたいと言ったであろう。それらのもののなかに根本現象を直観しなければならない。しかも根本現象を探究しがたいものとして静かに敬っているとき、根本現象は次第に神的な輝きを帯びて見えてくる。探究しがたいものがあると認めることは、そのなかに神的なものを見ることでもあるのだ。スピノザ主義者としてのゲーテの面目がここにまたしても躍如としている。神は現象の背後にあるのではなく、現象そのもののうちにある。背後世界などというものはない。現象そのものが真理なのだ。ゲーテによれば、この点で近代の自然科学者の多くは、現実世界を否定するキリスト教徒と同じように、取り返しのつかない誤りを犯している。

さて、これまで自然研究において犯されてきた過失は、きわめて大きいものと考えざるをえない。自然科学者は派生的な現象を上に置き、根本現象を下に置いてきたのである。いやそれどころか、派生的な現象をさらに曲解して、派生的な現象のなかでも複雑なものを単純なものと見なし、単純なものを複雑なものと見なしてきた。こうして本末を転倒したために、自然科学は奇怪きわまる混乱と錯綜を呈するにいたったが、じつは今日でもわれわれはこの弊害に悩まされているのである。

しかし仮にこのような根本現象が見つけられたとしても、相変らず消えることのない悪弊がある。自然科学者は自分が見つけたものを根本現象であるとは認めようとせず、本当ならここに観察の限界があることを察知しなければならないのに、その背後に、またその上に、それ以上のものを見つけようとするのである。自然科学者には、根本現象を永遠の平安と栄耀に包まれたままの状態にしておいてほしいし、哲学者には、根本現象をその学問のなかに受容してもらいたいものである。そうすれば、今後さらに研究の手を拡げてゆく際の大切な柱となるものは、個々の事例や一般的な事項や見解や仮説といったかたちではなく、根源的にして根本的な現象というかたちで与えられるということがわかるであろう。

(『色彩論』教示篇、一七六—一七七節)

根本現象の「背後に、またその上に、それ以上のものを見つけようとする」のは、根本現象を包んでいる「永遠の平安と栄耀」を、つまりはスピノザ的な神を見ていないからである。「神性は自然界においても精神界においても、根本現象のなかに開示される」(エッカーマンとの対話、一八二九年二月一三日)。しかもこの神的な根本現象は、経験的現象の背後や、その上にではなく、ちょうど下絵の上にトレーシング・ペーパーを置いて、単純にして本質的な骨組だけを浮びあがらせたときのように、経験的現象のなかに透視される。この場合、下絵の複雑な文様が捨象されるわけではない。下絵の文様はトレーシング・ペーパー上の文様と、経験的現象は根本現象と同時に観察されるのであり、だから両者は〈一にして全《ヘン・カイ・パーン》〉なる重層性を成している。そしてこの重層性に眼を留めたからこそ、ゲーテの自然科学においては多様なものと単純なもの、特殊なものと普遍的なものの解釈学的循環関係がたえず意識される。経験的現象を根本現象へと単純化するとともに、その根本現象からふたたび経験的現象へと眼を移すというように。

*

根本現象が象徴的であるのは、経験的現象と重層性をなしているためである。それは、原植物が「象徴的な植物」であったのと同様である（一二三―一二四頁参照）。「根本現象は……あらゆる事例を包含しているが故に象徴的である」(MuR 1369)。ゲーテはドイツ美学史における象徴概念の確立者として知られるが、彼の言う象徴とは、理念と経験、普遍と特殊、一と多の重層性の謂にほかならない。

普遍と特殊とは重なりあっている。特殊とは、それぞれ別々の条件のもとにあらわれた普

遍のことにほかならない。　（MuR　569）

特殊なものが普遍的なものを、夢や影としてではなく、探究しがたいものの生きた瞬間的な啓示としてあらわすところに、真の象徴法がある。（MuR　314）

言うまでもあるまいが、この場合、根本現象の象徴性を、悟性原理や合理論によって解釈してはならない。ナートルプの弟子エリーザベト・ロッテンはその博士論文『ゲーテの根本現象とプラトンのイデア論』[59]において、理念と経験とを形式論理学にもとづいて厳密に区別し、純粋な思惟所産としての理念を感性的な経験へと関係づけることによって、ゲーテの根本現象を理解しようとしたが、G・ミッシュが鋭く批判しているように、そこでは根本現象が何よりも生き生きとした現象であることがすっかり忘失されている。根本現象を把握するものは、「〈悟性〉による法則思惟」ではなく、「呼気と吸気のように相和して働き」、「全体から個へ、個から全体へと向う」直観にほかならない。[60]生き生きとした対象は、生き生きとした直観的理性によってのみ捉えられるのだ。

神性〔なる根本現象〕は生きているもののなかにあり、死んだもののなかにはありません。

生成するもの、変化するもののなかにはありますが、生成し終ったもの、固定したもののなかにはありません。だから神的なものへ向う理性もまた、生成するもの、生きたものだけを相手にします。一方悟性は生成し終ったもの、固定したものだけを相手にして、それを利用するのです。

（エッカーマンとの対話、一八二九年二月一三日）

神性なる根本現象を認識するために必要なのは、観察者自身の自由で動的な生であり、創造的な直観であり、つまりはプラクシスである。

すべての経験主義者は理念を追究するが、それを多様性のなかに発見することはできない。すべての理論家も理念を多様なもののなかに探し求めるが、しかしそのなかに見つけ出すことはできない。

理念と多様性はしかし生や行為や芸術のなかでは合致する。これはこれまでいくたびも言われてきたことであるが、この点を理解し、活用している人は少ない。

（MuR 803, 804）

理論と〔経験／現象〕とは、たえまなく確執を繰り返す関係にある。反省〔的判断力〕によって両者

を結合してみても、それはすべて欺瞞でしかない。ただ実践によってのみ、両者は結合されうる。(MuR 1231)

ゲーテ的方法論の中核をなす直観と行為。この両者を統合する概念をあえて求めれば、それは西田幾多郎の言う「行為的直観」ということになろう。たしかに西田の言うように、「直観は何等かの意味に於て行為的ならざるはない。単に受動的に見ると言ふ如きことは直観ではない。行為的ならざる直観はなく、直観的ならざる行為はない[61]」。しかし「直観」と言っただけでは、単なる受動的静観と同一視されかねない。そこで西田は「行為的直観」と唱えることによって、つねに行為とともにある直観の実践的性格を強調したのだった。同じくゲーテが行為の意義を一再ならず力説し、『ファウスト』第一部で、『ヨハネ福音書』の冒頭の「初めにロゴスありき」を「初めに行為ありき」と訳した(V. 1237)のは、前節においてすでに論じたように、人間は受動的にばかりではなく、能動的にも生きなければならないという信念からであった。人間は行為によって自然のなかに飛びこみ、自然に即して思惟し(対象的思惟)、自然の本質を直観的に把握する。ロッテンは理念と経験とを論理学的に関係づけることによってゲーテの根本現象を解釈したが、その解釈が根本的に誤っていたのは、G・ミッシュの指摘するように、そこには「関係概念と本質概念……という基本的な区別が全く欠落している[62]」からであった。

「純粋理念」をひたすら追究していたヴァイマル時代初期のゲーテが、いわば受動的直観の世界に閉じこもっていたとすれば、イタリア旅行以降のゲーテは、受動的直観よりも能動的直観、あるいは「行為的直観」の立場に立つにいたった。ゲーテはそれを「直観から包括へ」という表現によって定式化している。

たしかに人間のさまざまなタイプが、さまざまな段階で問題にされている。ではこれらさまざまなタイプのなかで自分はどこに位置しているのか、それを知るためにここでそれを次のように分けてみよう。

利用の人
知の人
直観の人
包括の人

一、利用の人、つまり効用を求め、それを要求する人が最初の段階に位置している。彼はいわば学問の領域の輪郭を描き、実用的なものを摑みとる。経験を積んできたという自覚が彼に確実さを、必要が一定の幅を与える。

二、知識欲に燃える人は我欲のない落着いた眼差しと、好奇心にみちた生き生きとした感情を、かつまた明晰な悟性を必要とし、つねに利用の人と不即不離の関係にある。つまり知の人は、眼の前にあるものをもっぱら学問的な意味で検討する。
三、直観の人はすでに創造的な態度を有している。知は高昇するにつれて無意識のうちに直観を求め、その方へと移行してゆく。そして想像がいかに知の人の忌避するところではあっても、彼の本意に反してやがて創造的な構想力の助けを借りずにはいられなくなる。
四、包括の人こそ最上の意味で創造の人と言えるであろう。彼の態度は最高度に創造的である。つまり彼は理念から出発することによって、すでに統一的な全体を表現している。そしてこの理念に合致することは、いわばその後で自然のなすべき仕事であろう。

(LA I-10, 130)

明らかに「利用の人」は経験的現象に、「知の人」は学問的現象に、「直観の人」と「包括の人」は純粋(根本)現象に対応している。では「直観の人」と「包括の人」の違いはどこにあるのだろうか。「直観の人」はたとえば一本の植物において、茎葉が収縮して蕚に、蕚が拡張して花弁に、花弁が収縮して雄蕊雌蕊に、そして最後にふたたび拡張して果実となる「すがた」に見入っている。「知の人」が自然界の事物の分析や区別にもっぱら従事していたのに対し、「直観の人」は事物の生成し、変化する過程を把握している。「知の人」の認識対象が存在であり実在であったとすれば、「直観の人」の認識対象は生成であり過程である。こうして自然の生き生きとした過程に魅せられている「直観の人」は、対象の現在の「すがた」を過去や未来の「すがた」と結合する。そこにはすでに構想力が介在している。「総合はすべて構想力の作用である」[63]とカントが指摘している通り、直観の人の態度はすでに創造的である。それは広義での行為である。しかもこの創造的直観は止ることを知らず、構想力はさらに自由に活動しはじめる。

こうして「直観の人」は自ずから「包括の人」へと移行してゆく。植物における茎葉も、萼も、花弁も、雄蕊雌蕊も、果実も、すべて葉という基本器官が多種多様に変化(メタモルフォーゼ)したものにほかならない。この過程はバラにおいても、またバラとはおよそ形態の異なるソラマメやマツにおいても同じように観察される。そのことを知ると、多種多様な植物はすべて構想力によって、「原植物」という可視的理念に包摂されてゆく。原植物とは、植物の生きた本質的な「すがた」である。そこには、多種多様な現実の植物と同様、「分極性」と「高昇」という二つの基本的な力が働いている。——如上のすべてが「包括の人」によって洞察される。自然の本質、生命の泉をもとに、植物界、動物界、自然界全体を概観するのが「包括の人」である。その意味で彼は、「理念から出発することによって、すでに統一的な全体を表現している」と言われるのだ。それは、道元が『正法眼蔵』の「有時」の巻において語っている「ただこれ山のなかに直入《じきにゅう》して、千峰万峰をみわたす」さまにも似ていよう。「包括の人」の眼は、いわば神の眼なのだ。作られたものから作るものへ。「直観の人」が「作られたもの」しか見ていなかったとすれば、「包括の人」とは作るもの、すなわち創造者である。だからこそ「彼の態度は最高度に創造的である」。道元が山のなかに直入して、高い頂より千峰万峰をみわたしたように、彼は自然の形相的本質によって実在的な個物全体を包括する。たとえば植物について彼は、原植物という構想力によって表象された理念をもとに、現実界に本当に存在している植物や、もしかすると地球上のどこかに存在しているかもしれない種々の植物をさえかぎりなく考え出すことができる(二〇五頁参照)。しかし、それらの植物が本当に存在しているかどうかということは、ゲーテによれば「いわばそのあとで自然のなすべき仕事」にほかならず、われわれ人間の関知するところのものではない。

「利用の人」から「知の人」と「直観の人」を経て「包括の人」へ。この移行は一方においては自然という山のなかへ一層深く直入することであり、他方においては意識を次第に深みへともたらすことである。そして言うまでもなくこの両者は、主と客とが合一している対象的思惟においては一つである。ナートルプ学派のロッテンは、結局のところ自然を外側から概念的にしか捉えることができなかったために、こうしたゲーテの意識構造を十分に理解することができなかった。一方、ゲーテ的直観は山のなかに直入することによって、「自然を自然の内側から」把握している。そのとき眼は次第に純化され、意識はやがて自然の奥処へと導かれる。そこに根本現象という新しい次元が開示される。隠蔽されていたものが明るみに出されるのは、そのときである。

II 形態学

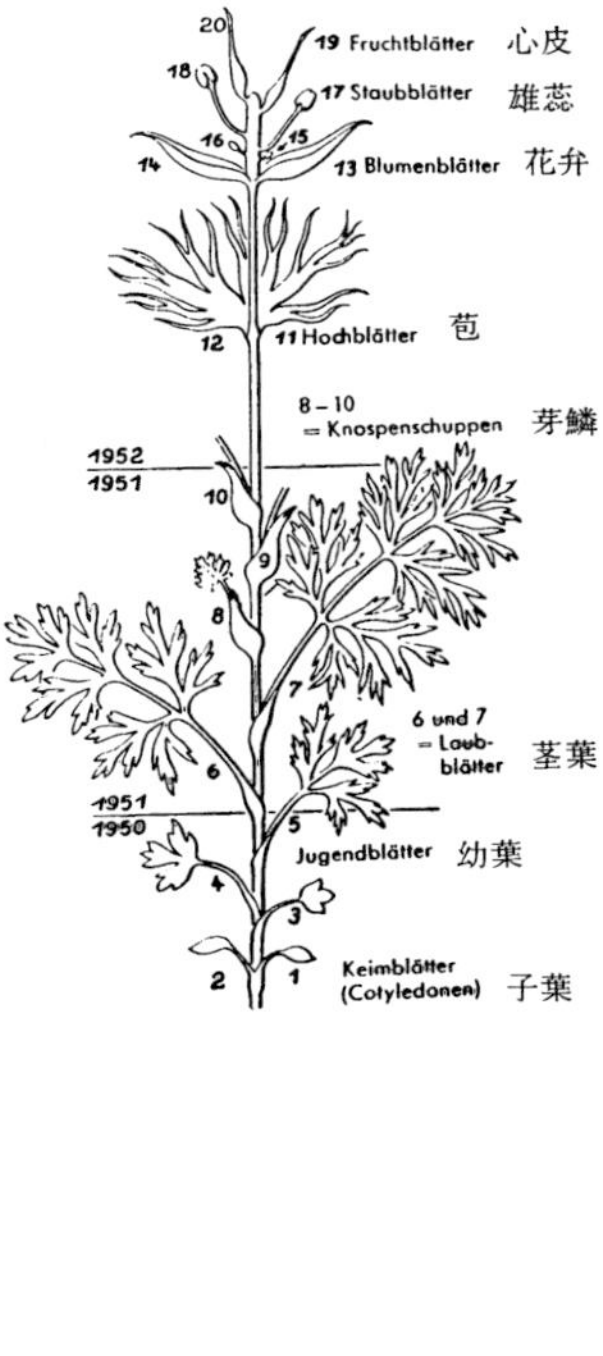

20
19 Fruchtblätter 心皮
18
17 Staubblätter 雄蕊
16
15
14
13 Blumenblätter 花弁
12
11 Hochblätter 苞
8 – 10
= Knospenschuppen 芽鱗
1952
1951
10
9
8
7
6 und 7
= Laub-
blätter 茎葉
6
1951
1950
5
Jugendblätter 幼葉
4
3
2
1
Keimblätter
(Cotyledonen) 子葉

1 形と力

今日、形態学は生理学と並んで、生物学を支える二本の柱の一つとされている。形態学が生物の形態の記述を目指すのに対し、生理学は生物の機能を探究しようとする。生物とは生きた形態、運動する有機的統一体である以上、一方で形態が、他方で機能が追究されるのは当然のことである。しかし十八世紀末までは、これも決して常識ではなかった。いや、そもそも十八世紀には生物学というものは存在していなかったし(生物学の語は、一八〇二年にラマルクらによって初めて用いられた)、生物というものの概念がどこまで確立していたかどうかさえ疑わしい。リンネの自然史はたしかに生物学の前身にはちがいないが、しかしそれはいわば死んだ形態の考察にすぎなかったのである。

形態学はゲーテによって創始された。彼は一七九六年一一月一二日付のシラー宛の書簡やこの頃の日記のなかで、ギリシア語の morphe をもとにして、初めて形態学(Morphologie)という言葉を用いた。そして一八一七年に彼の主宰のもとに創刊された不定期雑誌『自然科学、特に形態学に寄せて』によって、この言葉は広く世間に知れわたった。(64) ゲーテの自然科学は形態学と色彩論の二分野から成ると言ってよいが、これら二つの学問がともにゲーテによって創始されたという事実を忘れてはなるまい。形態学と色彩論ばかりではない。それまでは昆虫についてしか使われなかった「メタモルフォーゼ」という概念を、植物や動物や、さらには人間にまで適用したのも、ゲーテをもって嚆矢とする。『植物のメタモルフォーゼ』という彼の植物学上の処女作は、内容よりも前に、まずその題名が当時の人々の耳目をひいたにちがいない。文学者であったゲーテは、たしかにキャッチ・フレーズをつくる手腕に長けていた。しかし彼は、単に自分を世間に売りこむのが上手だったのではない。後述するように、彼はリンネ風の「自然史」や、ニュートン的な「光学」との永く激しい格闘の末に、「形態学」と「色彩論」を創始するにいたった。彼は科学上の革命児だったのである。ゲーテの自然科学を「非科学的」なロマン主義的自然哲学であると見なす通俗的な固定観念を排し、ゲーテ的な自然科学が――決して科学史上の主流にはなりえなかったとは言え――後世の人々に連綿として大きな影響を与えつづけてきたという事実を知れば、彼がした仕事は、まさにパラダイムの転換だったとは言えまいか。

ではゲーテはなぜリンネ風の自然史の革新を図らなければならなかったのであろうか。ゲーテ自身の述懐によれば(七八頁参照)、リンネはシェイクスピアやスピノザとともに、彼が最も大きな影響を受けた人物である。彼はリンネによって植物学の世界へ導かれた。しかしリンネに傾倒すればするほど、彼はリンネ風のやり方には次第に満足できないものを覚えるようになった。そのあたりの事情を、ゲーテは「著者はその植物研究の歴史を伝える」のなかで率直に語っている。

こうして私は私の同時代人たちと同じようにリンネの洞察力、誰をも惹きつける彼の影響力を認めずにはいられなかった。私は完全に信頼しきって、彼と彼の学説に没頭した。それにもかかわらず、リンネによって定められた道を行ったのでは、迷いはしないまでも、歩みを妨げられるようなことが往々にしてあるのを、次第に感じずにはいられなくなった。

さて、当時の私の状態を意識的に明確にしなければならないのなら、私が生来の詩人であるということを考えていただきたいと思う。詩人というものは、そのつどそのつど対象に接しながら自分の言葉や自分の表現をつくりあげ、それによって対象を多少なりとも満足させようとするものなのだが、リンネのやり方にしたがえば、このような詩人でさえも既成の術語を憶えこまされ、一定数の名詞や形容詞をあらかじめ貯えておいて、何らかの形態が現われたら、その貯えのなかから適切な言葉を選び出し、その形態の特徴を表示するためにそれを利用し、配列することができなければならない。リンネのこういうやり方は、私にはいつでも一種のモザイクのように思われた。モザイクというものは、既成の石片を次々に並べ、無数の石片から最後には絵の外観を作り出すものである。こういうわけでリンネが要求していることは、私にはいささか厭わしいものだった。 (LA I-10, 330 f)

自然史から形態学へ。それは構造の静的把握から動的把握への転換を意味している。「リンネのこういうやり方は、私にはいつでも一種のモザイクのように思われた」という表現に注意しよう。たしかに自然史も動植物の形態を対象にしている。しかしそこで対象にされているのは、モザイクのように無数の部分に分割された形態、そしてモザイクのように生命のない、多分に抽象化された形態なのだ。

それに対してゲーテの提唱した形態学は、次のような「形」を求めている。

㈠ モザイクのようにばらばらになってしまう形ではなく、統一された形を。

㈡ モザイクのように抽象化された形ではなく、具体的な形を。

㈢ モザイクのように死んだスタティックな形ではなく、生きたダイナミックな形を。

㈠においてゲーテは分析に対する総合の優位を、㈡においては機械論的な科学ではなく具体の科学を、㈢においては自然を固定した「実在」としてよりも、永遠に生成発展する「過程」として捉える視点を確立しようとしている。しかし残念ながら彼のこうした真意は、かならずしも後世に正しく受け継がれはしなかった。形態学は今日では生物の形態をスタティックに観察する学であると考えられていることが多い。生物の機能や機構をダイナミックに考察する生理学から、形態学は明確に区別されている。たしかにすべての形態は多かれ少なかれスタティックであろう。しかしゲーテにとって形態学は——その一部をなす原型論を除けば——決してスタティックな学ではなかった。いや、彼はいくらかの誇張をまじえて形態学(Morphologie)の対象は形態(Gestalt)ではないとさえ断じ、雑誌『形態学に寄せて』の序文に次のように書いている。

ドイツ人は現実に存在するものの複雑なあり方に対して形態(Gestalt)という言葉を用いている。生きて動いているものは、こう表現されることによって抽象化される。言いかえれば、相互に依存しながら一つの全体を形成しているものも、固定され、他とのつながりを失い、一定の性格しか持たなくなってしまうのである。

しかしありとあらゆる形態、特に有機体の形態を観察してみると、変化しないもの、静止したもの、他とのつながりを持たないものはどこにも見いだせず、すべてはたえまなく動いて已《や》むことを知らないことがわかる。だからわれわれのドイツ語が、生み出されたものや生み出されつつあるものに対して形成(Bildung)という言葉を普通用いているのは、十分に根拠のあることなのである。

それだけに形態学の序文を書こうとすれば、形態について語ることは許されない。やむなくこの言葉を使ったとしても、それは理念や概念を、つまり経験のなかで束の間固定されたものを指しているにすぎない。　(LA　I-9, 7)

形態学とは形態の学(Gestaltlehre)というよりも、形成の学(Gestaltungslehre)であるといった方が、ゲーテの真意により近いと言えよう。彼は、雑誌『形態学に寄せて』の創刊号の裏扉に、「有機的自然の形成と変形」と記したが、これこそはゲーテにとっての形態学の定義にほかならない。こう定義することによって彼は従来の自然史(博物学)に対して反旗を翻し、形態学を独立した特殊科学として確立しようとした。というのも分類と命名を旨とする自然史は、形態を「変化しないもの、静止したもの、他とのつながりを持たないもの」として考察し、それが生きて変りうるものであることを、ほぼ意図的に無視していたからである。しかしゲーテにとって、生物の形態はつねに生きたものであった。われわれは彼の見方にならって、生物とは生きた形態であると定義し直すこともできるであろう。形態学は自然研究の世界にとかく忘れられがちな「かたち」を復権させるばかりではなく、さらにその「かたち」に生命を吹きこもうとするものなのである。「有機的自然の形成と変形」とは、生きた形態のすぐれてゲーテ的な表現にほかならない。われわれはゲーテの形態学を再考することによって、現代の自然科学が、いかに統一的にして具体的な「生きたかたち」に対する眼を失っているかを知るであろう。

＊

ゲーテは「形成意欲」と題する論文のなかで、生命すなわち有機体を、アリストテレスにならって質料と形相の二つに分けている(LA I-9, 100)。両者を媒介するのは、能力、力、威力、努力、意欲という五つの力である。これらの力は質料のなかに宿り、質料を形態形成へと向って駆り立てる。その意味でゲーテは生物を形と力の二方向において追究していたと言うことができる。たとえば彼は解剖学に関するある論文のなかで、後述する代償の法則について、「しかしいまはとりあえず形についてこの導きの糸を吟味し、後ほど力についてもこの導きの糸を活用してみたいと思う」(LA I-9, 125)と書いている。このような表現に彼の根本思想が秘められていることを見逃してはならない。では彼は形と力をどのように探ろうとしたのであろうか。そしてまた形と力を考察するのに適した学問とはどのようなものであったのだろうか。

ゲーテは「植物生理学の予備研究」や「骨学にもとづく比較解剖学総序説草案の最初の三章についての論説」などにおいて当時の各種の学問を概観している。自然史は形態の外的現象をもっぱら観察し、それに名前を与え、あるいはそれをいくつかのグループに分類するが、そのやり方は「モザイク」に似ていて、真に全体を把握しているとは言えない。自然史が有機体の外的知識を目指していたのに対し、形態を切りきざむことによって、部分の形態や内的構造を明らかにしようとするのは解剖学である。しかし解剖学よりもさらに形を解体し、全体を究極的な部分に寸断するのが化学である。また物理学は有機的自然に対して機械的な原理を適用するが、その試みは無駄ではないとしても、果してそれによって有機体の統一性や全体性が理解されるであろうか。

このように自然科学者は、一方では自然から生命を剝奪し、自然を寸断することに努めている。リンネの自然史の研究から植物学の世界に入り、動物学においては比較解剖学の第一人者であり、また色彩論においては物理学的色彩や化学的色彩を論じたゲーテは、このような分析的な方法の意義を認めるのに決して吝かではなかったが、しかし彼は同時に、このような方法がとかく陥りがちな陥穽にすでに鋭い眼を向けていた。「分析と総合」と題する短論文のなかで、彼はこう書いている。

もっぱら分析ばかりを事としていると思いもつくまいが、肝腎なことは、分析が総合を前提としているということである。

〔中略〕

しかし生物以上に高度の総合がまたとあろうか。われわれが解剖学や生理学に悪戦苦闘しているのも、まさしく生物という複合体についていくらかなりともまとまった概念を得たいと思うからではないか。しかもわれわれが生物をいくらか多くの部分に分けたとしても、それはかならずや元どおりのすがたに還ってゆくものなのである。　(LA　I-11, 302 f.)

そこで次に分析よりも総合、部分よりも全体を約束してくれるものとして、活力学(Zoonomie)、生理学、そして形態学が取りあげられる。

活力学と生理学は、有機体の生命を力として捉えることによって、有機体の生きた統一性を解明しようとする。活力学という言葉はゲーテの時代においても使われることの少なかったもので、果してゲーテが活力学の研究領域をどのようにして規定していたのか、確定することは難しいが、おそらく血液の循環、電気と筋肉運動との関係、動物磁気などを考察するのが活力学である。それに対して生理学は、有機体の機能や、器官の全体に対する関係、有用性などを探究する。つまり活力学とは機械論的な生理学とでも言えるものであり、それは有機体制を機械仕掛けの仕組みとして解明しようとする。しかしデカルトが唱えるような動物機械論によっては有機体制は解明し尽くせないと信じていたゲーテは、生理学をより生気論的な性格を帯びたものとして提起しようとした。

活力学——生きた全体の考察。この生命に特殊な物質的な力が与えられているかぎりにおいて。

生理学——生きて活動している全体の考察。この生命に精神的な力が与えられているかぎりにおいて。（LA　I-10, 139 f.）

力には物質的な力と精神的な力とがあると言わなければならないのは、健康といううわれわれの最も完全な心身の状態がそうであるように、有機体の生きた全体性は物質的な諸力の関係だけでは説明できないからである（vgl. LA　I-10, 142）。ゲーテは有機体の内部に一種の精神、あるいは内的な自発性のようなものを認めている。動物も精神の前段階とでも言うべきものを有しているのだ。動物は地水火風の四大に取り囲まれながら、暖かくて湿った気候のもとでは身体が奇怪なまでに膨張し、暑くて乾いた気候のもとではきわめて発達してゆくが（LA　I-9, 127）、これは環境により適応しようとする動物の内的な努力を示していると考えられる。逆に言えば、外界に十分に適応しているとは言いがたいナマケモノのような動物は、「無精神」(Ungeist)と呼ばれなければならない（LA　I-9, 247）。

ゲーテによれば、生理学は二つの法則に対してわれわれの注意を促してくれる。一つは、生物を構成する内的自然の法則に対してであり、他の一つは、生物を変形させる外的環境の法則に対してである（LA　I-10, 135）。このうち前者は生物の機構を構成する部分の相互関係、およびそれらを有機的に統一するものとしての力と機構との関係に関する法則であり、後者は個と環境との相互関係の考察である。生物の見事な仕組みは内なる力によって統御され、各部分はその機能や使命を果しているし、また生物は外界の影響を受けながらも、外的環境に対して適応し、自らの生き方を生み出してゆく。ゲーテ自身書いているように、「内から外へ、外から内へと考察してゆくこの見方こそ、最初にして最後の最も普遍的な見方なのである」(LA I-10, 120)。ところでゲーテは生理学の指し示すこの二つの法則を、スピノザやカントの影響のもとに「動物の内的完全性と外に対する合目的性」と言い表わした(LA I-9, 126)。一七八四―八五年に書かれたスピノザに関する短論文の冒頭で、ゲーテは『エチカ』第二部の定義六をほぼそのままの形で引いている。「存在の概念と完全性の概念とは同じものである」(LA I-11, 6)。一方、「外に対する合目的性」という表現には多少の補足が必要である。明らかにそれは、カントの『判断力批判』第二部で展開されている「自然の内的合目的性」という思想につながっている。つまりカントになららって言えば、ゲーテは「動物の内的完全性と外に対する〔内的〕合目的性」と表現するべきだったのだ。一七九八年一月六日付のシラー宛の手紙のなかでは、内と外との関係はより正確に規定されている。「あなたも御存知のように、私は有機的自然の内に対する合目的性という概念に執着していますが、しかし外からの規定と外に対する関係も否定することはできません」。

生理学はすでにゲーテ時代には確立していた学問であった。しかし生理学は畢竟するところ、有機体の機構や機能を力との関係において考察しているにすぎない。そこで最後に形を考察するものとして、ゲーテは形態学を創始する。

形態学――形態の部分と全体の考察。他のことは何も考慮することなく、形態の一致と差異を考察するもの。（LA I-10, 140）

「形態の部分」とは、植物における基本的な器官というべき原葉(Urblatt)や動物における基本的な器官というべき原椎骨(Urwirbel)と、これらの変化した諸形態を指している。後で詳述するように、「有機的自然の形成と変形」の学である形態学とは、葉や椎骨が、花や果実へ、あるいは頸椎や尾骨へとメタモルフォーゼしながら、動植物の個としての全体を構築してゆくこと、しかしいくら変化し、メタモルフォーゼしたとしても、その全体が植物という枠、動物という枠を超えることはないことを示すものである。「有機的自然の形成と変形」としてのメタモルフォーゼを媒介にしながら、ゲーテは形態の部分と全体の関係を考察した。「好むと好まざるとにかかわらず、全体から個へ、個から全体へと移行することは不可欠であり、呼気と吸気のようにたがいに補いあう精神のこの機能がより活潑に働けば働くほど、学問も学問の徒もより多くその恩恵に浴するであろう」(LA I-10, 386)とゲーテは言う。部分から全体へ、全体から部分へ。根本現象の学としてのゲーテの自然科学方法論がそうであったように、彼の形態学は広義での解釈学的循環を内包しているのである。

しかし形態学の領域は、とかくスタティックな形態に限定されがちである。形態学は「他のことは何も考慮することなく」、形態ばかりを考察するというのだから。したがってゲーテが詩「動物のメタモルフォーゼ」のなかで、

だから形が動物の生き方を定めるし
生き方が形すべてに生き生きとはたらきかける
秩序をもった生成を成し遂げるため

と書くとき、あるいは「機能と形態とは必然的に結びついている」(GA XVII, 420)とノートのなかに記すとき、彼は明らかに狭義での形態学を超えている。それは正確には形態学的生理学とでも言うべきものであろう。

このようにゲーテは形態学を自ら創始しながらも、スタティックではない形態学、形態学を超えた形態学を目指していた。彼はその両足を形態学と生理学の上に踏まえながら、生物の形と力、その「生きた全体」(WA II-13, 6)、生きた形態を探究していた。そしてこの生きた形態を把握するためには、内と外、部分と全体のあいだの解釈学的循環が必要であり、それによって形と力

の両者はゲーテのなかでは一つに統合されるのである。しかし結論を急ぐ前に、われわれはここでゲーテにおける形と力の概念をさらに詳しく追ってみることにしよう。

*

前述したように、ゲーテは生命について次のような図式を記している。

質料 (Stoff) 能力 (Vermögen) 力 (Kraft) 威力 (Gewalt) 努力 (Streben) 意欲 (Trieb) 形相 (Form)	} 生命 (Leben)

(LA I-9, 100)

ゲーテとアリストテレスとの関係に関するきわめて貴重な研究のなかでシュレヒタが指摘しているように[65]、ゲーテはアリストテレスやライプニッツにならって、質料には形相を獲得しようとする志向性が内在していると考えていた。「われわれがよく注意していないと、すべての物質は無形態であるように思われる。しかしすべての物質は自己形成しようとする抗いがたい性向を有している」(LA I-2, 112)。本来混沌であるはずの質料は形相へと変身することによって、その不気味な顔を美しく装うことができる。そしてこの変身を可能にするものこそは、能力、力、威力、努力、意欲という五種類の諸力にほかならず、ゲーテは伝統的な質料―形相の二元論を一応は踏まえながらも、これら五つの諸力によってこの二元論を克服しようとした。

そこでこの五つの概念をより正確に知るために、これらの言葉の代表的な用例をあげてみることにしよう。これらの例を見れば、五つの諸力が形態と無形態との関係において捉えられていることがわかるであろう。

能力――「大海原のなかにクジラとして姿をあらわしている途轍もない精神が、熱帯の湿地や砂浜に移し置かれたとすると、この精神は魚の特質を失い、ごくわずかばかりの器官の助けを借りてこの重い身体に軽やかな運動を与え、この身体を支えてくれていた水という〔四大の〕エレメントを欠くことになる。そこでこの途轍もない身体を支えるために途轍もない補助器官が形成され、こうしてこの奇怪な生物は水陸の両方に半分ずつ属するようになるが、その代り水陸のどちらかだけに棲息している生物が営んでいるような快適な生活が全くできなくなってしまう。この奴隷性、つまり〈外的環境に対応することのできない内的無能力〉(das innere Unvermögen)が、その子孫にも伝わるのは全く奇妙なことである」。 (LA I-9, 247 f.)

力——「ここで家計の収支のやりくりという例の理念を一目瞭然と理解することができるように、二、三の例をあげておこう。ヘビの有機体制は非常に高度のものである。ヘビは明確な頭部を有し、かつそれには完全な補助器官、つまり先端において左右の結びついた下顎骨がついている。ところがその胴体は果てしのないほど長い。そうなったのは、多分この胴体がいくつもの補助器官のために手持ちの材料も力(Kraft)も使う必要がなかったからである。これに対してたとえばトカゲには短い腕と足がついているが、このように別の生物において補助器官が姿をあらわすようになると、何ら制約されることのなかった長さはたちまち縮小して、もっと短い胴体になる」。 (LA I-9, 126)

「われわれが〈生きた〉と呼ぶすべての物体には、自分と同じものを生み出す力(Kraft)が認められる。この力が分割されることに気がつくと、われわれはこの力を両性という名前のもとに特徴づける。この力は生きたすべての物体が共有しているものである。さもなければ、その存在様態はきわめて多種多様なものとなってしまうであろう。この力の営みを、われわれは産出と呼ぶ」。 (GA XVII, 200)

威力――「このように創造的な威力(Gewalt)が、ある普遍的な模式図《シェーマ》にもとづいて比較的完全な有機的自然を生産し、発展させてきたのだと認める以上、この原形象を感覚にではなく精神に表示し、唯一の規範としてのこの原形象にもとづいて、有機体の説明を完成させることはできないであろうか」。(LA I-9, 199)

「さてこれら不完全な有機体制をもっと完全な体制と比較してみると、なるほど前者も四大《エレメント》の影響をある一定の威力(Gewalt)や独自性をもって消化してはいるものの、こうして生れた有機的な諸部分を、もっと完全な動物的自然の場合のように、高次の決定性や確実性へ高めることができないでいることがわかる」。(LA I-9, 203 f.)

努力――「ライオンやゾウといった体軀の堂々とした二、三の獣は、前脚が後脚よりも優位を占めているために、とりわけ高邁な野獣本来の性格を有するにいたっている。一方、それ以外の〔野獣らしくない〕四足動物には、そもそも後脚のほうが前脚よりも長くなろうとする傾向が認められるのであり、人間が完全な直立姿勢をとった原因もじつはこの点にあると思われる。ところが齧歯《げっし》類において目を引くのは、このように直立しようとする努力(Bestreben)が次第に釣合いの悪いものを生み出しやすいという点である」。(LA I-9, 375)

意欲――「無機物界に見られる最も美しい変成作用《メタモルフォーゼ》は、岩石の誕生において非晶質が形態あるものに変る場合である。どんな物質も、形態をつくろうとする意欲(Trieb)と権利を持っている。雲母片岩は柘榴《ざくろ》石に変り、しばしば山塊を形成するが、この山塊のなかでは雲母はほとんど姿を消し、柘榴石の結晶の接合剤としてかすかに見いだされるにすぎない」。

(MuR 1259)

以上の用例から五つの概念をあえて区別すれば、「能力」は環境への適応力、「力」は内的なエネルギー、「威力」は外界の圧力に抗して自己主張する力、「努力」はより高きものを求める内的志向、「意欲」は自然を外へ、外へと駆り立てる力であると言えよう。

ところでここで思い出されるのは、『ファウスト』第一部の一節(V. 1224 ff.)である。書斎のなかで『聖書』を繙いたファウストは、『ヨハネ福音書』の冒頭の句の「はじめに言葉ありき」というルッター訳には到底満足できず、「はじめに意味ありき」、「はじめに力ありき」と次々に改訳を試み、その結果、彼が最後に見いだした最上の訳は、「はじめに行為ありき」だった。そしてじつは有機的自然を「行為」へと駆り立てるものこそ、「意欲」(Trieb)なのだ。Trieb は treiben(駆り立てる)に由来している。要するにゲーテは「意欲」に、「能力」や「力」や、「威力」や「努力」よりも高い位置を与えていたのだ。

しかし、いずれにしてもこれら五つの言葉は類義語であり、その意味の違いを判別しにくい用例も多い。したがってこれら五つの概念は、広義での「力」という語のうちに統括できるはずで、そこでゲーテはこれを時には「根源力(Urkraft)」と呼んだ(LA I-10, 118 ff.)。ウア(根源的)の接頭語が示すように、ゲーテはこのような力が自然界にアプリオリに遍在していると考えていたのである。

自然、特に有機的自然には形態形成の源となる生き生きとした力が内在している。これはその全生涯にわたるゲーテの固い信念だった。彼はこの根源的な力をアリストテレスにならってエンテレケイアとも(ただしアリストテレスよりももっと生気論的な意味で)、ライプニッツにならって「単子《モナド》」とも名づけている。これらの概念はゲーテにとってほぼ同一の意味を有し、彼はこの生き生きとした力が生命のみならず、無機物のなかにも宿っていると考えていた。「万物は形態を目指して努力しているし、われわれが無機物もまた正真正銘の価値を有していると思うのも、それが多かれ少なかれ確固とした形成能力を多様なやり方であらわしている場合である」(LA I-2, 223 傍点筆者)とゲーテは或る旅行記のなかで書いている。つまりゲーテはアリストテレスと同じように、どんな物質も生きている、質料はかならずエンテレケイアないしは霊魂《プシュケ》を内包していると信じていたのであり、だからこそ彼は、「物質は死んだものであって、それが何らかの方法で〔外側から〕刺戟され、活気を与えられているにすぎないなどと信じている考え方にはなじめなかったし、いや、そんな考え方を我慢することすらできなかった」(GA XII, 373)。ゲーテは明らかにアリストテレスからドリーシュにいたる生気論的な生物学の系譜の上に立っていたのである。

能力、力、威力、努力、意欲といった五つの概念は、こうした根源力やエンテレケイアの多様な様態にほかならない。そしてその用例を見れば、ゲーテが力を現代の生理学よりもはるかに精神的な意味を含んだものとして、つまり生物に内在する内的自発性のようなものとして把えていることがわかるであろう。「威力」、「努力」のような言葉は、今日の自然科学においては用いられるはずもないのである。

おそらくゲーテの主張するような力は、実験室で抽出することもできなければ、定量的に確証することもできないと機械論は批判するにちがいない。しかし力を物質的なものとしてばかりではなく、精神的なものとしても把えなければ、生命体を総合的に考察することはできないというのが、ゲーテの変らざる信念ではなかったろうか。生命を物質に還元しようとするような科学は、彼の眼には自然に対する敬意を欠いていると映ったにちがいないのである。

こうしたゲーテの考え方を明らかにしてくれるのが、「形成意欲」と題する小論文である。これは前成説・後成説論争に関して書かれたものであるが、当時後成説を支持する人々は、生物において形態の形成をひきおこす起因を探っていた。C・F・ヴォルフは「本質的な力」(vis essentialis) という概念を導入し、この力によって非有機的な物質が有機化されてゆくと主張した。しかしゲーテは、このような表現はまだ不十分であると言う。「力という言葉は何よりも物理的なものを、いやそれどころか機械的なものしか表現していなくて、するとヴォルフの言う物質から何が有機化されてゆくのか、われわれには相変らず曖昧模糊としたままだからである」(LA I-9,99)。力というような機械的な概念では、有機化の方向を明らかにすることはできないというのである。

それに対してゲーテが高く評価したのは、ブルーメンバッハの「形成意欲(Bildungstrieb)」という言葉だった。ブルーメンバッハは人類学の父とも言われ、人類を五つの人種に分けたことで知られるが、彼はまた発生論においては後成説の立場に立ち、『形成意欲について』(一七八一年、第二版一七八九年、第三版一七九一年)という彼の著書は、当時かなりの反響を呼んだ。この書の第三版において「形成意欲」は次のように定義されている。

前もって形づくられた(präformiert)萌芽が前もって存在しているのではない。有機体をつくる素材は最初は形をなさない粗野なものにすぎないが、しかしこれが自己規定の或る段階とそれにふさわしい場を得ると、自分に固有の形態をまず身につけ、さらには一生涯それを保持し、そして仮にそれが損傷を受けたときには、できるだけそれを復元しようとする或る特別な意欲、その後生きているかぎり活動しつづける或る特別な意欲が脈動しはじめるのだ。

この意欲はしたがって生の諸力の一つをなしているが、しかしこれは有機体に備わる他のさまざまな生の力(伸縮力、刺戟に対する反応力、感受力等)とは明らかに異なっている。他の諸力は、有機体一般に見られるごく一般的な物質力にすぎないが、この意欲は、ありとあらゆる発生、扶養、再生の第一にして最も重要な力をなしているように思われる。そこでわれわれはこの意欲を、他の生の諸力と区別して、これに形成意欲《ビルドゥングストリーブ》(nisus formativus)という名前を与えることにしよう[66]。

じつはゲーテも「形成力」や「形成意志」という言葉を用いていて、彼はかならずしも「形成意欲」という表現に拘泥はしていない。しかし少なくともこの言葉は「形成力」というよりも、有機体に内在している形態への内的志向性をより的確に表現していると思われた。「そこでブルーメンバッハが到達したものは、最高にして究極的な表現なのだ。彼は謎に包まれていたこの言葉を擬人化して、ヴォルフが本質的な力と呼んでいたものを形成意欲といいかえた。つまり形成意欲とは、それによって形態の形成が惹き起こされる激しい活動のことなのだ」(LA I-9, 99)。形成意欲とは、物質や質料(Stoff)を形相(Form)へと有機的に変容させる原動力の謂にほかならない。力という機械的な概念が、このような形態化志向を明確に表現することができなかったのに対し、この言葉は、「擬人化」という表現に見られるように、もっと人間的なもの、物質と精神の複合体である存在の生き生きとした活動を指し示しているのである。

このようにゲーテは動植物のなかに、明らかに人間と共通したものを認めている。その意味でゲーテは、精神を人間にのみ認めて、動物には否定するデカルトの立場からはっきりと一線を画している。つまり形成意欲とは、デカルト流の動物機械論によっては解明することのできない生命の「究めがたさ」を示すものなのである。ゲーテは続けてこう書いている。「そしてじつはこの途轍もない活動が擬人化されて、創造者としての神、扶養者としての神としてわれわれの前に現われるのであり、われわれはこの神を崇め、敬い、讃美するよう、ありとあらゆる仕方で求められているのである」(LA I-9, 100)と。「形成意欲」が「力」よりもすぐれた概念であるのは、一つにはそれが自然のなかに遍在する神に対してわれわれの眼を開かせてくれるからにほかならない。「創造者としての神、扶養者としての神」という表現は、言うまでもなくキリスト教のクレドを思い起こさせる。「われは天地の創造者、全能の父なる神を信じ、またその……」。クレドのこの第一条についてルッターは、「神は世界を創造し、今でもそれを扶養しつづけている」と注解している。(67) ゲーテの言葉づかいのなかには、キリスト教の影響が歴然として認められる。だが、だからといって形成意欲という「この途轍もない活動」をキリスト教的な神と同一視するわけにはゆかない。というのも「この途轍もない活動」は、第一にキリスト教の場合とは違って自然のなかに遍在しているものであり、第二にそれは、若きヴェルテルが自然のなかに見た「途轍もない怪物」と根柢において深くつながっていると考えられるからである。つまりゲーテの表象のなかでは、キリスト教的な神とアニミズム的なカミとがまたもや折衷されているのだ。

ゲーテがブルーメンバッハの『形成意欲について』を精読してみようという気になったのは、カントが『判断力批判』の八一節でこう述べていたからである。

後成説に関して言えば、この理論を証明するとともに、それを実地に適用するための正しい理論を確立し、かつこの理論の濫用に制約を加えたという点で、宮中顧問官ブルーメンバッハ氏以上に功績のある人はいない。氏は有機的形成の自然科学的説明方法の出発点を、有機的物質に求めている。実際、天然のままの物質が機械的法則にしたがってそもそもの初めから自己形成を行なってきたのだとか、生命のない自然から生命が発生したのだとか、自己保存を旨とする合目的性という形式に物質が自ら適合してゆくことができたのだとかいうことを、氏が理性に反すると言っているのは当然のことである。氏によれば、〔自然には〕根源的な有機的組織化という、われわれには究めがたい原理があり、この原理の支配下において自然のメカニズムは、定かに確定はできないものの、〔有機的形成に〕明白に関与している。氏は、有機的物体に見られる物質のこうした能力を――物質に遍在する単なる機械的形成力とは区別し、根源的な有機的組織化のいわばより高度の働きと指示にしたがうものとして——形成意欲と名づけている。

カントが解釈しているように、ブルーメンバッハは、物質を有機的物質と無機的物質の二つに、また自然に遍在する力を、有機的組織化という力(形成意欲)とメカニズム(機械的形成力)の二つに分けた。彼によれば、自然界に存在する有機的物質は、形成意欲という大いなる力によって、有機化と形態化の運動を促進される。形成意欲によって、新たな生物が次から次に産出されるのだ。その意味でブルーメンバッハは、カントの言うように後成説の強力な擁護者となることができた。後述するようにゲーテは前成説と後成説の中間に立っていたものの、ブルーメンバッハの言う「形成意欲」という言葉に、特別の愛着を感じずにはいられなかった。それは、シュトルム・ウント・ドラング時代以来、彼が自然のなかに感じてきた「途轍もない力」の的確な表現であるばかりではない。シュタイナーはゲーテの形態学を有機体学と名づけたが(八一九頁参照)、その中核をなす統一された、具体的な生きた形態は、この概念によってより厳密に把握されるのである。しかも彼は「形成意欲」のなかに、メカニックな響きのするヴォルフの「本質的な力」とは違った、もっと精神的な力を認めることができた。自然のなかには物質的な力ばかりではなく、精神的な力も充ちているのだ。その意味で忘れてならないのは、前に引いた一八二八年五月二四日付の翰長ミュラー宛の手紙である。このなかでゲーテは、彼との対話をもとにしてJ・C・トーブラーが書いた箴言的論文「自然」について、次のように記している。

> この論文がいまだ不十分なものと言わなければならないのは、ありとあらゆる自然には二大動輪があるという直観が欠けているからです。それはすなわち分極性(Polarität)という概念と高昇(Steigerung)という概念です。両者はともに物質の属性をなしていますが、その場合われわれは、分極性は物質的であり、これに対し高昇は精神的であると考えています。前者はたえまなく続く牽引と反撥であり、後者はたえまなく努力する上昇志向にほかなりません。しかし物質は精神がなければ、精神は物質がなければ存在しえませんし、活動できないのですから、物質もまた高昇することができますし、精神もまた牽引したり反撥したりしたがるものです。ちょうど、結合するために十分に分離し、そして再度分離するために十分に結合した者だけが、物事を真に考えることができるように。　(LA　I-11, 299)

すでにわれわれは活力学と生理学について力を二つに分けてきたが、ここではさらに物質的な力とは分極性であり、精神的な力は高昇であることを教えられる。このように区別してみることは、言うまでもなく活力学と生理学の領域を定める標識となるのであるが、同時にまたこのような視点から、先にあげた能力、力、威力、努力、意欲の五つを捉え直すこともできるであろう。能力や努力のような力は明らかに精神的なものに属しているのである。だがこうした物質的な力と精神的な力は、経糸と緯糸のように織りあわされながら生物の全体を形成してゆく。物質と精神とはじつは相互に浸透しあっている。つまり分極性が牽引と反撥、収縮と拡張、呼気と吸気などの運動を通して物質に活力を与える一方、高昇は物質を個として統一させ、複雑にしてより完成されたものをつくり出すのである。だからゲーテは次のようなメモを書き残した。


有機的構造の現象形態。

最も単純な有機的構造の現象形態は、部分の単なる集合体としか見えないが、しかしまたしばしば前成説や後成説によって解明されることがあるであろう。

こうした現象が高昇してゆき、こうした構造が一つに統合されると、動物という統一体が生れる。

形。 (GA XVII, 420)

解剖学や活力学によって解明されるような有機的構造は、まだ前成説や後成説の論議の対象となるような「生きた形態」ではない。有機的構造に生命を、統一された形を与えてくれるものは、高昇という生理学上の力であり、これは分極性という活力学的な力とともに、ゲーテの動植物研究のダイナミックな性格を支えるものとなっている。そしてまたこの点においてゲーテの形態学的生理学は、スタティックな自然史や解剖学をはるかに超えた大きさ、新しさを獲得していると言えよう。

＊

このようにゲーテの形態学的生理学は、多種多様な力を媒介としながら、質料と形相の関係を考察している。そしてこの考察が最も仔細に、最も具体的に行なわれているのは、メタモルフォーゼの研究においてであり、じつはここにおいて、形と力というゲーテの自然研究の両軸は統合されるのである。

ゲーテがメタモルフォーゼという言葉を初めて用いたのは、その著書『植物のメタモルフォーゼ』(一七九〇年)においてである。著作の表題にこの言葉を用いているほどであるから、ゲーテがこの言葉に想到したのはそれよりはるか以前であるにちがいないが——おそらくはイタリア旅行中——しかし不思議なことに彼はそれ以前には一度もメタモルフォーゼという言葉は用いていない。『植物のメタモルフォーゼ』という著作の表題を自分の植物研究のキャッチ・フレーズにしようと図ったゲーテは、この魅力的な言葉が世間に与える効果を計算し、出版直前まで故意にこの言葉を伏せておいたにちがいない。

だが昆虫について使われることの多いこの言葉を植物についても適用したのは、ゲーテが初めてではない。すでにイタリアの植物学者チェザルピーノが一五八三年に蕚片や花弁は葉であると唱えて、この概念を植物学に導入しようと図っているし、(68) 同じくイタリアの植物学者シニバルディは、一六七六年に『植物のメタモルフォーゼ講義』という、ゲーテとほぼ同名の著書を著わしている。(69) そしてゲーテが敬愛しつづけたリンネも、チェザルピーノの影響のもとに、一七三五年に『植物学の書棚』の序文のなかでこの言葉を用いている。(70) またゲーテが一七八五年頃毎日のように研究していたリンネの『植物哲学』(一七五一年)の最終頁は、植物のメタモルフォーゼの考察に当てられている。だからゲーテ自身『植物のメタモルフォーゼ』の第四節で、「……このように植物の外的部分がひそかな親縁関係にあることは、学者にはつとに広く知られていたし、特別に研究されてもきた。そして多種多様に姿を変えてみせてくれる同一器官のこの働きは、植物のメタモルフォーゼと呼ばれてきた」と述べて、この言葉が彼自身の創案したものではないことを暗に認めている。

ただしリンネの言うメタモルフォーゼは、ゲーテのそれとは意味するところがかなり違っている。『植物学の書棚』のなかで、彼はまず次のような意味にメタモルフォーゼを用いた。

万物はこの世の中で自分の時間を有し、その時間のなかで生育し、存続し、消滅してゆくものであるが、とりわけ植物は植物独自のメタモルフォーゼに支配されている。つまり植物は小さな種子から、徐々に、われわれの気がつかないうちに生育してゆき、やがては誰が見ても喜ばしい、素晴らしい花々を開かせ、そして花が満開となった後では、植物にとって欠くことのできない果実を最後に生み出すのである。

ここでリンネはメタモルフォーゼという言葉を、生長とともに現われる植物の形態の変化という意味に使っているにすぎない。メタモルフォーゼに関する彼の思想は、『植物哲学』のなかでは昆虫との比較によってさらに深められ、昆虫が幼虫から蛹を経て蝶へとメタモルフォーゼしてゆくように、植物は茎に葉をつけ、やがて茎の先に花を開かせると論じられている。このような過程がリンネの言う植物のメタモルフォーゼである。彼によれば、昆虫の幼虫における皮膜は、植物の茎における表皮であり、蝶が昆虫を代表しているように、花に植物の本質がある。昆虫と植物にこのように平行関係を見いだそうとする試みは一見興味深いものの、明らかにその根拠は薄弱である。それは、ゲーテのメタモルフォーゼ論とは全く性格を異にしたものなのだ。ただしゲーテとの関係で看過できないのは、リンネがチェザルピーノの影響のもとに、花と葉の起源は同一であると唱えている点である。ゲーテもまた、植物のすべての器官は葉という基本的な器官がメタモルフォーゼした結果生れたものであると主張したが、このような主張は、すでにリンネによって先取りされていたのであろうか。実際、何人かの研究者は、メタモルフォーゼ理論の創始者の栄誉を、一般に信じられているようにゲーテにではなく、リンネに与えようとした。[71] しかし戦前におけるゲーテ植物学研究の泰斗A・ハンゼンが、その二冊の大著やいくつかの小論文のなかで詳細に論じているように、[72] この見解はかならずしも正しいとは言えない。リンネは、蝶や蛹が幼虫から生れるように、花や葉も髄を包んでいる茎の組織層から生れると考えた。つまり彼は、花と葉の起源が同一であるのは、蝶や蛹がかつて同じ幼虫であったのと同様であると言っているにすぎず、このような見解は、器官のメタモルフォーゼという近代生物学におけるメタモルフォーゼ理論とは似て非なるものである。彼は決して葉を植物の基本的な器官と見なしていたわけではなかったのだ。

花の形成についてのリンネの思想は、十九世紀の著名な植物生理学者J・ザックスによって後に完全に論破されるが、ゲーテもすでに『植物のメタモルフォーゼ』の第一一一節で、茎の外皮が萼になり、内皮が花弁になり、木質が雄蕊になり、髄が雌蕊になるというリンネの見解は全く皮相なもので、実証できないことを指摘している。そこで彼は、葉がいかにメタモルフォーゼして萼に、花弁に、雄蕊に、雌蕊に、果実に、種子になるかということを、さまざまな例をとりながらじつに具体的に、じつに詳しく跡づけている。つまりゲーテのメタモルフォーゼ論はリンネのそれに対する反証として書かれたのであり、彼は当時の植物学界を支配していたリンネ風の自然史を超える新しい植物学の樹立を目指していた。植物のメタモルフォーゼを葉の変身であると考える彼の理論は、リンネの理論よりもはるかにダイナミズムに富み、植物の形態に動きを与えることができたのである。このように見てみると、「植物のメタモルフォーゼ」という共通の題名のもとに書かれた二人の理論は、じつは全く別の性格を持っていると言わざるをえない。したがって植物のメタモルフォーゼ論を創始したのは誰かという問題は、両者のうちのどちらが正しかったのかという点を検証せずには論じることができないであろう。しかしわれわれはすでにその答を得ている。J・ザックスをはじめとするその後の植物学は、ゲーテの学説の正しさをつとに認めているのである。

リンネよりもゲーテに近いのは、むしろC・F・ヴォルフである。ヴォルフは前成説が支配的であった十八世紀中葉に、すでに後成説を唱えたことで知られるが、彼はその後成説を固める過程において、植物のさまざまな器官が同じ原基によってつくられていると考えるにいたった。これは言うまでもなく、葉という同一器官のメタモルフォーゼというゲーテの理論に、リンネよりもはるかに近づいている。しかしヴォルフの言う原基は葉ではなかった。これは無構造の液体であり、それが植物の生長点から外に押し出され、さまざまな器官に変容(modifizieren)されてゆくというのである。『植物のメタモルフォーゼ』を書いた当時、ヴォルフのことを知らなかったゲーテは、後に当時の人々がほとんど注意を向けなかった彼の『発生論』(Theoria generationis)(一七五九年)を多年にわたって研究し、彼のことを自分の先駆者であるとまで呼んでいる。[73]少なくとも植物をダイナミックに考察しようとした点において、ヴォルフはゲーテの側に立っていた。しかしわれわれは同時に両者の差異を見逃してはならない。A・ハンゼンが的確に指摘しているように、[74]ヴォルフは葉という形態学的な概念には到達できなかったし、したがって彼の言う変容は、正確な意味でのメタモルフォーゼであったとは言いがたいのである。

要するに植物に関するゲーテのメタモルフォーゼ論は、「変形」という因子に「葉」という因子を交叉させることによって、リンネやヴォルフを凌駕している。一方で彼は形態学上の最小の単位を見いだし、他方ではこうして見いだされた葉が多種多様に変形され、個体としての植物の全体像を構築すること、しかもこうした変形の過程や、構築される全体像がきわめて生き生きとしたものであることを明らかにしている。形態学と生理学の両者の上に跨がるゲーテのメタモルフォーゼ論は、一方では葉およびその変形にほかならない諸器官の形態を、他方では変形を支える力を考察しながら、部分と全体との生きた連関を把握するものにほかならない。

ゲーテによれば、基本的な器官である葉は収縮と拡張を繰り返しながら、多種多様にメタモルフォーゼされてゆく。収縮と拡張は、分極性という物質的な力のあらわれである。「植物が芽を吹いても、花を開かせても、実を結んでも、多様に規定され、何度も形態をかえながら自然の意図を果してゆくのは、つねに同一の器官にすぎない。茎においては茎葉となって拡張し、じつに多様な形態をとったのと同じ器官が、こんどは蕚となって収縮し、花弁となって再び拡張し、雄蕊雌蕊となってまた収縮し、最後には果実となって拡張するのである」(LA I-9, 59)。

植物のこうした「形成と変形」の過程を、ゲーテは詩「植物のメタモルフォーゼ」のなかに表現している。

ごらん　葉は次々とさまざまな姿形に生みなされ
造られて　先程の器官では畳みこまれていたものが
身をひろげ　切込みを入れ　先端を尖らせる
こうして葉は確たる完成をなしとげた
幾種もの葉にそれを見てきみは眼を瞠っているね
厚くふくらむ葉面の　多くの脈　刻まれた縁
形成の意欲は　自由気ままで溢れるようだ
しかし自然は形成の手綱を固くひきしめて

おだやかに　もっと完全な形へと導いてゆく
樹液が減らされ　管がまたせばめられると
　形にも　こまやかな効力があらわれる
縁をひろげる形成の意欲はひそかに退《ひ》いて
　葉柄の脈がひとしお完成されてゆき
しなやかな茎が葉もつけず　速やかに伸びてゆく
　すると不思議な眺めが眼を惹きつける
似かよった小さな葉が幾枚も　数知れず
　茎の周りに並び立ち　円い土台をつくりあげると
萼《うてな》はやがて体を開き　ついにあらわす
　花冠という色あざやかな至高の姿を
あるいは横に葉を並べ　あるいは縦に積み重ね
　自然は完成された長身を誇らしげに見せつける
さあ　きみはまたもや眼を瞠る　茎の先に咲く花が
　葉の作る　しなやかな足場の上で揺れている時
でもこの花は　つぎの新たな創造を告げている

色あざやかな花びらが　神のその手に導かれ
たちどころに収縮すると　愛しあう
雌雄となって　契りの時を待ちうける
仲むつまじい連れ合いとなるために
多くの雄蕊が聖い祭壇をとり囲む

この詩のなかで詩人は、葉が身を畳みこんだり拡げたりするさま、形成意欲の「自由きままで溢れるような」すがたをじっと注視している。「形成意欲」と「収縮と拡張」(分極性)こそは、植物のメタモルフォーゼを促すものなのだ。しかし収縮と拡張を繰り返すだけでは、せいぜい二種類の器官しか生れまい。子葉から果実にいたるまで多種多様な器官が形成されるのは、分極性という横軸に高昇という縦軸が交わっているからである。この場合高昇とは、植物が単に天を目指して上昇してゆくということばかりではなく、植物の器官がより高度なものに完成されてゆくことをも意味している。高昇とはたしかに精神的な力なのである。ゲーテは、植物も動物と同じく分節構造をなしていると考えていたが、しかし「高昇を伴わない分節化はわれわれに興味を起こさせない」(LA　I-10, 280)と言う。この高昇の化学上の根拠は、「樹液(ないしは乳液)の精妙化」に求められている。地中から吸いあげられた樹液は、光と空気の影響のもとにより精妙化されてゆくが、この樹液は節を通して葉に供給されるため、葉が一節一節と上に昇ってゆくとともに、葉縁や葉脈はより複雑なものとなって完成されてゆく。そしてやがてこの葉がさらに大きな収縮と拡張によって、蕚や花弁へと劇的な変身をとげるわけである。

このように植物はわれわれの眼の前で、葉がさまざまな器官にメタモルフォーゼしてゆく過程を順を追って見せてくれる。「かたち」(morphe)を「超えてゆく」(meta)ものとしての「メタモルフォーゼ」(Metamorphose)。このような概念を導入することによって、ゲーテは植物を固定した「実在」としてではなく、永遠に生成発展しつづける「過程」として捉えるにいたった。一方、動物においても、その骨格を形成している多くの骨は、植物と同じように基本的な器官(椎骨)がメタモルフォーゼしてできたものと考えられているが、しかしこの骨格の全体は生れたときからすでに決定されていて、椎骨がメタモルフォーゼする過程は見てとることができない。動物は分節構造をなしてはいるものの、しかし植物において子葉、茎葉、蕚、花弁が順番につくられるように、椎骨、頸椎、尾骨、胸骨などが順番につくられるわけではない。そこでゲーテは植物の場合を継時的(sukzessiv)メタモルフォーゼ、動物の場合を同時的(simultan)メタモルフォーゼと名づけた(LA I-9, 208 f.)。継時的であるにせよ、同時的であるにせよ、基本的な器官は多種多様にメタモルフォーゼし、分節化することによって、動植物の基本的な構造をつくる。すべての植物、すべての動物に共通して認められるこの基本的な構造、もしくは「本質的な形」(八七頁参照）を、ゲーテは原型（あるいは原植物、原動物）と呼んだ。つまるところゲーテは原型において自然の「実在」を、メタモルフォーゼにおいて自然の「過程」を追究したと言えよう。そしてゲーテ的形態学は、まさにこの二本の柱によって構築されているのである。

2 同一性と多様性

この庭に咲きあふれる花々の群が
　いとしい人よ　きみの心をかきみだし
聞き慣れぬ多くの花の名称が
　つぎからつぎにきみの耳を戸惑わす
似かよいながら　形は一つも同じものがない
　そこで花々は咲きみだれながら　暗示している
秘めた法則　聖なる謎を　きみにいま
　素晴らしい言葉の鍵を献げられたら

詩「植物のメタモルフォーゼ」(一七九八年)のなかで、咲きあふれる花々の多様性を眼の前にして当惑している女性——ゲーテの内縁の妻クリスティアーネ——と同じ心持を、ゲーテは一七八六年にイタリアにおいて深く嚙みしめた。陽光の降りそそぐ南国の地に初めて足を踏み入れたゲーテは、これまで見たこともない多種多様な植物のすがたに驚異の眼を瞠った。その名を聞いたこともない数多の植物の大海のなかで、彼は言葉を失った。植物の世界は何と豊饒で、多様で、差異に充ちていることだろうか。この世界に圧倒された彼は、しばしそれを捉える言葉を持たなかった。

しかしゲーテはいつまでも「心をかきみだ」されてはいなかった。彼はやがて「素晴らしい言葉の鍵」を見いだした。それは「原植物」(Urpflanze)ないし「原型」(Typus)と「メタモルフォーゼ」である。これら多種多様な植物は、それが植物であるという点ではやはり同一なのではあるまいか。ドイツでは見たこともない数多の不可思議な植物が、ここに咲きあふれている。しかし不可思議とはいえ、自分の眼はそれらが植物であることを一度たりとも疑ったことがあるであろうか。「似かよいながら　形は一つも同じものがない」これらの植物は、原植物(植物原型)という同一なるものの多様なメタモルフォーゼなのではなかろうか。

〔……〕ここパドヴァの植物園で真新しい多種多様な植物にとり囲まれていると、すべての植物の形態はひょっとするとただ一つの植物から発展してきたのかもしれないという例の思想が、一層牢固としたものになってくる。属や種の真の規定は、これによってのみ可能になるであろう。

（『イタリア紀行』、一七八六年九月二七日　パドヴァ）

北ヨーロッパの植物も、南ヨーロッパの植物も、単子葉植物も双子葉植物も、植物であることに変りはない以上、それらはすべて原植物という「ただ一つの植物」のうちに包摂されうるのであり、原植物を念頭に置いていれば、いかに多くの花々が庭に咲きあふれていようとも、聞き慣れぬ多くの花の名称があろうとも、もはや心をかきみだされることはあるまい。「原植物」によって、ゲーテは世界を単一なるものとして理解した。とどのつまり生物の世界には原植物と原動物しかない、自然はじつは同一なるものの多様化である、一のない多がないように、多のない一もまたありえないのだ、と。後にゲーテは「著者はその植物研究の歴史を伝える」のなかで、イタリア旅行中の植物研究を回顧しながら、次のように書いている。

〔……〕たとえ植物が固い岩石や自由な運動のできる動物といろいろな点で隣接しているとしても、植物は自分の領域を固守し、その枠をはみ出すことがない。植物はどんなにたがいにかけ離れたものでも親縁関係にあり、ごく自然に比較しあうことができる。

さてどんなにたがいにかけ離れて見える植物も、ある一つの概念のもとにまとめられるということになれば、この直観にもっと高次元なやり方で生命を吹きこむこともできるのではあるまいかと、私は次第に気がついてきた。当時私の脳裡を占めていたのは、超感性的な原植物の感覚的な形は考えられないであろうかということであった。私は眼に触れるありとあらゆる形態のさまざまな変容を調べ、こうしてイタリア旅行の最後の目的地であるシチリアにおいて、植物のあらゆる部分の根本的同一性が完全に開示されたのである。その後はこれをいたるところに追究し、再確認することに努めた。

(LA I-10, 334)

ここでは二種類の同一性が問題にされていることに注意しよう。その一つは、ありとあらゆる植物を包摂する「超感性的な原植物の感覚的な形」であり、他の一つは、基本的器官としての葉という「植物のあらゆる部分の根本的同一性」である。しかしイタリアにおいて彼に開示されたのは、同一性ばかりではなかった。植物の同一性と多様性の関係こそ、彼が「いたるところに追究し、再確認することに努めた」ものだった。パドヴァの植物園を訪れてから約半年後に書かれたヘルダー宛の書簡(一七八七年五月一七日)のなかでは、その点がさらに明確に語られている(HA XI, 375, Vgl. HA XI, 323 f. u. WA IV-8, 232 f.)。(75)

さらにここで貴兄にうち明けておかなければならないのは、植物の産出と組織の秘密がかなり摑めてきたということである。しかもそれは考えられるかぎり最も単純なものなのだ。イタリアのこの空の下ではじつに素晴らしい観察をすることができる。芽の出てくる主要な点が、私には掌《たなごころ》を指すようにはっきりと摑めた。他のこともすでにあらかたわかっているのだから、あとはただ二、三の点がもっと明らかになりさえすればよいのである。原植物は世にも不思議な植物で、この秘密を知った私は、自然にさえも羨まれるであろう。このモデルを鍵にすれば、種々の植物をかぎりなく考え出すことができるのだ。つまり、首尾一貫してつながっているにちがいない種々の植物を。現実に存在していないかもしれないが、しかし存在しうるものである種々の植物を。絵画や文学に見られる幻影や仮象とは違って、内的な真実と必然性をもった種々の植物を。同じ法則は他のすべての生物にも適用されうるであろう。

さらに一層理解を深めていただくために、ここでは簡単にこう言っておきたい。私に明らかになったのは、われわれが普通葉と見なしている植物の器官のなかには、あらゆる形成物のなかに見え隠れする正真正銘のプロテウス〔変身の神〕が隠れているということだった。前進しても後退しても植物はつねに葉であって、やがてそこから出てくる芽とじつに緊密に結びついているために、両者を別のものとして考えるわけにはゆかないのだ。このような概念をしっかりと摑んで心中に刻印し、それを自然のなかに見つけ出すことこそ、われわれに課せられた課題、快い緊張を約束してくれる課題である。

「メタモルフォーゼ」という言葉こそまだ用いられてはいないものの、ここに「前進しても後退しても」とあるのは、著書『植物のメタモルフォーゼ』の冒頭に説明されている「前進的メタモルフォーゼ」と「後退的メタモルフォーゼ」のことを指していると考えられる。植物の基本器官としての葉は、前進的ないし後退的にメタモルフォーゼしながら、葉や花弁や雄蕊・雌蕊を形成してゆく。したがって原植物においても、葉という基本器官がダイナミックにメタモルフォーゼしてゆくすがたが示されていなければならない。そもそもの最初からゲーテにとって原型とメタモルフォーゼとは不可分の概念だった。おそらく両者はイタリアにおいてほぼ同時に開示され、深められた思想だったにちがいない。ゲーテは一方においては自然の単純性、同一性、不変性を示す原型(原植物と原動物)を、他方においては自然の差異、多様性、変幻自在性を示すメタモルフォーゼを見いだした。そしてこれら二つの「鍵」を手にすることによって、彼にはイタリアという南国の地において、「植物の産出と組織の秘密」を掌を指すようにはっきりと摑むことができたのである。その喜びは、詩「植物のメタモルフォーゼ」の後段で、「いとしい人」に託されている。

さあ　いとしい人よ　色とりどりの花々を見ても
もうきみの心はかきみだされることがない
草木はどれも永遠《とわ》の法則を告げている
どの花も一層大きな声できみと言葉を交しあう
こうしてきみは　解きほぐした聖なる文字を
至るところに読みとれよう　字体が違っていても
毛虫が這い　蝶がせわしく舞っていようとも
人間が自分の姿をみずから変えてゆこうとも

もっとも第I章第三節ですでに詳述したように(七八頁以降)、ゲーテが原型について考えるようになったのは、かならずしもイタリア旅行中のことだとは言えない。イタリアに旅立つ前の一七八六年五月五日、彼はヤコービ宛の手紙のなかでスピノザの『エチカ』の一節を引きながら、「私はどうにかして事物の観察をなしとげ、その形相的本質から然るべき理念をつくりあげたいものだと思っています」と書いているし、また同年七月九日付のシュタイン夫人宛の手紙のなかでは植物の「本質的な形」を追究してみたいという希望を熱をこめて語っている。「形相的本質」と「本質的な形」——これらは言うまでもなく、後に「原植物」の思想となって結実していったものにほかならない。

ヤコービやシュタイン夫人に宛てて手紙を書いた約半年前の一七八五年一一月、ゲーテは毎日のようにリンネの『植物哲学』に読みふけり、植物学上の多くの知識をこの書物から得ていたが、しかし同時に彼はすでにこの頃から、個々の植物の記載にしかすぎないリンネの分類学には満足できず、植物界全体を統一する「本質的な形」を求めていたものと推測される。植物ばかりではない。動物に関してもそうである。ゲーテ自身の言葉によれば、彼はすでに一七八〇年代の初めに――おそらく漠然とではあろうが――動物の原型について考えていた。それは一七八四年三月二七日にヒトの顎間骨を発見した頃のことで、彼が、それまでサルにはあってヒトにはないとされていた顎間骨をヒトにおいても見いだすことができたのは、当時すでに彼の念頭に動物の「本質的な形」があったからだった。一八二〇年に彼は、ヒトの顎間骨発見の経緯を回顧しながら、こう書いている。

一七八〇年代の初めに宮中顧問官ローダーの指導と教えを受けて解剖学に大いに打ち込んでいたときには、植物のメタモルフォーゼの理念は私にはまだ開示されていなかった。しかし私は普遍的な骨の原型をうち立てようと孜々として努めていたので、生物のあらゆる部分は、一つ一つを取ってみても全体を取ってみても、すべての動物において見いだしうるであろうと仮定せざるをえなかった。というのも、すでにずっと前から開拓されていた比較解剖学は、まさにこのような前提にもとづいていたからである。ところがここに奇妙な問題がもちあがった。サルとヒトとの差異は、前者には顎間骨(os intermaxillare)があるが、後者にはないという点にこそ求められると主張する人々が現われてきたからである。しかし上の切歯は顎間骨のなかに根を下ろしている〔顎間骨は切歯を支えているので、切歯骨とも言う〕だけに、顎間骨がないということはとりわけ奇妙なことであったし、ヒトが切歯を持っていながら、顎間骨を欠いているなどということがありうるのか、それならば切歯はどの骨に差し込まれているのだろうかと理解に苦しめられたのであった。そこで私は顎間骨の痕跡を求めたが、それはじつにたやすく見つかった。(顎間骨論文の付録/第二章 LA I-9, 171)

一七八〇年代の初めに「本質的な形」をすでに「原型」と呼んでいたとはもとより考えられないから、右のゲーテの言葉はいくらか割引いて考えなければならないが、いずれにしてもゲーテはすでに三〇歳代の初めから、自然の多様性のなかに同一性を見いだせると信じていた。動物にはさまざまな種類があるが、それらはいずれも動物であるという本質的な一点において同一である。つまり自然には一方において「変幻自在性と柔軟性」(LA I-10, 333)が備わり、次から次に新種や変種を生み出しながら無限に差異化してゆくが、他方には「強情な頑固さ」(LA I-10,

333)があり、動物はいつまでも動物でありつづけようとする。一見渾沌として見える自然界のなかには、じつは統一性の原理が働いている。ゲーテを形態学研究へ駆り立てたものは、すべての植物および「すべての哺乳動物の同一性と差異を検証できるような原型を設定する必要」(LA I-9, 13)であった。「全有機体制の根柢には、根源的な内的共通性とでもいうべきものがある。これに対して形態の差異は、外界に対する必然的な関係の差異に由来している。だから不変であるとともに、たがいに相違したものになってゆく現象を理解するために、根源的な同時的差異やたえまなく進展してゆく変形というものを仮定することは正しいことである」(LA I-9, 378)。すべての差異は、同一性との関係においてしか理解されえない。自然とは同一性と差異、原型とメタモルフォーゼの無限の絡みあいなのだ。ゲーテによれば、メタモルフォーゼとは「人を形のないところへ連れてゆき、知識を打ち砕き、それを消し去ってしまうもの」、すなわち「遠心力」であり、それに対して飽くまでも同一性に固執しようとする傾向は、自然の「求心力」である(LA I-9, 295 f.)。しかし言うまでもなく両者は釣り合いがとれていなければならない。そして同一性と差異とのこのような関連を、ゲーテは、詩「オルペウス教に倣いし原詞」のなかで、「生成し発展してゆく刻印された形相」と呼んだのだった(一一三頁参照)。

*

イタリア旅行がゲーテの原型研究の第一段階であったとすれば、第二段階はシラーとの出会いに始まる。前述したように(二二二頁以降参照)、一七九四年の七月の或る日、イエナの自然科学研究会からの帰り、たまたまシラーと一緒になったゲーテは、彼と初めて親しく言葉を交わし、話に誘われて彼の家に入り、シラーの眼の前で原植物をデッサンしてみせた。しかしゲーテの話を聞き終えたシラーが首を振りながら言ったのは、「それは経験ではない。理念です」という言葉だった。はっとするとともに、いささか腹を立てたゲーテは、だが気を取り直して、こう答えた。「私が自分でも知らずに理念を持っていて、しかもそれを眼で見ているということは、とても嬉しいことです」と。

シラーと出会うまで、ゲーテは、原植物は経験的認識であると単純に考えていたものと思われる。しかしシラーとの出会いによって、彼の素朴な信念は一時的にもせよぐらついた。確かに原植物は経験界に実在するものではない、と彼は教えられた。しかし、だからといって彼には原植物を、「一種のヒポコンデリー」(GA XIII, 263)の産物というべき、あの忌わしい哲学的抽象的「理念」と同一視するわけにもゆかなかった。原植物は彼にとって終始一貫して具体的なものだったのである。そこで彼は「私が自分でも知らずに理念を持っていて、しかもそれを眼で見ているということは、とても嬉しいことです」とやり返した。そうやり返すことによって彼は、自分でもほとんど気がつかないうちに、抽象的論証的な理念ばかりではなく、直観できる理念、超越的な具体というものもありうるという重大な哲学的宣言《マニフェスト》を行なっていた。直観可能にして超越的なる具体的理念――それこそは、後にゲーテが「著者はその植物研究の歴史を伝える」のなかで、「超感性的な原植物の感覚的な形」と呼んだものにほかならない。

「超感性的な原植物の感覚的な形」という表現には明らかにカント哲学の影響が感じられる。生来の哲学嫌いであったゲーテも、一七九〇年にカントの『判断力批判』が公刊されると、直ちにこれを手に入れ、翌年の初めまでの数カ月間、夢中になってこれを読みふけった。おそらく原植物をめぐってシラーと初めて意味深い対話を交わした後でも、彼はカントの第三批判書を何度も繙いたであろう。後に彼は「今や『判断力批判』が手に入り、この本のおかげで私は自分の生涯でも最も楽しい時期をすごすことができた」(LA I-9, 92)と述懐しているが、「最も楽しい」とまで感じさせたのは、『判断力批判』の後半によるところが大きいと思われる。後半のかなりの部分(特に七五―八一節)は、原型の認識論に当てられているからである。ヴァイマルのゲーテ・シラー文庫にある『判断力批判』のゲーテ自家用本には、あちこちに書き込みや傍線や下線が施されているが、(76) これを見ると、ゲーテがカントの思想のどの部分に大きな関心を抱いていたかがよくわかる。たとえば『判断力批判』七八節においては「超感性的なもの」という語に下線が引かれている(A 354)。カントによれば、さまざまな被造物を次々に産出する自然の技巧を説明するには、機械論的原理にもとづく方法と目的論的原理にもとづく方法とがあるが、両者はともにそれだけでは不十分である。そこで両者を結びつけるものとしての、両者に共通の統制的原理が求められなければならない。そしてこのような原理こそは「超感性的なもの」、もしくは「自然の超感性的基体」(A 349)にほかならない。

「自然の超感性的基体」に関するくだりのなかに、ゲーテはイタリアにおいて追究しつづけた原型理論が確証されるのを感じた。しかしカントの立場は、ゲーテが期待したよりもはるかに慎重であった。「自然の超感性的基体」は、超感性的であるがゆえに経験的自然界に存在するものではなく、それはわれわれ人間の認識能力を超脱している。われわれの悟性が認識できるのは、分析的普遍としての概念でしかないのだ。しかし「自然の超感性的基体」というものが考えられる以上、それに対応する、われわれの悟性とは別種の悟性を想定することは不可能ではあるまい。そこでカントは『判断力批判』の七七節において、われわれ人間の有する論証的悟性とは違った「直観的悟性」というものが考えられると指摘する。

ここでわれわれが想定することのできる悟性は、これまで見てきたような論証的悟性ではなく、直観的悟性であり、そのためこれは、総合的普遍(全体そのものの直観)から特殊へ、つまり全体から部分へと進むことができる。……この場合、このような原型的知性(intellectus archetypus)がありうることを証明する必要は全くなく、われわれは、さまざまな形象を必要とする論証的知性（模像的知性　intellectus ectypus）と、とりわけ偶然性を免れえないその性質と対決することによって、原型的知性という理念が導かれてくること、しかもこの理念はなんら矛盾を含むものではないことを証明しさえすればよいのである。

ゲーテはその自家用本において、「直観的」と「総合的普遍」の語に下線を、また「この場合……」以下の部分に傍線を引いている。それればかりではない。後にゲーテは「直観的判断力」と題する小論文のなかで右のくだりを引用し、それに次のような解説をつけている。

言うまでもなく著者はここで神的な悟性を指していると思われるが、しかしわれわれは精神的な領域において、神や道徳や霊魂不滅に対する信仰を通して高度の次元へ高められ、第一存在者へと近づいてゆかなければならない以上、おそらく知的な領域においても〔この悟性を積極的に活用し〕、たえまなく創造する自然を直観することによって、自然の所産に精神的に関与する資格を獲得しなければならない。私とて、初めは無意識に、やがては内的な意欲に燃えて、あの原型という原形象を倦むことなく追究し、さらに幸いなことに、こうして自然に即した記述を成し遂げることができるようになったのだ。さてそうなってみると、あのケーニヒスベルクの老翁〔カント〕の言葉を借りて言えば、「理性の冒険」〔『判断力批判』

八〇節〕に果敢に挑むことを妨げるものは何ものももはや残っていなかった。（LA I-9, 95 f.）

ゲーテが指摘しているように、カントにとって「直観的悟性」とは「神的な悟性」にほかならず、それはおそらくわれわれ人間には与えられていない能力である。われわれが有しているのは「論証的悟性」、もしくは神の知性としての「原型的知性」から派生してきた「模像的知性」であり、それは特殊（経験的直観）を分析的普遍（概念）のうちに包摂するものにすぎない。われわれは特殊なるものの多様性に囲繞されている。この多様性をわれわれが普遍的原理のもとに統合しようとする場合、そこで得られる特殊と普遍との合致は、われわれが特殊から出発している以上、もとより偶然的なものである。しかし、もしも全体そのものを直観する悟性、すなわち直観的悟性というものがありうるとすれば、われわれは全体から出発して部分へと進み、特殊なるものを総合的普遍から導出することができるであろう。この場合、普遍と特殊の合致は言うまでもなく必然的である。たとえば毎日ライオンやトラやヒョウばかりを見て生活していた人がいたとして、その人がそれらのものから動物という概念（分析的普遍）をつくり出したとしたら、その概念にはおそらくサルやウサギのイメージは適合しないであろう。しかし、もしも初めに動物というものの具体的な直観（総合的普遍）があったとしたら、個々のいかなる動物もこの直観とかならず合致することになる。したがって自然の技巧を総合的に――つまり機械論的にばかりではなく目的論的にも――説明するためには、どうしてもこのような総合的普遍の存在を一つの指針として想定する必要があるのだ。

この総合的普遍をカントは「自然の超感性的基体」と、そしてゲーテは「超感性的な原植物の感覚的な形」と名づけた。この点において二人の見解は或る程度一致しているように見える。しかし次の点において両者の見解は大きな齟齬を来たす。というのもカントが、直観的悟性は人間には全く拒まれていると考えていたのに対し、ゲーテは、人間には論証的悟性ばかりではなく、直観的悟性も与えられている、いや、自分は原型の探究に際してこの直観的悟性を人一倍積極的に活用していると信じていたからである。「超感性的な原植物の感覚的な形」という一見アンビヴァレントな表現において、ゲーテの立場は明確である。原植物は自然界には実在しない「超感性的」なものであるが、自分は現にそれを眼で直観している以上、それは「感覚的」なものではなかろうか。シラーに反論して語ったように、「自分でも知らずに理念を持っていて、しかもそれを眼で見ているということは、とても嬉しいことです」というのだ。その意味でゲーテは一方ではカントに対して最大限の敬意を示しながらも、他方では彼の学説をドラスティックに乗り超えようとしていた。

私がカントの学説に通暁しようとはしないまでも、それをできるだけ利用したいと思っていた頃、この卓越した人物は茶目っ気たっぷりにイロニーを用いているのではないかと思うことが、一再ならずあった。彼は認識能力をきわめて狭い範囲に限定しようと努めているかに見えるが、反面自分が引いた境界線の向う側へ流し目を送っていたからである。なるほど彼は、わずかばかりの経験を積んだだけで軽率にも大胆な断定を下したり、結論を急いだり、脳裡にひらめいた思いつきを対象と短絡しようとすることが、いかに僭越で傲慢な試みであるか、よく知っていた。だからこそわれわれの師は、われわれの思惟を反省的な論証的判断力に限定し、規定的判断力をことごとく禁じたのである。しかしこうしてわれわれを十分に窮屈なところに押し込め、いや、絶望の底に突き落した後で、彼は踵を返したかのようにきわめて寛大な見解を述べ、ある程度の自由を容認し、われわれがそれを好きなように行使することを許してくれている。(LA I-9, 95)

「ある程度の自由を容認し、われわれがそれを好きなように行使することを許してくれている」というのは、明らかにゲーテのゆきすぎた解釈である。カントによれば、超感性的なもの——原型もその一つ——が存在しているかもしれないと反省的に判断することはできるが、しかしそれが客観的に存在していると規定的に判断することはできない。つまり原型という自然の超感性的基体は、認識の限界目標としての統制的原理ではあっても、構成的原理とはなりえない。したがって原型を構成的原理と解したのは、明らかにゲーテの誤読、もしくは意図的なカント批判であったと言わなければならない。ゲーテばかりではない。ヘーゲルやロマン派の多くの思想家たちも、カントのあまりにも慎重な態度に満足することはできなかった。そしてたしかに『判断力批判』のなかには、彼らをしてカント自身の主張を乗り超えさせるように誘惑するものが含まれている。カントは、直観的悟性は人間には拒まれた神の認識能力であると言う。しかし、もし直観的悟性というものが人間にも与えられているとしたら、われわれは原型を構成的原理として認め、この原理のもとに自然の諸現象を規定的に判断し、原型という総合的にして具体的な普遍から出発して、個々の特殊へと進むことができるであろう。ゲーテがそう考えたとしても不思議はない。自分はパドヴァの植物園やパレルモの公園で原植物を見いだしたのであり、シラーにかつて語ったように、「自分でも知らずに理念を持っていて、しかもそれを眼で見ている」ということは、とても嬉しいこと」なのだと彼は信じていたのだから。その上『判断力批判』の八〇節(ゲーテの自家用本では下線や傍線が多くの箇所に引かれている)は、彼には原型理論のより積極的な使用を認めてくれているもののように思われた。

〔……〕動物にはじつに多くの属があるが、それらは或る共通の図式(Schema)において一致しているし、この図式は、動物の骨格においてのみならず、その他の部分の配列においてもその根柢をなしているように思われる。しかもこの基本的構造は驚くほど単純なものなのに、その或る部分を短くしたり長くしたりすることによって、また或る部分を畳みこんだり開いたりすることによって、じつに多様な種を産み出すことができる。こう考えてみると、自然の機械論的原理——これがなければ、自然科学というものはありえない——を採用することによって、何ごとかが達成させられるのではなかろうかという、かすかな希望の光が心中に兆してくるであろう。生物のさまざまな形は、それらが有している幾多の差異にもかかわらず、或る共通の原形象(Urbild)にもとづいて産出されているように見えるが、生物の諸々の形のあいだのこのような類似(Analogie)は、これらの形が或る共通の根源的な母胎から産み出されたために、現実に親縁関係(Verwandtschaft)を有しているのではあるまいかという推測を強める。或る動物の類は別の類へと段階的に接近してゆく。つまり〔自然〕目的の原理が最も確証されているように見える人間から始まってポリープにいたるまで、またポリープに始まって蘚苔類や地衣類に、そして最後にはわれわれが知っている自然の最下段である生《なま》の物質にいたるまで、段階的な接近があると推測されるのだ。〔逆に言えば〕この生《なま》の物質とその諸力から、(結晶化作用に見られる法則にも似た)機械論的法則にしたがって、自然の技巧のすべてが繰り拡げられてきているのではないかと思わずにはいられない。有機体における自然の技巧はわれわれにはまことに理解しがたいものなので、そのためわれわれは、〔機械論とは違った〕或る別の原則を考えざるをえないのである。

「考えざるをえない」というのは、むろんカントからすれば、反省的判断力に照らしてみて「考えざるをえない」という意味であり、ゲーテがイタリアにおいて書いていたような、「植物の産出と組織の秘密」が開示される「鍵」を摑んだという意味ではない。しかし右のくだりで展開されている原型論(カントは「原型」を「図式」や「原形象」と呼んでいる)や進化論にも似た思想において、カントは原型をかなり具体的に把握しようとしているとは言えないだろうか。そのため『判断力批判』八〇節を読んだ人々の多くが、もしもこのような目的論的原理が統制的にばかりではなく構成的にも通用するとしたら、自然の技巧の解明はより容易になるであろうと考えたとしても無理はない。ゲーテばかりではない。ビュフォンやボネやロビネーは、原型論に関してはゲーテの先駆者と言うべきだが、彼らはカントのことこそ知らなかったものの、原型(もしくは「プラン」)を自然の合目的性に関する構成的原理たらしめようとした。またゲーテと親交のあったヘルダーやヘーゲルは、カント哲学を知悉しながらも、原型論に関してはゲーテ以上にカントに対する強い対決姿勢を打ち出した。ゲーテはカントと彼らとの中間の立場に立っていたと言ってもよい。ゲーテはヘルダーとカントとの関係についてこう書いている。「不幸なことにへルダーはカントの弟子であると同時に敵対者だった。さらに具合の悪いことに、私はヘルダーに同意することもできなければ、カントに従うこともできなかった。しかし私は有機的自然の形成と変形を真剣に追究していたし、植物を考察する際に用いた方法は、私にとって信頼に値する道標となった。自然は生きた神秘的な全体から発展しつつ、分析的なやり方を取るかと思えば、次にはまた総合的に働くのを、私は見逃さなかった」(LA I-9, 91)。

「分析にばかり夢中になって、総合をいわば敬遠している世紀は、正道を歩んでいるとは言えない。というのも呼気と吸気の場合のように両者が一つになってこそ、学問に生命を注ぎこむこともできるからである」(LA I-11, 302)。ゲーテを始めとする多くの人々は、自然の合目的性を統制的にばかりではなく、構成的にも把握することによって、自然の機構を分析的かつ総合的に捉えようとした。わが国でも三木清は『構想力の論理』第四章において、『判断力批判』の七七―八〇節を考察しつつ、「果して自然の合目的性はカントの考える如く単に規制的〔統制的〕であって、決して構成的ではないのであろうか。我々の経験的認識はむしろこのものをも構成的として要求するのではなかろうか。……自然が把握され得るものであるためには、合目的性は構成的原理の意味を有しなければならぬ」と論じている。(77)

カント自身、『判断力批判』八〇節の自注において、自らが展開した原型論を「理性の大胆な冒険」と名づけている。もしかすると彼は、自分が『純粋理性批判』において堅持しつづけてきた領域を自ら大きくはみ出してしまったことを認めているのではなかろうか。そしてゲーテはカントのこのような言を受けて、「さてそうなってみると、あのケーニヒスベルクの老翁の言葉を借りて言えば、「理性の冒険」に果敢に挑むことを妨げるものは何ものももはや残っていなかった」と記したのである。彼はこの冒険にカントよりももっと大胆に挑もうとした。「直観的判断力」という彼の論文の標題自体がそれを示している。彼は「直観的悟性」というカント的概念に異を唱えているのだ。カントは、直観と悟性とが合致した認識能力として直観的悟性というものを考えたが、ゲーテからすれば、直観は悟性よりも高い位置を占めるものだった。彼は、直観のうちに感性も悟性も理性も含まれていると考えていたのである。しかも原植物や原動物を直観するということは、「SはPである」(「アネモネは植物である」、「イヌは動物である」)という定形判断を含んでいる。そこで彼は、「直観的悟性」に代えて「直観的判断力」という呼称を用いることによって、それを自らの認識論上の武器たらしめようとしたのだった。

*

こうしてゲーテは原型を構成的に設定しようとした。しかしその道に踏みこんだゲーテは、少なからぬ困難に直面せざるをえなかった。

ゲーテは原型を植物については原植物と呼び(今日の生物学では「植物原型」と言われること

が多い)、一方、動物については――『形態学論考』誌の序文のなかで「原動物」と言っている(LA I-9,13)以外は――「原型」もしくは「模式図《シェーマ》(図式)」の語を用いている。さて前述したように、ゲーテが原植物の問題を初めて熱心に追究したのはイタリアにおいてであるが、帰国の翌年に書かれた著作『植物のメタモルフォーゼ』においては、不思議なことに原植物という語は一度も使われていない。本来メタモルフォーゼと対をなしているはずのこの概念を用いることに、ゲーテはなぜ逡巡したのであろうか。ひょっとすると彼は、原型論を学説として提起するだけの自信が当時まだ持てなかったのではあるまいか。いずれにしてもわれわれとしては彼の原植物観を、メタモルフォーゼ論と関係づけながら推測してみるほかない。

ゲーテがシラーに描いてみせたという原植物図がもし残っていたら、本論考の大きな助けになったであろう。しかしそのような図が一つも残されていない以上、後世の人々は原植物を色々と思い描くほかなかった。たとえば図9はフランスの著名な植物学者テュルパンによって描かれた「理念的な植物原型」(一八三七年)である。テュルパンはゲーテとも親交があり、ゲーテも彼を「頭脳

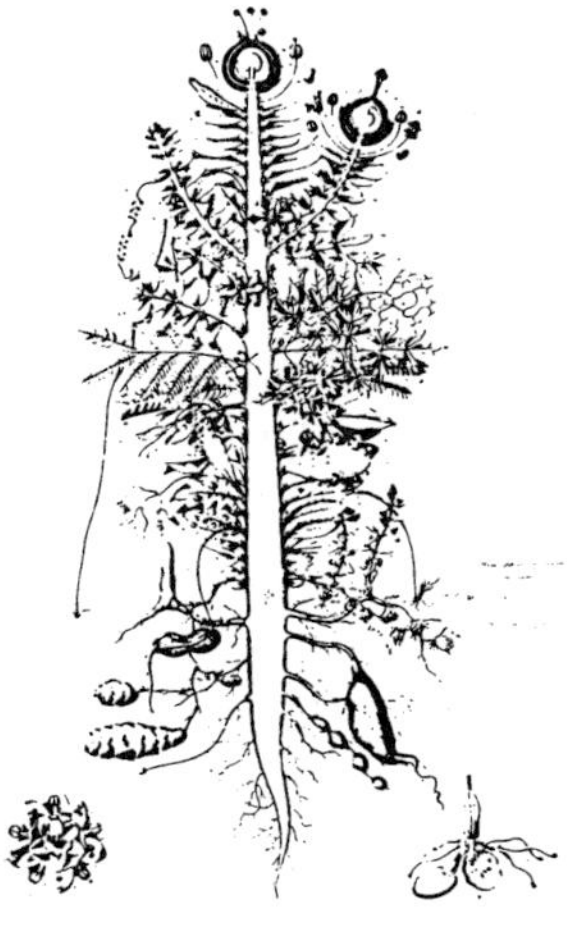

図 9 テュルパン「理念的な植物原型」(1837)

明晰にして精密な素描能力を持った人」(LA I-10, 309)と称えているが、それだけに彼が描いた原植物図は、後世の不幸な誤解を招くことになった。多くの人々は、これこそゲーテが考えていた原植物図であろうと思いこんだのである。しかし一本の茎の両側にありとあらゆる植物の葉や果実を描きこんだこの醜怪な原植物図は、ゲーテが考えていたものとは似ても似つかぬものであろう。原植物がありとあらゆる植物を包摂しているとしても、それはこのように固定された形態においてではない。原植物は不変的であると同時に変幻自在である。ところがこの図には、基本器官としての葉が他のさまざまな器官へメタモルフォーゼするすがたは全く示されていないのだ。

図10はM・J・シュライデンが発表した原植物図(一八四八年)。彼はテュルパンの原植物図を批判し、「植物界の最高度の発展をきわめて単純な形で示している素描」を目指した。そのモデルとして選ばれたのは、ルリハコベという「きわめて単純にしてよく知られた植物」で、それがかなり抽象化されて描かれている。

図11はF・ウンガーによる「完全な植物の理念的図示」(一八五二年)。「完全な植物」というのは高等植物のことで、ウンガーは、「すべての高等植物においては、葉と花と果実とは本質的に別の部分と見なされてきたが、しかしゲーテは、花や果実もじつは葉の反復であることを初めて発見した」と指摘している。

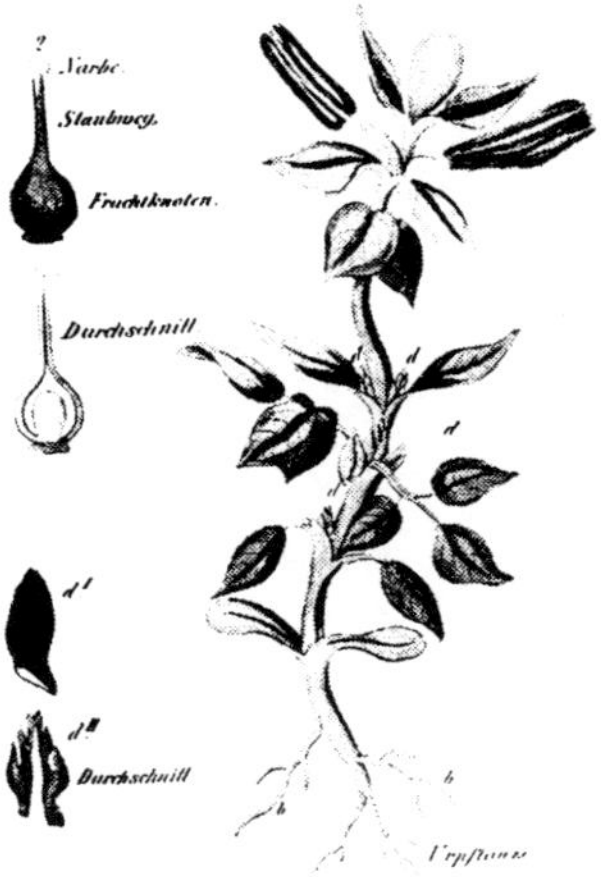

図 10　M. J. シュライデン「きわめて単純にしてよく知られた植物を抽象化した図」(1848)

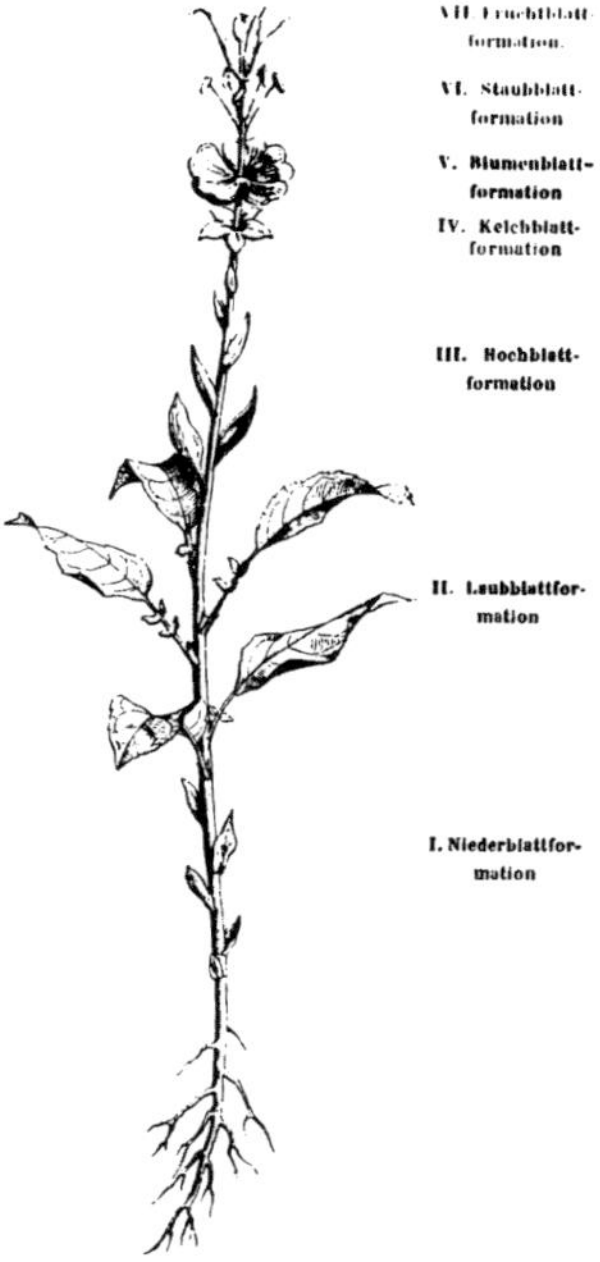

図 11　F. ウンガー「完全な植物の理念的図示」(1852)

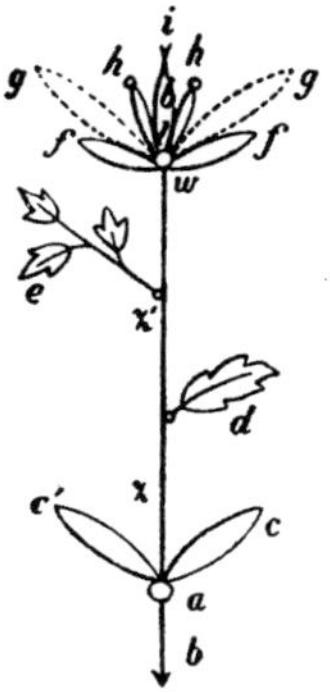

図 12　R. シュタイナーによる原植物図(1883)

図12はR・シュタイナー編の『ゲーテ自然科学著作集』第一巻(一八八三年)の解題のなかに掲載されているもの。何のキャプションもついていないが、葉が拡張と収縮を繰り返しながら植物の形態をつくりあげてゆく過程を図式的に示したもので、これはA・レマーネの言葉を借りれば、(78)「図式的原型」と呼びうるものである。

図13はA・K・フォン・マリラウンがその著書『植物の生命』(一八八八年)のなかで、「ゲーテの〈原植物〉」というキャプションをつけて発表したもの。葉という同一の器官が「三つの拡張(茎葉、花弁、果実)と三つの収縮(種子、蕚、雄蕊)」を通して次々とメタモルフォーゼしてゆく過程が示されている。

本章の扉に掲げたのは、著名な進化論者W・ツィンマーマンが、その著書『進化』(一九五三年)のなかのゲーテに関する一章のなかで発表したもの。「植物における葉の形態のメタモルフォーゼ」と題されている。モデルになっているのはアネモネで、葉が子葉から茎葉、小苞、花弁、雄蕊、雌蕊を経て果実にいたるすがたが示されている。

時代は遡るが、図14は十九世紀における植物生理学の泰斗J・ザックスの主著『植物生理学』(一八八二年)のなかに、「双子葉植物の模式図」として掲載されたもの。すでに生育し終った部分は白で、生育し伸びつつある部分は灰色で、また生長点をなす芽や蕾などは黒で描かれている。この著書のなかでザックスはゲーテの原植物には全く言及していないが、本図はA・K・フォン・

図 13　A.K. フォン・マリラウン「ゲーテの〈原植物〉」(1888)

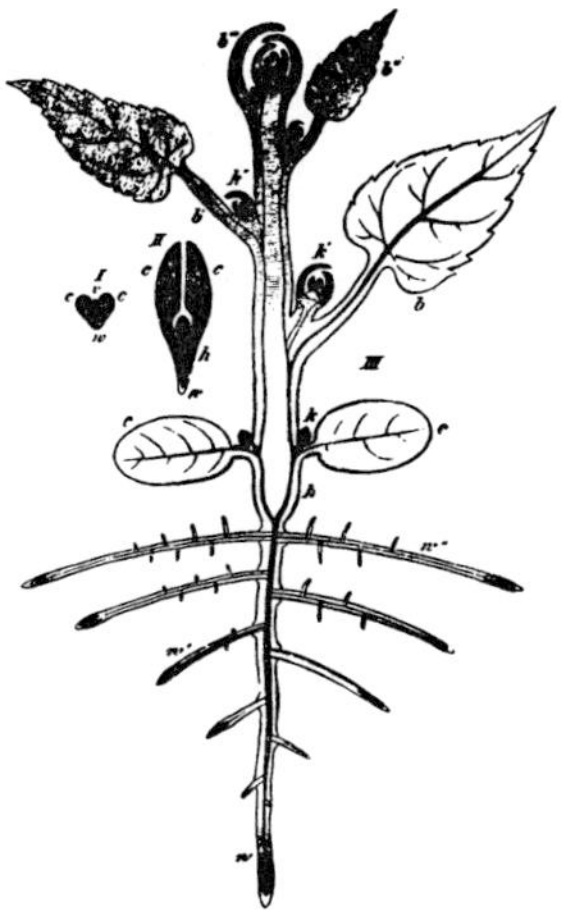

図 14　J. ザックス「双子葉植物の模式図」(1882)

マリラウンによる図と並んで、ゲーテの原植物を最も彷彿とさせるものとして知られている。むろんザックスは、植物に関するゲーテの思想をよく知っていた。にもかかわらず、彼はあえてゲーテに触れることを避けた。ゲーテがすべての植物を包摂するものとして原植物を考えていたのに対し、ザックスは植物をいくつかの原型に分けていたからである。「双子葉植物の模式図」は、単子葉植物やシダ植物には適用できないのだ。

その点で興味深いのは、この図に対するトゥロルの見解である。今世紀におけるゲーテ形態学の最も忠実な継承者であり、また『レオポルディーナ版ゲーテ自然科学全集』の編纂者でもあるトゥロルは、K・L・

ヴォルフとの共著『ゲーテの形態学的課題』において、ザックスの模式図を「原植物の模式図」として紹介した。後述するように、ゲーテはすべての動物の原型を設定するに当って、哺乳類というかなり高度な動物をモデルに選んだが、トゥロルも、すべての植物を包摂する原型の見本を双子葉植物という高等な植物に求めたのである。このかなり高度な模式図をもとにして幾多の特殊な植物の形態を導き出そうとしたトゥロルは、サボテンをその例に選んでいる(図15)。すでに引いたように、カントは『判断力批判』のなかで、原型の「或る部分を短くしたり長くしたりすることによって、また或る部分を畳みこんだり開いたりすることによって、じつに多様な種を産み出すことができる」と述べていたが、原植物の模式図とサボテンとの関係において、われわれはこのような多様な変形作用の一例を認めることができるだろう。ダーシー・トムソンはこうした自由な変形作用を、直交座標を伸縮させることによって図示している(図16)。Aという魚が原型であるとすれば、B、C、Dはそのメタモルフォーゼにほかならない。

J・ザックスとW・トゥロル――二人の見解の差異は、つまるところ原型は一なのか多なのかという点にある。その意味で二人の対立には、後述するキュヴィエとジョフロワ・サン＝ティレールの論争が植物学の分野において再現されていると言えよう。脊椎動物と無脊椎動物の体制は果して一致するだろうかというのが、ジョフロワとキュヴィエの論争の争点であったが、同じように問われなければならないのは、ザックスが描いた双子葉植物の原型は、それを変容させるこ

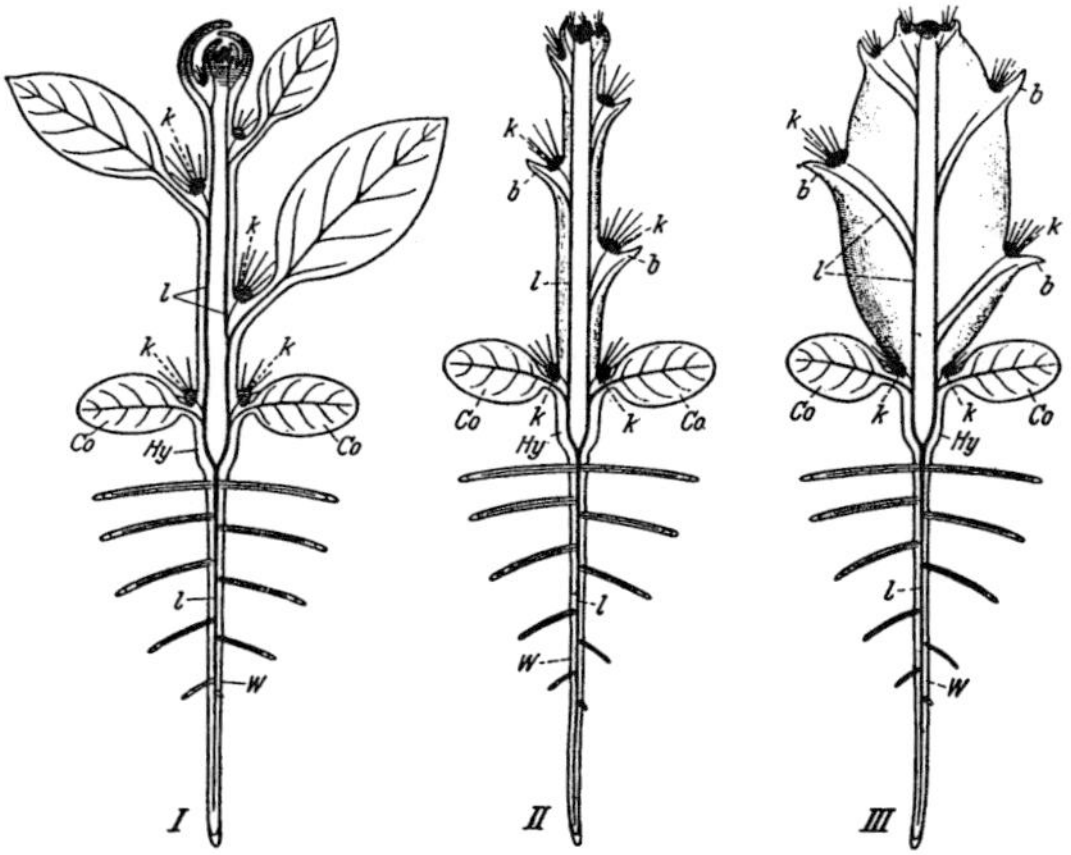

図 15 W.トゥロル「原植物の模式図からサボテンの形態を導出する」(1940)

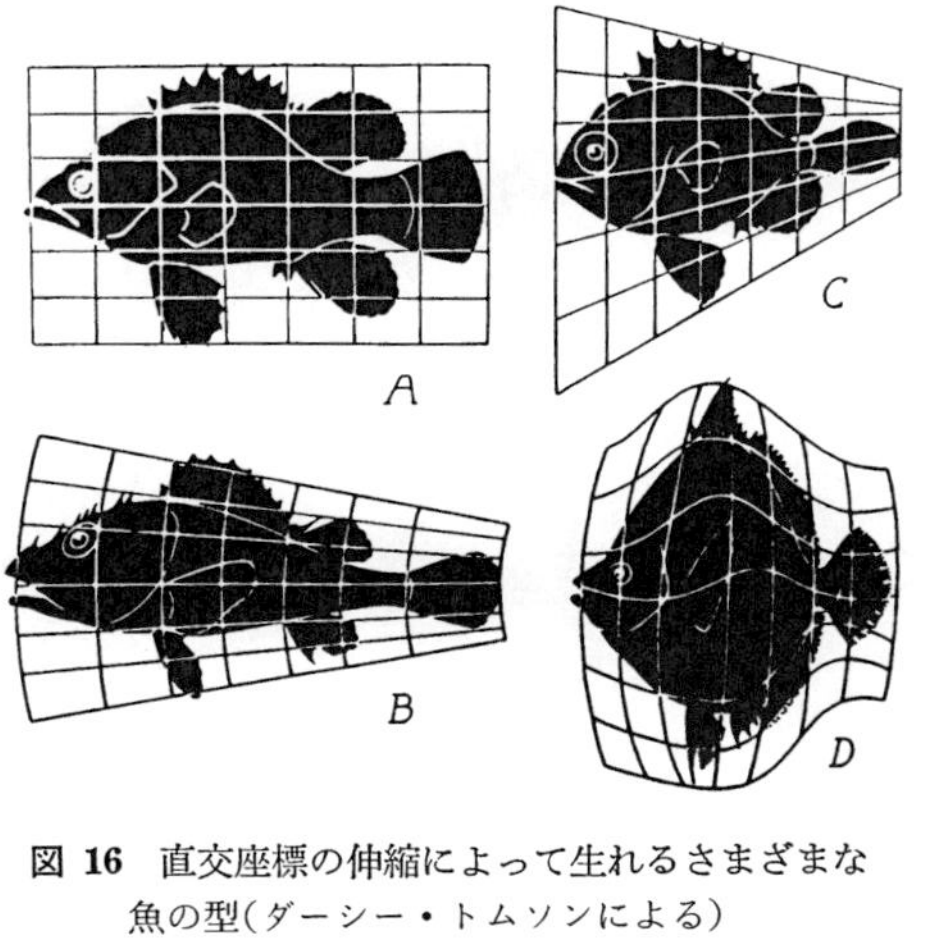

図 16 直交座標の伸縮によって生れるさまざまな魚の型(ダーシー・トムソンによる)

とによって、単子葉植物やもっと下等なその他の植物をも包摂しうるだろうか、ということだからである。それは疑いもなくゲーテの頭をも悩ませた問題であった。『植物のメタモルフォーゼ』よりも前に書かれた未定稿の植物学論文のなかには、「ある綱全体の原型を、すべての属や種に合致するように一般的に確定することは、とても難しい」(LA　I-10, 50)と記されている。

その場合に看過してはならないのは、ザックスの模式図には葉がメタモルフォーゼするすがたは示されているが、しかしゲーテのメタモルフォーゼ論のもう一つの中核をなす節の継時的連続性が明確には認められないという点である。植物は「節から節へ」生長してゆくという考えを、ゲーテは著書『植物のメタモルフォーゼ』を初めとする形態学論文の各所で述べている。ゲーテ自身が描いた、植物のメタモルフォーゼを示す有名な図(図17)においては、「葉をつけた節」が植物の基本的器官として示されている。植物の全体は、この基本的器官の反復によって形成される。中央の図には「節の連続」と記されているが、「段階的連続性」(LA　I-9, 25)を示す「葉をつけた節」が、「拡張」と「収縮」(左端の二図)を繰り返しながら「継時的(sukzessiv)」(LA　I-9, 27)に生長しつづけることによって、茎葉、萼、花弁、雄蕊、雌蕊、果実といった諸器官を次々とつくり出すのである。「節から節への生長によって、植物の全円環が本質的に完成される」(LA　I-10, 51)。植物が有するこのような構造を、ゲーテは「分節」(Gliederung)と名づけている(LA　I-10, 280)。この構造は、イネやムギやヨシといった単子葉植物においても認められる

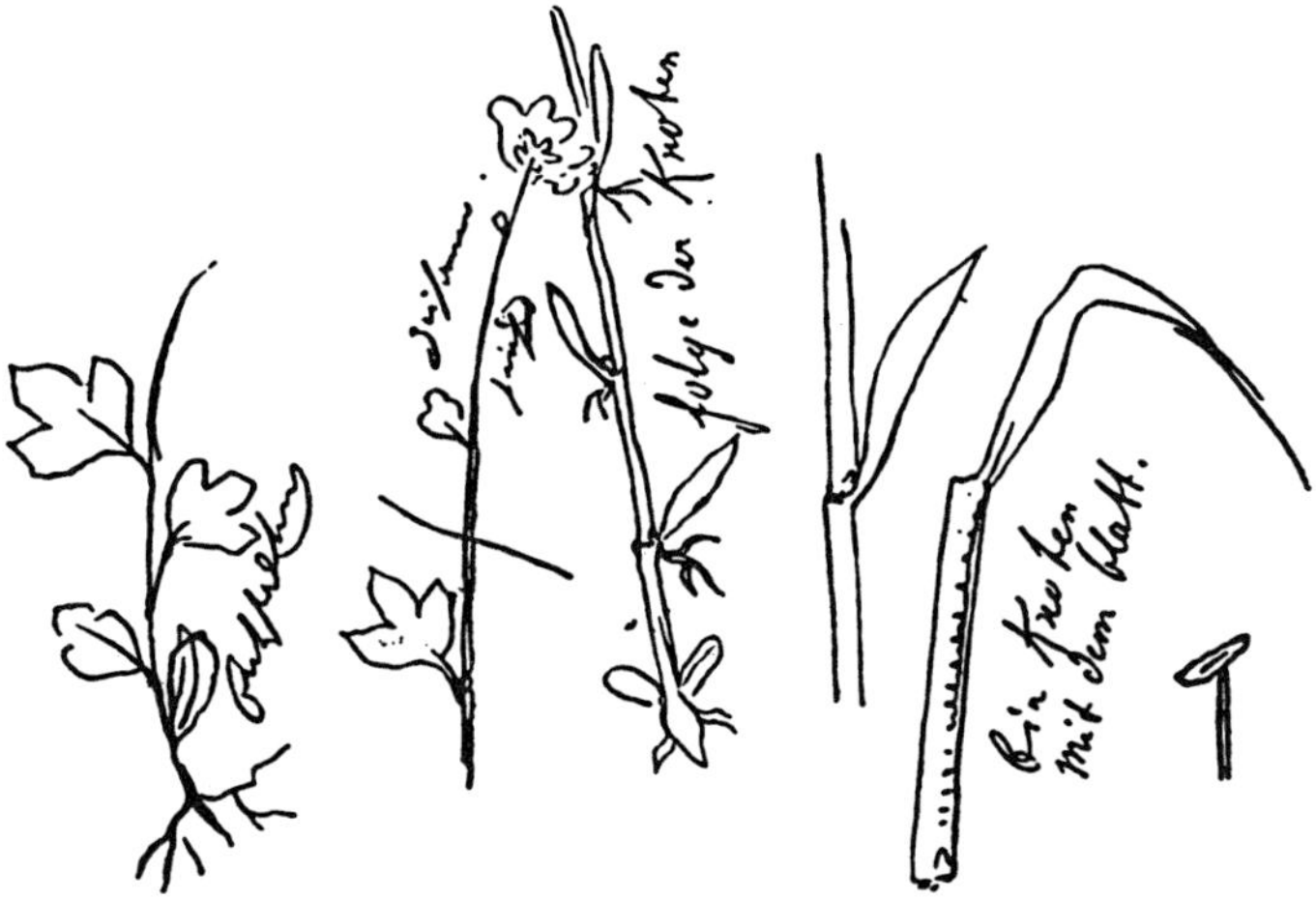

図 17 植物のメタモルフォーゼ(ゲーテの素描)
右から 1 番目と 2 番目：植物の一単位としての「葉をつけた節」,
3 番目：植物の連続的生長によって各節から次々と葉や根が出てくるところ,
4 番目と 5 番目：葉が収縮して萼に，さらに拡張して花弁になるところ

(LA I-9,30)。つまり分節構造こそは、双子葉植物にも単子葉植物にも共通して見られるものなのだ。

*

『植物のメタモルフォーゼ』を書いたあと、ゲーテが原型論とふたたび本格的に取り組むようになるのは、一七九四年にシラーと原植物をめぐって意味深い議論を交わした後のことである。今回の研究の対象は植物ではなく、動物だった。一七九五年に書かれた「骨学にもとづく比較解剖学総序説第一草案」と、翌年に書かれた「骨学にもとづく比較解剖学総序説草案の最初の三章についての論説」という二つの長

大な論文において、ゲーテは動物に即しながら彼の原型論を精緻に展開している。

動物相互の近似性、動物と人間との近似性は目につきやすいものだし、広く認められてはいるものの、特殊なケースにおいては認めにくいし、いくつかのケースにおいては必ずしもすぐに証明してみせることができず、しばしば見まちがえられたり、ときには全く否定されることもある。そのため研究者の見解は多様をきわめ、容易に合致することがない。というのも、さまざまな部分を調べる手がかりとなるような規範がなく、研究者が奉ずべき一連の原則が欠けているからである。

これまでは動物を人間と、そして動物同士を比較するというやり方であったが、こうして多くの手間をかけながら目指されてきたものは、いつでも個別的なものばかりで、個別例が増えれば増えるほど、木を見て森を見ずということにますますなりかねないありさまであった。ビュフォンがその好個の例をいくつも提供してくれているし、ヨゼフィーやその他の人たちの仕事もこの意味において論評されるべきであろう。彼らのやり方では、ある一頭の動物が動物であることを調べるためには、すべての動物と比較しなければならないし、すべての動物を調べるためには一頭一頭に当らなければならないわけで、こうした道を辿るかぎり、一致点の見いだせるはずのないことはあまりにも明らかである。

したがってここで提案されるのは、全動物の形姿をできるだけそのなかに包摂できるような解剖学的な原型、それをもとにして動物一頭一頭を一定の秩序に則って記載できるような普遍的な形象である。このような原型はできるかぎり生理学のことを考慮して設定されなければならない。原型はすでに普遍的な理念である以上、個々の動物はどんなものでもこのような比較の規準として設定されるわけにはゆかない。個は決して全体の範とはなりえないのである。

高度の有機的完全性を有する人間は、まさしく完全であるがゆえに、不完全な動物の尺度として設定されるべきではない。執られるべき手続はむしろつぎのようなものである。

すなわち、あらゆる動物に共通な部分が何であるか、そしてどこでどの部分が異なるか、まず経験が教えてくれるにちがいない。つぎに理念が全体を支配し、理念が発生論的な方法で普遍的な形象を引き出してくれるにちがいない。このような原型が単に試みに設定されたものだとしても、これをさらによく吟味してみるために、これまでよく行なわれてきた比較のやり方を十分に活用してみることにしよう。

これまでは動物同士を、動物と人間を、人類の各人種を、雄と雌を、上肢と下肢という具合に身体の主要な部分同士を、また椎骨と他の骨という具合に身体の副次的な部分同士を比較してきた。

このような比較は、いずれも原型が設定された後でも依然として通用しはするが、ただしこれからは同じ比較をしても、この学問全体に対してもっとよい効果ともっとよい影響をあたえることになるであろう。いや、それのみか、これまですでに行なわれてきた研究の信憑性を確かめ、そして信憑性の確かめられた研究を全体のなかに正しく位置づけることができるであろう。

原型が設定された後でなされる比較作業には二つのやり方がある。第一に動物の種一つ一つを原型をもとにして記載すること。こうすればもはや動物を動物と比較する必要はなく、記載された事実をたがいに突き合せれば、比較はおのずから成るはずである。つぎに、ある特殊な部分を、主要な属すべてを通じて記載してみることである。それによって示唆に富んだ比較が余すところなくなされるようになるであろう。しかし成果をあげるためには、この二種類の特殊研究はできるだけ完璧なものでなければならない。特に後者に関しては多くの研究者の協力が必要であると思われる。だがまず何よりも研究者は、普遍的な模式図《シェーマ》について了解しあわなければならない。そうすればあとは各研究者の仕事の基盤を成す模式図の項《タ》目《ベ》表《レ》を一つ一つ追ってゆくことによって、研究は機械的に促進されてゆくであろう。そしてこうして各研究者は、自分のした仕事はほんの些細な、専門的なものであっても、万人のために、科学のために仕事をしたと確信するであろう。ところが今日の状況では残念なことに、誰しもいちいち最初からやり直さなければならないのである。

（「骨学にもとづく比較解剖学総序説第一草案」第二章　LA　I-9, 120 ff.）

すでにカントが述べていたように、動物相互のあいだに近似性が認められることは疑いえない。それではこれらの近似性、もしくはあらゆる動物に共通して見られる特徴を普遍的な形象（原形象）、もしくは普遍的なタイプ（原型）として提起することはできないだろうか。これはすでにイタリア旅行に出発する前からのゲーテの変ることのない信念であった。しかしイタリアにおいて数多の植物に関する経験的な知識を獲得し、かつカントの『判断力批判』の研究やシラーとの交友を通して原型に関する哲学的な思索を深めていったゲーテは、原型の設定に際して二つの段階を設けるにいたった。

㈠　経験を踏まえながら、あらゆる動物に共通する部分を確認し、そこから反省的判断力にもとづいて分析的普遍（概念）をつくりあげる。

㈡　直観的に把握された動物の原形象から出発し、総合的普遍としてこの理念にもとづいて、経験界の包摂を目指す。

言うまでもなく㈠は部分から全体へ、㈡は全体から部分への歩みを示している。そしてこの二つの歩みのあいだを循環することによって、分析的普遍としての動物の概念と総合的普遍としての動物の理念は接近するにいたるであろう。『形態学論考』誌の序のなかに、「つまるところ、原動物もやはり動物の概念、あるいは理念を意味しているのである」(LA I-9, 13)と記されているのは、その意味においてである。こうした全体と部分とのあいだの解釈学的とも言える循環は、「骨学にもとづく比較解剖学総序説草案の最初の三章についての論説」のなかで、より明確に語られている。

このように創造的な威力が、ある普遍的な模式図《シェーマ》にもとづいて比較的完全な有機的自然を生産し、発展させてきたのだと認める以上、この原形象を感覚にではなく精神に表示し、唯一の規範としてのこの原形象にもとづいて、有機体の説明を完成させることはできないであろうか。またこの規範がさまざまな動物の形態から引き出されたものであるとすれば、さまざまな形態をふたたびこの規範に還元することはできないであろうか。(LA I-9, 199)

たしかに自然の超感性的基体としての原形象は精神に表示することはできても、感覚に表示することはできない。しかし比較解剖学上の唯一の規範を樹立し、有機体の世界を構成的に説明するためには、総合的普遍としての理念をたえず顧みつつ、分析的普遍としての動物の概念を確立し、それをできるだけ具体的に図示することが必要である。ゲーテが原型と区別して「模式図(図式)」という言葉を用いているのは、そのためである。「だがまず何よりも研究者は、普遍的な模式図《シェーマ》について了解しあわなければならない。そうすればあとは各研究者の仕事の基盤を成す模式図の項目表《タベレ》を一つ一つ追ってゆくことによって、研究は機械的に促進されてゆくであろう」と彼は言う。模式図は、有機体の目的論的考察と機械論的考察の接点をなしている。そこでは総合的普遍としての理念と経験に立脚する分析的普遍とのあいだに、かなりの合致が見られるにちがいない。しかし果してそのような合致が本当にありうるのだろうか。「熟慮と断念」と題する小論文は、この点に関するゲーテの深い当惑を示している。

さてそこでわれわれは、ある特有の困難に、かならずしも明白に意識されることのない困難に逢着する。それは、理念と経験とのあいだには一定の間隙が確固として存在していて、それを乗り越えようとして全力を尽して努力してみても徒労に終るということである。それにもかかわらずわれわれはこの間隙を克服しようとして、理性、悟性、構想力、信仰、感情、妄想のすべてを尽し、それでもなすすべがないと、荒唐無稽な真似までして果てしない努力を続けている。

真摯な努力を続けたあとで結局われわれは、あの哲学者〔カントのこと〕の説、理念が経験と完全に合致することはありえないと主張しながらも、理念と経験は類似したものでありうるし、またそうあらねばならないと認める哲学者の説が、たぶん正しいのだと知る。

理念と経験を結びつけることの難しさは、すべての自然研究において大きな障害になると思われる。理念は空間と時間にしばられないが、自然研究は空間と時間の軛《くびき》をはめられている。だから理念においては同時的な(simultan)ものと継時的な(sukzessiv)ものとが密接に結びついているとしても、経験的な立場では両者はつねに分離している。しかも理念の上では、自然の活動が同時的な面と継時的な面とをともに兼ね備えていると考えなければならないので、われわれは一種の狂気に陥る気がするほどである。悟性は感性から別々に伝えられたものを結びつけて考えることができず、こうして知覚されたものと理念化されたものとのあいだの確執は、解決されることのないままいつまでも残るであろう。(LA I-9, 97)

「われわれは一種の狂気に陥る気がするほどである」と言いながらも、ゲーテは「理念と経験は類似したものでありうるし、またそうあらねばならないと認め」、あえて模式図を設定しようとした。先に引いた解剖学論文の一節に、「このような原型が単に試みに設定されたものだとしても、これをさらによく吟味してみるために……」とか、「だがまず研究者は、普遍的な模式図について了解しあわなければならない」と記されていたことがここで想起されよう。つまりゲーテの言う模式図には、仮説的な段階にすぎない模式図と、より完成された普遍的な模式図とがあるのだ。原植物の場合と同様、彼は動物の模式図を描き残しはしなかったが、しかし「骨学にもとづく比較解剖学総序説第一草案」の第六章（区分され再構成された骨学的原型）には、模式図の項目表が記されている。それによれば、動物の原型は頭部、胴体、補助器官という三つの基本部分から成り、さらに頭部は顎間骨、上顎骨、口蓋骨、頬《きょう》骨、涙骨、鼻骨、前頭骨、前蝶形骨、篩《し》骨、鼻甲介、鋤《じょ》骨、後蝶形骨、側頭骨、頭頂骨、後頭骨底部、後頭骨外側部、後頭鱗、岩骨、耳小骨によって、胴体は脊柱（頸椎、胸椎、腰椎、仙椎、尾椎）と胸部（胸骨、肋軟骨）によって、そして補助器官は下顎骨と上肢（肩甲骨、鎖骨、上腕骨、尺骨、橈骨、手根骨、中手骨、指骨）と下肢（腸骨、坐骨、恥骨、大腿骨、膝蓋《しつがい》骨、脛骨、腓《ひ》骨、足根骨、中足骨、指骨）によって構成されている。

ゲーテが目指したのは、あらゆる動物に妥当する普遍的な模式図を確立することだったはずである。しかし、ここに記載されているのは第一に骨格の模式図にすぎず、筋肉組織や神経系をも含むより全体的な模式図ではないし、第二にこれは哺乳類の模式図であり、魚類や両棲類や爬虫類や鳥類にも、ましてや無脊椎動物にも適用できるものではない。一体ゲーテはこの点をどのように考えていたのであろうか。そして言うまでもなくここには、原型論を学たらしめる上での大きな問題が秘められているのである。

第一の点については、ゲーテが置かれていた当時の学問的状況を勘案してみなければなるまい。ゲーテは主に一七八一年から一七八四年にかけてイエナ大学のローダー教授のもとで解剖学の教えを受けている。彼を自然科学研究の道に進ませたことで知られるヒトの顎間骨の発見(当時、顎間骨はサルにはあってヒトにはないとされていた)も、ローダー教授のもとでの研究中のことだった。だがゲーテは実際に屍体を執刀したわけではなかった。たしかに彼は動物の筋肉組織や神経系や循環系をも無視してはいないし、実際に消化器や生殖器や心臓や肺などを観察してもいる(LA Ⅰ-9, 127 f.)。しかし彼が主に手にしたのは骨格だった。彼はアフリカや南米やオーストラリアの珍しい動物の骨の標本を、当時としてはかなり数多く観察している。しかし、それらの動物を実際に解剖する機会がどうして彼に与えられたであろうか。さらにここで忘れてはならないことは、ゲーテが追究したのは何よりも動植物の「かたち」だったということである。簡単に南米やアフリカに出かけてゆくこともできなければ、写真という便利なものもなかった時代において、骨格は生物の「かたち」を教えてくれる最も重要な手がかりだった。形態学上の小論文のなかで、ゲーテはバーゼル大学の教授トロクスラーの言葉を引いている。「そもそも骨格こそは、創造的な精神と創造された世界がこの地上の生物のなかでいかに浸透しあっているかを示す、最も重要にして最も有効な観相学的標徴である」(LA Ⅰ-9, 247)。

第二の点について言えば、「全動物の形姿をできるだけそのなかに包摂できるような解剖学的原型」(LA I-9, 121)を提唱していたゲーテが、哺乳類ばかりではなく、他の類にも通用するような模式図を目指していたことを疑うことはできない。「ありとあらゆる比較的完全な有機的自然——そのなかには魚類、両棲類、鳥類、哺乳類、そして哺乳類の最高位に位置するヒトが含まれる——は、すべてある一つの原形象《ウルビルト》にもとづいて形成されているのであり、この原形象はそれぞれの生物の固定した部分においてこそ多少の違いを見せてはいるものの、それでも日々に生殖によってつくりあげられたり、つくり変えられたりしている」(LA I-9, 198)と彼は書いている。「比較的完全な有機的自然」というのは骨格を有する脊椎動物のことで、少なくとも彼の言う動物原型はすべての脊椎動物を包摂するはずだった(無脊椎動物は包摂されえないのかという問題については後で詳述する)。しかし脊椎動物の原型を設定するに当って、彼はまず哺乳類の原型を確定することから始めている。すでに引いたように、『形態学論考』誌の序文のなかには、「こうしているうちに私はまもなく、すべての哺乳動物の同一性と差異を検証できるような原型を設定する必要を感じた。そして以前原植物を探したのと同じように、こんどは原動物を見つけようとした。つまるところ、原動物もやはり動物の概念、あるいは理念を意味しているのである」(LA I-9, 13)と記されている。一見すると、ここでは哺乳類のなかに原動物が求められているかのようだ。だが彼は哺乳類の原型がすべての動物の原型だと言っているわけではない。彼はとりあえず哺乳類の原型を確定した上で、次に他の動物の綱にも眼を注ぎ、動物界全体を鳥瞰しようとするのである。

これまでに述べてきたことは、じつは哺乳類の比較解剖学と、その研究をしやすくしてくれる手段のことばかりであった。しかしここではいよいよ原型の構築に取りかかるのだから、さらに広く有機的自然界を鳥瞰してみなければならない。なぜならば、このようにして鳥瞰する眼がなければ、哺乳類の普遍的な形象を設定することはできないし、また原型の構築に当って自然界全体に助勢を求めておくならば、不完全な生物の形象でもそこから導き出せるよう、原型という形象を逆行的に変容させることもこれから先可能になるからである。

(LA　I-9, 122)

先に述べた部分から全体へ、全体から部分へという二つの歩みが、ここにも見いだされるであろう。ゲーテは哺乳類の模式図を構築するに当って、任意に選ばれた典型的な哺乳動物——たとえばウマ——をその見本としている。「このような原型が単に試みに設定されたものだとしても……」と書かれていたのは、おそらくその意味においてである。試みに設定されたものである以上、この模式図はむろん偶然的なものにすぎない。しかし彼は、この見本としての模式図を多種多様な動物へと想像裡に自由にメタモルフォーゼさせてゆく。現実に存在している動物や、場合によれば現実には存在していない動物へと。『イタリア紀行』のなかで原植物について、「このモデルを鍵にすれば、種々の植物をかぎりなく考え出すことができるのだ。つまり、首尾一貫してつながっているにちがいない種々の植物を。現実に存在していないかもしれないが、しかし存在しうるものである種々の植物を」(一七八七年五月一七日)と述べられていたように、今や彼は見本として設定された原動物を鍵にして、種々の動物をかぎりなく考え出そうとする。フッサールは『経験と判断』の第八七節以下で、任意の見本として選ばれた「典型」(Vorbild)とその自由な「変形作用」(Variation)にもとづいて、真の本質洞察にいたる道を示したが、ゲーテは、フッサールが説いているのとかなり似た道を歩んでいる。ところで、試みに設定された原型を自由に変形する場合にゲーテが特に参考にしたのは、原型のモデルとして選ばれた典型的な動物とは、およそ遠くかけ離れた非典型的な動物であった。彼は、自分が主宰する自然科学誌『形態学論考』に寄稿した専門的諸論文において、ダルトンによる写生図に依拠しながら、ナマケモノや齧歯類といったかなり特殊な——ゲーテの言葉を借りれば、「奇怪」にして「途轍もない」——動物を考察している。これらの動物は「まるで気の向くままに、無形態にいたるまでの自己形成に身を委ねるというだらしのなさを露呈している」(LA I-9, 375)。原型が直観的精神によって把握されるとすれば、ナマケモノはさながら「無精神」である(LA I-9, 247)。原型という規範からそれほどまでに逸脱したこれらの動物を、ゲーテは原型のモデルとして選んだ典型的な動物と比較しながら、きわめて奇怪な動物でさえもが原型のメタモルフォーゼであることを確認する。こうして原型の地平は拡げられ、そこにいかなる変形においても不変なるもの、本質的なるものが改めて浮び上ってくる。これが、最初に試みとして設定した原型とは違った真の原型、必然的な構造を持った原型である。

さてゲーテは、「原型が設定された後でなされる比較作業には二つのやり方がある」と言う。「第一に動物の種一つ一つを原型をもとにして記載すること。こうすればもはや動物を動物と比較する必要はなく、記載された事実をたがいに突き合せれば、比較はおのずから成るはずである。つぎに、ある特殊な部分を、主要な属すべてを通じて記載してみることである。それによって示唆に富んだ比較が余すところなくなされるようになるであろう」(LA I-9, 122)。つまり第一に原型は多種多様な生物の比較の基準となるのであり、したがって原型論は生物分類学の基礎をなすと言うことができる。第二に原型は、或る器官と別の器官の間の「類似」(今日の生物学で言う「相同」)の関係を教えてくれる。たとえばミツユビナマケモノの場合、「手足はあるにはあるが、釣合いのとれない形で長く伸び、四肢はまるでこれまで重い水によって抑えつけられてきたことの反動として、今こそ自由な空気を心ゆくまで吸おうとするかのように、果てしなく伸び拡がっている」(LA I-9, 248)。しかし、座標系のひずみを用いたトンプソンの魚の図が示していたように、その四肢を想像裡に変形し、短くすれば、ミツユビナマケモノも哺乳類の模式図と合致するであろう。形態学上のゲーテの学説の一つをなす「代償の法則」も、この点と密接な関係にある。ゲーテによれば自然は一定の予算案を有し、「たとえばキリンの頸と四肢がきわ立って長い事実は、胴体部の犠牲の上に成り立っているし、それに対してモグラの場合には、それと正反対のことが起きている」(LA I-9,124)。また「ヘビは明確な頭部を有し、かつそれには完全な補助器官、つまり先端において左右の結びついた下顎骨がついている。ところがその胴体はほとんど果てしのないほど長い。そうなったのは、たぶんこの胴体がいくつもの補助器官のために手持の質料も力も使う必要がなかったからである。これに対してたとえばトカゲには短い腕と足がついているが、このように別の生きもの《ビルドウング》において補助器官が姿を現わすようになると、無条件に伸びていた長さはたちまち縮小して、もっと短い胴体になる。カエルの長い脚はこの生きものの胴体をごく短い形にしているし、そして見るからに不恰好なヒキガエルの身体が横に幅広いのも、この法則のためと言えよう」(LA I-9,126)。

ここでヘビやトカゲのような爬虫類、カエルのような両棲類に言及されていることに注意しよう。(もっともゲーテの時代にはこの二つの類はまだ区別されていず、爬虫類は両棲類と見なされていた。) 最初に哺乳類について原型を確定したゲーテは、次にそれを動物の他の綱に適用しはじめているのである。それによって原型の地平はさらに大きく拡げられる。今やゲーテは、哺

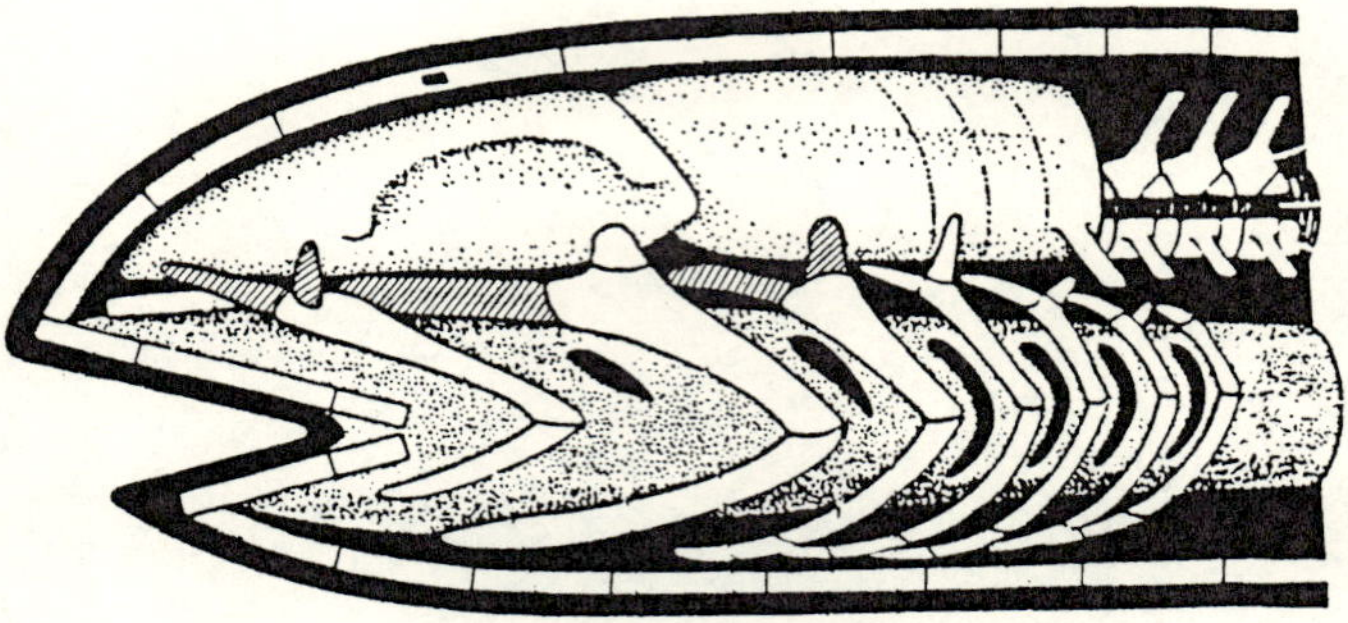

図 18　一次頭蓋の基本プラン(ポルトマンによる)

乳類ばかりにではなく、魚類や両棲類や鳥類にも妥当するような原型、いや、それどころか、脊椎動物ばかりではなく、無脊椎動物をも包摂する原型をうち立てるという彼本来の課題に直面しているのだ。残念ながらゲーテはこの課題を存命中に達成することができなかった。(ちなみに今日の生物学では、シーラカンスや肺魚をモデルにしたもののうちに、すべての脊椎動物を包摂する原型が求められている――図18参照。)そしてそれだけに晩年のゲーテは、一八三〇年にパリの科学アカデミーにおいて激しく闘わされたジョフロワ・サン＝ティレールとキュヴィエとの論争に、並々ならぬ関心を抱いたのだった。

*

論争の引き金を引いたのは、若い二人の解剖学者ローランセとメーランが科学アカデミーに提出した「軟体動物の体制に関する二、三の考察」と題する論文であった。これは脊椎動物と頭足類(イカもその一種)の体制を比較したもので、そこでは、イカにおいては口と肛門が同じ方向を向いているが、もしも脊椎動物の体を中央でヘアピンのように二つに折り曲げれば、それはイカと同じ構造を示すことになると主張されていた。すでに脊椎動物を昆虫や甲殻類と比較し、「体制の一致」を、すなわち全動物に共通した唯一の原型を提唱していたジョフロワは、たまたまこの論文の報告委員に選ばれていたが、彼は一八三〇年二月一五日、科学アカデミーにおける報告のなかでこの論文を高く評価し、しかもその際に、無脊椎動物と脊椎動物の構造の差異を強調するキュヴィエの思想を暗に批判した。それまでジョフロワとの直接的な対決を避けてきたキュヴィエも、攻撃を受けてそれを黙過することはできず、二月二二日に「軟体動物、特に頭足類についての考察」という小論文を読みあげるとともに、頭足類と哺乳類の差異を図に描いて示した(図19)。若い頃に頭足類を熱心に研究し、無脊椎動物について深い造詣を有していたキュヴィエは、ジョフロワとは違って原型は四つ(脊椎動物、軟体類、関節類、放射類)であると考えていたのである。(79)

二人の論争はさらに続き、科学者ばかりではなく、物見高い野次馬までが会場にあふれたほどだった。むろんゲーテが二人の論争に強い関心を寄せたのには、深い理由があった。ゲーテはキュヴィエを「識別を旨とする人」、ジョフロワを「理念から出発する人」と呼んでいる(LA I-10, 374 f.)。「前者は個から全体を目指すが、この全体はなるほど仮定することはできるものの、認識不可能なものと考えられている。他方後者は全体を内なる感覚で捉え、個は全体から次第に展開されるものであると、しかと確信していた」(LA I-10, 374)。ゲーテは二人の論争に、差異か同一性か、分析か総合か、「個から全体」か「全体から個」かという「つとに永いこと学界を二分していた二つの思考様式のあいだの永遠の確執」(LA I-10, 373)を見た。彼自身のなかにもある方法論上の確執を。しかもこのとき、この二つの相異なる思考様式は、原型という学問上のアップ・トゥ・デイトな問題をめぐって、妥協しがたい対立へと追いこまれていた。こうしてゲーテはその最晩年において、今一度原型論と本格的に取り組まざるをえなくなった。彼がこの論争にどれほど大きな関心を抱いていたかということは、エッカーマンが紹介しているゲーテとソレーとの対話(一八三〇年八月二日)からもうかがえる。

七月革命が勃発したという報せが今日ヴァイマルに届き、誰も彼もが昂奮状態にあった。私〔ソレー〕は午後のうちにゲーテのところへ行った。「さて」と彼は私にむかって言った。「あの大事件のことをどう思われますか。火山は爆発し、すべては火につつまれています。もう扉を閉めて論じているときではないのです」。

「恐ろしい事件ですね」と私は答えた。「しかし周知のような情勢で、しかもあのような内閣では、これまでの国王一家を追放して、結着をつけるほかないでしょう」。

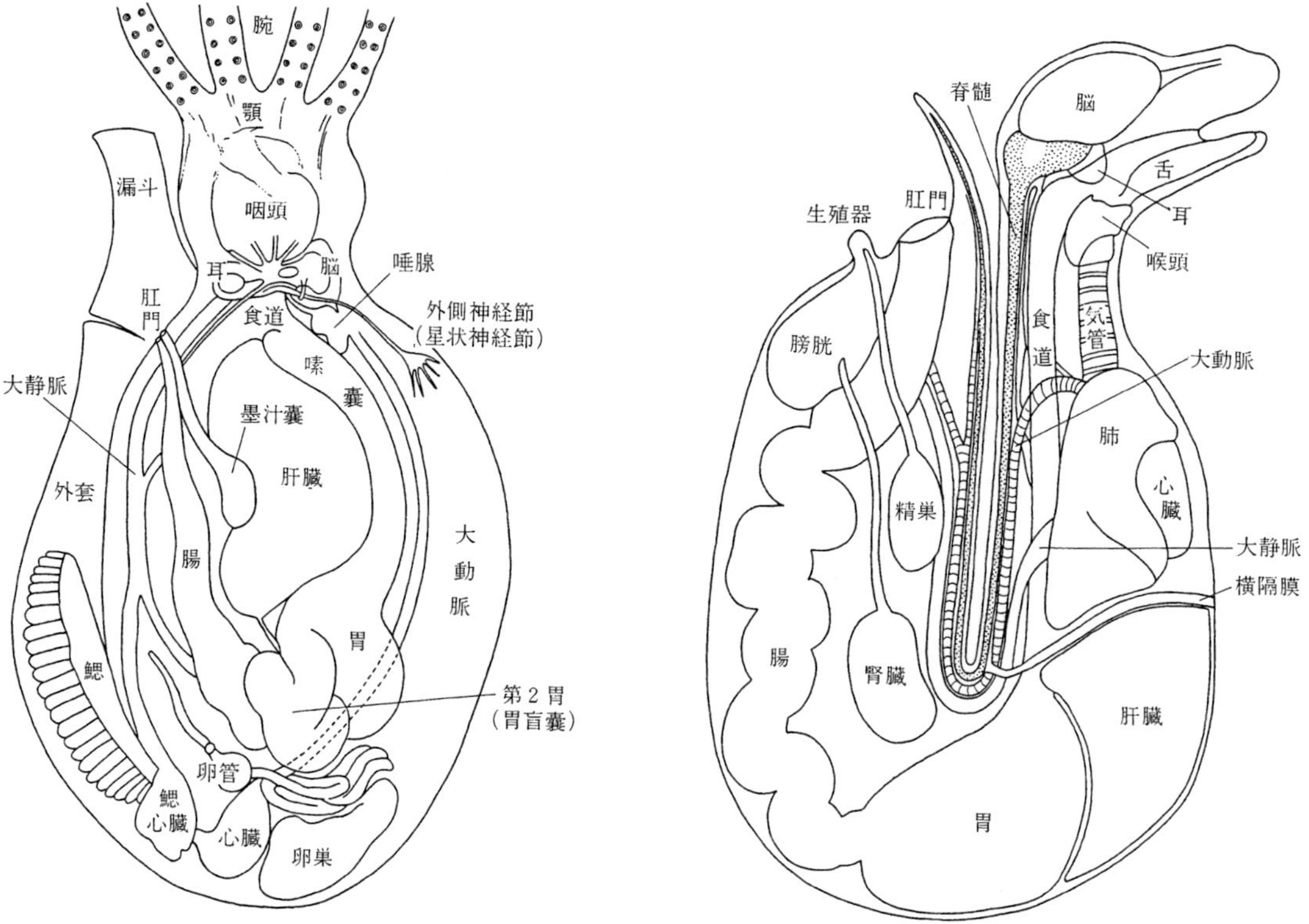

図 19　頭足類(左)と哺乳類(右)の差異を示す図(キュヴィエによる)

「どうも話がかみあっていないようですね」とゲーテは答えた。「私が話しているのは、あんな連中のことではありません。問題にしているのは全く別のことなのです。フランス学士院で公然と闘わされた論争、学問にとって大変重要な意味のあるキュヴィエとジョフロワ・ド・サン＝ティレールとのあいだの論争のことを言っているのです」。

ゲーテのこの言葉は私にとって予想もしなかったものなので、私は何と言ってよいかわからず、数分のあいだ頭の働きが完全に止ってしまったように思われた。

「これはきわめて重大な事件なのですよ」とゲーテは続けた。「七月一九日の会議の報告を聞いたときに私がどう感じたか、あなたにはおわかりにならないでしょうね。私たちはこれから先いつまでも味方でいてくれるジョフロワ・ド・サン＝ティレールという強力な同志を得たのです。またもう一つ教えられたのは、この事件に対するフランスの学界の関心がどれほど大きいものであるかということです。というのも、恐るべき政治的混乱の渦中にあったにもかかわらず、七月一九日の会議は大入りの満員だったというのですからね。しかし一番ありがたいことは、ジョフロワがフランスに導入した自然の総合的な研究方法が、今やう斥《しりぞ》けることのできないものになったということです。〔……〕今後はフランスの自然研究においても精神が君臨し、物質を支配するようになるでしょう。人々は創造の偉大な原理に眼を向け、神の神秘的な仕事場を覗きこむようになるでしょう。——それにまたわれわれが、分析的な方法にもとづいて物質の個々の部分にばかりたずさわり、その各部分に方向づけを与え、道を逸脱するものを内在的な法則によって制御し、抑制の手を加えてくれる精神の息吹を感じなかったとしたら、自然とどんなに交わってみても、結局何になるというのでしょうか」。

ソレーとの対話を読むかぎり、ゲーテは明らかにキュヴィエよりもジョフロワの側に立っている。「人々は創造の偉大な原理に眼を向け、神の神秘的な仕事場を覗きこむようになるでしょう」と述べたとき、彼の念頭にあったのは神的な悟性というべき直観的悟性、もしくは直観的判断力のことであったろうし、また分析至上主義に対して「抑制の手を加えてくれる精神の息吹」とは、神的なる直観の息吹だと言ってもよい。近代の自然科学には個から全体への歩みばかりで、全体から個への歩みが失われている。そのことにこの論争は喚起を促してくれている。それだけにゲーテはこの論争に、自然科学史にとっての、いや、それどころか人類の将来にとっての大きな意義が秘められていると感じずにはいられなかった。そこで彼は一八三〇年から三二年にかけて、遺作となった『動物哲学の原理』を著わし、その第一章において、この論争のことを詳しく紹介するとともに、第二章においては自分自身の動物研究の歩みを詳しく辿った。これがゲーテの原型研究の第三期である。

ところでこの『動物哲学の原理』においてゲーテは、ソレーとの対話とは違って、二人の論争に対してほぼ中立の態度をとっている。彼の基本的な立場からすれば、自然科学者は個から全体へ向うばかりではなく、全体から個へも向わなければならないのであるから、彼がキュヴィエとジョフロワのどちら側にも与さず、両者の統合を目指したのは当然のことである。ソレーとの対話において彼がジョフロワの肩を持ったのは、自然科学者の多くがキュヴィエ的な方法にばかり依拠し、ジョフロワ的なやり方を忘れがちだったからである。では一体両者の統合はいかにすれば可能になるのであろうか。原型はキュヴィエが主張しているように四つであると同時に、ジョフロワが言うように一つでもありうるのだろうか。

じつはゲーテは脊椎動物ばかりではなく、無脊椎動物もいくつか研究している。彼が研究したのは、滴虫類やエボシガイや昆虫であるが、特に昆虫は「不完全な動物」の代表として取りあげられ、哺乳類と比較されている。彼によれば、その身体が頭部、中間部、後部という三部分に分れているという点で、両者は共通した外的構造を有している。(哺乳類においては中間部と後部は横隔膜によって隔てられている。) しかし言うまでもなく昆虫と哺乳類には大きな差異がある。昆虫の大顎は左右に分れているが、哺乳類の顎は上顎と下顎からできている。また昆虫の中間部には「脚、翅、翅蓋といったじつに多種多様な付属肢」がついているが、哺乳類においては「この中間部に、腕ないしは前肢といった中間付属肢がついているだけである。後部は成虫になった昆虫の場合、なんの付属肢もつけていないが、それに対して第二と第三の体節がたがいに接近し、密着しているより完全な動物においては、脚と呼ばれる後部付属肢が第三の体節の最後尾についている」(LA I-9, 123 f.)。しかも当然のことながら、動物の骨格は椎骨という基本的な器官によってつくられているという彼の持論を、骨格を持たない昆虫に当てはめることはできない。そこでゲーテは、幼虫から蛹を経て成虫へと変態する昆虫の模式図を設定しようと試みている。「昆虫の変態に関しては諸文献に記されているような説と何ら矛盾するところはなかったので、私としては各項目を指示した模式図を、それを基準にすればさまざまな経験が順序よく並べられ、昆虫の不思議な生涯が一目で鳥瞰できる模式図をつくりあげさえすればよかった」(LA I-9, 12)。

その意味でゲーテには、生物界の差異や不連続性を強調するキュヴィエの思想も、同一性や連続性を主張するジョフロワの思想もともによく理解することができた。おそらく彼は、二人の思想を重層的に把握することによって、両者の統合を図ったのである。比較解剖学に関する論文の次の一節が、そのことを裏付けてくれている。

このような原型の理念を把握してみると、個々の属を規準として設定することなどとても無理な話であることが、初めてよくわかるであろう。個は全体の範とはなりえないし、われわれとしても万物の範を個のなかに求めてはならない。綱、属、種、個は、判例の法律に対する関係に等しい。前者は後者のなかに含まれているが、しかし後者を含むことも与えることもできないのである。

(LA I-9, 199)

われわれは動物についてのイメージ、植物についてのイメージを持っているばかりではない。哺乳類についてのイメージ、昆虫についてのイメージも持っていれば、サルのイメージも、いや、テナガザルのイメージやニホンザルのイメージも持っている。ところで綱が属を、属が種を、種が個を包みこんでいるように、これらのイメージのあいだには明らかに重層関係が見られる。動物原型は哺乳類の原型を、哺乳類の原型はサルの原型を、サルの原型はニホンザルの原型を包摂しているであろう。たしかにニホンザルとテナガザルが区別されなければならないように、哺乳類と頭足類、哺乳類と昆虫類は区別されなければならない。しかし同時にまたニホンザルとテナガザルがサルとして統括されうるごとく、哺乳類も頭足類も昆虫類も動物というグループのなかに包摂されうるのであり、ゲーテ自身が認めているように非常な困難が伴うとしても、動物原型というものを追究することには必然的な意味があるにちがいない。このように考えてみれば、ジョフロワとキュヴィエのどちらも決定的に間違っていたと言うことはできない。ただしジョフロワによる脊椎動物と無脊椎動物の統一の仕方は強引にすぎたし、一方キュヴィエは自然の統一性を中途半端な形でしか捉えていなかったのである。

ゲーテの考え方を或る方向に推し進めてゆけば、原型を動物界全体においてばかりではなく、門、綱、目、科、属、種のそれぞれの段階において設定し、それによって、動物の新しい分類学を完成することも夢ではあるまい。しかも原型はメタモルフォーゼと不可分の関係にある以上、この分類学はリンネのそれのようにスタティックなものではなく、ゲーテ自身の言葉を借りれば、「属が種へ、種が変種へと変化する」(LA I-10, 334)可能性を示したダイナミックなものとなるであろう。その意味でこの新しい分類学は、次節で論じるように或る程度進化論的な性格を有していると言うことができる。しかし、いずれにしてもゲーテの形態学は、このような分類学を完成させるには、まだほど遠い地点にあった。彼は綱としての哺乳類の原型――それもその項目表――を提示し、それを「逆行的に変容」させることによって、「不完全な生物の形象でもそこから導き出せる」(LA I-9, 122)可能性を示したにすぎなかった。ひょっとして彼は哺乳類の原型を逆行的に変容させることによって、両棲類や魚類の原型を、そしてさらには無脊椎動物の原型すらをも導き出せると信じていたのだろうか。もしもそうだとしたら、キュヴィエの思想とジョフロワの思想を統合することは、彼にとっては決して不可能ではなかったわけである。

その点で看過してはならないのは、彼が動物の分節構造に注目しているという事実である。昆虫と脊椎動物は、ともに頭部、中間部、後部という三部分に分れているが、この点に示されているように、両者はともに分節構造を有している。昆虫が「幼虫から成虫へと連続的《スクツエシーフ》に変化してゆ

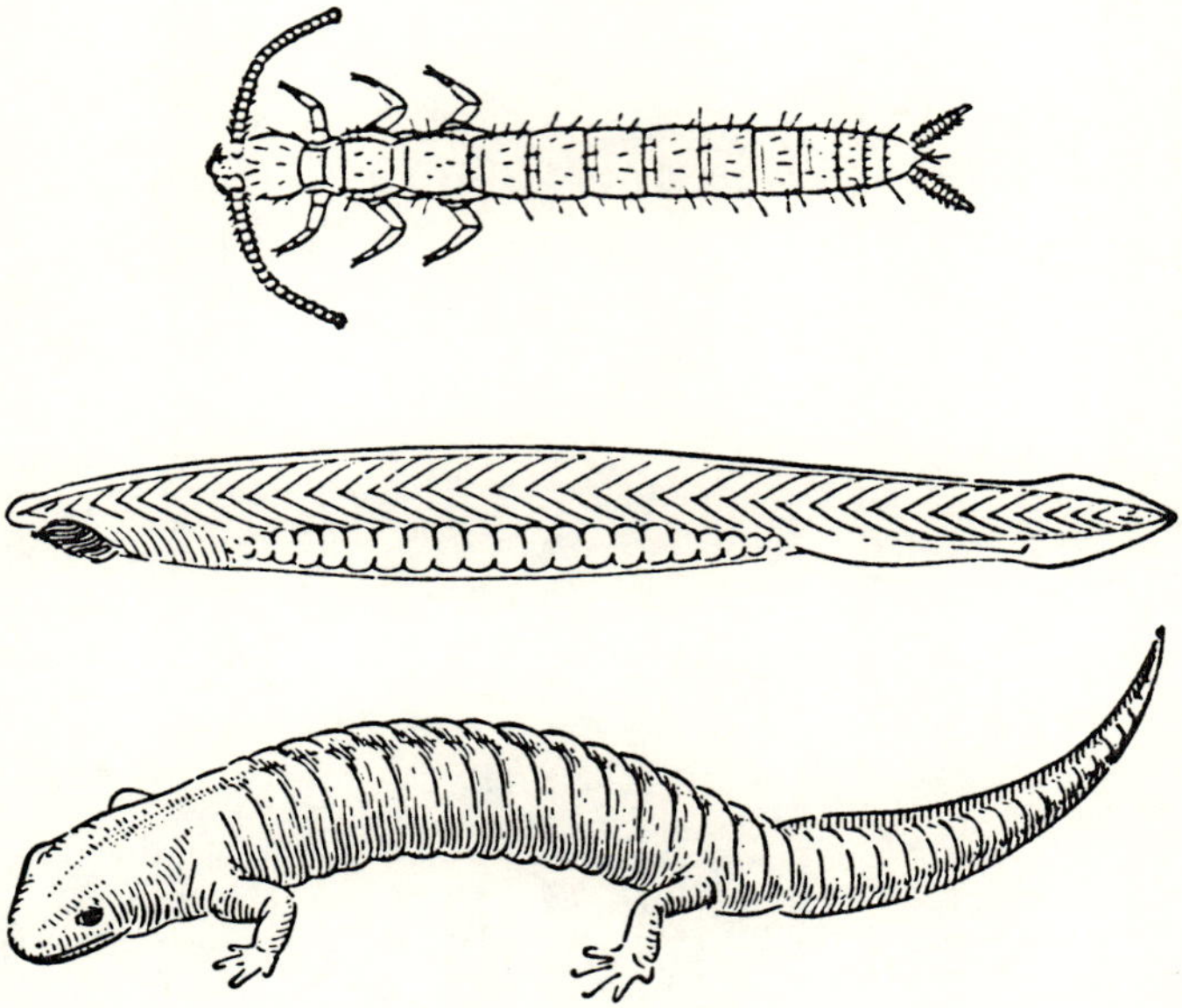

図 20　節足動物(上)とナメクジウオ(中)とサンショウウオ(ポルトマンによる)

く過程は、体節が連続的に分化してゆく過程にほかならない」(LA I-9, 123)。他方、脊椎動物においても、その骨格は椎骨という基本器官の反復、つまり分節化によってつくられている。その意味でわれわれは分節構造に、すべての動物の原型を見いだすことができるであろう。終生ゲーテの形態学を敬愛してやまなかったポルトマンは、その著書『動物の形態』において、節足動物も、ナメクジウオやサンショウウオのような脊椎動物も、きわめて類似した分節構造を有していることを明確に図示し(図20)、そこにすべての動物に共通した「基本プラン」を見いだした。ゲーテ的な形態学の火は消えてはいなかった。それは今世紀においても、トゥロルやポルトマンを初めとする幾多の生物学者のうちに継承されているのである。

3　進化論と反進化論のあいだ

エルンスト・ヘッケルはその主著『有機体の一般形態学』(一八六六年)の第一巻を、彼の友人で十九世紀の比較解剖学の泰斗であったカール・ゲーゲンバウアーに、そして第二巻を「進化論の三人の創始者」に捧げている。三人の創始者というのは、ダーウィン、ゲーテ、ラマルクの三人である。「〈一般進化論〉の部をチャールズ・ダーウィン、ヴォルフガング・ゲーテ、ジャン・ラマルクに捧げることによって、私が有機体の形態学を樹立するにいたった根拠を示し、謝意を表することは、私の義務であると思われる」(80)。この献詞ばかりではない。『有機体の一般形態学』の多くの箇所で、ゲーテはダーウィンやラマルクと並べられている。『一般形態学』という書名が示すように、ヘッケルはゲーテが創始した形態学の正統的な継承者であることを自認し、かつゲーテ的形態学に進化論的性格を強く認めたのである。

ヘッケルの『有機体の一般形態学』が発表されて以来、ゲーテと進化論との関係についてはさまざまな論議が交わされてきた。一八七〇年代だけに限定しても、O・シュミット「ゲーテはダーウィン主義者だったか」(一八七一年)、D・F・シュトラウス「ダーウィンの先駆者としてのゲーテ」(一八七二年)、R・コスマン「ゲーテは進化論の創始者の一人だったか」(一八七五年)、J・ライザー「ゲーテはダーウィンの先駆者ではない」(一八七六年)、S・カリシャー「ゲーテとダーウィン」(一八七六年)、J・T・カティー「進化論の反対者としてのゲーテ」など、ゲーテと進化論との関係について二〇点近くの論文や書物が発表されている。或る人々は、ゲーテをダーウィンと並ぶ進化論の創始者の一人に挙げるのはゆきすぎだと認めながらも、ゲーテの形態学に進化論的な性格を認めているし、他の人々はゲーテと進化論とは何の関係もないのだと言い張って譲らない。

後者のなかでもとりわけドラスティックな立場をとっていたのは、本来生物学とは無縁であるはずのニーチェだった。彼は、ゲーテをダーウィンと比較すること自体が、ゲーテに対する冒瀆だと言う。

ダーウィンの弟子たちに

実直だが凡庸な　イギリスの

理解者どもの言うことを
きみらは「哲学」だと思うのか
ダーウィンをゲーテと並べること
それは尊厳を冒瀆することだ
天才の尊厳を(81)

後述するように、ニーチェが攻撃しているのは進化論一般というよりも、ダーウィン流の自然淘汰説だと言うべきなのであるが、いずれにしてもゲーテと進化論との関係については、このように相反する二つの立場がある。そしてこのように甲論乙駁かまびすしいこと自体が、ゲーテに進化論的な思想と反進化論的な思想が混在していたことを示しているのではなかろうか。結論を先取りして言えば、彼は進化論と反進化論のあいだに位置していた。生命の不断の発展や環境への適応という彼の基本思想には、たしかに進化論と通底しあうところがある。しかしユクスキュルの環境世界説にも似た、自然内存在としての生物の捉え方は、進化論とは所詮折りあうはずのないものなのである。そこで以下、原型と梯子《はしご》論、メタモルフォーゼと後成説、環境適応説の三点について、ゲーテと進化論との関係を検証してみることにしよう。

＊

ゲーテを進化論の創始者として高く賞揚した自説に対して多くの批判を受けたヘッケルは、一八八二年に「ダーウィンとゲーテとラマルクの自然観」と題する講演を行ない、ゲーテの言う「原型」とは有機体の祖先型のことであり、「親縁関係にあるすべての形態はそこから相異なるさまざまの発展を通して生れてきたのだ(82)」と主張した。要するにゲーテの言う原植物は原始植物のことだというのだ。同じ主張は、一八六八年に初版が刊行され、その後多くの版を重ねた『自然創造史』のなかにも見られる。

有機的自然に関するゲーテの著作のなかでも最も有名なものは、一七九〇年に出版された『植物のメタモルフォーゼ』である。この著作は、進化論の根本思想をすでに明確に言い表わしている。というのもこの著作におけるゲーテの狙いは、或る基本器官の果てしなく多様な形成と変形によって、植物界における形態の宝庫が生れたことを示す点にあったからである。彼はこの基本器官を葉のなかに見いだした。もしも当時すでに顕微鏡が広く使われていて、ゲーテが有機体の組織を顕微鏡で調べていたとしたら、彼はさらに歩みを進めて、葉そのものがもっと低い段階にある諸部分、すなわち細胞の複合体であることを知ったであろう。

〔……〕それにもかかわらず彼の基本思想は完全に正しかった。彼によれば、現象の全体を把握するためには、まずそれらを比較し、次いで単純なる原型、ないしは単純なる基本形態という主題を探究しなければならない。他のすべての形態は、この原型の果てしなく多様な変容にすぎないのである。(83)

ゲーテの形態学に関するヘッケルの右の言葉には、三つの誤読が認められよう。第一に、たしかにシュライデンの植物細胞説が発表されたのはゲーテの死後(一八三八年)のことであり、ゲーテは生物が細胞でできていることは知らなかったと思われるが、(84)しかしすでに彼は顕微鏡を所有し、それを用いて、滴虫類や藍藻《らんそう》類といった「植物とも動物とも見分けのつかない」(LA I-9, 10)生物を観察していた。第二に、植物の基本器官を葉ではなく細胞に求めるべきだというヘッケルの主張には、彼自身がたびたび批判していたはずの分析主義の嫌いが認められる。すでに詳述したように、ゲーテ的形態学の真の意義は、あくまでも自然の「かたち」や「すがた」から眼を離さないことにある。けだし植物の「かたち」の基本的な単位はやはり「葉」であって、ヘッケルの言うような「細胞」や、ハイゼンベルクの言うようなＤＮＡ(85)ではないのだ。第三にゲーテの言う原型とは、前節で見たように、比較的高度な動植物をモデルにして構築されたものにほかならず、もっと低い段階にある「単純なる基本形態」のことではないのである。

ヘッケルのゲーテ誤読は明らかであるにもかかわらず、ゲーテ的形態学を進化論と結びつける努力は今なお続けられている。むろん、それにはそれなりの理由がある。ゲーテの考えていた原型が、比較的高等な動植物をモデルにしているとしても、彼はそのような原型ともっと下等な動植物との関係づけに腐心していたからである。彼は昆虫やエボシガイなどといった無脊椎動物や、蘚苔類やシダ類などといった下等な植物を観察しているばかりではない。すでにイタリアに向って旅立つ前に、彼は顕微鏡を使いながら、菌類や海綿動物や滴虫類の研究に専念し、二つの小論文を残している。微生物の研究に没頭しているゲーテに対し、ヘルダーは「自分自身が滴虫類(のようなちっぽけな存在)にならないように」と忠告したほどだが(LA II-9a, 319)、ゲーテの意図が、下等生物をも含んだ自然界全体を鳥瞰する高度の視点を獲得することにあったことは明らかである。一七九五年頃に書かれた「形態学研究の一般的図式」と題するメモを見ると、彼の考えていた形態学がいかに壮大なものであったかがよくわかる。

形態学研究の一般的図式

(一) 序において意図を述べ、領域を規定する。
(二) 最も単純な有機体制が自分の上にさらに自分と同じものを生み出してゆく場合。ただしその形態の各部分はまだ分化していない。

㈢　最も単純な有機体制が自分の外に自分と同じものを生み出してゆく場合。ただしその形態の各部分はまだ分化していない。

㈣　㈡と㈢に見られるような植物界と動物界の最下等の段階を考察してから、無性芽に話を移す。

㈤　植物のメタモルフォーゼ。比較的完成された植物は、不完全な動物よりも形態学的にみて高等である。植物が完成されてゆくと、雌雄の別ができるが、この両性があってこそ、胚芽が親の体から〔受精のため〕離れてゆくことも可能になる。

バザン著『植物および植物と昆虫との類似性に関する考察』(シュトラースブルク、一七四一年)参照。

㈥　変態することのない虫。これは形態学的に見て植物よりも下位に位置する。両性具有の虫でもある。これがもっと高等になってゆくと、次のものになる。

㈦　変態する虫。これは自然がなしとげた偉大にして重要な段階である。

㈧　魚とその形態。魚は変態しない虫といくばくかのつながりがある。

㈨　両棲類とその変態。たとえばカエルは魚のような形態をしたもの〔オタマジャクシ〕が変態したものである。ヘビとその脱皮、その他変態を示すと思われるもの。

ともかくこれら両棲類のすべてが卵から孵ったばかりの状態を追究してみること。

㈩ 比較的完全な動物一般の原型。原型はこれまで述べてきた〔性とか変態といった〕概念とどのような関係にあるのであろうか。

(LA I-10, 136 f.)

この図式を書くに当って、ゲーテはおそらくリンネの『自然の体系』を参考にしたと思われるが、リンネの『自然の体系』第一巻(動物界)においては、㈠哺乳類、㈡鳥類、㈢両棲類、㈣魚類、㈤昆虫類、㈥蠕虫《ぜんちゅう》類と、六つの綱が高等なものから下等なものへと順番に並べられているのに対し、ここでは順序が逆になっていることに注意しなければならない。「これまで残念なことにあまりにもしばしば行なわれてきたように、上から下へ向って考察を行ない、動物のなかに人間を探すのではなく、下から上に向って始め、より簡単な動物を最後には複雑に組み立てられた人間のなかに再発見するように努める」(LA I-9, 195)ことが重要だと言うのである。

「形態学研究の一般的図式」において、㈠の序に次いで㈡として挙げられている最も下等な植物は、おそらく藍藻類である。ゲーテが観察したのはネンジュモ(*Nostoc*)であるが(vgl. LA I-10, 24)、ネンジュモは糸状体制をなし、しばしば連鎖体で増殖する。

㈢の最も下等な動物の例としてゲーテが熱心に研究したのは、滴虫類(ゾウリムシなど)である。滴虫類についてはかなり長い論文を書いている他、『形態学論考』誌の序のなかでも次のように記している。「さらに興味深い例として挙げておきたいのは、最も下等な動物の場合である。滴虫類という動物がいる。かなり単純な形をした、水中でうごめく生物であるが、これは水がなくなって干あがってしまうと、破裂して無数の粒子となる。しかしどうやら自然のままでも水中で無数に分裂し、数えきれないほどの子孫を生み出すものらしい」(LA I-9,9)。

㈣ 無性芽のうちでゲーテが観察したのは菌類、コケ、シダなどである。これらは雌雄同体であるという点で、かなり下等な植物である。

㈤ 無性芽とは違って、雌雄の別のある植物をゲーテは高等植物と見なした。雌雄の別があるだけではない。高等植物においては葉が萼や花弁や雄蕊雌蕊に次々とメタモルフォーゼしてゆく。その意味で無性芽と高等植物の中間に位置しているのは、セイロンベンケイソウであろう。ゲーテがこよなく愛したこの不思議な植物は今なおヴァイマルのゲーテの書斎で、その子孫が元気に生育しているが(図21)、この植物は双子葉植物に属し、雄蕊と雌蕊を持つにもかかわらず、この葉を一枚とって地上に寝かせておくと、そこからまた新たに若い植物が育つのである。セイロンベンケイソウは、一枚の葉から植物のすべての器官が由来すると主張するゲーテの持説を立証するのに、うってつけの植物だった。「私はセイロンベンケイソウの世話に明け暮れている。メタモルフォーゼの勝利をはっきりと告げ知らせてくれるこの植物の世話に」(『年代記』、一八二〇年)。無性生殖であるとはいえ、メタモルフォーゼするという意味で、セイロンベンケイソウは

図 21　ヴァイマルのゲーテの書斎に今なお飾られているセイロンベンケイソウ(左)
図 22　葉縁に不定芽をつけるセイロンベンケイソウ(トゥロルによる)(右)

やはり高度な植物であると言わなければならない。

(六)　ミミズやナメクジのような虫は、第一に雌雄同体であるという点で、第二にメタモルフォーゼしないという点で、植物よりも下等なものと見なされる。

(七)　幼虫から蛹へ、蛹から成虫へとメタモルフォーゼする昆虫のなかに、ゲーテは自然の偉大なる働きを見いだしている。

(八)　魚は脊椎動物ではあるが、メタモルフォーゼしないという点で、動物のなかでも下等なものである。

(九)　前述したように、ゲーテ時代にはカエルもヘビも同じグループに分類されていた。両棲類はメタモルフォーゼするという点で、魚よりも高等であると考えられている。しかし、今日では爬虫類に分類されているものはメタモルフォーゼしない。そこでゲーテはヘビの脱皮を一種のメタモルフォーゼと見なすとともに、爬虫類が卵から孵化したばかりのときにメタモルフォーゼが行なわれているのではないかと想定した。

㈡　哺乳類はたしかに最も高等な動物である。だが、いかなる意味においてそう言いうるのであろうか。哺乳類にはたしかに雌雄の別がある。だが哺乳類は昆虫やカエルのようにメタモルフォーゼすることはない。そこでゲーテは、哺乳類においては——じつは魚や爬虫類においてもそうなのだが——その基本器官である椎骨が、生れる前にすでに一時にメタモルフォーゼしていると考えた。彼が植物や昆虫に見られる「継時的メタモルフォーゼ」とは区別して、動物について「同時的メタモルフォーゼ」という言葉を使っているのはそのためである。

以上のような多分に進化論的な性格を持つ見解は、『形態学論考』誌の序のなかでも繰り返されている。最も下等な動物としての滴虫類について論じた後、ゲーテは次のように述べている。

最も不完全な植物と動物を観察してみると、両者を区別することはほとんどできない。静止していたり、また活潑に動いていたり、あるいはその中間に位置していたりする点のような生命を、われわれの感覚はほとんど認めることができない。そこでこの原始的な生命は二つの方向に決定されていて、光によって植物に、闇によって動物になるという説も生れてくるわけで、この問題についてはすでにさまざまな見解や類推に事欠かないが、ここで決定を下すことはさし控えたい。しかしこのことだけは言うことができる。植物とも動物とも見分けのつかない状態から次第に生長してゆく生物は、二つの方向に向って完成されてゆくのであり、植物は最後に樹木となって持続的で固定した形をとり、動物は人間において最高の活動性と自由とに到達するのである、と。

無性生殖と有性生殖もまた有機体に関する二つの主要原理である。これは同一もしくは近似したいくつかのものの共存という前記の命題から帰結されるもので、共存のあり方が結局二つに分けられることを示している。われわれはこの原理を元にして有機界全体を渉猟するつもりであるが、それによって多くの事例が最高度に直観的な方法で並べられ、秩序づけられるであろう。

(LA I-9,9f.)

藍藻類や滴虫類のように「最も不完全な植物と動物」を、ゲーテはしばしば「点のような生命」、「原始的な生命」と名づけている。地球上に最初に発生したのは「点のような生命」であり、それがやがては植物と動物という二つの方向に分れて次第に発展をとげていったというのである。しかし「形態学研究全体の全般的図式」においては、植物と動物の他に、無脊椎動物がその中間

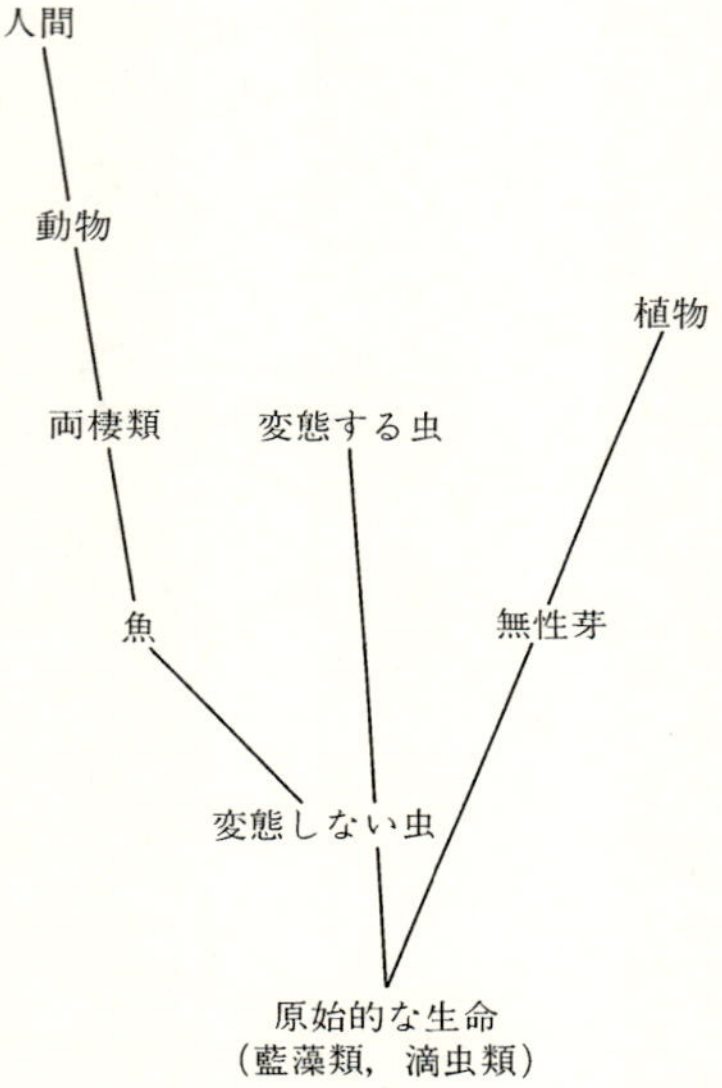

図 23　植物と動物の分化

段階として捉えられている。したがってこの図式は、おそらく図23のように図示することが可能であろう。

この図は、進化論における系統樹を思わせるであろう。しかし、だからといってヘッケルの言うように、ゲーテを進化論の創始者だと断じるには早すぎる。ゲーテはじつは、アリストテレス以来の梯子論の伝統の上に立っていた。ゲーテはアリストテレスの『詩学』や『霊魂論』ばかりではなく、『色について』や動物学論文なども愛読していた。自然は梯子をなしているという意味のことを、アリストテレスは各所で述べているが、たとえば『動物誌』のなかには次のように記されている。

このように自然界は無生物から動物にいたるまでわずかずつ移り変わって行くので、この連続性の故に両者の境界もはっきりしないし、両者の中間のものがそのどちらに属するのか分からなくなる。すなわち、無生物の類の次にはまず植物の類が続き、植物の中の各々は生命を分与されていると思われる程度の差によって互いに異なるが、植物の類全体としては他の〔生命のない〕物体に対してほとんど生物のようであり、動物の類に対しては無生物のように見えるのである。いま述べたように、植物から動物への移り変わりは連続的である。現に、海産の生物には動物なのか植物なのかよく分からないようなものがある。なぜなら、こういった生物は物に固着していて、多くは引き離されると死んでしまうからで、たとえばタイラギは物に固着しているし、マテガイは穴から引き出されると生きていられなくなる。一般に殻皮類〔貝類〕は全体として、移動性の動物に比べると、植物に似ている。また、感覚という点では、こういう生物の中の或るものは持っている証拠を何も示さないし、或るものは示すにしても、あまりはっきりしない。或るものは、たとえば「ホヤ」と称するものやイソギンチャクの類のように、身体の構成が肉質であるが、カイメンとなると植物にそっくりである。また、動物間では一つ一つがわずかの差異をもって段々に生命と運動性を増して行く(86)。

ダーウィンが『種の起原』第三版に付した「歴史的スケッチ」のなかでアリストテレスの言葉を引き、「ここに自然淘汰の原理が、おぼろげながらも示されている」と書いて以来、アリストテレスを進化論の先駆者と見なす人々は少なくない(87)。しかしアリストテレス自然学の研究家島崎三郎が指摘しているように、アリストテレスは「生命の諸形態を類型として段階的に配列し、上

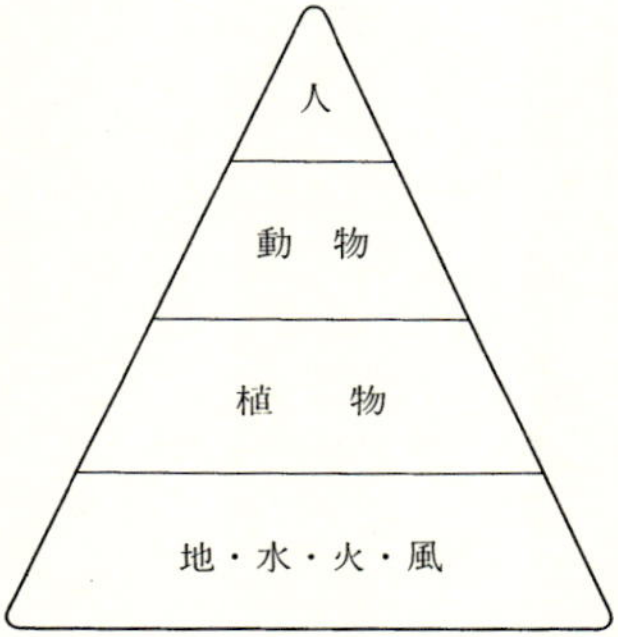

図 24　アリストテレスが考えていた自然の梯子(島崎三郎による)

から下へも、下から上へも自由に推移して考えてはいるが、現実の歴史において進化あるいは退化したというのではなく、やはり個体の形相は完成された不変のものとしている」[88]のである(図24)。

梯子論が特に隆盛をきわめるのは、十八世紀においてである。ビュフォン、ボネ、ロビネー、ヘルダー、キュヴィエ、キールマイヤーなどは、いずれも梯子論を支持していた。ゲーテは彼らの著作を一通り読んでいたが、彼に特に強い影響を与えたのは、彼の年長の友人ヘルダーであった。「石から結晶へ、結晶から金属へ、金属から植物へ、植物から動物へ、動物から人間へと、われわれは有機体の形態が次々に〔梯子を〕昇ってゆくのを見る」[89]というヘルダーの言葉には、梯子論がきわめて端的に表現されている。しかも十八世紀の梯子論は、アリストテレスの梯子論よりもかなり進化論に近かった。アーサー・O・ラヴジョイが有名な『存在の大いなる連鎖』のなかで、「十八世紀思想の主要な出来事の一つは、存在の連鎖の時間化であった」[90]と述べているように、アリストテレスがすでに知っていた存在の連鎖を時間化することによって、十八世紀の梯子論はやがて来る進化論を準備することになった。梯子はいわばエスカレーターになったのである。

ヘルダーが『人類歴史哲学考』の執筆にとりかかっていたおかげで、私の自然研究の困難と苦労は軽減され、研究が楽しいものにさえなった。日々彼と交わす会話は、太古の昔地球がまだ水に被われていた時代があって、それに次いではるか昔から有機的生物が発展しつづけてきたといった内容であった。劫初の時代はどうであったか、そしてそれから絶え間なくどのようにつくりつづけられてきたかということがいつも語られた。われわれの知的財産は、こうしてたがいに意見を交わしたり、闘わせることによって、日を追うごとに純度の高い豊かなものになっていった。 (LA I-9,13)

「太古の昔地球がまだ水に被われていた時代」や、まだ有機的生物の存在していなかった時代に関してヘルダーと交わした会話は、やがて地球の生成、生命の誕生、有機的生物の「発展」などの考察へとゲーテを導いた。彼は明らかに「進化」の事実を知っていたし、ヘルダーとともに進化論の一歩手前の地点に立っていた。一八二八年一〇月七日のエッカーマンとの対話のなかでも、彼は全人類がアダムとエヴァといった一組の夫婦から生れたという説に反対して、「地球が成熟のある時点に達して、水が退き、乾いた土地に緑が十分に茂ったとき、人類発生の時期が訪れた」、しかも一挙に数多の人間が生れたのだと述べている。だが見逃してならないのは、それに続けて語られている次の言葉である。「しかし人類がいかにして誕生したのかなどと考えることは、無用な仕事というものです。そんなことは、解決のできない問題にたずさわるのが好きで、もっとましなことは何も手がけないでいる連中に任せておきたいものですね」。ゲーテが同時代人ラマルクに注目しなかった理由が、これで呑みこめよう。[91] ゲーテにとって進化は自明の事実だったが、しかし進化論やラマルクの仕事は、彼の眼には所詮「解決のできない問題」にかかずりあうものでしかなかった。彼からすれば、進化という事実は「記述」されるべきものではあっても、「説明」されるべきものではなかったのである。

したがって厳密な意味での系統発生論とゲーテは無縁だった。彼は梯子論にもとづいてヒトはサルから「発展」してきたと考えたことがあったかもしれないが、ヒトとサルの共通の祖先が大昔に存在していたなどと思いを馳せることは多分なかっただろう。仮に彼の脳裡に「人類がいかにして誕生したのか」などという問題が浮んだとしても、そんなことを考えることは永遠に解決のできない無用の仕事だと思い直し、それについて考察すること自体を禁じてしまったのである。

しかし興味深いことに、ゲーテはすでに化石に注目していた。「化石のウシ」という論文のなかで、彼は化石として発掘された太古のウシと今日のウシとを比較し、ケルテという動物学者の次のような言葉を紹介している。

太古のウシと今日のウシのあいだには、数千年もの年月が横たわっている。そして私の考えでは、この数千年もの年月を通して、前方をもっと見やすくなりたいという動物的な欲求が、世代が替るたびにますます強くなってきて、それが太古のウシの頭蓋の眼窩の位置とその形を次第に変えてゆき、またもっと楽に、もっとはっきりと、もっと広範囲のものを聞こうとする努力が、この動物の外耳道の幅を拡げ、その内側にもっと大きな円を描かせ、そしてまた身の幸福と食料確保のために、感覚的世界の印象をより多く取り入れようとする強い動物的な本能が、額を次第に高くしていったのである。――さらに思うのだが、太古のウシは果てしない空間を自由に歩くことができたし、その粗暴な威力を前にしては、荒地に蓬々と枝を絡みあわせながら生えている草木の茂みも、その進路を塞ぐことができなかったにちがいない。それに対して今日のウシは、丁寧に手が入れられ草のたっぷりとある牧場で、よく育成された植物を悠々として食べている。こうしてウシは動物として次第に完成されてゆくにしたがって、今日見られるように軛《くびき》をはめられ、牛舎で飼料を与えられることにも慣れ、ウシとはおよそかけ離れた人間の声にも耳を傾けて、心ならずも従うようになり、また直立している人間の姿を見ることにも慣れたばかりか、親しみさえ覚えるようになってきたのだと考えられる。人間が誕生する前から太古のウシは存在していた。少なくともウシは、人間がその面倒をみるようになる前から存在していた。人間と交際し、人間に世話してもらうようになってから、太古のウシの体制が向上《シュタイゲルング》してきたことは疑いの余地がない。文化はウシを不自由な動物に、言いかえれば判断力がなくて、助けを必要とする動物に変えた。こうして鎖につながれて、牛舎で食事をし、犬と棍棒と鞭の監視下で放牧されるようになったウシは、今日見るような品のいい、すなわち飼い馴らされた動物になったのである。

(LA I-9, 255 f.)

ゲーテは、分極性と高昇(向上)を自然の二大動輪であると考えていたが、高昇を拡大解釈すれば、自然は一定の目標に向って進化しているという定向進化説へとつながるであろう。リーマーに向って、ゲーテは或る日こう語っている。「自然は、人間のところまで到達するために、人間になるにはまだ多くのものを欠いているさまざまな生物の形態をとりながら、長い前奏曲をかなでる。どの生物にも、自分よりすぐれたものになろうとする傾向が見てとれるだろう」(一八〇六年一一月二三日)。高昇(向上)しつづける自然の最終的な目標は、人間なのである。

畢竟するところゲーテが目指していたのは、梯子論に立脚しながら、動植物の形態とそのメタモルフォーゼを追究することであり、リンネ以来のモザイク風の分類学を乗り超えた学、動植物の形態の「可変性」(LA I-10, 331)を主題に据えた動的な形態学を確立することにあった。たしかにゲーテを進化論の創始者と見なすのはかなり難しいし、彼の言う原植物は原始植物ではなかった。しかし、右のようなゲーテの考え方を発展させてゆくことによって、進化論と分類学とを結びつけることも可能になると考えた人々が現われたのも不思議なことではない。ポルトマンやレマーネといった今世紀の偉大な生物学者たちがまさにそうだった。彼らは原型のモデルを、ゲーテが考えていたような比較的高等な動植物にではなく、比較的下等な動植物に求め、それにもとづいて、ゲーテの言うように「原型という形象を逆行的に変容させる」(LA I-9, 122)のではなく、原型という形象を前進的に変容させることを目指した。では自然界に見られる「高昇」や「発展」というものを強調しつづけていたはずのゲーテが、原型を祖先型のうちに求めなかったのはなぜだったのだろうか。前述したように、彼は原型を最も下等な動物と最も高等な動物の中間に設けようとした。その中間段階が哺乳類であるというのは、今日の常識ではいささか疑わしいが、いずれにしても彼は、原型を「内的な中核」(LA I-10, 121)とした自然界の円環的拡がりを把握しようとした。その意味で彼にとって自然とは、時間的世界であるよりも空間的世界であったと言うことができる。彼がキリスト教に対して一定の距離を置いていたことが、ここで思い出されよう。キリスト教は、アダムとエヴァに始まって世界の終末にいたるまでの直線的な歴史の歩みを想定している。しかし、そのような時間観念とゲーテはおよそ無縁だった。S・ド・ボーヴォワールは、自然は四季や昼夜の無限の反復によってわれわれに循環のイメージを与え、そのために進歩の観念を破壊し、静寂主義的な叡智を助長すると述べているが[92]、たしかにゲーテには、時間を循環しつづける円環と捉えているところがある。たとえば植物は、種子から茎や花冠を経て果実にいたる歩みによって、ひとつの環を閉じる。

するとたちまち無数の胚芽が次々とふくらんで
身ごもった果実のなかに　しとやかに包まれる
そしてここに自然は久遠の力の環を閉じる
だがすぐに新しい環が　前の環をひきついで
果てしない連鎖があらゆる時をしかと貫き
全体もまた個とともに生きつづけてゆく

(HA 1, 200)

『色彩論』のなかでもゲーテは、「自然界の諸現象は連鎖状をなし、円環をつくり、花輪を編んでいるが、そのなかに色彩現象も組み入れて、その一環とすることこそ、われわれの努力の目標なのであった」(教示篇、七四四節)と記している。自然のこうした円環的な捉え方こそは、ゲーテの自然研究全体を貫いているものにほかならない。そしてこうした円環的思考において、彼は進化論とは似て非なる方向に向って歩み出すことになるのである。

＊

一八二三年にゲーテはゲッティンゲン大学の植物学の私講師エルンスト・マイヤーと植物のメタモルフォーゼに関する論争を交わした。論争の争点は、リンネの言うような「自然の体系」は果して存在するかどうかにあったが、ここにすでに彼の円環的思考が現われている。問題を先に提起したのは、ゲーテの方である。

自然の体系とは何と矛盾した表現であろうか。

自然は体系などというものを持たない。自然が持つものは生命である。いや、自然は生命そのものであり、未知の中心より発して、どこにあるとも知れぬ限界にまでいたる〔発展の〕連鎖である。〔……〕

メタモルフォーゼの理念はきわめて尊いと同時に、きわめて危険な天からの賜物である。この理念は人を形のないところへと連れてゆき、知識を打ち砕き、それを消し去ってしまう。これこそはまさしく遠心力(vis centrifuga)であって、もしもこれと釣りあう反対の力が与えられなかったら、無限の彼方へ迷いこんでしまうであろう。私が言っているのは、特殊を志向する本能であり、一度現実に現われたものに粘り強く固執する能力であり、求心力(vis centripeta)である。求心力がその一番奥深いところにあるかぎり、外界はなにも手を出しえないのである。エリカ属を観察してみればよくわかるであろう。

しかしこの二つの力は同時に働いているのだから、教示的な論述に際しても両者を同時に示さなければならない。そのようなことは不可能だとは思われるが。

(LA I-9, 295 f.)

メタモルフォーゼの理念にもとづいて、ゲーテはリンネがうち立てた整然たる自然の体系や、モザイクにも似た彼の分類学を批判する。自然の体系などというものは、メタモルフォーゼによって打ち砕かれ、消え去ってしまうだろう。自然はむしろ遠心力と求心力とから成るダイナミックな円環、「うごめく秩序」(HA 1, 203)として捉えられなければならない、と。これに対してマイヤーは、ゲーテのメタモルフォーゼ論を或る程度は認めながらも、基本的には、種や属は一定にして不変であるというリンネ的な立場を固持している。だが、これこそはゲーテが大きな疑問を投げかけたものにほかならない。彼は属には二つの種類があると言う。その一つは「一定の性格を持ち、この性格をそのすべての種において再現する属」であり、このような属は「自性を失って容易に別の属に変化したりすることはない」(LA I-9, 296)。「これに対して性格のない属がある。この属は自性を失って別の属に果てしなく変化していってしまうので、こうした属に諸々の種を帰せしめることはほとんどできない」(同上)。自然がこのように豊かな可変性を示しているにもかかわらず、自然を「体系化し、図式化しようとする無数の試みは、立法者的な態度である」(LA I-9, 297)。対象的思惟を旨とするゲーテは、自然に対して立法者のように振舞うのではなく、自然の動きを自然に即して把握しようと努めるのである。

ところで「問題と解答」と題するマイヤーとの右の論争において、ゲーテはメタモルフォーゼを、葉のメタモルフォーゼや椎骨のメタモルフォーゼとは違った意味で用いている。つまりメタモルフォーゼには三種類あるのだ。

(一) 継時的メタモルフォーゼ　植物の各部分はじつは葉という同一器官の変形物にほかならない。また植物におけるように変形前の形態(葉)と変形後の形態(花)とが共存することはないものの、昆虫も幼虫から蛹へ、蛹から蝶へと次々に変態をとげてゆく。ゲーテはこの両者を「継時的メタモルフォーゼ」(sukzessive Metamorphose)と呼んだ。要するにこのメタモルフォーゼは個体発生の過程を意味している。

(二) 同時的メタモルフォーゼ　動物の頸椎と尾骨が椎骨の一種であることは明らかだが、このような椎骨の変化は生殖の時からすでに決められていることであり、これをゲーテは「同時的メタモルフォーゼ」(simultane Metamorphose)と名づけた。

(三) 種の間のメタモルフォーゼ　たがいに種の異なる動物同士ではあっても、その各部分が同一の性格を持ち、たがいに対応していることがある。大きさや、形態は異なるものの、頸椎は種属の別に関わりなく、すべての脊椎動物を通してその存在が認められるであろう。それは本来一つのものがさまざまな種や属において多様な形態や大きさをとったのだと解すべきである。「問題と解答」において論じられていたメタモルフォーゼは、まさにこの第三のメタモルフォーゼにほかならない。ゲーテはこのメタモルフォーゼに何の呼称も与えていないが、著名な進化論研究家W・ツィンマーマンは、このメタモルフォーゼを「種の間のメタモルフォーゼ」(inter-spezifische Metamorphose)と呼ぶとともに、ここに系統発生的な見方の萌芽が認められると指摘した。(93)

ツィンマーマンの指摘が正しいかどうかについては後述するが、ゲーテが種の間のメタモルフォーゼに初めて気がついたのは、有名なヒトの顎間骨の発見においてであった。彼が、それまでたいていの動物にはあるが、ヒトにはないとされてきた顎間骨——二本の上顎骨の間にある骨——を、ヒトの上顎を二つに割ってみることによってついに発見したのは一七八四年三月二七日のことで、その日、彼はすぐにヘルダーに宛てて発見の喜びを伝えている。

「福音書」の教えるままに、ぼくにあたえられた幸福を急いできみに報告しなければいけない。ぼくは発見したのだ、金でも銀でもないが、口に出せないほどぼくを喜ばせてくれる

ものを、

人間の顎間骨(os intermaxillare)を!

ぼくはローダーと一緒に人間と動物の頭蓋を比較していて、顎間骨の痕跡に眼を向けた。するとどうだろう、そこにあったのだ。でもどうかお願いだから、他人に気づかれないようにしてほしい。これは秘密裡に取り扱わなければならないものなのだ。この発見はきみをも心から喜ばせるにちがいない。というのも、顎間骨は人間を解明する要石《かなめいし》のようなもので、これはじつは人間に欠けているものではなくて、やはり存在するということがわかったのだから。

この発見によって学界にデビューしようとしたゲーテは、ヴァイツに当時の様式にもとづいた写生図(口絵IV参照)を描かせ、「上顎の顎間骨は他の動物と同様人間にも見られること」と題する論文を口述筆記した。一七八四年の一二月にはこの論文はラテン語に翻訳され、写生図をつけてメルクに送られ、メルクからゼンメリングを経てカンパーに伝えられたが、この三人の解剖学者は、セイウチにも顎間骨はあるというゲーテの主張は認めたものの(当時は、ヒトのみならず、他のいくつかの動物にも顎間骨はないと信じる者が多かった)、ヒトの顎間骨に関するゲーテの見解を否定し、この論文を学会に発表することも拒んだ。(ちなみにゲーテが発見したヒト——

おそらく幼児——の顎間骨の標本は、残念ながら紛失してしまった。ゲーテが或る学者に送った標本が、返却されなかったものと思われる。今日ヴァイマルのゲーテ国立博物館に保存されているヒトの頭蓋——顎間骨がよく見える——は、後にイエナ大学から寄贈されたものである。)

ゲーテの発見が初めて公にされたのは一七八八年のことで、この年の六月に刊行された『解剖学教本』第一巻のなかで、ローダー教授は彼の発見について触れている。しかしゲーテの論文が印刷されたのは、それよりもさらに三〇年以上先のことで、自分が主宰する分冊誌『形態学論考』第一巻第二冊(一八二〇年)に、図版をつけずに掲載された。図版つきのテキストの初出は、分冊誌『ノーヴァ・アクタ・レオポルディーナ』第一五巻第一冊(一八三一年)においてである。ゲーテの発見はその後広く認められ、上顎骨と顎間骨を結ぶ縫合は、今日「ゲーテ縫合」と呼ばれることもある。

ゲーテがヒトにおける顎間骨の発見をことのほか重視したのには、それなりの理由があった。むろん、一人前の自然科学者として広く公認されたいと思う野心もあったであろう。しかしじつはこの発見には、ゲーテの自然観全体を解く鍵が秘められていた。「一七八〇年代の初めに宮中顧問官ローダーの指導と教えを受けて解剖学に大いに打ち込んでいたときには、植物のメタモルフォーゼの理念は私にはまだ開示されていなかった。しかし私は普遍的な骨の原型をうち立てようと孜々として努めていたので、生物のあらゆる部分は、一つ一つを取ってみても全体を取ってみても、すべての動物において見いだしうるであろうと仮定せざるをえなかった。というのも、すでにずっと前から開拓されていた比較解剖学は、まさにこのような前提にもとづいていたからである」(LA I-9, 171)。従来サルにはあってヒトにはないとされてきた顎間骨をヒトにも発見することによって、ゲーテは、すべての動物の根源的同一性を確信するにいたったのである。

論文「上顎の顎間骨は他の動物と同様人間にも見られること」には、牡ウシとシカとラクダ、ウマとズス・バビルサ、ライオンとシロクマとオオカミ、セイウチ(それまではセイウチにも顎間骨はないとされていた)、そしてヒトとサルの顎間骨を示す図が掲載されている。それればかりではない。彼は「鯨類や両棲類や鳥類や魚類においても顎間骨を発見したり、その痕跡を見いだした」(LA I-9, 160)。その形態も大きさも数も異なるが、顎間骨はどの脊椎動物においても認められる。「そこでわれわれはもっと細部に立ち入り、さらに研究を進めて、最も単純な動物から最も複雑な動物へ、最も小さくて内部の密な動物から最も巨大で内部の疎な動物へと、さまざまな動物を正確に、段階を追って(stufenweise)比較してみることができよう。カメとゾウの顎間骨のあいだには何という隔たりがあることであろうか。ところがこの両者のあいだに一連の生物の形を並べて、両者を結びつけることもできるのである。さまざまな生物の身体全体を見るかぎり、誰の眼にも疑いえない〔動物という〕特徴は、こうして細部においても示すことができるであろう」(LA I-9, 160 f.)。「最も単純な動物から最も複雑な動物へ……段階を追って」——彼は動物界の梯子を一段一段と登りながら、さまざまな動物の顎間骨を比較している。この経験は後に動物の原型を構築する際に大いに役立った。ヒトの顎間骨はかなり退化してしまっている。したがって「高度の有機的完全性を有する人間は、まさしく完全であるがゆえに、不完全な動物の尺度として設定されるべきではない」(LA I-9, 121)。しかしあまりにも不完全な動物に見られる顎間骨も、これまた不明確である。ゲーテが、最も不完全な動物と最も完全な動物の中間段階としての哺乳類に原型のモデルを求めたのはそのためだった。進化論の前身をなす梯子論に立脚しながらも、彼においては明らかに空間的思考が時間的思考に先行している。最も単純な動物から最も複雑な動物へと、さまざまな動物を段階を追って比較してみることによって、ゲーテが顎間骨を初めとする種々の器官が多様にメタモルフォーゼしていることを示そうとしたことは疑いえない。その意味で「種の間のメタモルフォーゼ」という考え方は、たしかにこの顎間骨論文にもその萌芽が認められよう。しかしメタモルフォーゼという多様性の海のなかを泳ぎながらゲーテが努めていたのは、多様なるものの比較の基準となる杭をうち立てることであり、遠心力と求心力が形づくる円環の中心を定めることだった。つまりゲーテ的な「種の間のメタモルフォーゼ」は、系統発生とは似て非なるものだったのである。

しかし「種の間のメタモルフォーゼ」を考察することによって、ゲーテには進化論とは違った生物学上の諸理論へといたる道が拓かれた。

㈠ 別々の生物の或る器官が、形態や機能は異なっていても、発生的には同じ起源に由来するものであれば、それらは「類似」(今日で言う「相同」)の関係にあると言える。

㈡ 自然は一定の予算案を有し、たとえばヘビは、胴体がほとんど果てしのないほど長い代りに、足を欠いている。

㈢ マイヤーとの論争に示されているように、自然の種や属は一定不変のものではなく、時として新しい種や属を生み出しうる。

このうち第三の点は、当時の生物学界をにぎわせていた前成説・後成説論争との関係において、看過できない意味を有している。

前成説というのは、生物の形態はすでにその胚のなかにあらかじめ秘められていて、それが生長とともに展開されてゆくにすぎないと主張する学説のことで、「展開説」と呼ばれることもある。動物の卵巣のなかにはそれ以後のすべての子孫が順に含まれているという「入れ子説」はその最も極端なかたちである。この説は生物の不変性を解明するのには好都合な思想であるが、生物の可変性を説明することはできない。一方後成説は、有機体の発生に際し、生命の内的な力によって一連の新たな形成が行なわれ、新しい形態が誕生してくると主張する学説のことで、「新生説」

とも言われる。生物やその器官が多様に変化してゆくことを解明するのに適した学説ではあるが、自然界に見られる持続的・不変的傾向を説明することができないという欠点を有している。

前成説の代表者は、リンネ、ハラー、ボネ、スパランツァーニなどで、特にスパランツァーニは前成説を例証するものとして、一時ゲーテも熱心に研究した藍藻類を取りあげ、その自然発生説を否定している。藍藻類に水を与えないと干涸びて死んだように見えるが、水を与えるとまた生き返るというのだ。

それに対して後成説を支持していたのは、グライヒェン、ヴォルフ、ブルーメンバッハなどで、たとえばグライヒェンは滴虫類を研究し、スパランツァーニとは反対に、それが自然発生したものだと主張した。一七七八年に刊行された滴虫類に関するグライヒェンの論文を利用しながら、生命の発生過程を研究していたゲーテは、論文「滴虫類」のなかで、この微生物のことを「黴のような微小物質(Schimmelstäubchen)」(LA I-10, 28)と名づけている。それは、地球の創造史を謳った詩「世界霊」の一節を思い出させよう。

するといま　すべてのものが神々のごと　大胆に
みずからを超えてゆこうと意気込んで
産む力なき水も緑を帯びはじめ

微小な物質(Stäubchen)も生命を得るだろう　(HA 1,249)

ゲーテはヴォルフの『発生論』やブルーメンバッハの『形成意欲について』に強い親近感を覚えていたし、植物はメタモルフォーゼするという彼の思想が、後成説に近かったことは明らかである。『形態学論考』誌の序のなかでも、彼は前成説を批判している。

ここに集められた論文のなかですでに印刷されているものは、植物のメタモルフォーゼに関する論文だけである。これは一七九〇年に単行本として出版されたが、有難からぬ冷淡な反響を甘受しなければならなかった。このような反感を受けたのも、しかし全く当然のことである。というのも当時は入れ子説、つまりアダムとエヴァの時代からすでに存在していたものが連続的にこれまで展開されてきたのだという前成説の思想が、最もすぐれた学者のあいだにおいてさえ広くゆきわたっていたからである。定義や分類にかけてはすぐれた才能の持主であったリンネさえもが、こと植物の形成に関しては時代精神に迎合する見方をとっていた。　(LA I-9,11)

にもかかわらず、ゲーテはジョフロワとキュヴィエの論争の場合と同様に、前成説と後成説のどちら側にも与しはしなかった。

形成意欲《ビルドウングストリーブ》という大問題をめぐっては諸説あるが、この点についてカントは『判断力批判』〔八一節〕のなかでこう述べている。「後成説について言えば、この理論を証明するとともに、それを実地に適用するための正しい原理を確立し、かつこの理論の濫用に制約を加えたという点で、ブルーメンバッハ氏以上に功績のある人はいない」と。

信頼できるカントがこう言っているので、私は前に読んだことはあったが、精読したことのないブルーメンバッハの著作をもう一度繙いてみようという気になった。すると私は、わがカスパー・フリードリッヒ・ヴォルフがハラーやボネの側とブルーメンバッハの側との中間にいることを知った。

(LA I-9, 99)

ゲーテが固持しつづけようとした中立の立場は、じつはすでに植物のメタモルフォーゼを研究しはじめた頃のことに遡る。彼の頭を悩ましていたのは、メタモルフォーゼという事実をいかに把握すべきかという点だった。イタリア旅行から帰った直後、ゲーテは彼の植物学上の処女作『植物のメタモルフォーゼ』を著わす前に、もう一つ、未定稿の植物学論文を書いている。今日「形態学の予備研究」という表題で知られるこの論文の主題の一つは、前成説と後成説を統合することにあった。この論文ではまだ「メタモルフォーゼ」という概念は用いられていない。しかし植物の基本器官は葉、もしくは葉をつけた節であり、それが萼や花弁や雄蕊雌蕊へ「変化する」という主張は、すでにこの論文のなかではっきりと述べられている。「変化する」という以上、それは後成説を支持するもののように思われる。しかしそう言えるのは、現実の葉(茎葉)が次第に「完成」(Ausbildung)されて、萼や花弁に変化してゆくと見なす場合にかぎられる。「われわれがきわめて広い意味で〈生きている〉と呼ぶすべてのものは、自分と同じものを産み出す力を有している」(LA I-10, 56)。つまり彼はこうも考えたのだ。植物の基本器官は葉であるが、この葉のなかに、萼や花弁を始めとするさまざまな器官へと展開(Entwicklung)してゆく素質がすでに秘められているのかもしれない、と。そこで基本器官としての葉を、ゲーテは現実の葉とは区別して「超越論的な意味における葉」(LA I-10, 53)と名づけた。

結局のところ対象的思惟を旨とし、自然を自然に即して観察しようとしたゲーテからすれば、前成説も後成説もあまりにも「立法者的」であり、独断的な態度であると思われた。独断論を捨てよ。独断に対して「懐疑が生れてくるのは、人間精神のごく自然な歩みである」(LA I-11, 305)と彼は論文「独断論と懐疑論」のなかに書いている。前成説も後成説も、水成論も火成論も、ジョフロワの説もキュヴィエの説も、所詮は自然の「見方」にすぎない。しかし自然それ自体はそうした見方によっては捉えきれない豊かさを有しているであろう。「生き生きとした観察を心がける人が、自然とのあくなき闘いにとりかかってみると、対象にうち克とうとする限りのない意欲がまず心中に湧いてくる。しかしそれも永続きはしない。やがて彼は対象に圧倒されて、自然の力を認め、その働きに敬意を払うのもまことに当然のことだと感じるようになる」(LA I-9,5)。「対象にうち克とうとする限りのない意欲」に突き動かされるばかりで、「自然の力を認め、その働きに敬意を払う」ことをしないのが独断論である。つまりゲーテには、自然の豊饒さに比べれば、前成説も後成説もともに不十分なものと思わずにはいられなかった。

われわれが有機的と呼ぶ物体は、自分の体の上に、もしくは自分のなかから自分と同一のものを生み出す特性を有している。

これこそは有機体の概念を成すものの一つであり、この点をこれ以上説明することはできない。

新しく生れた同一なるものは、元を糺《ただ》せばつねにそのものの一部であり、この意味でそれはそのもののなかから生れ出たと言える。この点は展開説の思想にとって有利である。しかし古いものが外的養分をある程度摂取して、一種の完全性に到達してしまわなければ、古いものから新しいものが展開しうるわけがない。この事実は後成説にとって有利である。だがこの二つの見方は、きわめがたい対象の肌理《きめ》の細かさに較べれば、ともに粗雑で荒削りであ

る。　　　　　　　　　　　　　　　　　　　　(LA　I-10,137)

しかし前成説も後成説も、自然の発生過程を考察する上でそれなりの利点を有している。そこで彼は、どちらの見方にも捉われないように精神を柔軟に保ちつつ、両者を相補的に活用しようとした。「前成説論者の見方と後成説論者の見方、規定された産出と自由な産出、その両者を私は、どちらがよりよく私の考えを説明してくれるかに応じて、その都度、ただの言葉や手段としてのみ用いるつもりである」(LA　I-10,55)。この二つの仮説は「基本的に両立可能である」(LA　I-10,55)という見解に立ったゲーテは、下等な植物については前成説を、高等な植物については後成説をより多く援用した。

植物の観察においては、永遠に自分と同一のものを生み出す生命点というものが仮定される。

しかも最も下等な植物においては、この生命点はみずからを反覆することによって同一のものを生み出す。

つぎにもっと完全な植物においては、基本器官が段階的に形成され、変形されて、ますます完全で能力に富んだ器官に生長してゆき、ついには有機的活動の最高点を生み出すにいたる。すなわち生殖と誕生によって、有機的全体から新しい個体を切り離し、独立させるにいたるのである。

これこそは有機体の統一性に関する最高見解である。　　(LA　I-10, 132)

結局のところ前成説は自然を一と見なし、後成説は自然を多と見なしている。自然とは一にして多であると信じたゲーテが、両者の統合を目指したのは、けだし当然のことであった。むろん、植物の継時的メタモルフォーゼにおいてばかりではない。「種の間のメタモルフォーゼ」においても、二つの仮説は両立可能であろう。

ゲーテが明らかにしたように、顎間骨はカメからイルカやラクダにいたるまで、すべての脊椎動物において認められる。ヒトもその点では例外ではないというゲーテによって確かめられた事実は、自然はやはり根本的には一なのだという前成説の見方を強めてくれるだろう。しかし見方を変えれば、顎間骨はさまざまな動物においてその形態や大きさを無限に変えていて、同一なるものは一つもないと言わざるをえない。この見方は後成説にとって有利である。つまり前成説論者も後成説論者も、じつは同じ事実を別の視点から眺めているのである。

前述したように、ゲーテにとって自然とは遠心力と求心力とから成る円環にほかならないが、彼からすれば前成説も後成説も、所詮は一つの円環の持つ二つの方向を示すものにすぎない。前成説は求心力を、後成説は遠心力を強調している。たしかにゲーテは、生物の種や属は一定不変のものではなく、時として新しい種や属を生み出しうることを知っていた。しかし、このような「種の間のメタモルフォーゼ」を、彼は主に遠心力の作用として理解し、決して系統発生として捉えようとはしなかった。いくつかの円環の連鎖というものなら、彼も考えていたかもしれない。しかし自然をあまりにも直線的に把握する見方は、彼の自然円環説を否定するものでしかなかったのである。

＊

自然が円環構造をなしていると言えるのは、ゲーテにとって万物は自然内存在だったからである。しかもゲーテの「対象的思惟」は、立法者的・独断論的立場をとる多くの自然科学者とは違って、自然という大海のなかに自ら潜入し、動植物がいかにして自然内存在であるかを明らかにしようとするものだった。ハンス・リップスが指摘しているように、ゲーテ的形態学は「ダーウィン主義と真向から対決する」(94)必然性を秘めている。仮にゲーテが後三〇年も長生きして、ダーウィンの『種の起原』を読むことができたとしても、彼の自然淘汰説を受け容れることは到底できなかったであろう。ゲーテの立場は、ラマルクのそれに比較的近い環境適応説にあった。彼は「土地の差異」や、生物を囲む「条件」の変化によって、種の変化が起きると言う。

ここで土地の差異を考慮に入れておかなければならない。〔植物のなかには〕谷間の湿地で豊かに育つものもあれば、高地の乾燥地で小さく萎縮しているものもあるし、どのような寒気や暑熱からも守られているものもあれば、寒気や暑熱から逃れられず、身をさらしているものもあるというふうで、こうして属は種へ、種は変種へと変化し、変種もさらに他の条件によって果てしなく変化してゆくことができる。(LA I-10, 334)

こうした「土地」や「条件」を、ゲーテはアリストテレス以来の伝統にならって、しばしば「四大《エレメント》」〔地水火風〕と呼んでいる。

だがここで原型について考えておかなければならない。つまり、四大となって現われているさまざまな自然力はどのように原型に作用しているのか、また原型は、この普遍的にして外的な法則に、ある程度までにしてもどのように適応しなければならないのか、と。

水は、水に包まれ、水に接している身体に、多少なりとも滲みこみそれを明らかに膨脹させる。こうして魚の胴体、特にその肉は、四大の法則にもとづいて脹れあがっている。ところがそうなると有機的原型の法則にもとづいて、胴体の膨脹に引き続き、四肢や補助器官が収縮せざるをえなくなるばかりではなく、後で述べるような他の器官まで、それが受けている規定が変化を受けることになる。

大気は身体から水を吸収するため、身体は乾燥する。だから空中で生長する原型は、大気が澄んで、湿気がないほど、内部が乾燥し、こうして多かれ少なかれすらりとした姿の鳥が生れる。そうなると形成力にとって、肉質と骨格を十分に包み、補助器官の面倒を十分にみる質料がたっぷり残されることになる。つまり魚において肉質のために使われたものが、ここでは羽のために残されている。こうしてワシは大気によって、大気に対して、また高山によって、高山に対して形成される。ハクチョウやカモは〔鳥とはいえ〕、水陸両方で活動する一種の両棲類だが、すでにその形態は彼らが水への志向性を持っていることを示している。コウノトリやイソシギが、水辺への親しみと大気への志向性の両方をいかに見事に体現しているかということは、たゆまぬ研究に値する。

このように水や普通の空気の影響とならんで、気候、高山、寒暖の影響が、哺乳類の形成にとっても非常に大きな力を持っていることがわかるだろう。暖かくて湿った気候は身体を膨脹させ、原型の限界内にありながらも、見るからに途轍もない怪物をつくり出す。これに対して暑くて乾いた気候は、その性質や形態が人間とは非常に違いはするものの、ライオンやトラのような完全な、最も発達した動物をつくりあげる。そしてまた暑い気候だけでも、不完全な有機体に、サルやオウムに見られるような、人間に似た特徴を与えることができるのである。

(LA I-9, 126 f.)

「四大」というのはいささか古めかしい表現であるが、われわれはこれを「環境」ないし「場所」と言い換えることができよう。生物はすべてそれが生きる場所を有している。場所を持たないものというのはありえない。万物は場所によって包まれ、場所に対して働きかけている。だからゲーテは言う。「動物は環境によって、環境に対してつくられるのであって、動物の内的完全性と外に対する合目的性はこの点に由来している」(LA I-9, 126)と。

ここで見落としてはならないのは、動物は環境によってつくられるばかりではなく、環境に対して働きかけもする、とされている点である。環境によってつくられるばかりであったら、「動物の内的完全性」はありえまい。動物は環境の影響を受けてその形態を多様にメタモルフォーゼさせながらも、原型という内的完全性を保持するために、環境に対して積極的に働きかける。こうして動物の「外に対する合目的性」、すなわち外界に対する適応性が生れる。「動物はみな自分自身が目的だ」と詩「動物のメタモルフォーゼ」に謳われているように、ゲーテは動物の有する主体性を強調した。こうした考え方は、通俗的な環境適応説とは明らかに一線を画している。

〔……〕たとえば地上や水中や空中では多種多様な形態を持った動物が活動しているが、ごく普通の見方では、これらの生物に器官が与えられているのは、さまざまの動きができ、さまざまの存在様式が可能になるようにするためである。しかしもしここで、自然の根源力《ウルクラフト》というものは条件づけられたものだと仮定し、自然は外からばかりではなく外に向ってつくられ、内からばかりではなく内に向ってつくられていると洞察するならば、それだけで自然の根源力《ウルクラフト》や、自然のなかに宿っていると考えられる思慮深き御方の叡智は、一層尊ぶべきものとはならないであろうか。魚は水のために存在するというよりも、魚は水のなかで水によって存在すると言ったほうが、ずっと含蓄が深いように思われる。なぜならばそう言ったほうが、前の表現では隠されて曖昧になっていたもの、つまり魚と呼ばれる生物の存在は、水と呼ばれるエレメントの条件下においてのみ考えられるのであり、そこでこそ単に存在《ザイン》するのみならず、生成《ヴェルデン》することも可能になるということを、もっとずっと明確に表現してくれるからである。同じことが他のすべての生物についても言える。つまり内から外へ、外から内へと考察してゆくこの見方こそ、最初にして最後の最も普遍的な見方なのである。いわば内的な中核をなす確定された形態があって、これが外的なエレメントの決定を受けてさまざまな姿に形成されてゆくわけである。動物に外に対する合目的性があるのは、動物が外からも内からも形成されたからではあるが、かつまた当然のことながら、外的なエレメントがそれ自身にふさわしいようにつくり変えることのできるのが、内的な形態よりも外的な形態だからでもある。　(LA I-10, 120 f.)

ハンス・リップスは右のくだりを解釈して、「適応(Anpassung)とはここでは決して目標ではなく、すべての生物が自らの世界に〈適合する〉(passen)という事実を意味している」と書いている。[95] リップスが指摘しているように、ゲーテは生物を環境との相互作用において理解している。『色彩論』の緒言には、「色彩は光の行為である。行為であり、受苦である」(LA I-4, 3)という有名な言葉が見られるが、ほぼ同じ言葉が形態学においても語られるにちがいない。「生物の諸形態は生物の行為である。行為であり、受苦である」と。環境適応説論者の多くが「外から内へ」という見方しかとっていないのに対し、ゲーテは、「内から外へ、外から内へと考察してゆく」見方こそ形態学に導入されなければならないと考えた。ハンス・リップスよりも前にこの点に注目し、ゲーテの形態学をダーウィンの進化論と峻別した人がいる。ニーチェである。『権力への意志』のなかの「反ダーウィン主義」と題された一節のなかで、彼は主張している。

「外的環境」の影響は、ダーウィンの場合ナンセンスなまでに過大評価されている。生の過程において本質的なものは、巨大な形成力、内側から形づくる力にほかならず、これが

「外的環境」を利用し、食いつくすのだ。新たな形が内側から形成されるとき、それは何らかの目的を目指して形づくられるものではない。しかし〔個体における〕各々の部分は〔他の部分を支配しようとして〕たがいに葛藤しあうものだから、新たな形は部分的な有用性といつまでも無縁でいることはできず、それは活用され、そして活用されてゆくうちに、やがて一層完全なものへと完成されてゆくのだ。(96)

ニーチェによれば、ダーウィンの進化論には「発展」についての真の観念が欠けている。自然においては生存競争による「淘汰」によってより高度の生物が生き残るのではない。自然は個体における諸部分間の葛藤を通して、それ自身が自ずから発展し、高昇してゆくのだ。(97)

ニーチェがゲーテの形態学のなかに見いだしたものは、「自然は高昇する」という思想だった。ゲーテの形態学のこうした捉え方は、今日ではジャン・ピアジェやユクスキュルによって継承されている。ピアジェがゲーテのことをどれほど知っていたかどうか定かではないが、彼は、ゲーテを深く敬愛していたベルタランフィの影響のもとに、生物の構造は外界との不断の交換によってつくられると主張した。(98) 生物は環境に変化を加えてそれをみずからの構造に取り入れる一方、みずからの構造を変化させながら環境に適応してゆくものなのだ、と。その場合にピアジェは、生物の構造はたしかに変換の体系ではあるが、しかしいくら変換が行なわれても、みずからを制御して全体の均衡を保とうとするものであると指摘する。変換の体系であると同時に自己制御的な装置である生物の構造は、ゲーテの言う「内的完全性と外に対する合目的性」を有しているのである。

一方ユクスキュルは、ゲーテの言う「外と内」を「環境世界と内的世界」として捉えた(99)。彼によれば、動物は環境世界のなかに置かれていると同時に、立体的な内的世界を有している。彼のいう環境世界は知覚圏と作用圏の二つからなるが、それというのも動物は、環境を受動的に受容すると同時に、環境に対して能動的に働きかけるからである。ユクスキュルの動物生理学は、進化論的発想とはおよそ無縁だった。彼の眼は、動物の構造がいかに機能しているかという点に向けられていた。たとえば系統発生的には遠く離れていても、形態学的には近似した種というものがあり、そのような種においては行動様式も類似しているという。それればかりではない。彼はすべての動物は生理学的に見て完全であり、「最も簡単なものも、非常に複雑なものも、同じ完全さでその環境世界に適応している。単純な動物には単純な環境世界が、複雑な動物にはそれだけ豊かな環境世界が対応する(100)」と主張した。その点で彼は「動物の内的完全性と外に対する合目的性」というゲーテ的思想の継承者と見なされようが、しかし彼の立場はゲーテよりももっとラディカルだった。すべての生物は内的完全性を有する以上、その間に優劣の差は認められないと言う彼は、おそらくゲーテ的な梯子論をも否定したにちがいない。こうして彼はドリーシュと並んで、二十世紀における進化論の最もドラスティックな敵対者となったのである。

ピアジェやユクスキュルの研究に端的に示されているように、生物の「構造」を探究する科学には、進化論的発想とはどうしても折り合わないところがある。それどころか、このような科学は、近代科学が金科玉条のものとしてきた因果律と必然的に袂を分たざるをえない。八杉龍一が指摘しているように、(101) 進化論者の多くは進化の過程を因果的に説明することを目指している。ところがゲーテは、根本現象の探究においては「問われているのは原因ではなく、さまざまな現象があらわれる際の条件」(一三四頁参照)であると言う。ある一つの経験的現象は、それが置かれた条件が異なれば別の現象になるが、この条件は無数にある以上、変化の可能性もまた一様ではない。だとすれば、自然の研究においては原因と結果を一本の線で結んだものにすぎない因果律はむしろ危険なものではあるまいか。したがって自然研究者は、多様な「条件」との関係において、自然の諸存在が多様に発展してゆく「可能性」を探らなければならない。自然を直線としてではなく、多様性の宝庫として、可能性の拡がりとして、変化しながらもみずからを不断につくりあげてゆく体系として捉えなければならない。そしてこうした考え方を推し進めることによってゲーテは、学問においては「なぜ」(warum)という問は不要であり、われわれが努めなければならないのは、「いかにして」(wie)と問いかけることなのだという見解に到達するのである。

実利主義者は、ウシに角があるのはそれで身を守るためだと言うでしょう。しかしそれなら私はこう尋ねたいと思います、なぜヒツジには角がないのですか、もしあるとしても、なぜその角は耳のところで曲っているのですか、それでは何の役にも立たないではありませんか、と。

しかしウシは角を持っているから、それで身を守ることができるのだと言ったら、話は別です。

目的を尋ねる問やなぜという問は全く学問的ではないのです。しかしいかにしてという問ならば、もっと先に進むことができます。というのも、もしも私が、ウシはいかにして角を持っているかと尋ねるならば、私はこの有機体の観察へと導かれ、同時になぜライオンには角がなく、またありえないのかを教えられるからです。

同じく人間の頭蓋には何も入っていない二つの空洞があります。なぜという問はここでは役に立たないでしょう。しかしそれに対していかにしてという問ならば、これらの空洞が動物〔時代〕の頭蓋のなごりであること、もっと下等な有機体においてはずっとはっきりと見てとれるが、もっと高等であるはずの人間にも、まだ完全には失われていないものなのだということを教えてくれるのです。

（エッカーマンとの対話、一八三一年二月二〇日）

「なぜ」と問いかけるのは実利主義者ばかりではない。自然淘汰説をとる進化論者の多くもまたそうである。彼らには、人間の頭蓋に「なぜ」二つの空洞があるのかを解明することはできない。それができるのは「いかにして」と問いかける形態学者だけであろう。つまりゲーテの考えを推し進めれば、「いかにして」という問が「なぜに」という問の上位にあるように、形態学も進化論の上位に位置していることになる。しかも「いかにして」と問いかけるゲーテは、生物の形態や構造ばかりではなく、その形態の有する機能の考察へと導かれる。「機能というものを正確に把握してみると、存在の活動性のことであることがわかる」(LA I-10, 394)。「だから形が動物の生き方を定めるし、生き方が形すべてに生き生きと働きかける」(HA 1, 202)。彼は生物を「生きた活動する形態」として観察することによって、まさに生理学的形態学を確立したのである。

ところで生きて活動する生物の内的世界を環境世界との関係において考察するとき、ゲーテは皮膜というものの重要性に眼を開かれた。皮膜こそは、二つの世界を分つものだからである。

さてこのように原型の不思議な構造を観察し、その生長の仕方をより正確に洞察してゆくと、またもや有機体の重要な法則に出会うことになる。すなわち、生命は外界に露出したままでは活動することも、産出力を表現することもできない、すべての生命活動が自分に固有の内なる課題を果そうとすれば、水であろうと、空気であろうと、光であろうと、粗暴な四大《エレメント》から身を守り、傷つきやすい本性を保護するための皮膜を要求する、という法則である。この皮膜は木の樹皮であろうと、動物の皮膚であろうと、あるいはまた果物の皮であろうとかまわない。いずれにしても生命となって現われるすべてのもの、生きて活動すべく定められたすべてのものは、皮膜で覆われていなければならない。そこで外界に身をさらしたものはことごとく、じきに死や腐敗につぎつぎと蝕《むしば》まれてゆく。木の樹皮、昆虫の皮膚、動物の毛や羽、また人間の皮膚ですら尽きることなく剝離し、脱ぎ捨てられ、生命なきものへと化してゆく。ところがこの皮膜のすぐ内側ではたえず新しい皮膜が形成され、さらにその内側では、表面に近いところであろうと、もっと内側であろうと、生命がその活動的な組織を産出しつづけているのである。

(LA I-9, 10)

皮膜によって外界から守られているという意味では、生物は閉鎖的な存在であると言えようが、逆に守られていることによって、生物は外界に向って堂々と面を向け、生き生きと活動することができる。つまりゲーテの言う生物の「内的完全性と外に対する合目的性」とは、じつは閉鎖的であると同時に開放的である生物の二つの基本的な働きを意味しているのである。

III 色彩論

1　光学か色彩論か

ゲーテが色彩論を本格的に研究しはじめたのは、一七九〇年に遡る。すでにイタリア旅行中(一七八六―一八八年)に絵画における彩色の研究に手を染めていたゲーテは、帰国後、色彩現象を物理学的に把握しようと思い立ち、イエナの宮中顧問官ビュットナーからプリズムを借りてきた。しかし『植物のメタモルフォーゼ』の執筆等に忙殺されていたゲーテは、プリズム実験をするのに必要な暗室も、窓板に穿たれた小孔も用意しないまま、借りたプリズムを永いこと放置していた。いつまで経っても返してくれないことに不安を覚えたビュットナーは、一七九〇年の一月、家僕を使いによこして、大至急プリズムを返却してくれと催促してきた。プリズム実験にすぐに取りかかる当てもなかったゲーテは、返すことに異存はなかったものの、返す前に一度だけプリズムを覗いておこうと思った。彼がニュートン理論は誤っていると考えるようになったのは、そのときである。

〔……〕プリズムを眼の前に持ったとき、私がいたのはちょうど白一色の壁の部屋だったので、ニュートン理論を思い出して、白い壁一面がさまざまな色の層を帯び、壁から眼に反射してくる光が多数の色光に分散して見えるだろうと期待した。

だが、じつに驚いたことに、プリズムを通してみた白い壁は相変らず白いままで、暗いところと接した部分にだけ多少とも明確な色彩が現われたばかりだった。結局、最も鮮やかな色彩を生じたのは窓格子であったのだが、窓の外の淡灰色の空は色彩を帯びる気配もなかった。あれこれ考えるまでもなく私にはわかった。色彩が生じるためには境界が必要なのだ。本能的に声をあげるように私は叫んだ、ニュートン理論は間違っている、と。

(LA I-6, 419 f.)

むろんニュートン・スペクトルを現出させるためには、暗室のなかで小孔を通して光線を細い帯に絞る必要があったのであり、そのような暗室も小孔も用意されていなかった以上、光は散乱してたがいに打ち消しあい、白壁に何の色彩も現われなかったのは、きわめて当然のことだった。その意味でゲーテのニュートン批判には、いささか的はずれなところがあったことは否めない。物理学者のC・F・ヴァイツゼッカーは、「ゲーテはニュートンの言葉や実験の明白な意味を四年間にわたって誤解しつづけてきた」(HA XIII, 539)と述べている。しかし、たとえゲーテのニュートン批判がいくつかの誤解を孕んでいたとしても、だからといって彼の色彩論が誤りであったと断じるわけにもこれまたゆかない。「偉大なるゲーテも、色彩論の研究においては自分の誤りについに気がつかなかった」と記している文学史の概説書は多いが、われわれはまずこうした通念から自由になる必要がある。エッカーマンが伝えているように、ゲーテは『色彩論』を自分のあらゆる著作のなかで最も重要なものだと見なしていたし、彼からすれば、誤っているのはニュートン光学ならびにニュートンの流れを汲む近代自然科学全般であり、その誤りを剔抉し、新たな科学の可能性を示したことこそが、『ファウスト』などよりもはるかに大きい『色彩論』の意義だというのである。むろん多くの物理学者は、ゲーテの色彩論は精密科学たる資格を欠いていると非難している。しかし同じ物理学者のなかでも、ハイゼンベルクやハイトラーのような人々の見解ははるかに公正である。彼らは、ニュートン光学もゲーテ色彩論もともにそれなりに正しいと指摘している。ハイゼンベルクは言う。

近年において、ゲーテ的色彩論とニュートン的色彩論双方の研究に携わったことのある人なら、誰にでも明らかであろうが、両学説のうちのどちらが正しいか、どちらが間違いであるか、などと問い質してみたところで、さしたる洞察は得られない。なるほどこの件に関する決定は、個別的な事実問題すべてにおいて下されているし、しかもニュートンの自然科学的方法は、現実に矛盾が存在するいくつかの点に関するかぎり、ゲーテの直観力にたしかに打ち勝っている。しかしこれら両理論は根本的に別々の事柄を論じているのであり、むしろ残された問題は、これほど異なる対象を、色彩という〔同一の〕概念に結びつけることがどうして可能なのか、ということにほかならない。[102]

ハイゼンベルクが指摘しているように、色彩についてはニュートン的なアプローチの方法もゲーテ的な方法もともに可能である。にもかかわらずわれわれは――欧米でも日本でも――ニュートン光学のみが正しいのだという教育を受けてきている。そのような教育はわれわれの自然に対する見方を固定こそすれ、それを拡大し、柔軟にするものではないだろう。そこでG・ベーメはその著書『科学の二者択一』のなかで、ギムナジウム(高等学校)の生徒にはニュートン光学とゲーテ色彩論をともに並列して教えるべきだ、そうすることによってこそ、彼らは物理学とは何なのかをよりよく理解するようになるだろうと主張している。[103] たしかにわれわれは二者択一を迫られている。ニュートン的な道を選ぶべきか、ゲーテ的な道を選ぶべきか。それとも、もしかして両者の融和を可能にするような第三の道があるのであろうか。

ゲーテの色彩論研究は、返却を求められたプリズムを覗いた日に始まった。「結局、最も鮮やかな色彩を生じたのは窓格子であったのだが、窓の外の淡灰色の空は色彩を帯びる気配もなかった。あれこれ考えるまでもなく私にはわかった。色彩を生じるためには境界が必要なのだ。本能的に声をあげるように私は叫んだ。ニュートン理論は間違っている、と」――この短い言葉のなかに、ゲーテ色彩論の基本的な方向がすでにはっきりと示されている。

(一) 色彩のスペクトルを生じるために必要なのは、光と闇、明と暗との境界である。明暗という分極性を無視している点に、ニュートンの基本的な誤りがある。

(二) ニュートンのプリズム実験は、暗室と小孔という条件下においてのみ可能である。当然のことながら条件を変えれば、別の色彩現象が現われる。しかしニュートンは、色彩現象を多様な条件との関係において考察することがなかった。それどころか彼は、暗室と小孔によって限定された自分の実験を理想的なものだと見なした。しかし、じつはそれは「複雑な派生的実験」(LA I-4, 17)にすぎない。たしかにニュートンは偉大な学者である。しかし彼は一時のファウストと同じように、書斎という「牢獄のなかに……、いまいましい陰気な壁の穴」(V. 398 f.)のなかに閉じこもっているばかりで、「すべての理論は灰色で、緑なのは生命の黄金の樹である」(V. 2038 f.)ことを知らないのだ。「友よ、暗室を離れたまえ、光を歪める暗室を」(GA I, 664)。

(三) ニュートンがこのように複雑な実験を行なったのは、光を分析するためであった。しかし光を分析してはならない。ファウストが語っているように、「自然がお前の精神に開示してくれないものを、梃子やねじでこじあけようとしても無駄なのだ」(V. 674 f.)。「光と精神。自然界における光と、人間界における精神は、ともに至高にして細分化しえないエネルギーである」(M u R 1299)。ニュートン光学は自然を冒瀆するものである。そう考えたゲーテは、戸外の滔々たる陽光のもとで眼によって観察される色彩現象にあくまでも忠実であろうとした。「色彩学者に」という副題のある詩(「大切なのは」)のなかで、ゲーテはニュートンやビオーを痛罵している。

きみが光を切りきざみ
無理やりにあまたの色を引き出すならば
また出たらめな理論理窟をこねくりまわし
光こそ極ある球〔ビオーの理論〕だと唱えるならば
聴く者はあきれ戸惑い　感覚も
心の内も麻痺してしまうことだろう
(GA Ⅰ, 528)

こうした考えのもとに、ゲーテは一七九〇年四月から『光学論考』を書き始め、一七九一年一〇月には早くも第一巻を、そして翌年の六月には第二巻を上梓した。その続きは発表されずに終ったが、本来『光学論考』は六巻構成になるはずだった。

第一巻　白黒の図版を用いたプリズム実験
第二巻　灰色や有色の紙を用いたプリズム実験
第三巻　色彩を帯びた影
第四巻　色彩論の諸要素を発見する試み
第五巻　虹
第六巻　暈《かさ》と幻日

このうち生前に公刊されたのは第一巻と第二巻だけであり、第三巻と第四巻はほぼ脱稿していたものの、生前にはついに発表されなかった。また計画のままに終った第五巻と第六巻には、断片的なメモしか残されていない。

ビュットナーのプリズムを覗いたのを機に色彩の研究を志してから、三年も経たないうちに相次いで刊行された『光学論考』第一・二巻の主題は、ニュートンの『光学』と同じプリズム実験に当てられている。しかしここでゲーテは、ニュートンとは全く別のやり方でプリズム実験を行なっている。もはや彼は暗室と小孔という「拷問部屋」は用いない。彼が用意したのは、白黒の

図 25　黒地の上の白い帯

図版二枚である。まず黒地に描かれた白い帯(図25)をプリズムを通して見ると、白い帯の上端が黒地と境界をなしているところに橙と黄の縁《ふち》が、下端に青と紫の縁が現われる。(『光学論考』では「橙」ではなく「赤」と記されているが、ここでは後の『色彩論』で用いられている呼称にしたがうことにする。いずれにしてもこれは、赤に近い橙である。)

橙
黄
〔白い帯〕
青
紫

この帯をもっと細くしたり、プリズムの角度を変えたり、眼を遠ざけたりすると、「白い帯は完全に消えて、弓なりの彩られた幅の広い」(第一巻四五)虹の模様が出現する。黄と青とが混合して、以前には白い帯のままであったところが、緑になる。

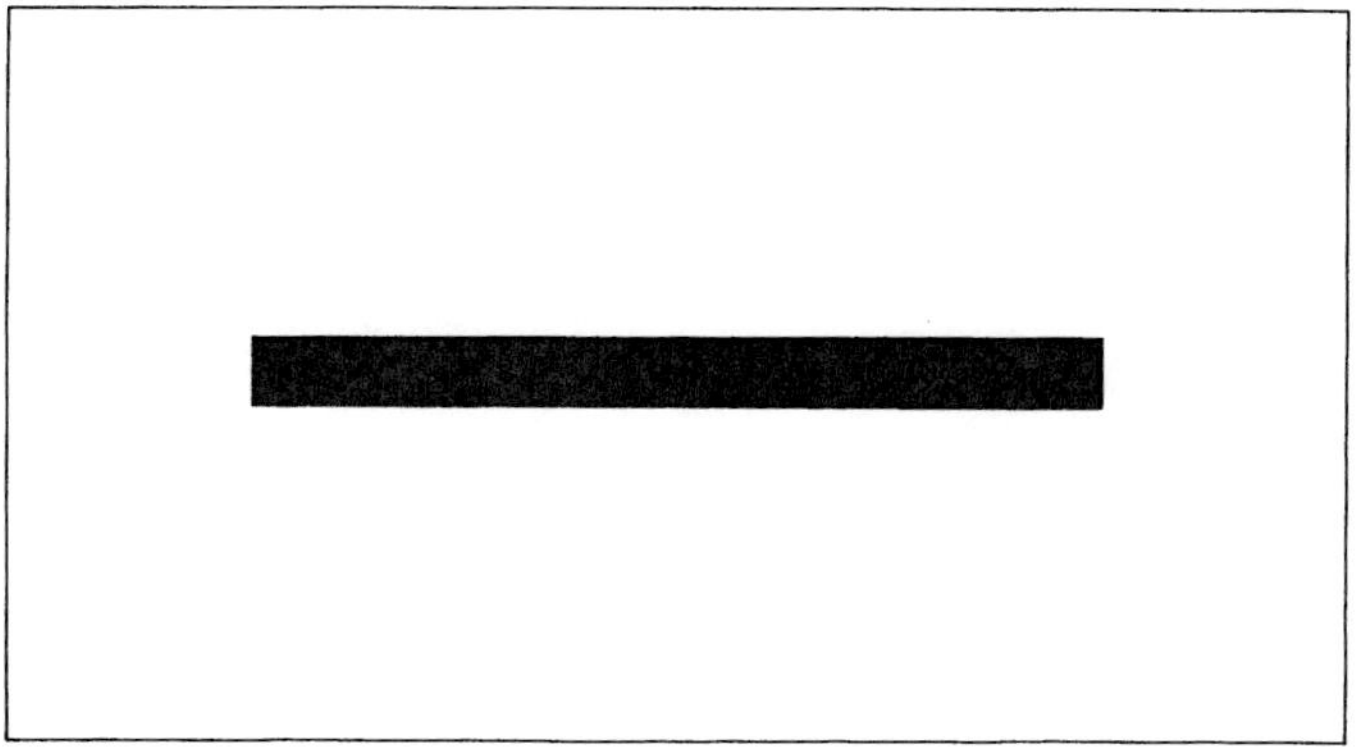

図 26　白地の上の黒い帯

橙黄緑青紫

これはニュートンの『光学』の第三実験[104]に相当するので、今日では一般に「ニュートン・スペクトル」と呼ばれる。

次にゲーテは、白地に描かれた黒い帯(図26)をプリズムを通して見る。すると黒い帯の上端には青と紫が、下端には橙と黄が現われる。

青紫〔黒い帯〕橙黄

図25の場合と同じように帯を細くしたり、プリズムの角度を変えたり、眼を遠ざけたりすると、黒い帯は図25の実験よりもはるかに華麗な五つの色彩によって完全に覆われ、中央には赤紫に近い「真紅」(Purpur)が出現する。

青紫
真紅
橙黄

このスペクトルを見たとき、ゲーテはこう独白した。「前者〔図25〕において光が多様な色彩に分解されているというなら、後者〔図26〕においては闇がさまざまな色彩に分解されていると見なさなければなるまい」(LA I-6, 420,『光学論考』第一巻五六、六七参照)。「分解されている」というようなニュートン的な表現を、むろん後のゲーテは採用しなかった。しかし、いずれにしてもニュートンが光の研究にばかり専念していたのに対し、ゲーテは闇もまた光と並んで色彩を生み出す重要な条件であると考えた。そこでこのスペクトルはニュートン・スペクトルに対し、今では「ゲーテ・スペクトル」と呼ばれる。

この二つのスペクトルの特徴は次の点に求められる。ニュートン・スペクトルにおいて、上の縁《ふち》と下の縁を次第に重ねてゆくと、その頂点において色彩は次の三色になる。

橙
緑
紫

一方ゲーテ・スペクトルにおいては次の三色が現われる。

青
真紅
黄

次節で論じるように、ゲーテ・スペクトルに現われているのは三原色である。それに対してニュートン・スペクトルに見られる橙、緑、紫の三色は、それぞれ真紅と黄、黄と青、青と真紅の混合色ないしは中間色にすぎない。しかも真紅はニュートン・スペクトルにおいては全く現われない色彩である。それは「ニュートン的色彩」ではないのだ。(ちなみに『光学論考』においては、「橙」の代りに「赤」、「真紅」の代りに「桃色」の語が使われている。「桃色」と呼ぼうとも「真紅」と呼ぼうとも、赤紫に近いこの色彩は、赤のなかの赤、もしくは赤よりも高貴な赤と見なされ、次節で詳述するように、ゲーテは後にこの色彩に特別な意味づけを与えることになる。)

さてすべての色彩は色光の有する屈折率の差異に由来すると主張するニュートン光学に対して、ゲーテは、図25と図26に関するプリズム実験に見られるように、色彩は光と闇、光の色(暖色)と闇の色(寒色)との関係から生れると考えた。黄は光に最も近い色彩であり、青は闇に最も近い色彩である。緑は黄(暖色)と青(寒色)とが重なりあうことによって、真紅(赤)は、橙(暖色)と紫(寒色)とが結びつくことによって生れる、と。

プリズム現象のこうした解釈は、少なくとも物理学的にみれば誤りであると考えられてきた。

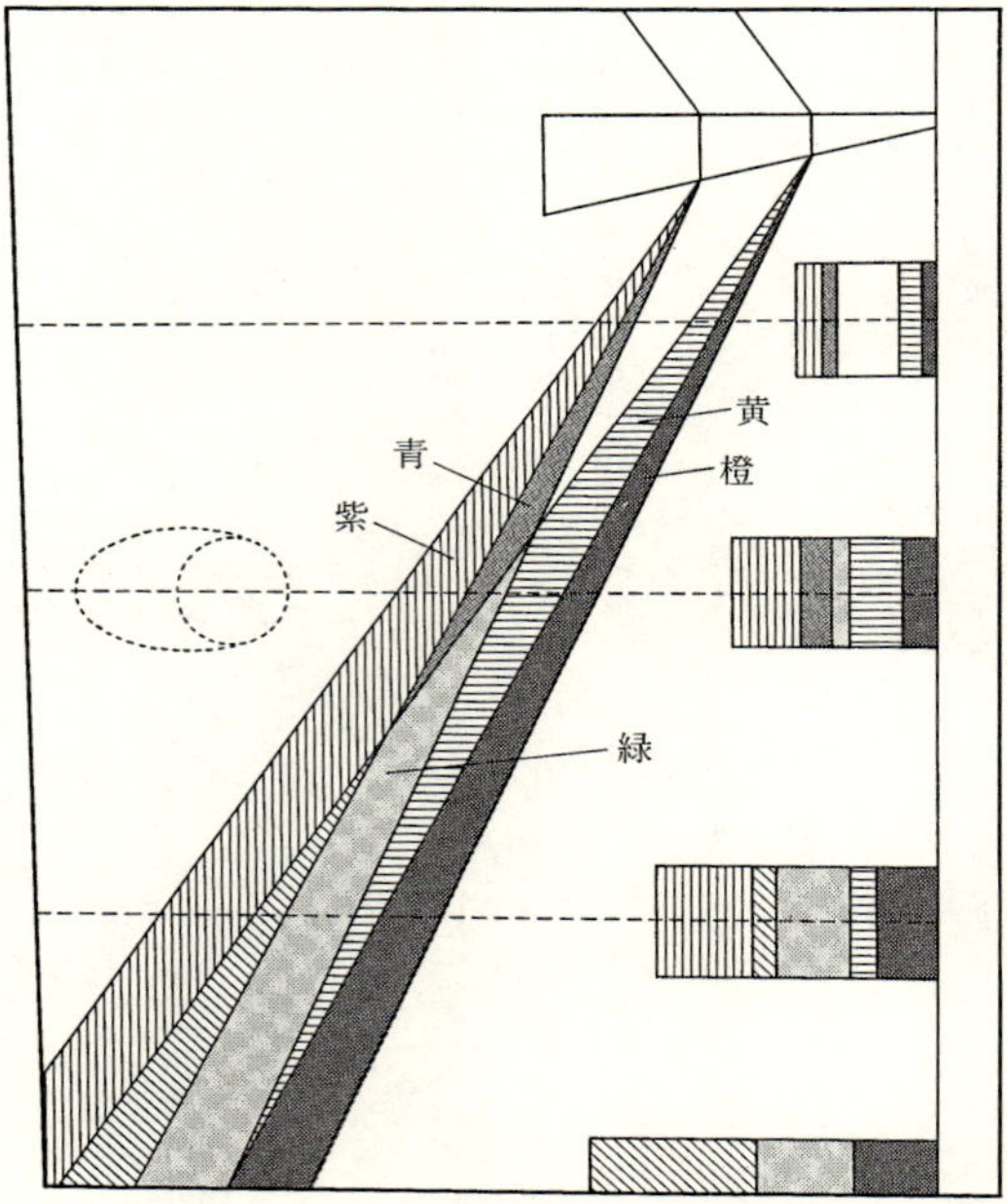

図 27　ゲーテによるプリズム・スペクトル

しかしイギリスの物理学者マイケル・ダックは、ニュートン光学を基本的には認めながらも、一九八七年に発表された雑誌論文のなかで、混色の理論に関してはゲーテの方が正しいと考えられる場合があると主張し、大きな反響を呼んだ。[105]

　前述したように、黒地に描かれた白い帯をプリズムを通して見ると、上端に橙と黄の暖色が、下端に青と紫の寒色が現われる。ニュートン光学にもとづけば、帯から眼を遠ざけていっても、スペクトルは全く変らずに見えるはずである。ところがゲーテが観察しているように、眼を遠ざけてゆくにしたがって、暖色と寒色は重なりあい、緑という新しい色彩が生じる(図27参照)。ダックは言う、「こんなことが起きるということは、ニュートン主義者にとっては言うまでもなく衝撃的な事実である。……少なくともこの実験に関するかぎり、ゲーテの汚名は晴らされ、ニュートンの方が間違っていたかのように見えるのだ」[106]。

人が現に眼にしている色彩は、その人のいる場所の明るさとは無関係に存在していると、多くの人々は思いこんでいる。しかし明らかにそれは事実に反している。客観主義を標榜する人々は、とかく自分がある〈場所〉のなかに置かれているということを忘れがちなのだ。

色彩は明度とともに変化する。ベツォルト(Bezold)は一八七三年に、ブリュッケ(Brücke)は一八七八年にこの現象を初めて仔細に研究した。そのためこの現象は、今日では〈ベツォルト＝ブリュッケ現象〉と呼ばれる。明度が高くなればなるほど、暖色は一層黄色に近づき、寒色は一層青味を増す。逆に明度が低くなり、あたりが暗くなると、黄や青よりも赤や緑の方がより強く知覚されるようになる。こうしてニュートン・スペクトルにおいては緑が、ゲーテ・スペクトルにおいては真紅が誕生する。この事実は、屈折率や波長が色彩現象のすべてではないことをはっきりと示している。そしてダックの言うように、ゲーテはこの点に注目することによって、ニュートン光学とは全く別の道を歩み始めたのだ。

『光学論考』の最初の二巻を発表した後、彼はこれで多くの物理学者をニュートン光学から引き離し、自分の側につけられるものと期待していた。しかし彼の期待に応えてくれる人はほとんどいなかった。彼の説は黙殺されるか、手厳しい批評に晒されるかのどちらかだった。ゲーテの友人で、イエナ植物園の園長であったF・S・フォークトは物理学者とも親交があったが、彼にはよくわかっていた。ゲーテの色彩論に対する物理学者たちの反感は、ゲーテがその最初の著作を『光学論考』と名づけたことに由来しているのだ、と。フォークトから説明を受けたゲーテは、こう記している。「光学は、これまで数学者の独壇場となってきた完結した学問であったので、数学を使わずに『光学論考』を著わし、しかも光学の主要命題に対して異議を唱えたり、それを論駁するなどということは、〔物理学者には〕およそ理解できるものではなかったし、いや、理解しようという気にもなれなかった。このすぐれた友人のお蔭で私は容易に納得することができた。もしも私が後につけた『色彩論』という表題を最初から採用し、色彩現象の叙述を〔物理学の一部としてではなく〕自然科学一般の一部として行なっていたら、事態は全く別の運びになっていたであろう、と」(LA I-8, 205)。

いずれにしてもゲーテはこうして『光学論考』の執筆を中断し、それに代って色彩論という、色彩に関するより包括的な学問を樹立しようと考えた。ゲーテが「色彩論」という言葉を用いているのは、それほど新しいことではない。一七九一年五月のカール・アウグスト公宛の手紙のなかで彼はすでに、「私は眠ることも忘れて孤独裡に色彩論の全領域を踏査しました」(LA II-3, 45)と記しているし、また一七九三年に書かれた『光学論考』の第四巻は、「色彩論の諸要素を発見する試み」と題されている。しかし彼が、『色彩論』という大著全体の構想を入念に練るようになったのは、一七九八年から一八〇一年にかけてのシラーとの文通を通してだった。シラーは色彩論研究におけるゲーテのほとんど唯一の理解者だったのである。一七九八年二月一七日付のシラー宛の書簡のなかでは、色彩を生理的色彩、物理的色彩、化学的色彩の三つに分けるという『色彩論』教示篇の基本的構想が述べられている。『年代記』によると、一八〇〇年には『色彩論』を教示篇、論争篇、歴史篇の三つに分けることが確定された(GA XI, 675)。そして一八〇一年八月には、「ゲッティンゲン図式」の名で知られる『色彩論』教示篇のための構想がほぼ固まり、その年の九月には教示篇と歴史篇の仕事が本格的に開始された。

『色彩論』は『光学論考』よりもはるかに包括的にして、はるかに詳細な著作である。教示篇の第一部には生理的色彩が当てられているが、この生理的色彩が全巻の冒頭に置かれたのは、滔々たる陽光のもとで眼によって観察される色彩現象を探究しようとしたゲーテの立場からすれば、きわめて当然のことであった。しかも第二部の物理的色彩が轟然たる非難の嵐を巻き起こしたのに対し、第一部を攻撃する人はほとんどいなかった。とりわけヨハネス・ミュラーやプルキンエといった生理学者は、ゲーテのこの研究から強い影響を受けた。明順応、暗順応、色順応、残像、明るさ対比、色彩を帯びた影などについて、ゲーテはそれまでになかったすぐれた観察を行なったが、それらは少なくとも生理学者や心理学者にとっては、彼らの研究の貴重な土台をなすものだったのである。(「生理的色彩」の部の中核をなすというべき「色彩を帯びた影」については後

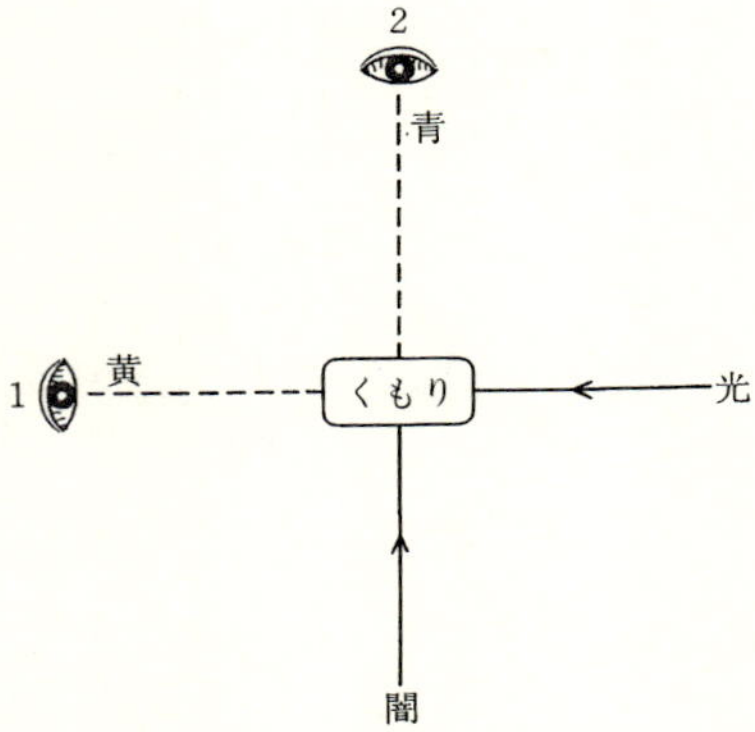

図 28 くもりを通して光を見ると黄が，闇を見ると青が現われる

で詳述する。)

一方、今日にいたるまで毀誉褒貶の的になっているのは、第二部(物理的色彩)である。『色彩論』においてゲーテはニュートンとの対決姿勢を強め、すでに『光学論考』において重要な主題をなしていたプリズム実験を、「ずれ」と「くもり」という新しい視点のもとに考察し、色彩の成立過程をニュートンとは全く別のやり方で記載している。「光線屈折の際に生じる色彩現象のすべては、図の縁が外へずらされて地《じ》の上に重なったり、または図の縁が図そのものの内側へずらされたりすることに、つまり図がいわば地の上に進出したり、自分自身の上に進入したりすることにもとづいている」(『色彩論』教示篇、二〇九節)。プリズムによる光線屈折は、図および図を囲む境界の「ずれ」を惹き起こす。図がずらされると、そこに主像と、それに接して副像(縁《ふち》)が現われる。たとえば白地の上に描かれた黒い図において、副像は白地と黒い図の中間に位置し、そのためそれはくもっている。ゲーテは光線屈折によって生じる色彩現象をも、「くもり」の理論によって解明しようとする。ゲーテによれば、くもった媒質(たとえばくもった空)を通して光を見ると暖色(黄、橙、赤)が現

われ、一方くもった媒質に光を当てて、それを通して闇を見ると寒色(青、紫)が生じる(教示篇、一五〇節、一五一節)。同じように光線屈折に際しても、黒い図が白地の上へ伸びてゆくときに生れる副像は黄や橙となり、逆に白地が黒い図の方へ進出してくるときには、青や紫となる(教示篇、二三八節、二三九節)。

「くもり」はゲーテ色彩論の基本概念をなしている。彼によれば、色彩は光と闇、明と暗とが触れあうところに生れる。そして「くもり」はまさに光と闇のあいだに位置している。われわれの生きている世界は完全なる明るさでも完全なる暗さでもなく、いたるところ「くもり」によって充たされている。明るいはずの空でさえも、空気によってくもらされている(教示篇、八六九節)。だからこそ地球上には豊かな色彩が充ちあふれている。化学的色彩(物体そのものに属している色彩)について論じられている第三部には、「すべての生あるものは、色彩へ、特別なものへ、特殊化へ、効果へ、微細きわまりない不透明へと向ってゆく。それに対して衰微したものはすべて白くなり、抽象化し、一般化し、浄化し、透明になってゆく」(教示篇、五八六節)と記されている。われわれの悲しみや喜びと同じく、色彩はじつに多様な表情を示すが、それはわれわれの内面もまた光と闇のあいだにあるからである。

人間は愛したり憎んだり、希望を抱いたり恐れたりするけれど、それもまたわれわれの内なるくもりが見せるさまざまな状態にすぎない。精神はわれわれの内なるくもりを通して光の側や闇の側に眼をむける。われわれの生命的環境もくもりにほかならず、それを通して光のほうを見るとき、われわれは愛し、希望に胸をふくらませる。闇のほうを見るとき、われわれは憎み、恐れをいだく。光の側も闇の側も、それぞれ心を惹きつけるようなもの、魅惑的なものを持っている。明るい側よりも悲しい側のほうが好ましいと思う人も少なくないけれど。こうした比較を趣ある言廻しでさらに語りつづけることもできよう。

(『日記』、一八〇七年五月二五日)

くもりを通して光を見ると暖色が認められる。それは愛や希望を思い起こさせるであろう。ゲーテは、色彩の与える「感覚的精神的作用」について詳述している。「純粋な黄色はつねに明るい性質を具えていて、明朗快活で心地よい魅惑的な性質を有している」(教示篇、七六六節)。「橙色は眼に暖かい感情や喜びに充ちた感情を与えてくれる」(同、七七三節)。「赤が暗く濃ければ厳粛で威厳あるものになり、明るく淡ければ慈愛と優美に充ちたものになる」(同、七九六節)。次にくもりを通して闇を見ると寒色が現われるが、それは恐れや悲しみに充ちている。「青はつねに暗さを伴っている」(同、七七八節)。「青ガラスは対象をもの悲しげに見せる」(同、七八四節)。「青や赤青色や青赤色は、不安で、弱々しい、何かを憧れているような気分を惹き起こす」

(同、七七節)。

黄と青との混合によって生じるのは緑である。黒地の上に描かれた白い帯をプリズムを通して見た場合、上端に生じる黄色い縁《ふち》と下端に生じる青い縁《ふち》を次第に近づけてゆくことによって緑が生れることは、前述した通りである。緑は暖色と寒色、明と暗、昼と夜の中間に位置している。だから「緑にわれわれの眼は現実的な充足感を味わう。……眼と心情はこの混合色の上で安らぎを覚える」(同、八〇二節)。詩「世界霊」のなかでは、緑は生命のはじまりの色として規定されている。「するといま……産む力なき水も緑を帯びはじめ／微小な物質も生命《いのち》を得るだろう」(HA I, 249)。

色彩は人間に、このように感覚的にして精神的な作用を与える。しかし「与える」のであって、色彩そのものが感覚であるというわけではない。たしかにゲーテの色彩論は感覚生理学に大きな影響を与えた。しかしそれは感覚生理学以上のものであり、感覚生理学とは明確に一線を画している。「色彩とは眼という感覚に関する基本的な自然現象である」(LA I-4, 19)。色彩は眼がなければ見ることができない。だがそれはやはり客観的な「自然現象」なのだ。物理的光学が色彩の定量化・物質化・無機化を目指しているとすれば、ゲーテ的色彩論は、色彩を生きた現象として把握しようとする。われわれは「草は緑である」とは言っても、「私は草を緑として感じる」とは言わない。ゲーテにとって色彩は、眼の作用と反作用にもとづく生理的色彩や一部の物理的色彩を除けば、基本的には客観的なものであった。しかもそれは定量化できない生き生きとした客観的現象である。だがこの客観的な色彩も、眼を通してわれわれの内なる心とたがいに呼応している。というのも色彩がくもりを通して生れるように、われわれの感情や気分も心のうちなるくもりによって規定されているからだ。したがってわれわれは色彩のなかにわれわれの心の反映を見いだし、われわれの主観的な感情を色彩を用いて表現することができる。事実、画家や染色家はそのような仕事に従事している。そして彼らによって作り出された色彩豊かな作品は、言うまでもなく客観的な作品である。『色彩論』教示篇の序文のなかでゲーテは書いている。

> 技術者や染色家にはわれわれの研究はかならずや歓迎されるにちがいない。染色に関する現象を深く考察してきたこれらの人たちこそ、従来の理論に一番不満を感じていたからである。彼らはニュートンの学説が不十分であることに気づいた最初の人たちだった。〔……〕われわれが色彩論の道に入ったのは絵画の側から、物に対する美的な彩色の側からであるが、それだけに第六部において色彩の感覚的で精神的な作用を定め、それによってこのような作用を芸術的利用に役立てることができれば、われわれの仕事は画家にことのほか感謝していただけるものと思う。
>
> (LA I-4, 23)

ゲーテの予想は間違っていなかった。ゲーテの色彩論はターナー、ルンゲ、ドラクロワ、カンディンスキー、クレー、イッテンらの画家に大きな影響を与えた。フランス印象派の画家たちは、シュヴルールの色彩論を介して間接的にゲーテから影響を受けた。そしてわが国でもゲーテの『色彩論』をこよなく愛読し、深い理解を示してくれているのは、志村ふくみ(107)のような染めと織りの仕事に携わる人々であり、こうした人々が存在しているということ自体が、ゲーテ的色彩論のレーゾン・デートルを如実に示していると言えよう。

＊

ゲーテがニュートン的な光学に代って色彩論という新しい学を創始したということは、形態学の場合と同様にパラダイムの転換が行なわれたことを意味している。『光学論考』の生前に発表された最初の二巻は、ニュートンの『光学』と同じように、プリズムを用いた色彩現象、つまり物理的色彩に主題が限定されていた。しかし一八〇八年に出版された『色彩論』教示篇は、物理的色彩ばかりではなく生理的色彩や化学的色彩を、つまりありとあらゆる色彩をその対象にしている。この大著においては、ビュットナーから借りたプリズムを覗いたときに瞬時にして定まった彼の色彩論の基本的性格がより深められている。しかしゲーテの色彩論がいかに大きなパラダイムの転換であったかということは、対仏戦争の最中、マリーンボルンの陣営で一七九三年七月一五日に書かれたメモのうちにすでに見ることができる。

ニュートン理論

一、光は異質なるものの合成物である。

二、光は色光の合成物である。

三、光は屈折、反射、回折によって分解される。

四、光は七色に、いや、むしろ無数の色に分解される。

五、分解された光はふたたび合成されうる。

六、あざやかな色彩は、光が外界の決定を受けることによって生れるものでもなければ、光が状況の影響を受けて変容するために生れるものでもない。

私の経験の成果

一、光は、われわれが知っている最も単純で、それ以上分析できない同質なるものである。それは合成物ではない。

二、まして光は、色光の合成物などではない。色を帯びた光はすべて、無色の光よりも暗い。明るさが暗さの合成物であるなどということはありえない。

三、屈折、反射、回折というのは三つの条件であり、この条件下においてわれわれはしばしばあざやかな色彩を認める。しかしこれら三つの条件は、色彩が現象するための原因であるというよりも、むしろ色彩が現象する契機である。というのも、これら三つの条件があっても必ず色彩が現象するとはかぎらないからだ。他にもいくつかの条件があるが、そのなかにはこの三つよりも重要なものさえある。たとえば光の緩和だとか、光と影との相互作用などである。

四、純粋な色彩は二つしかない。青と黄である。これら二色に属している色彩特性が一つある。赤である。また緑と紫は混合色である。その他の色彩は、これらの色彩の〔変容した〕諸段階か、不純な色彩にすぎない。

五、あざやかな色彩から無色の光を合成することはできないし、いくつもの染料から白を合成することもできない。〔この点について〕これまでになされた実験はすべて誤っているか、適用の仕方が誤っているかのどちらかである。

六、あざやかな色彩は、光が外的状況の影響を受けて変容するために生れる。色彩は光のもとで(an dem Lichte)惹起されるものであり、光のなかから(aus dem Lichte)発展してくるものではない。条件がなくなれば、光は前の状態に戻って無色になってしまう。色彩が光のなかに還帰するから無色になるのではなく、色彩がなくなるから、そうなるにすぎない。光の作用を取り去れば、影が無色になるのも、これと同様である。

(LA　I-3, 128 f.)

このメモは、一方には「ニュートン理論」、他方には「私の経験の成果」という表題が与えられている。ゲーテの意図は、この表題においてすでに明確である。論文「主観と客観との媒介としての実験」のなかでゲーテは、自分が『光学論考』の第一、二巻で呈示しようとしたのは、相互に隣接し、直接に触れあっている一連の実験であったが、これらの実験は、もしもそのすべてを知悉し、見渡すことができるならば、いわばただ一つの実験、じつに多様な観点から見られたただ一つの経験を成すものであった」(一三二頁参照)と述べるとともに、このような経験を「高度の経験」と名づけている。一方ニュートンは『光学』の冒頭で、「本篇においてわたしが意図するのは、光の諸属性を仮説によって説明することではなく、それらを推論と実験とによって提案し証明することである」[108]と記している。しかしゲーテの言葉を借りれば、ニュートン流の証明とは「さかしらな弁士が論証するがために行なう証明」(LA　I-8, 313)にほかならない。ニュートンは、「ある仮説や理論のために個々の実験をいわば論証の材料として組み合せ、多少とも人の目を晦《くら》ませるような証明」(LA　I-8, 313)をしているというのだ。シラー宛の手紙(一七九八年二月一七日)のなかでもゲーテは、色彩論の歴史は「経験の歴史」と「見解の歴史」の二つに分けられ、両者はどうしても区別されなければならないと主張している。というのも経験の歴史においては大きな誤りは見いだされないが、見解の歴史ないし理論の歴史においては、色彩論はいたずらに「形而上学化もしくは弁証法化」され、そのために救いがたい混乱を生み出してきているからだ、と。

ニュートンは光を物理的に分析しただけで、別に光を形而上学的に考察したわけではない。しかしゲーテはニュートン光学の背後に一種の形而上学が潜んでいると見ていた。ニュートンによれば光は合成物にほかならない。この合成物を数学や実験の助けを借りて分析し、その正体を解明しようとするのが彼の「理論」であり、要するに彼の理論の全体は、「光とは何か」の考察に費やされている、というのだ。しかし『光学論考』という、ニュートンの『光学』とほぼ同名の著作を著わしたゲーテも、じつはこの問と無縁ではなかった。『光学論考』のなかでは「射線」(Strahlungen) や「色光」(farbige Strahlen) という言葉が何度も複数形で用いられているが、この表現にはニュートン光学とやや紛らわしいところがある。というのもニュートンは「光」を複数形で用いているからだ。そしてこの点こそ、後にゲーテがニュートン批判の眼目としたものなのである。

光線 (Lichter)――この複数形の語とともに、この著作全般にわたってニュートンの犯している虚偽と詭弁が始まる。

（『色彩論』論争篇、二五節）

光線が複数形で用いられている場合、光は明らかに「異質なるもの」の合成物にすぎない。しかしゲーテにとっての光とはLichterではなくLichtであり、われわれのまわりを滔々と流れている同質的な陽の光だったはずである。しかし『光学論考』のなかで用いられている「射線」という言葉は、ニュートン的な「光線」との混同を招かないだろうか。事実、ニュートンにとって「光線」(lights)と「射線」(rays)とはほぼ同義語だったのである。ゲーテの初期の色彩研究に見られるこうしたニュートン的残滓を鋭く指摘したのは、またしてもシラーだった。一七九八年二月一六日の彼の手紙によれば、ゲーテは「一方の範疇においては光を、別の範疇においては色彩を相手にしている」が、そこに混乱の根があるという。さらに興味深いことに、同じ手紙のなかでシラーは、関係〔光と色彩の関係〕の範疇について次のような問が立てられなければならないと主張している。

㈠　色彩は光の単なる偶有性にすぎず、したがって実体とは言えないか。

㈡　色彩は光の作用にすぎないか。

㈢　色彩は光と、光とは異なる実体的動因Xとの相互作用の所産か。

なぜかゲーテは、翌日の返書のなかではこの三つの問に対して全く言及していない。この問題に深く立ち入るには、おそらくもうしばらくの時間が必要だった。しかしこの問に対するゲーテなりの解答は、『色彩論』歴史篇十七世紀の一節に見いだされよう。

光を、既知もしくは未知の実体が遭遇する偶有性と見なしていたアリストテレスに反対する気運が強まるとともに、光の分析的な捉え方がますますはびこるようになってきた。光は大きな作用を持っているという理由で、人々は光をもはや導出されたもの〔現象〕とは見なさなくなってきた。人々はむしろ光こそ実体であると考え、光を根源的なもの、自立したもの、他に左右されないもの、何ら条件づけられないものと見なした。しかしこの実体は現象となって現われ出なければならない。そのためこの実体は物質的なものになり、物質化し、いや、物質そのものとなり、物体化し、ついには物体そのものとなった。こうして今や光は月並な物体となり、その外観は単一であるにもかかわらず、あらゆる種類の部分が多様かつ奇妙に混合された異質なるものと見なされるにいたった。これこそは、その後〔色彩に関する〕理論が辿った歩みであり、それはニュートン学説においてその頂点を迎えるのである。

(LA I-6, 181 f.)

アリストテレスにとって光とは、イデア的実体が現象界に導き出されたものであり、偶有性をなすものであった。しかし十七世紀以降、人々は光を実体と見なすにいたった。しかもその実体は、プラトン的なイデア的実体から、やがてただの月並な物体へと化していった。ホルクハイマーとアドルノが『啓蒙の弁証法』のなかで書いているように、「質を失った自然は、単に分析されるだけの混沌たる物質となってしまった(109)」のである。

さて光をイデア的実体と見なすにせよ物質的実体と見なすにせよ、こうした実体論議こそゲーテの最も忌み嫌うものであった。『色彩論』緒言の冒頭で、彼の旗幟は鮮明にされている。


色彩について論じようとするなら、何よりもまず光のことから始めなければならないのではなかろうか、と当然のことながらお尋ねになる方がおられよう。だがそれに対しては、これまですでに光についてはいろいろなことがたくさん語られてきたが、これまで言われてきたことをここで繰り返してみたり、もう何度も言い古されてきたことに、今さらここで何かをつけ加えてみても始まるまい、と率直かつ簡単にお答えしておきたい。

というのも、ある物の本質を表現しようとしても、およそ実を結んだためしがないからである。だが作用を捉えることはできるし、この作用を洩れなく表現すれば、その物の本質をも包括したことになるかもしれない。人間の性格を描写しようとしても無駄なのに対して、

その行跡や品行を拾い集めてみれば彼の人柄が彷彿としてくるように。 (LA I-4, 3)

要するにゲーテはこう言いたいのだ。光の本質を表現しようとしても、およそ実を結んだためしがない、だが色彩という光の作用を捉えることはできるし、色彩を洩れなく表現すれば、光の本質をも包括できるのではあるまいか、と。ここにおいてゲーテは光学と完全に訣別している。カッシーラーにならって言えば、[110] 彼はここで実体概念から関係概念、もしくは関数概念への転換を図っている。つまりゲーテの色彩論とは、色彩を光の作用として、現象として把握するものであり、現象を何らかの実体へ還元するものではないのだ。「色彩論の諸現象を理解するためには、純粋な直観と健全な頭脳の他には何も要らない。しかしこの両者を備えている人は、むろん世間が考えているよりもはるかに少ない」(エッカーマンとの対話、一八二六年一二月二〇日)。その意味でゲーテの色彩論は、すでに第I章第五節で詳述したように、広義での現象学であると言うことができる。ヴィトゲンシュタインは『哲学的考察』のなかで、物理学的な色彩論ではなく現象学的な色彩論を、「波長や網膜細胞といった仮説的な対象は一切登場しない純粋に現象学的な色彩論」[111] を提唱したが、そのような現象学的色彩論を、じつはゲーテはヴィトゲンシュタインよりも一世紀以上も前にすでに樹立していたのである。そして次の言葉は、そのような現象学的色彩論のまさしくマニフェストである。

色彩は光の行為である。行為(Taten)であり、受苦(Leiden)である。　(LA I-4, 3)

教示篇、論争篇、歴史篇の三篇からなる『色彩論』は、一八〇八年にとりあえず教示篇が出版された後、一八一〇年に全三篇が一挙に公刊された。その巻頭を飾る「緒言」に、右の有名な言葉が記されている。Taten und Leiden は、「能動であり受動である」と訳すことも可能である。しかし「行為であり、受苦である」と訳した方が、ゲーテの真意をより的確に伝えていると言えよう。というのも「行為であり受苦である」という言葉のなかに、ゲーテが「私の経験の成果」(以下、「成果」と略記する)として述べていたことのほぼすべてが尽くされていると思われるからである。

㈠　形態学において生物を環境の関係において捉えたゲーテは、ダックが指摘しているように、光をも、それが出現する場所もしくは条件との関係において考察した。光はある場所に対して「行為」し、その場所を照らすと同時に、その場所から制約という「受苦」を与えられ、その明るさをいくばくか奪われる。そこに色彩が生れる。いかなる色彩が生れるかは、その場所もしくは条件によって規定されている。「色彩は、光が外的状況の影響を受けて変容するために生れる」(「成果」六)。「条件は、色彩が現象するための原因であるというよりも、むしろ色彩が現象する契機である」(「成果」三)。ゲーテの現象学的色彩論は、近代自然科学の方法論上の中核をなす因果律そのものに対して闘いを挑み、「原因」に代って「条件」という因子を導入するのである。

㈡ 色彩は単一なる光(Licht)の行為である。「光は、われわれが知っている最も単純で、それ以上分析できない同質なるものである」(「成果」一)。つまり光は「一」なるものであるが、それが行為と受苦を通して多様なる色彩となり、「多」のうちに自らを表現するのだ。

㈢ 光それ自体は無色透明であるが、その光が場所によって制約され、受苦を与えられると、色彩が生れる。しかし、そのとき光は以前の透明な明るさを多かれ少なかれ失っている。その意味で色はすべて不透明であり、暗さ」(「成果」二)を有している。後世にベツォルトとブリュッケが明らかにしたように、色彩は光の明度と密接に連関しているのだ。「色彩の持つ暗い翳り、色彩の持つ高い飽和性は、色彩に厳粛にして魅力的な表情を与えるものにほかならない。したがって色彩は、光に〔暗さという〕条件を与えたものと考えられる」(教示篇、六九四節)。ゲーテはこの暗い翳りを「暗影性《スキエロン》」(σχιερόν)とも呼んでいる(教示篇、六九節、二五九節、五五六節、五九一節)。彼によれば、「色彩はなかば光、なかば影である」(LA I-4, 21)。つまり色彩は光と闇との結婚によって生れる。「光と影の相互作用」(「成果」三)こそは、色彩が現象するための最も重要な条件である。

㈣ 色彩は光の行為であり、表現である。したがって「色彩は光のもとで(an dem Lichte)惹起されるものであり、光のなかから(aus dem Lichte)発展してくるものではない」(「成果」六)。フォントネルはニュートンの称賛演説のなかで、ニュートン光学は光を分解する「解剖学」であると指摘しているが(LA I-6, 313)、一方ゲーテは、光のもとで色彩が現われてくる「すがた」をあくまでも観察しつづける現象学者だった。しかもこの現象学者は、ニュートンのように自然を解剖してはならないと終生叫びつづけた。

あらゆる事実がすでに理論であると知ることこそ最上のことであろう。空の青は、われわれに色彩論の根本法則を開示してくれている。現象の背後に何も探してはならない。現象自体が学説なのだ。(MuR 575)

現象の背後に何ものかを探しているのは、ゲーテからすればニュートンとその一派であった。彼らのやり方を推し進めてゆけば、自然は無限に分解され、それによって人間はますます自然から疎外されてゆくであろう。ゲーテによれば彼らは知らなかった、「思索する人間の最高の幸福は、探究できるものを探究しつくし、探究しがたいものを静かに敬うことである」(MuR 1207)ことを。

＊

「探究しがたいもの」としての根本現象に関する考察を、ゲーテは色彩論の研究とシラーとの文通を通して深めていった。前述したように、ゲーテにとって色彩とは現象であり、それ以外のものではなかった。この場合現象とは、シラーも指摘していたように、実体としての光の属性を意味するものでは断じてなかった。ゲーテにとっては現象それ自体が自然なのだ。そしてこの点においてゲーテ的色彩論とニュートン光学との截然たる差異がいま一度明らかになる。ニュートンは光を実体と見なし、その分析を目指している。それに対してゲーテは現象としての色彩を見つめ、そのなかに根本現象を見いだそうとする。つまりゲーテの色彩論においては、初めから「見るもの」と「見られるもの」とが前提にされている。そしてゲーテの色彩論は科学ではないと主張する人たちの根拠は、おそらくこの点に求められるにちがいない。

というのも近代における自然科学者の多くは、できるかぎり人間の主観を排し、それによって「客観的」な科学の構築を目指しているからだ。たしかに色彩には「見るもの」の存在が必要である。人間がいなければ、色彩は存在しないとさえ言える。（動物にも色彩は知覚できるが、多くの動物においては、知覚できる色彩の種類は人間よりも限られている。）そこで多くの物理学者は、色彩は単なる主観的な感覚にすぎないと断じ、色彩論を物理学の一領域として認定することを頑強に拒みつづけてきた。しかも十九世紀後半に入り、マクスウェルによって光は電磁波であることが確認されると、物理学者は、電磁波の波長は研究しても、それぞれの波長が何色として感じられるかということは、心理学もしくは感覚生理学に委ねてしまった。

ハイゼンベルクは物理学者でありながら、現代物理学の「客観性」に対して大きな疑問を呈している。「生れながらにして盲目の人も光学を学び、これを理解することができる。しかしこうした学習をしても、光とはどういうものなのかがわかるはずもあるまい。生気性と直接性の断念、これこそはニュートン以来、自然科学が進歩するための前提をなしてきたものであるが、これはまた同時に、ゲーテがその色彩論において、ニュートンの物理光学に対して挑んだ熾烈な闘争の真の根拠をなしているものである[112]」。ハイゼンベルクのこの言葉を受けて、菊池栄一はニュートン光学を「盲人の光学」と呼んでいる[113]。「盲人の光学」は、われわれが日々に体験している生きとした色彩を切り捨て、その後の物理学の発展と引き換えに「非人間化」という道を歩み出したのだ、と。

色彩論を放逐したことによって、物理学は今や完全な定量論と化してしまったのではなかろうか。物理学者たちは量を追究するだけで、質について問うことを断念してしまったのではなかろうか。すべては数によって記載されなければならなくなってしまったのではなかろうか。その点にゲーテは逸早く危惧を覚えた。「ニュートンはその光学において不当にも測量師を演じている[114]」。

ニュートン以来、色彩論が数学によってはなはだ大きな被害を受けてきた(教示篇、七二五節)ことを知ったゲーテは、「できるかぎり色彩論と数学とを切り離しておこうと努めた」(教示篇、七二七節)。だがその努力もいっかな人々の認めるところとはならなかった。というのも「本来、物理学とは数学とは独立した学問であるということが、もう誰にもわからなくなってしまっていた」(LA I-6, 425)からである。ゲーテは数学については、それなりに高い評価を与えていた。しかし彼は、やがて数学が自らの分限を踏みこえて、あらゆる学問の独裁者になるであろうと、鋭く看破していた。

数学が依拠しているのは量であり、数と尺度によって規定されるすべてのものであり、言うなれば外的に認識可能な宇宙である。一方われわれの能力の及ぶかぎり、全身全霊、力のかぎりを尽してこの宇宙を観察してみると、量と質が現象として存在するものの二つの極として認められなければならないことに気づく。だからこそ数学者もその公式的な言語表現を高度に発展させて、測定不可能な世界をできるかぎり測定可能で定量化可能な世界に包含させようとしている。ところがこうしているうちに、やがて数学者はありとあらゆるものが理解可能なもの、把握可能なもの、機械的なものであると思いはじめる。さらには、われわれが神と呼んでいる最も測定不可能なものですら把握できるなどと思い込み、ついには神という存在の持つ特殊性や卓越性を切り捨ててしまうことになるらしい。数学者が隠れた無神論者ではないかという嫌疑を受けているのもまさしくそのためである。（MuR 1286）

数学によって把握される世界は、機械的・無機的な世界である。[115] しかし数学によっては決して完全には捉えきれないものがある。たとえば色彩や音や匂いがそうだ。しかもわれわれは主としてそうした測定不可能なもの、有機的なるもののなかで生きているのであり、それらはわれわれの生活世界を構成している。『ヨーロッパ諸学の危機と超越論的現象学』のなかでフッサールが洞察しているように、われわれの生や生活世界を忘却し、いたずらに科学の客観化に努めたことこそが、科学が今日陥っている危機の元凶にほかならない。一時フッサールの助手をつとめたこともあるハンス・リップスは、近代科学は「無名《アノニム》」という性格を帯びるようになってしまったと指摘している。科学のなかから「人間」はすがたを消し、科学は無機化してしまった。そして「自然科学の客観性は、こうした無名性の当然の成行きにほかならない[116]」。

しかし物理学者のなかにも、自然科学のこうした非人間化を深く憂えている人々がいる。ハイトラー＝ロンドンの理論で知られる量子力学者W・ハイトラーは、「ゲーテ対ニュートン」と題する論文[117]のなかでゲーテの色彩論について論じ、色彩は電磁波として客観的かつ定量的に把捉されるものだという一般的な通念を再検討している。少なくとも色彩という分野においては、定量論と定性論、ニュートン的な無機的「光学」とゲーテ的な有機的「色彩論」との総合が図られなければならないのではないか、と。というのもニュートン光学の流れを汲む現代の物理学的な考え方にしたがえば、たしかに或る色彩は或る特定の波長に対応しているし、波長の異なる二つの電磁波を重ねあわせれば、第三の色彩が生れることも一応は否定できない。しかし色彩現象にはこのような「客観的」な公式がかならずしも当てはまらないことが往々にしてある。その一例としてハイトラーがあげているのは、ゲーテの言う「色彩を帯びた影」である。ゲーテは一七七七年の冬にハールツ地方にあるブロッケン山に登ったとき(第I章第二節参照)、この現象を雪上にはっきりと観察し、深い印象を受けた。

冬のハールツ旅行の折に、ブロッケン山を夕暮に下りたときのことである。あたり一面は銀世界で、野原も雪に被われ、点在する樹々や聳え立つ断崖は勿論、樹林も、巨岩も、すべて霧氷や雪に包まれていた。折しも太陽はオーデルタイヒェのほうに沈もうとしていた。日中は雪が黄色みがかった色調を見せるために、ものの影はかすかな紫色を帯びて見えていたが、この時刻になると夕陽に照らされた部分が赤みがかった黄色い光を放つようになり、もはや影の部分はあざやかな青色を呈していると言わざるをえなかった。しかしやがて日没に近づくと、かなり濃い靄を通してじつに適度に和げられた夕映えの光が、あたりをとても美しい真紅色に染めた。すると影の色は、透明さにかけては海の淡緑色に、美しさにかけてはエメラルドの緑色にも譬《たと》えられるほどの素晴らしい緑色に変った。この現象はますます精彩を帯び、さながら妖精の世界に遊んでいるとさえ思われるほどであった。というのも周囲のすべてが、鮮明でしかもとても美しく調和している二つの色彩に包まれていたからである。だがついに日没とともにこの華麗な現象も灰色の夕闇のなかに消え去り、やがて星月夜に変ってしまった。

(『色彩論』教示篇、七五節)

ゲーテが色彩を帯びた影をいかに重視していたかということは、エッカーマンとの対話のなかでこの現象について何度も論じていることからも明らかである。実際彼は、『光学論考』の第三巻と、『色彩論』教示篇第一部(生理的色彩)のうちの一章をこの不思議な色彩現象のために捧げている。ゲーテと同じように、色彩を帯びた影はニュートン光学(および現代物理学)によっては解明できないことに気づいたハイトラーは、次のような実験によって、この現象をさらに明確に示してくれている。一方には白い光を、他方には赤味を帯びた光を放つ二台の映写機を用意し、大きな白壁を二つの光によって同時に照らさせる。赤い光が当るところに小さな物体を置くと、物体の影には白い光しか当らないから、影は白く見えるはずである。ところが不思議なことにこの影は白ではなく、誰の眼にも青緑色に見えるのである。色の組み合せを変えることによって、この実験はさらに確かめることができる。

ゲーテは「色彩を帯びた影」を、彼の言う「呼び求めあい」(Forderung)の理論によって理解した。影の周囲は薄赤色に蔽われているために、眼はその補色(色彩環の任意の直径の両端に位置する色)である青緑色を呼び求めるのだ、と。

他方、物理学者は「色彩=波長」という公式にもとづき、この影は本当は白なのであり、青緑色に見えるのは眼の錯覚にすぎない、それは主観的な色彩だと主張するであろう。事実、イギリスの著名な物理学者ランフォードは、一七九五年に「色彩を帯びた影」を「光学的な錯覚」であると呼ぶとともに、「眼というものはかならずしも信用ができない」と言っている(LA I-3, 93)。しかしそれこそは悪しき客観主義というものではあるまいか。誰の眼にも青緑色に見えるものを、どうして「主観的」であると言うことができようか。ゲーテがランフォードに反論して述べているように、「光学的な錯覚があるなどということは、神に対する冒瀆なのだ」(LA I-3, 93)。そこでハイトラーは次のような結論を導き出す。「(影をなしている)小さな平面上に見られる色彩は、単にその平面に当っている(電磁波の)波長と関係しているのみならず、その平面の周辺と、全体的な照明と、要するに全体像と関係しているのだ」[118]と。つまり彼は、波長と色彩を一本の直線で結んだ単純な因果律を排し、ゲーテと同じように色彩を、それが現われる場所、もしくは多様な条件との関係において捉えようとするのである。

「色彩を帯びた影」に関するゲーテの研究を最も積極的に受容したのは、画家だった。特に印象派の絵画において影はもはや灰色ではなく、多様な色彩によって描き分けられている。それに対して多くの物理学者は、ランフォードほど極端ではないにしても、本当は白であるこの影は、人間の眼には青緑色と感じられるのだと主張し、その研究を完全に感覚生理学に委ねてしまっている。しかしゲーテは、この影は青緑色に見えるとも、またこの影は青緑色であるとも書いている(教示篇、六五節、六六節)。つまりこの影は、健全な眼を持ったすべての人に青緑色に見える以上、たとえ物理学者がそれを主観的な感覚にすぎないと見なそうとも、客観的に青緑色であると言わなければならない。「見られたもの」が青緑色であることは、多数の「見るもの」の主観によって保証されている。このように多数の主観の相互理解によって支えられている「客観性」を、フッサールなら「相互主観性」と、メルロ=ポンティなら「間身体性」と名づけるであろう。同じくスピノザから「直観知」を学び、イタリアにおいて見ることの喜びを知ったゲーテは、あくまでも自分の眼の「客観性」を信じつづける。彼は、永遠なる大地への愛において、「私」が「われわれ」であることに目覚めたように(六七頁参照)、永遠なる太陽への愛において、「私の眼」が「われわれの眼」でもあることを自覚する。この自覚を、ゲーテはプロティノスの言葉[119]を大幅に改訳した次の詩のうちに謳いあげている。

もしもこの眼が太陽でなかったならば
なぜに光を見ることができようか
われらのなかに神の力がなかったならば
聖なるものが　なぜに心を惹きつけようか

(LA　I-4, 18)

ユクスキュルは彼の環境世界説にもとづいて、この詩句を次のように解釈している。太陽はわれわれの環境世界のなかでも最も重要な要素である。太陽の影響によって動物の眼は形成された。モグラの眼が不完全なのは、その眼の形成にとって太陽の影響が大きくなかったからである。その他の多くの動物においては眼は太陽にふさわしく、太陽は眼にふさわしい。眼と太陽とはたがいに対応しあっているのだ、と。(120)

ゲーテも、この詩句の直前にこう記している。

眼が眼であるのは光のおかげである。動物の取るに足らない補助器官のなかから、光は光と同一な一つの器官をつくり出した。つまり内なる光が外なる光に呼応すべく、眼は光のもとで光のために(am Lichte fürs Licht)みずからを形成したのである。

(LA　I-4, 18)

図 29 『光学論考』付録(図版集)表紙木版画．ゲーテによる下絵

眼と太陽とが対応しあっていることを、ゲーテは「この眼は太陽である」、もしくは「眼のなかには静かに眠る光が宿っている」(LA I-4, 18)と表現した。赤い光に照らされた白壁上の影が青緑色に見えるのは、われわれの眼が赤の補色を呼び求めるからであり、その意味で「外なる世界が色彩を持っているように、眼もまた色彩を有している」[121]。ゲーテはこの点を敷衍して、この眼のなかにも、君の眼のなかにも、いや、誰の眼のなかにも太陽が宿っていると主張した。ゲーテがこのような考えをかなり以前から持っていたことは、『光学論考』第一巻の付録として出版された図版集の表紙木版画(図29)から推測することができる。雲の棚引く岸辺の景色のなかで、虹とプリズムと鏡が半円を形づくっている。半円の中央に描かれているのは、巨大な一つの眼である。風景画の中央に大きな神の眼を描くというのは、バ

ロック以来のエンブレームの伝統で、それほど目新しいことではないが、しかしこの絵においては、この巨大な眼から天上に向って赫々と光が発している。つまりこの眼は「神の眼」というよりも「太陽の眼」、言いかえれば太陽と眼との同一性を示すものなのだ。R・マッテイはこの眼をティッシュバインやアンゲリーカ・カウフマン等が描いたゲーテの肖像画と比較して、この眼はゲーテ自身の片眼であると論証しているが、(123) しかしこの眼は単にゲーテの眼であるばかりではなく、われわれすべての眼でもあると言ったほうが、ゲーテの真意をより正しく伝えていると言えよう。太陽という一なるものによって、われわれの眼の相互主観性は約束されている。だから眼が真に深く見るものは、じつはすべて相互主観的真実性を有している。

感覚は欺かない。判断が欺くのだ。

人間が自分の感覚を信頼し、しかもこの感覚を信頼に値するものにつくりあげてゆくならば、この世のなかで生きてゆくのに真に必要なすべてのものに、正しく対応することができる。　(MuR 1193, 1194)

健全な感覚を用いるかぎり、人間自身こそおよそ存在しうる最も偉大で最も精密な科学的器械にほかならない。そして近代自然科学の最大の不幸は、いわば実験を人間から切り離し、人工的な器械が示すもののなかにしか自然を認めようとはせず、それどころか自然のなしうることをあらかじめそのように制約した上で、それを立証しようとしている点にある。

(M u R 706)

近代の自然科学者のように「見られる」ものを仮象として否認することは、自分自身の内なる太陽を否認することに等しい。われらのなかに太陽が、神の力があるということを自覚せよ。われわれの眼を、われわれの内なる力を信じていなかったら、光も、色彩も、自然の美しい現象も生き生きと眼にすることはできない。「全き自然は色彩を通して眼という感覚に開示される」(LA I-4, 18)。われわれが自然を認識できるのは、われわれ自身が小自然として大自然に包まれているからにほかならない。近代の自然科学者のように人間が自然外存在になってしまったら、人間はもはやありのままに自然を認識することはできまい。パルメニデスやエムペドクレスが語っているように、「ものはそれと同一のものによってのみ認識されうる」(LA I-4, 18)。だからこそゲーテは謳う。

内にあるものもなければ　外にあるものもない
内がそのまま外なのだ

さあ　ためらわず摑みとれ
広く知られた聖き神秘を
(HA I, 358)

眼は、光が生命体にあたえた窮極かつ最高の成果である。
光そのものがなしうることはすべて、光の創造物たる眼もなしうる。
光は見えるものを眼に伝え、一方、眼はそれを人間の体のすみずみに伝える。
耳は唖《おし》であり、口は聾《つんぼ》である。しかし眼は聞き、そして語る。
眼には、外からは世界が、内からは人間が映し出されている。
内と外との全体性は、眼を通じて完成される。
(LA I-3, 437)

主観のなかにあるものはすべて客観のなかにもあり、しかもそれ以上のものである。
客観のなかにあるものはすべて主観のなかにもあり、しかもそれ以上のものである。
(MuR 1376)

ゲーテはここで主観と客観との関係について、従来とはおよそ違った新しいテーゼを提起している。近代の自然科学者にとっては、「見られるもの」としての色彩は単なる主観にすぎない。

しかしゲーテからすれば、眼によって「見られるもの」は、すべて客観的な真実である。しかもこの外なる真実は、「見るもの」の内なる真実と深く通底している。つまり「見ること」において、主観と客観というデカルト的二元論はすでに止揚されている。ハイゼンベルクが物理学者として反省しているように、「世界を主観的領域と客観的領域とに分割することは、あまりにもひどすぎる単純化だった」[124]のだ。眼は自然のなかに自己自身を見いだし、自己自身のなかに自然を見いだす。しかし見いだされるものは、決して太陽そのものではない。われわれの眼が見るものは、太陽の反映としての色彩という現象なのである。

神的なものと同一のものにほかならない真理は、決してわれわれの眼に直接認識されることはない。われわれはそれを反映、実例、象徴のなかに、親縁関係にある個々の現象のなかに見てとるにすぎない。われわれはそれが把握不可能な生命であることを知りながらも、それをどうしても把握したいという願いを捨て去ることができない。(LA I-11, 244)

物理学者は、太陽もしくは光という実体を把握しようとしている。しかしわれわれに把握できるのは、じつは実体の反映(もしくは実体との関係)にすぎない。しかしこの反映のなかでこそ、「見るもの」と「見られるもの」とは深く結びつく。主客が深く融けあえば融けあうほど、自然は一層ありありと見えてくるだろう。そのときわれわれは多様な現象のなかに根本現象を見いだす。すでに詳述したように、根本現象は一と多との重層性という意味において象徴的である。しかし根本現象が象徴的であるのは、単にそれだけの意味にかぎらない。「根本現象の探究しがたい素晴らしさ」(LA I-8, 164)を眼のあたりにしたとき、人は心のうちに深い畏れと深い喜びを覚える。というのも根本現象を見ているときには、「見られるもの」が根源的な次元へ深められているのと対応して、「見るもの」自身がより根源的な生を生きているからだ。

生き生きとした観察を心がける人が、自然とのあくなき闘いにとりかかってみると、対象にうち克とうとする限りのない意欲がまず心中に湧いてくる。しかしそれも永続きはしない。やがて彼は対象に圧倒されて、自然の力を認め、その働きに敬意を払うのもまことに当然のことだと感じるようになる。こうして自然と人間との相互作用を確信すると、すぐにも彼は無限に拡がる二つのものを認めるであろう。つまり一つは対象の側における存在と生成の多様性、あるいはまた存在と生成が生き生きと織りなす関係の多様性であり、他の一つは観察する人自身の側において、自分の感受性と判断力に、新しい受けとめ方や新しい反応の仕方を絶えず習得させつつ、自分自身を無限に完成してゆく可能性である。このような状態は高度の喜びをあたえ、完成にいたる美しい進路が内的にも外的にも妨げられないとすれば、人生の幸福を決定しさえするであろう。

(LA I-9, 5)

今日の多くの自然科学者にとってはおそらく信じがたいことだろうが、ゲーテの形態学と色彩論は、主客の相互作用のなかで研究者に見ることの喜び、生きることの幸福を約束してくれるのである。

2　色彩環と有機的な宇宙

すでに第I章第一節において見てきたように西欧のキリスト教的な伝統では、宇宙が神と自然と人間の三者からなる三角形として捉えられているのに対し、ゲーテは宇宙を円環として把握していた。しかもこの円環的宇宙においては、マクロコスモス(自然)とミクロコスモス(人間)は同心円をなしているので、ゲーテにおいてはデカルト的な思惟と延長、精神と物質という二元論は本来ありえないものだった。しかしゲーテはデカルト的な二元論を単純に否定しているのではない。それどころか彼は、物理学に関する未定稿の論文において、次のような二元的対立を記している。

対立関係をなす現象の二元性(Dualität)
　研究者と対象

光と闇
肉体と精神
二つの魂〔『ファウスト』第一部一一一二行参照〕
精神と物質
神と世界
思惟と〔物体の〕延長
理念的なものと現実的なもの
感覚と理性
想像と悟性
存在と憧憬
統一体が分裂してできた二元性
肉体の両半分
左と右
呼吸〔の呼気と吸気〕
物理学的な経験
磁気

(LA I-11, 55 f.)

しかしここで対立させられている二者は、いつまでも二元性のままに止ってはいない。ゲーテは続けて書いている。「現象となるものは、ただ現象するがために分離しなければならない。分離したものはふたたび求めあい、再会して結合することができる。これが低い次元で行なわれると、分離したものは単に自分の反対物と混合し、それと手を結ぶというだけで、その際に見られる現象はいわば零、あるいは少なくともどうでもよいものになる。しかしこの結合がもっと高い次元で行なわれることもあって、その場合には分離したものはまず高昇した両者が結びつくことによって、第三のもの、新しいもの、もっと高度なもの、予期せぬものを生み出すのである」(LA I-11, 56)。この点において、ゲーテはやはりデカルト的二元論とは一線を画している。

「二元性」という代りに「分極性」(Polarität)という言葉をゲーテが多用しているのも、おそらくそのためであろう。単なる二元性とは違って、分極性の関係にあるものはかならず呼び求めあい(fordern)、結合するという性質を有している。しかも単に結合するだけではない。分極性の関係にあるものは、往々にしてまず高昇(steigern)し、次に「高昇した両者が結びつくことによって、第三のもの……、もっと高度なもの」を生み出す。一から二へ、二からより高度の一へ。分極性、呼び求めあい、高昇――ここにすでにゲーテ色彩論の基本思想がはっきりと示されている。分極性をなしているのは光と闇、黄と青であり、それらはそのまま呼び求めあうことによって緑を、また高昇してから呼び求めあうことによって赤を生み出すのである。

「色彩をつくり出すためには、光と闇、明と暗、あるいはもっと普遍的な公式を用いると、光と光ならざるものとが要求される」(LA I-4, 20)。これこそはビュットナーから借りたプリズムを覗いたときに、ゲーテが直覚したものだった。色彩は「光と闇の結婚」によって生れる(C・D・v・ブッテル宛書簡、一八二七年五月三日)。あるいは形態学論文のなかの有名な言葉(「魚は水のなかで水によって存在する」)にならって言えば、「色彩は光と闇のなかで光と闇によって存在する」と言うこともできよう。よく知られているように、色彩を生み出すには光と闇が必要であるという考えは、すでにアリストテレスにも見られる。しかしビュットナーのプリズムを覗いたときに、ゲーテのなかに生れた信念を強め、深めてくれたものは、フィヒテの哲学だった。ゲーテは一七九四年五月にイエナでフィヒテと知りあった後、『全知識学の基礎』を夢中になって読みふけった。「光と光ならざるものとが要求される」という表現は、明らかにフィヒテの「自我と自我ならざるもの」を想起させよう。フィヒテによれば、自我と非我とは相互に制約しあっている。つまり、自我は非我によって制約されたものとして自らを措定する。その場合、自我に必要なのは「境界」であるが、これこそは、ゲーテが色彩誕生の基本的条件として認めたものにほかならない。ところで自我は逆に、自我によって制約されたものとして非我を措定する。すなわち自我は行為する存在である。ゲーテは「色彩は光の行為である。行為であり、受苦である」と書いたが、フィヒテからすれば、人間の意識は、自我の行為であり、受苦（制約）なのである。むろん光の学を目指したニュートンにとって、色彩の成立条件に闇を算入するなどということは、思いもよらないことだった。『光学』第II章命題I定理Iには、「屈折または反射光における色の現象は、光と影とのさまざまな限界に応じてさまざまに刻印された光の新たな変容によってひき起こされるのではない[125]」と記されている。しかしニュートン光学とゲーテ色彩論との調停を図っている物理学者もいる。ハイゼンベルクもその一人である。

ゲーテは、自分の色彩論はニュートンのそれとは架橋不可能な対立をなしていると信じていた。そこで次にニュートンの理論について述べておかなければなるまい。今日においても物理光学すべての基礎をなしているこの学説においては、白色光はさまざまの色光から合成されていると見なされている。〔……〕外的な作用によって、白から色を分離することができるというのだ。こうした分離には光を奪い去るもの、つまりゲーテがくもりとか闇と呼んでいるものになぞらえられるような物質がつねに必要だから、〔ゲーテの言うように〕白色光から色彩が生れるのは、くもりとの相互作用を通してでしかないというのは、ニュートン理論に照らしてもよく理解できる[126]。

ゲーテからすれば、白と黒は光と闇と等価である。したがって白と黒は色彩ではない(『光学論考』、二九節)。『色彩論』のなかでは白は「無色」(farblos)、黒は「無彩色」(unfärbig)と呼ばれている(教示篇、三九節、四〇節)。白と黒の混合色は灰色である。したがって灰色も色彩ではない。灰色は「眼に見える色彩と同じように、つねに白よりもやや暗く、また黒よりもやや明るい」(教示篇、五五六節)。「眼に見える色彩と同じように」という表題に注意しよう。あざやかな闇のあいだに生れるように、灰色もまた光と闇の中間に位置している。ゲーテはすべての色彩に色彩が光と暗影性(σχιερόν)を認めた(教示篇、六九節)。すべての色彩は、灰色なるくもりの世界に咲いた華麗な花々である。だからすべての色彩を混ぜあわせれば灰色にこそなれ、ニュートンの言うように白くなることはないという(教示篇、五五八節)。むろんこのゲーテの主張には多少の補足が必要である。混ぜあわせて白になるものは、ニュートンの言う色光なのであり、絵具の色や物体の色ではない。パレット上で黄と青と赤とを一定の割合で混合すれば、灰色が生れる。画家や染色家にはよく知られているように、灰色がいかなる色彩とも馴染みやすいのは、そのためである。灰色は、くもりや憂いに充ちたわれわれの心にも似ている。ゲーテは言う、「くもった日に太陽が〔雲から〕景色を部分的に照らし、その部分の色彩を浮びあがらせてくれたときの爽やかな心持を思い起こしてほしい」(教示篇、七五九節)と。人間は灰色の日々を送りがちであるがゆえに、「眼は色彩を必要とする」(同上)のである。

「光のすぐそばにはわれわれが黄と呼ぶ色彩が現われ、闇のすぐそばには青という言葉で表わされる色彩が現われる」(LA I-4, 20)。すでに前節において見たように、くもった媒質を通して光を見ると黄系統の色彩が現われ、一方、光の当てられたくもった媒質を通して闇を見ると青系統の色彩が生じる。ミュンヘン現象学派のコンラート＝マルティウスは、『実在的存在論』の色彩に関する一章のなかで、ゲーテの色彩論に依拠しながら、黄系統の色彩を「光の色」、青系統の色彩を「闇の色」と名づけている。[127] ラッド・フランクリンは一七九二年に発表した発達説において、人間の色彩感覚の発展段階を四期に分けた。第一の胎生期においては、明暗や白黒しか捉えることができない。第二期になると黄と青の判別が可能になる。第三期では黄の感覚が分化して、赤と緑とを感じることができる。そして完成期になると、赤、緑、青の三色を三原色として把握できるようになる、と。三原色が赤と緑と青であるかどうかについては諸説あるが、いずれにしても光と闇の分極性は、黄と青のそれのなかに反映されている。ゲーテはこの両者をプラスの色彩、マイナスの色彩と呼ぶとともに、両者の対立関係を次のように表示している。

〔プラス〕	〔マイナス〕
黄	青
付加作用	吸収作用

光　　　　影
明　　　　暗
強　　　　弱
暖　　　　寒
近　　　　遠
反撥　　　　牽引
酸性との親縁性　　アルカリ性との親縁性

（『色彩論』教示篇、六九六節）

ゲーテにとっては黄と青こそ最も根源的な色彩であった。黄色は明るく暖かく、青は暗く冷たい。ゲーテは色の明暗と寒暖色の理論も、光と闇の根源的な対立関係から導き出している。その意味で彼は、一見すると二原色説をとっているように思われる。しかし黄や青も、それが現われる場所や条件のなかにある。その条件に応じて、黄と青も多様なヴァリエーションを示す。わずかなくもりを通して光を見ると薄い黄色が見えるが、くもりを増してゆくと、黄色は橙色に近づき、さらには真紅にいたるまで高昇してゆく。逆にくもった媒質に光を当て、それを通して闇を見ると青が現われるが、このくもりの度合を次第に薄め、減少させてゆくと、青は紫にまで高昇してゆく（教示篇、一五〇節、一五一節、五一七節）。橙は黄の、紫は青の高昇した色彩にほかならない。しかも橙も紫もさらに高昇を続け、こうして「光の色」も「闇の色」もともに赤(もしくは真紅)へと次第に近づいてゆく。古代ギリシア(とりわけプラトン)以来の伝統にならって、ゲーテは赤を最も美しい色彩と見なしている。「高昇が進むとやがて到頂(Kulmination)が生じる。黄も青も含まない赤、それが高昇の頂点である」(教示篇、五二三節)。

「光の色」としての黄と「闇の色」としての青、それに両者の到頂としての赤、この三色がゲーテの考える原色であり、爾余の色彩はこれら三原色の中間色にすぎない。つまり自然の分極性を強調しているかぎりにおいてゲーテは二原色論者であるが、しかし分極性と高昇を自然の「二大動輪」としている(LA I-11, 299)かぎりにおいて、彼は三原色論者であるとも言えよう。ところでこのように黄と青と赤を三原色とする考えは、画家のあいだでは昔からよく知られていたものだった。すでにティツィアーノはこの三色を基本的な色彩と見なしていたし、十七世紀に入ると、三原色を強調する画家の数は飛躍的に増えた。(もっともなかには、黄、青、赤の三色に白と黒を加える人々もいた。)そして一八一〇年に公刊されたゲーテの『色彩論』は、物理学者たちのあいだでの不興とは逆に、画家たちには、彼らの信念に確たる理論的基礎づけを与えてくれるものとして歓迎された。たしかに画家にとって緑は黄と青の、橙は赤と黄の、紫は赤と青の混合色である。しかしだからといって、緑と橙は黄を、紫と緑は青を、橙と紫は赤を与えるわけではない。したがって画家たちにとって緑と橙と紫は混合色にすぎず、黄と赤と青の三色だけが独

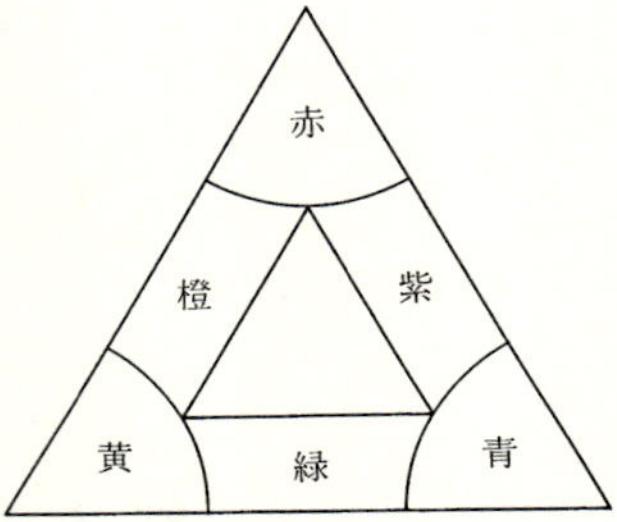

図 30　色彩三角形(ドラクロワによる)

立色ないし原色である。ドラクロワはゲーテの影響のもとに、三原色と中間色との関係を三角形にして図示している(図30)。ドラクロワの色彩論から強い影響を受けたゴッホにとっても、色彩とは三つの原色と三つの中間色のほかになく、ニュートンの言う七色のスペクトルを認めることは到底できなかった。彼はシャルル・ブランの『素描芸術の文法』(第三版、一八七六年)の一節を、弟テオ宛の手紙のなかに書き写している。「黄、赤、青の三原色は、それ以上分ちがたいもの、他の色彩に還元できないものである。太陽の光が、紫、藍、青、緑、黄、橙、赤の七色に分解されることはよく知られている。しかしこれら七色のなかでは三色だけが原色をなし、他の色彩はただの混合色にすぎない。というのも橙は赤と黄から、緑は黄と青から、紫は青と赤から生れるからである。藍も原色に数え入れることはできない。それは青の一種にすぎない。〔……〕したがって自然界には真の原色は三つしかなく、そのうちの二色ずつが混合されて、他の三つの色彩を生み出す。黄赤(橙)、緑、紫という混合色を[128]」。

前述したように、ゲーテは二原色説とも三原色説とも言える立場をとっていた。「画家が三原色というものを仮定するのは当然のことで、画家は三原色から他のすべての色彩を合成するのである。それに反して物理学者はただ二つの原色を仮定するにすぎず、この二つの色彩から他の色彩を発展させ、合成する」(教示篇、七〇五節)。物理学者が仮定している二つの原色とは、ゲーテからすれば、「光の色」と「闇の色」、すなわち黄と青であったろう。しかしゲーテの『色彩論』が世に出たのとほぼ時を同じくして、物理学の分野ではトーマス・ヤング、(および彼の説を後に体系化した)ヘルマン・ヘルムホルツによって、赤と緑と青を三原色とする学説が登場した。ヤングはニュートンの光粒子説に反対して光波動説を唱えたばかりではなく、生理的色彩に関するゲーテの理論からも少なからぬ影響を受けたが、しかし彼が唱えたのは、眼のなかには光を受けとる三種類の色素があり、第一番目の色素は赤を、第二番目の色素は緑を、そして三番目の色素は青を強く吸収するという、ゲーテとは異なる三原色説だった。では果して三原色は、ゲーテや画家たちの唱えるように、黄と青と赤なのであろうか。それともヤングやヘルムホルツの言うように、赤と緑と青なのであろうか。

言うまでもなく両学説の争点になっているのは、黄と緑のどちらを三原色に含めるべきかということである。ところでヤング＝ヘルムホルツの三原色説を立証してくれるものに、「加法混色」の実験がある。暗室のなかで投光器を用いて、赤(ただしゲーテの色彩論からすると、この赤はより橙に近い)と緑の色光を白いスクリーン上に投影すると、二つの光が重ね合わせられたところに黄色が現われる。それに対して黄と青の光を重ね合わせても、完全な緑にはならない。しかも興味深いことに赤と緑と青の三色が重なったところは、白になる。つまり赤と緑と青の三つの色光は、白色光を構成するものにほかならない。

それに対して「減法混色」の実験は、ゲーテ的三原色説を明示してくれる。この実験には、暗室も投光器も要らない。明るい陽の光の下で、黄と青と赤(真紅)の三枚の色ガラスを重ねてみよう。(今日、カラー写真や原色写真印刷の業界では、真紅にはマゼンタ、黄にはレモンイエロー、青にはシアンブルーが用いられている。)すると黄と青とが重なりあったところに緑が現われる。しかも今度は、三色が混合したところが黒になる。たしかにゲーテの言うように、「すべての色を混合すると、そこに生じる色彩は暗影性《スキエロン》(σκιερόν)という全般的性格を持っている」(教示篇、五五六節)のだ。もっともゲーテは、そこに生じる色彩は黒ではなく、灰色であると考えていたが。

色を混ぜ合わせると明るくなる加法混色と暗くなる減法混色の実験は、『光学論考』の最初の二つの実験を想い起こさせるであろう。「加法混色」と「減法混色」という表現は、むろん後世のものである。しかしゲーテはすでにその事実を知っていた。もっとも彼は後者のみを「真の混合」と呼び、前者にも同等の価値を与えようとはしなかった。だがプリズムを用いて黒地の上の白い帯をずらした実験と、白地の上の黒い帯をずらせた実験が等価であったように、加法混色と減法混色のどちらか一方だけが正しいと主張するわけにはゆかない。実際、カラーテレビは加法混色を採用し、画家や染色家、それに写真技術者は減法混色に依拠している。われわれはおそらくこう結論できるであろう、色光を重ね合わせている加法混色はより無機的であり、物体色を混ぜている減法混色はより有機的である、と。そしてこの自然界が無機物と有機物とからできているように、加法混色と減法混色の両者も、じつは相補的でなければならないのではなかろうか。

しかしヤング＝ヘルムホルツの三原色説には一つの難点がある。すでに「色彩を帯びた影」においてみてきたように、われわれの眼は、与えられた色彩の反対色を「呼び求める」(fordern)性質を有している。ところがヤング＝ヘルムホルツ説によれば、赤とその反対色である緑はともに原色である。ならば青の反対色も原色と呼ばなければならないのではあるまいか。そこで十九世紀後半の生理学者K・E・ヘリングは、ゲーテにならって白と黒、赤と緑、黄と青を反対色と呼ぶとともに、これら三対の反対色こそ人間の基本的な色彩感覚をなすものであり、対をなす色彩感覚は同一の生理過程によって支えられていて、同一の生理過程が時に応じて赤ないし緑に、また黄ないし青の感覚になると主張した。「反対色説」の名で知られるヘリングのこの学説においては、当然のことながら赤、緑、黄、青の四色が原色と見なされている。

ヘリングが眼による色彩の「呼び求めあい」に注目しながらも、黄、青、赤というゲーテ的三原色説ではなく、四原色説を唱えるにいたったのは、ゲーテとは違って、黄の反対色を青と見なした点に起因している。ゲーテからすれば、黄と青の反対色は紫と橙であり、それらは絵画で言うところの「補色」の関係にある。つまり彼の色彩論では、黄、青、赤という三つの原色は、そ

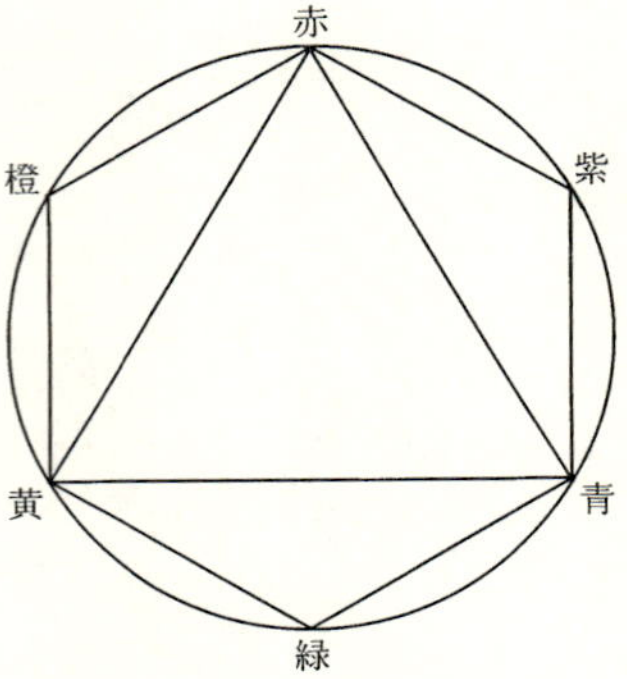

図 31　ゲーテの色彩環(口絵 i 参照)

れぞれ紫、橙、緑という中間色を「呼び求める」のである。仮にゲーテがヘリングの反対色説を採用していたとしても、彼はそれを修正して、人間には黄と紫、青と橙、赤と緑という三対の色彩感覚が存在し、それが外なる色彩を感受するのだ、と主張したであろう。

むろん彼には、ヤング＝ヘルムホルツの三原色説も容認しがたいものであったにちがいない。ヤングとヘルムホルツは、黄と青という根源的な分極性を全く等閑視しているからである。ゲーテ的な三原色説にもとづけば、ドラクロワの色彩三角形に見られるように、まず黄と青を底辺の両端とし、赤を頂点とする正三角形を描くことができる。この三角形の三辺のあいだに、中間色である緑、橙、紫を置けば、正六角形ができる。さらにこの六色の中間色をつぎつぎに求めてゆけば、ありとあらゆる色彩を網羅した円環によってこの三角形を囲むことができるであろう(図31、口絵iも参照)。もっともゲーテは、光と闇の色である白と黒、それに黒との混合色である灰色と茶色は、色彩のうちに含めなかった。

ゲーテが初めて色彩環を描いたのは、『光学論考』に従事していた一七九二、三年に遡るが、彼

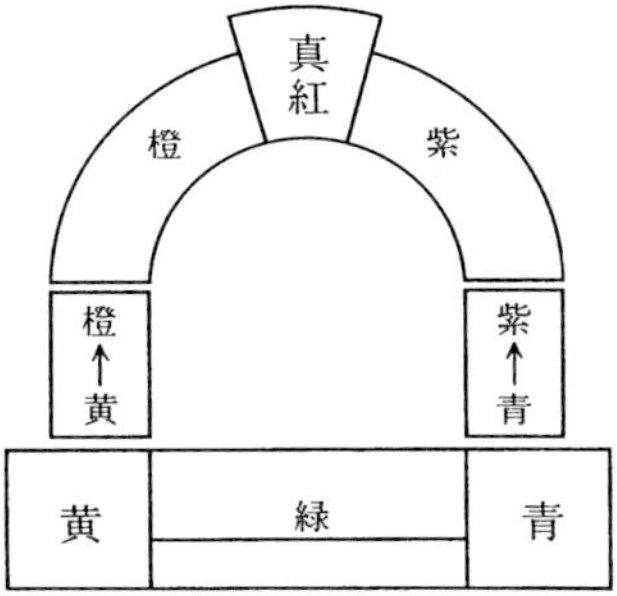

図 32　馬蹄形の色彩環（ヴァイマル国立ゲーテ博物館の展示品にもとづく）

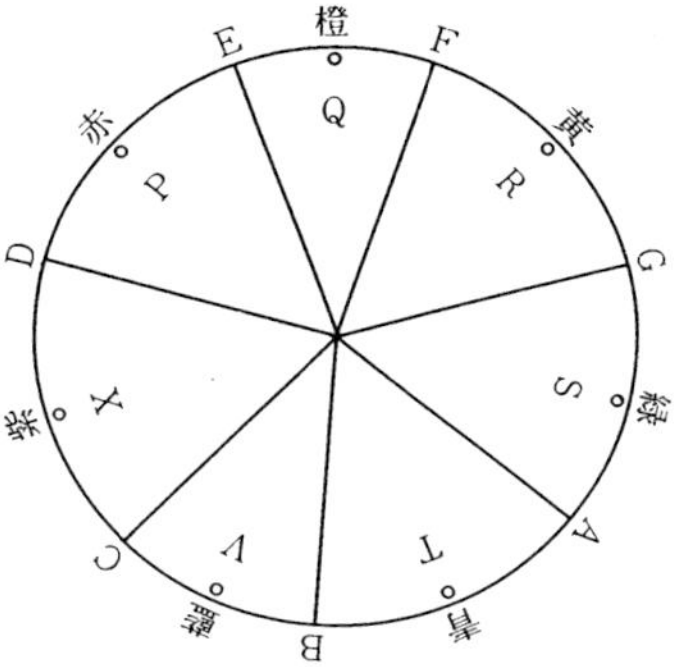

図 33　ニュートンの色彩環

が色彩環に関する考察を真に深めたのは、一七九八年一一月一四日のことである。この日ゲーテはシラーとともに、プリズムを通して観察された数本の帯を組みあわせて、「馬蹄形」と称する楕円形の色彩環を描いた。光と闇、黄と青が磁気のプラスとマイナスに引き比べられることに強い関心を抱いていた彼は、色彩環を馬蹄形の磁石になぞらえたのである。（図32参照。ただしこの図は、R・マッテイがより馬蹄形らしく描き直したもの。）底辺は、黄から緑を経て青へいたる帯をなしているが、マッテイは根源的な分極性をなす黄と青を四角形に拡大している。左側と右側には、黄から橙へと高昇する帯と、青から緑へと高昇する帯が並列されている。上端には、橙から真紅を経て紫へといたる帯が湾曲されて描かれ、しかも真紅が特に拡大されている。真紅は「高昇の頂点」をなすからである。このように馬蹄形の色彩環はプリズム現象から導出されるものであると同時に、分極性と高昇という自然の「二大動輪」、およびゲーテの三原色説を明確に図示している。それればかりではない。それはドラクロワによる色彩三角形をも内包しているのである。

ところでじつはニュートンも色彩環を描いている(図33)。赤と紫の光を混合すると、スペクトル中にはない真紅が生れるが、このように混合によって生じる複合色を示すために、彼はスペクトルの七色の両端を結びつけて円環をつくり、七色がスペクトル中で占める幅の割合にしたがって円周を分割した。P—X点は、円周上におけるそれぞれの色の中央部分を示している。たとえばP(赤)とX(紫)を等量ずつ混合すれば、P点とS点を結ぶ直線の中点、つまりDに色彩が生じる。これが真紅である。同じようなやり方で、他の複合色も容易に求めることができる。ニュートンはこの色彩環を音楽のオクターブと対比させながら論じているが、このことから推測されるように、彼は、「ド」が「シ」の後にふたたび現われるように、色彩もまた円環をなして反復すると考えたのである。

さてゲーテの色彩環とニュートンの色彩環の大きな差異は、基本的色彩を六色にするか七色にするかという点にある。そしてこれはすなわち、ゲーテ・スペクトルとニュートン・スペクトルの差異にほかならない。前述したように、ゲーテによればいわゆるニュートン・スペクトルは、

橙黄緑青紫

の五色から成る。もっともニュートンは、ゲーテが「橙」と見た色彩を「赤」と呼んでいたし、『光学』の第七実験では、スペクトルは音楽の七音階にならって七色に分けられている。ゲーテの遺稿のなかには色彩の数に関するメモが残されているが、彼はそこでニュートンの七色のスペクトルを次のように書き記している(LA I-3, 516)。

暗い黄赤(ニュートンの赤)
明るい黄赤
黄
緑
青
暗い青
紫

『光学』第三実験(三一七頁参照)における橙(黄赤)と紫が、ここではそれぞれ二つに分けられている。後に虹の七色として知られるようになった七色である。だが五色にせよ、七色にせよ、ゲーテからすればニュートン・スペクトルには大きな欠陥がある。ここには赤という基本的色彩が欠けているのだ(LA I-3, 439)。むろんニュートンは七色のスペクトルを、図33にあるように、「赤、橙、黄、緑、青、藍、紫」と記していた。しかしゲーテによれば、ニュートンの言う「赤」は赤ではなく、橙にすぎない。『色彩論』のなかでは、「赤」よりも「真紅」(Purpur)の語が多用されているが、その理由は明らかであろう。ゲーテは、「真紅」(赤紫に近い色)をニュートンの橙がかった「赤」から明確に区別しなければならなかったのである。したがってゲーテの立場からすれば、虹にも真の赤は欠けているということになる。

これまで人々は虹を色彩の全体性の一例と見なしてきたが、それは誤りである。虹には基本的な色彩である純粋な赤、つまり真紅が欠けているからだ。虹という現象においては、〔ニュートンが実験している〕伝統的なプリズム像の場合と同様、黄赤と青赤が結合することができないため、真紅が生れないのである。(『色彩論』教示篇、八一四節)

すでに前節において見てきたように、ニュートン・スペクトルには赤が、ゲーテ・スペクトルには緑が欠けていた。しかし馬蹄形の色彩環においては、下半分をなすニュートン・スペクトルの五色(橙、黄、緑、青、紫)と、上半分をなすゲーテ・スペクトルの五色(青、紫、真紅、橙、黄〕とが結びつき、基本的な色彩が三色もしくは六色であることを明示している。そしてこの馬蹄形をさらに円環に近づければ、図31に見られるような完全な色彩環が誕生するであろう。

〔ニュートンの言う〕上記の五色の階梯を円環状にしてゆき、さらに純粋な赤を介してこの円環を完成することができるとしたら、われわれは六色の〔基本的な〕色彩を想定することができよう。これこそはわれわれが本研究のために選んだ円環、完全にして、便利で、自然にかなった円環にほかならない。 (LA I-3, 439)

この色彩環は、次に見るように、ニュートン・スペクトルやゲーテ・スペクトルのように赤や緑を欠いていないから「完全」であり、直径上の両端をなす反対色が補色をなすことを教えてくれるがゆえに「便利」であり、そして六色の色彩の連続性を示しているがゆえに「自然にかなった円環」なのである。

*

㈠「一つの円環のなかに配置される三色ないし六色こそ、基本的色彩論の対象にほかならない。その変種とでも言うべき他の無数の色彩は、応用篇に、画家や染色家の技術に、生活一般に属している」(LA I-4, 21)。ゲーテ的色彩環は六色によって構成されている。六という数字は二によっても三によっても割ることができる。円周上の六色を一つおきに結べば、黄と赤と青、橙、緑、紫という二つの三角形ができる(図34)。言うまでもなく前者はゲーテ的三原色によって、後者はニュートン・スペクトルの最も基本的な色彩によって形づくられている(三一六—一九頁参照)。この二つの三角形は、ゲーテ・スペクトルとニュートン・スペクトルとが正反対の方向を向いていること、そしてそれだけに両者は相補的であることを示していよう。「色彩の寓意的・象徴的・神秘的使用」と題された教示篇の一章には、こう記されている。「数学者は三角形の効用を高く評価しており、また神秘主義者もこれを尊崇している。三角形を用いるとじつに多くのことが図式化されるが、色彩現象についてもそうなのであって、しかもこの三角形にさらに逆三角形を重ね合わせて交差させると、古代から伝わる神秘的な六角形を作ることさえできる」(教示篇、九一八節)。

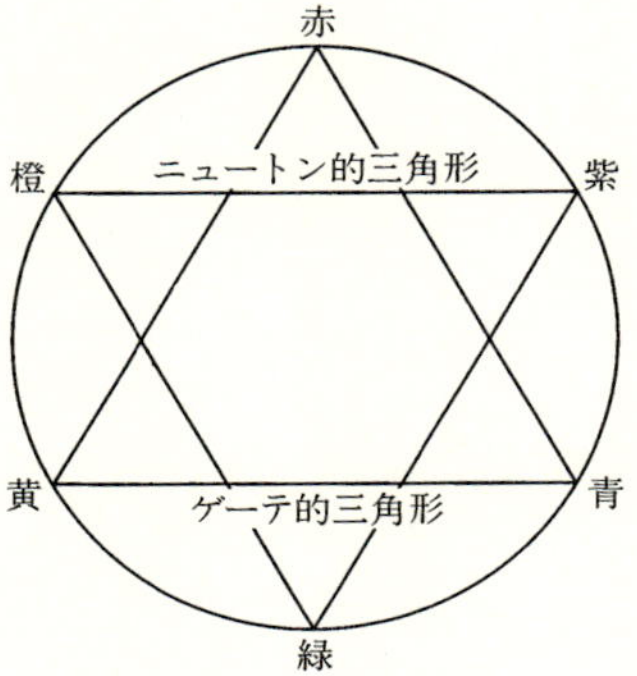

図 34 三角形によって表示されたゲーテ・スペクトルとニュートン・スペクトル

(二) 黄と紫、青と橙、赤と緑という三対の反対色は、六色を二で割ったものだと言える。これらの反対色はたがいに「呼び求めあう」という性質を有している。これが顕著に認められるのは、生理的色彩においてである。ゲーテは雪に覆われたブロッケン山を下山する際に、色彩を帯びた影を初めて眼にしたが、この影が緑色に見えたのは、夕陽に照らされて赤く染った雪が、その反対色を呼び求めたためであった。呼び求めあいの現象は、「残像」においても観察することができる。「冴えた橙色に塗られた紙片を白い壁面の前に置くとしよう。紙片を注視しても、その周囲の壁面上に呼び求められた青色を認めるのは困難であるが、紙片を取り去ってみると、その場所に青色の残像が現われる。その際、青い残像が非常に鮮明な瞬間には、紙片の周囲の壁面は稲妻を思わせるような赤みがかった黄色の光によって覆われる。かくしてこの現象を観察する者は、その瞬間、色彩は創造的に呼び求めあうものだという法則を生き生きと直観することとなろう」(教示篇、五八節)。

「色彩は創造的に呼び求めあうものだ」——この言葉に、ゲーテの色彩観の中核をなす思想が明確に表現されている。色彩は死んだ物質ではない。それはつねに生き生きと生成し、たえまなく呼び求めあっている。つまり色彩は生きているのだ。「[呼び求めあいの]法則は、眼や他のすべての感官ばかりではなく、もっと高度な精神的活動においても認められますが、しかし眼は特にすぐれた感官ですから、交替を呼び求めあうというこの法則は、色彩において顕著に現われますし、とりわけ明確に意識されるのです。長調と短調が交替する舞踏はとても楽しく感じられますが、単に長調だけ、あるいは短調だけでできている舞踏は、すぐ飽きてしまうものです」(エッカーマンとの対話、一八二七年二月一日)。

㈢　色彩が生きているのは、眼が生きているからである。色彩の躍動性は、生理的色彩において最もはっきりと観察することができる。しかし、だからといって物理的色彩や化学的色彩が死んだ色彩だというわけではない。化学的色彩は物体に属している色彩で、一般に固有色、物質の色、永続する色などと呼ばれているが(教示篇、四八七節)、このように一見すると変化しないように見えるものにも、じつは「色彩の可動性」(教示篇、五三一節)が認められる。鉄や鉛や水銀のような金属は、酸化作用を受けて容易に黄変する。しかも黄色になったものは、再酸化されて橙色になるし、なかには真紅にまで高昇してゆくものもある。とりわけ鋼鉄を焼きなますと、その色彩は、黄から赤を通ってさらには青へと、色彩環を順々に廻ってゆく(教示篇、五三五節)。このように色彩が生成し、高昇してゆくすがたは、物理的色彩においても観察される。「〔プリズムを用いた〕現象は、決して固定し、完成された現象としてではなく、たえまなく生成(werden)し増大する現象、多くの点でまだ規定の余地のある現象と見なされる」(教示篇、二一七節)。条件の変化に応じて、プリズムを用いた色彩現象もたえず変化する。「黄と青とが最も純粋な状態で、完全に均衡を保つように混合されると、緑と呼ばれる第三の色彩が出現する。しかし黄と青とは、濃さ、暗さを深めることによって、それだけでも新しい色彩現象を生み出しうる。つまり赤みを帯びてくるのであるが、これはやがて元の黄と青とがもはやほとんど認められないまでの高さへと高昇してゆく。しかし主として物理学的な実験においては、黄赤と青赤の上端を結合することによってこの至高にして純粋な赤をつくり出すことができる。これこそは色彩現象と色彩生成の生きたすがたである」(LA I-4, 20 f.)。前述したベツォルト＝ブリュッケ現象を用いて、ゲーテのこの記述は検証することができる。プリズム現象から眼を徐々に遠ざけてゆくと、黄と青の知覚は次第に難しくなり、やがて緑という新しい色彩が見えてくる。また明度を低くすると、黄と青に代って、橙と紫が現われてくる。いずれにせよゲーテの色彩環は、色彩が一方ではたがいに呼び求めあい、他方では赤に向って高昇してゆく「生きたすがた」を図示した動的な円環であり(図35)、ニュートンの色彩環のようなスタティックなモデルではない。「ニュートンはプリズム像を固定し、変化しないものと見なした。本当はこの像は、いつまでも生成し、いつまでも変化してやまないものだというのに」(論争篇、一〇一節)。

(四) 色彩が生きているということを日々に肌でひしひしと感じているのは、画家や染色家である。彼らは、

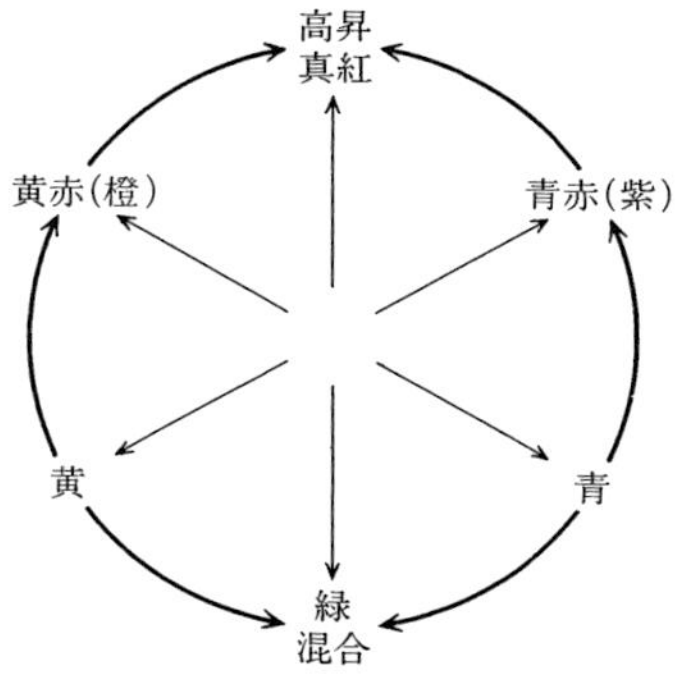

図 35 「呼び求めあい」と「高昇」を内包した動的な色彩環

ゲーテの言う反対色の「呼び求めあい」によって、補色説が正しく理論づけられたと感じた。ゲーテ的色彩環におけるすべての直径の両端は、いずれも補色をなしている(教示篇、八〇九節、八一〇節、vgl. LA I-8, 190)。補色と出会うことによって色彩は調和され、われわれの心は安らぎを覚える。ゲーテは補色を、光と闇、黄と青のような物理的対立関係とは区別して、調和的対向関係と名づけている。「物理的対立関係は、だれの眼にも分離したものと見なされる純粋でむき出しの根源的な二元性にもとづいている。一方調和的対向関係はこの対立関係から導き出《アップライテン》され、発展させられ、顕示された全体性にもとづいている」(教示篇、七〇八節)。たとえば「黄色によって呼び求められた紫色のなかには、赤と青が含まれている。橙色には黄と赤が含まれていて、青の対極を成している。緑色は青と黄を合一し、赤を呼び求める」(教示篇、六〇節)。つまり補色を呼び求めるとき、「眼はその本来の性質にもとづいて全体性を要求し、自分自身のなかで色彩環を完結しているのだ」(同上)。色彩環もまた〈一にして全《ヘン・カイ・パーン》〉である。ここには色彩に関する人間の感覚の多様なる全体性が表現されていて、この全体性が充たされるとき、われわれの心はそこに調和を覚える。しかし補色において与えられているのは、二色もしくは三色にすぎない。つまり補色は完全な全体性ではなく、色彩環の全体性をいわば潜在的に与えるのである。

ところで補色をなす黄と紫だけを用いて、世界の全体性を表現しようとした画家がいる。ゴッホである。彼は代表作「種まく人」(図36)を、「黄と紫の並列的な対照」だけで描いてみようとした(『ゴッホ書簡全集』、五〇三)。空は黄緑で、その中央には、彼が崇拝してやまなかった太陽が、あざやかな黄色で大きく描かれている。彼が農民とともに愛しつづけた大地は、橙色を点在させながらも、全般としては紫色に塗られている。まばゆいばかりの黄色に輝く太陽は「光の色」を表わしている。そして大地の紫は、「闇の色」としての青が光によって高昇した色彩にほかならない。黄と紫とのこの対比において、われわれの心は不思議な安らぎを覚える。この絵は光と闇、太陽と大地、そして色彩環の全体性を象徴的に表現しているのだ。画面の右端では、一人の男が種をまいている。世界の象徴的な拡がりのなかに、色彩環の全体性のなかにたたずむ彼は、まさに自然内存在としての人間のすがたを示しているとは言えないだろうか。

図 36　ゴッホ「種まく人」

*

教示篇の序文のなかでゲーテは、「多少奇妙に聞こえるかもしれないが」と前置きしつつ、「眼は形などは見ないのだ」と主張している。「というのも、明と暗と色彩とが一体になることによって初めて、対象と対象を、また一つの対象の部分と部分をたがいに区別することが眼にとって可能になるからである」(LA I-4, 18)と。ゲーテのこのドラスティックな主張は、当時の古典主義絵画理論が依拠していた色彩と線(物質と形)の二元論に向けられている。古典主義派の画家の多くは、色彩を感覚的で非精神的なものとしか見なしていなかった。[129] その意味で教示篇の第六部が「色彩の感覚的精神的作用」と題されているのは、まことに興味深い。彼は色彩と形、感覚と精神を画然と区別はしなかった。彼にとって人間とは単なるコギトではなく、感覚し、行為し、かつ考える存在だったからである。「感性と理性、構想力と悟性といった人間存在のすべてのあらわれは、たとえそのうちのどれかが自分のなかで支配的であるとしても、明確な統一をなしていなければならない」(LA I-9, 354)。色彩環において六つの色彩がたがいに呼び求めあいながら「色彩の全体性」を表現していたように、人間においても感性、理性、構想力(想像力)、悟性の四者は一体となって、「人間の全体性」を具現しなければならない。理性によって自然を支配し、世界を理性的に秩序づけることを目指した啓蒙主義に対抗し、理性に対する感性の優位を主張するシュトルム・ウント・ドラングの作家として出発したゲーテは、やがてヴァイマルでの古典主義時代を経て、人間の感性と理性、構想力と悟性は一つの全体性をなしていなければならないと考えるにいたった。この人間的全体性を、彼は円環として捉えた。というのも円環こそ、自然内存在としての人間の存在構造を如実に示すものだったからである。では「色彩の全体性」を示す色彩環と「人間の全体性」を示す存在円環を、同心円として描くことはできないだろうか。そうゲーテが考えたとしても不思議はない。しかも色彩は人間に「感覚的精神的作用」を与え、色彩と人間の内面とのあいだには一定の呼応関係が認められるとすれば、なおさらのことである。こうして一八〇七年一月に、彼は色彩と人間の心性との関係を象徴的な色彩環にして図示した(図37、口絵iiも参照、なおこの図では「光の色」と「闇の色」とが口絵iとは左右逆になっている)。

図 37 色彩の感覚的精神的作用(口絵 ii 参照)

彼はこの図を、ちょうどこの頃着手していた小説『親和力』を念頭において描いたものと思われる。『親和力』とこの象徴的な色彩環との関係についてはここで論じる余裕はないが、いずれにしてもこの色彩環は、橙と青、紫と黄がたがいに呼び求めあうことによって色彩の全体性を潜在的に与えたように、人間においても理性と感性、想像力と悟性とはたがいに結びつくことによって調和ある全体性を獲得しなければならない、と見る者に問いかけているので

図 38　直線上の色彩帯

ある。

ところが物理学者の多くは、色彩環というものは不合理だと考えている。色光の波長というものは図38に見られるように直線状をなしているのであり、その直線の両端を円環にして結ぶことなどできようかと言うのだ。たしかに直線状に並べられた数字の世界には、分極性も円環も存在しない。色彩は、無機的に捉えられているかぎり、直線的なものなのだ。ところが人間の有機的な感覚は、色彩の世界をなぜか円環として捉えている。人間の場合ほど多くはないが、動物もまたいくつかの色彩を知覚できる。心理学者が推測しているところによれば、動物も色彩を円環状に把握している。このように動物や人間といった有機体において意識が円環構造をなすのは、動物が植物とは違って「閉じられた形式」を有しているからにほかならない。プレスナーはドリーシュの影響のもとに、植物には「開かれた形式」を、動物には「閉じられた形式」を指摘した[130]。閉じられた形式を有する動物には、中心というものがある。中心的な器官が、動物の形態学的・生理学的全体を統合している。動物は閉じられているがゆえに、内と外とを明確に意識することのできる自立的存在であり、また中心を有するがゆえに、世界を円環状に捉えるのである。

人間は動物と同じように「閉じられた形式」を有している。しかし動物とは違って自己意識を持っている人間には、再帰性というものが与えられている。人間は自分自身に対して距離を置き、自分自身と関係する。人間にもその身体に中心があるが、しかし人間はその中心に対しても距離をとっている。したがって人間は脱中心的な存在である。「動物の生が中心的だとすれば、人間の生は、中心を脱却することこそできないものの、少なくとも中心から遠ざかってゆく。つまり脱中心的なのだ(131)」。

人間の脱中心性に関するプレスナーの説を敷衍して言えば、人間にはたしかに閉じられた円環が与えられ、その円環のなかにこそ調和や至福があるのかもしれないが、しかし人間は同時に、この円環の中心からたえず遠ざかってゆこうとする。ゲーテが原型とメタモルフォーゼとの関係において指摘した求心力と遠心力は、ここにおいても認められる。もしも閉ざされた色彩環のなかに止っていようとすれば、遠心力は失われ、円環自体も生命を失ってしまうだろう。そこでゲーテは、色彩についても求心力と遠心力とを図示した螺旋的色彩環を描いた。ゲーテの遺稿のなかから発見されたペン書きの粗雑な素描(第Ⅲ章の扉絵参照)をもとにして、ゲーテ色彩論研究の泰斗マッテイは、この螺旋的色彩環を美しく図示している(口絵iii参照)。中心を占めている真紅に始まって、紫、青、緑、黄、橙へと色彩環を一周し、さらにふたたび真紅、紫、青……へと二周目を廻ってゆくこの螺旋的色彩環は、決して収斂することのない開かれた円環である。黄と紫、青と橙、緑と赤の「呼び求めあい」というゲーテ色彩環の本質的特徴は、この螺旋的色彩環においても保持されている。真紅が中心を占めているのは、真紅こそ他のすべての色彩を包摂する色彩、最高の色彩であるからだ。しかし中心から離れ、外縁に向うにしたがって色彩は明度を増し、ついには白にいたる。このとき色彩は死を迎える。本来「閉じられた形式」しか与えられていない人間の感覚は、遠心力をあまりに追究しすぎると、いつしか無感覚と化してしまう。したがって色彩というすぐれて有機的な世界に止りつづけるために、人間は求心力と遠心力とのあいだで微妙な均衡を保ちつづけなければならないのである。

3　教示的理性から歴史的理性へ

ゲーテの『色彩論』は教示篇、論争篇、歴史篇の三巻に分けられている。これら三巻の仕事はかなりの部分併行して進められた。しかしこの構成そのものが、色彩論研究におけるゲーテの精神の歩みを示しているとは言えないだろうか。教示篇において自らの理論を基礎づけてゆくうちに、ゲーテはニュートン光学と真向から闘う必要をいやましに強く感じた。風車に向って果敢に戦闘を挑むドン・キホーテにもなぞらえられるのが、論争篇におけるゲーテである。しかしニュートン光学との論争を続けるうちに、彼は人間の知性にはニュートン的な型とゲーテ的な型の二種類があること、そして取りも直さず西欧の歴史は、ゲーテ的な知性がニュートン的知性によって駆逐されてゆく過程にほかならないことを知った。このような意図のもとに書かれたのが、『色彩論』歴史篇である。

その意味でゲーテの『色彩論』には、教示的(啓蒙的)理性から歴史的理性への歩みが示されていると考えられる。「歴史的理性」とはもとよりゲーテの言葉ではない。カントの『純粋理性批判』の向うを張って『歴史的理性批判』という大著を書こうと思い立ったのはディルタイで、彼は実際その主著『精神科学序説』や『精神科学における歴史的世界の構成』に、当初『歴史的理性批判』という表題を与えようと考えていた。この大胆な表題は、自然科学以外のすべての学を総括し、それらの学に自然科学とは違った原理を与える「精神科学」という彼自身の概念によって、結局はとって代られてしまった。しかし、人間はカント的な純粋理性に還元されるものでは決してなく、人間の理性はそれ自体が歴史的であるというディルタイの信念は、彼の生涯を一貫して流れているものであり、ディルタイはゲーテ——とりわけゲーテの形態学——から多大の影響を受けながらも、その点においてゲーテとは一線を画していた。というのも彼は、ゲーテには真の歴史意識が欠けていると考えていたからである。

ゲーテの『色彩論の歴史』は、歴史の歩みのなかに「直線状ないし螺旋状をなして上昇したり下降したり、前進したり後退したりすること」しか見ていない。彼は自然の諸物に対する人間の変転きわまりない関係、理論の形成において人格の占める力を観察する点にかけては天才的である。しかし自然の認識というものは進歩するものであり、その進歩の諸段階を規定する必然性がある、と見る眼が彼には欠けている。(132)

ゲーテにどれほど歴史意識が認められるかという問題については、昔からさまざまな論議が交わされてきた。ディルタイばかりではない。カッシーラーもゲーテのメタモルフォーゼ論は生の現象の歴史的継起とは全く無縁であると主張しているし、[133] ソンディは、ゲーテ時代全般を心理主義や非歴史性として特徴づけている。[134] 要するに彼らは、ゲーテは歴史を共時的にのみ見て通時的には見ていないというのだ。たしかに前章で論じたように、ゲーテが進化論のすぐ傍まできていながら進化論の敷居を完全に跨ぐにいたらなかったのは、彼の時間意識がいわば円環状をなしているためであった。その意味では彼に直線的な歴史意識を認めることは難しい。少なくとも彼は西欧に固有の進歩史観とはほとんど無縁だったし、彼がフランス革命に対してかなり保守的な態度を取りつづけたのも、おそらくそのためだと言えよう。しかしだからといって、彼に歴史意識が欠落していたと早急に断じることはできない。彼は、自分が西欧の歴史のなかでもきわめて注目すべき時代に生れたことをよく自覚していた。「自ら歴史を経験した人でなければ、歴史について判断を下すことはできない」(MuR　517)と主張するゲーテは、「歴史的な人間感情」というものを重視した。

歴史的な人間感情とは、同時代人の功績や業績を評価するに際して、過去をも考慮に入れる感情のことである。

（MuR 494）

自分自身の仕事や業績を他の人が過去にしてきた仕事や業績と結びつけ、生産的なものを歴史的なものと結びつけることほど大切なことはない。

（LA I-9, 344）

ゲーテの言う「歴史的な人間感情」とは、自分が歴史に帰属し、歴史によって規定され、過去の遺産の上に立っていると自覚することである。その場合に彼は、歴史上の過去が自分自身において、また自分の近辺で再現されているのを感じていた。たとえば彼はイタリアの古代遺跡のなかに、永遠なる生き生きとした現在を見いだしていた。「繰り返される反映」と題するエッセイのなかでは、自分には「過去から呼び出されたすべてのものを現実化しようとする意欲」、「自分自身の存在や伝承の欠片のなかから第二の現実をつくり出す可能性」が認められる（HA XII, 323）と書いている。「歴史的な人間感情」をもって、彼は過去を別の光、新たなる反映のうちに繰り返し見るのだ。[135] だがそうすることによって、彼は遠い過去との時間的疎隔感を失いはしなかったであろうか。「ゲーテにとって歴史的に見るということは、生に関する思索を過去のなかにまで延長すること、人間とその諸関係の不変の形式を把握すること、そして生そのものを普遍的に解釈することである」[136] と指摘するディルタイは、ゲーテの歴史観に対して多分に否定的である。

たしかにゲーテが歴史のなかに人間の「不変の形式」を把握していたことに間違いがない。詩「オルペウス教に倣いし原詞」のなかでもゲーテは謳っていた（一一三頁参照）。

いかなる時も　いかなる力も破壊できない
生成し発展してゆく　刻印された形相を

ゲーテにとって人間とは、本質的に不変ないくつかの類型――「オルペウス教に倣いし原詞」のなかの言葉を借りれば「個性」――に分けられる。それはたしかに非歴史的なものかもしれない。しかし「不変の形式」に対する眼を持つことによって、彼は歴史主義が陥りがちな相対主義の危険から免れることができた。原型論がダーウィン主義にブレーキをかけることができたように、「不変の形式」も歴史主義を阻止する役割を果していたのである。

「不変の形式」が歴史上のさまざまな時代においてさまざまな意匠をまとって現われると考えられている点に、ゲーテの歴史観の大きな特徴がある。彼は一方において歴史に同一性や永遠の現在を、他方において相対性や時間的疎隔を認めていた。形態学における原型とメタモルフォーゼの関係と同様、ゲーテの歴史観にも不変の形式と変転する形式、共存と継起との重層構造が認められる。したがってゲーテにとって歴史とは単なる直線的な変化ではなく、「繰り返される反映」、すなわち無限に変化しながらも永遠に回帰しつづけるものだった。要するに彼は歴史を螺旋的円環として把握していた。

人類が通らなければならない円環はあますところなく規定されている。野蛮な時代に大きな停滞を示したことはあったものの、人類はその軌道をすでに一度以上通過してきた。この軌道は螺旋運動を示すのだと見なすとしても、人類はすでに一度通過した地点に何度も立ち返る。すべての正しい見解とすべての誤謬が繰り返されるのも、この途上においてである。

(LA　I-6, VII)

『色彩論の歴史』(『色彩論』歴史篇)は、太古に始まり古代ギリシアやニュートンを経てゲーテの時代にいたるまでの色彩論の通史、かつて書かれた最も詳細にして最も浩瀚な色彩論史である。ここでは過去のさまざまな人々の色彩論上の学説が、あるいはその一部が独訳され、あるいはその要旨が紹介されている。むろん、それらの学説に対するゲーテ自身の見解も書き添えられている。興味深いことに、そこにはしばしばプラトンとアリストテレスの名前が散見される。つまるところゲーテは、人間の精神にはプラトン的類型とアリストテレス的類型の二種類があると考えていた。「この地上世界に対するプラトンの関係は、この世界をほんのしばらく仮の住まいとした聖霊のようである」(LA I-6, 90)。彼は理念(イデア)から出発し、理念によってこの世界を充たそうとする。プラトン的類型の人々は「天才的、生産的で力にみち溢れ、自分自身のなかから一つの世界を創りあげるが、こうして創られた世界が現実の世界と合致するかどうかはあまり問題にしない」(LA I-6, 252)。「他方アリストテレスはこの地上の世界に対して一人の男子、一人の建築家として立ち向う。彼は何といってもこの世界の人であり、この世界において働き創造する人間である。……彼はあらゆるところから資材を取り寄せ、それらを整理する」(LA I-6, 90)。彼はさまざまな経験を蒐集し、それらを整理し秩序づける能力を有している。この種の人々は「才気にあふれ、燃犀にして慎重であるばかりではなく、すぐれた観察者、精密な実験者、経験の入念な蒐集家である」(LA I-6, 262)。

プラトンとアリストテレス――この相対立する二つの精神類型に、タッソーとアントニオ、ジョフロワとキュヴィエのすがたを見ることは難しいことではない。すでに前章において考察したように、ゲーテ自身はジョフロワにより多くの親愛感を抱きながらも、ジョフロワからもキュヴィエからも一定の距離を置きつつ、両者の統合を目指していた。そのような彼の立場からすれば、プラトンの哲学もアリストテレスの哲学も、ジョフロワの生物学もキュヴィエの生物学も、それぞれそれなりの正当性を有していた。にもかかわらず、これら二つの精神類型がいつの時代にも角逐を繰り返さなければならなかったのはなぜであろうか。

一七九八年二月一七日付のシラー宛の手紙によれば、ゲーテは本来『色彩論の歴史』を「経験の歴史」と「見解の歴史」の二つに分けようとしていた(三三二—三三頁参照)。というのも経験というものには決して誤りがなく、誤っているとすれば、それは経験をいたずらに形而上学化したり弁証法化したりしている見解のほうだからである。天才は素朴な経験を「高度な経験」に、もしくは「繊細なる経験」に高めることができる(一二九—三一頁参照)。天才に「繊細なる経験」を洞察せしめるものは、「ひらめき」(Aperçu)である。「ひらめきと呼ばれるものこそ、学問における一切の眼目をなしている。それは諸々の現象の根柢にあるものの知覚である。そしてこのような知覚は、無限に生産的である」(LA I-6, 154)。天才とひらめきとの幸福な結合を、ゲーテはガリレイのうちに認めた。ところがひらめきと見えたものが、じつはひらめきではなく、ただの仮説にしかすぎない場合も往々にしてある。経験に忠実であれば、人はその仮説が誤っていることを否応なく認識するであろう。ところがもしも或る天才が自分の仮説にあくまでも固執し、幾多の経験を無視したとしたら、学界に無益な論争と角逐の種を播くばかりで、学問の歴史は誤った方向に導かれることになるであろう。ゲーテは、天才と思いこみとの不幸な結合をニュートンのうちに見いだした。彼によれば、ニュートンはプラトン的類型に属している。彼は天才的で、豊富な理念やひらめきを有していたが、それらの理念が「現実の世界と合致するかどうかはあまり問題にしない」(LA I-6, 252)のである。

『色彩論の歴史』には「ニュートンの人格」と題された一節が含まれているが、ここでゲーテはニュートンの「強靭な性格」に対して一方では深い敬意を捧げている。少なくともニュートンは、ヴィルヘルムマイスターやファウストのようにたえず迷いつづける「弱い性格」の持主ではなかった。もっとも強靭な「性格の主たる土台は、正も不正も、善も悪も、真理も誤謬も顧みない決然たる意志にある」(LA I-6, 298)。ゲーテはニュートンを評価しつつも、彼の正も不正も問うことのない強靭な性格によって世界史は誤った方向に導かれた、そしてそれを経験に則した正しい軌道に戻すことこそが自分に与えられた使命であると信じてやまなかったのである。

＊

強靭な性格の持主は自分の誤りを認めようとはせず、とかく頑迷で固陋になりやすい。人間が犯すこのような誤りを正すことができるのは理性と良心だけである(LA I-6, 299)。いささか不穏当ながら、ゲーテは、ニュートンにおいては理性も良心も薄弱だった、彼は理性の声を聞いていたかもしれないが、彼にできたのは、せいぜいイロニーをもって自らの欠点を甘やかし、自らの誤りを茶化すことだけであった、と言う(LA I-6, 300)。

むろん今日のわれわれは、ゲーテのように単純にニュートンを断罪することはできない。しかしここでわれわれの注意を惹くのは、ゲーテが、自分の科学は理性によって支えられているのに対し、ニュートンの科学はそうではないと見なしていることである。彼によれば、理性によって支えられているものだけが「科学」の名に値し、それ以外のものは単なる技術にしかすぎないというのだ。

世界史には二つの時代がある。それがあるいは相前後して、あるいは同時に、或るときは個々別々に、また或るときは色々と入り組んで、個人や民族に現われる。

第一の時代は、各個人が競って自由に自己完成に励む時代である。これは生成、平和、育成、芸術、科学、くつろぎ、理性の時代である。ここではすべてが内に向って働きかけ、そして最もよい時期には幸福な家庭的雰囲気を築きあげる。しかしこの状態が消え去ると、結局は党派心ばかりがのさばる無秩序に陥ってしまう。

第二の時代は、利用、戦争、消費、技術、知識、悟性の時代である。人々は外へ向って働きかける。この時代が最高にして最も美しい時期を迎えたとき、一定の条件下においてこの時期は永続きし、人々を楽しませてくれる。しかしこうした状態は、容易にエゴイズムや独裁政治に堕してしまう。この場合、独裁者を一個人と考える必要は全くない。きわめて暴力的にして抗いがたい、大衆全体による独裁というものもあるのだ。　　(LA　I-6, 85)

第一の時代をゲーテはおそらく古代ギリシアやイタリア・ルネサンスに、そして第二の時代を、彼が「中間時代」と呼ぶ中世やフランス革命以降の時代に見ていたにちがいない。しかし二つの時代を特徴づける精神は、或る時代や或る民族においてのみならず、個人においても現われる。ゲーテは自分自身を第一の時代精神に、ニュートンを第二の時代精神になぞらえていたのではあるまいか。明らかに彼はここで、プラトンとアリストテレスとは違った精神類型を提起しているのだ。

ゲーテ	ニュートン
自己完成	利用・戦争
科学	技術・知識
芸術	消費
理性	悟性

ゲーテの眼には多分こう映っていた、自分の生れた時代は、自己完成に励む精神が利用や戦争を旨とする精神によって、自然の真のすがたを求める科学が自然を利用することしか考えない技術や知識によって、芸術(文化)が消費文明によって、そして理性が悟性によって駆逐されつつある時代なのだ、と。ホルクハイマーとアドルノが『啓蒙の弁証法』で指摘しているように、「技

術が目指しているのは概念や形象でもなければ、洞察することの幸福でもなく、方法であり、他人の労働の利用であり、資本である」[137]。そしてニュートンは、ゲーテからすればこのような時代を代表する最大の人物であり、ニュートン理論はこの時代における「独裁者」なのであった。だがゲーテは、たとえニュートンがこのような時代をつくり出した元凶の一人であるとしても、じつは彼自身もその時代精神によって大きな影響を受けていることを見逃してはいない。彼はニュートンの人格を考察した後で、「当時の自然研究や、デカルトに始まり他の有能な人々を経て次第に世間に拡まった自然に関する哲学」(LA I-6, 301)に眼を向けている。すると「ニュートンや彼を取り巻く諸条件に由来するすべての誤りは、許されるべきもの、いや、しばしば尊敬しうるもの」(LA I-6, 301)と彼には感じられた。つまるところ彼が闘わなければならなかったのは、デカルト主義に支えられた近代の時代精神そのものにほかならなかった。そしてこのような時代精神の始まりを、彼は十七世紀に見いだした。『色彩論の歴史』のロバート・ボイル(一六二七—九一年)に関するくだりでは、古代ギリシア以来の汎神論的な自然観が、十七世紀においてすでに本質的な変化をとげていたと指摘されている。

精神と身体、魂と肉体、神と世界とのあいだの乖離はすでに生れていた。そのため倫理学と宗教が栄えることになった。というのも、もしも人間がみずからの自由を主張しようとすれば、自然に対抗せざるをえないし、またもしも人間がみずからを神にまで高めようとするならば、自然を棄てざるを得ないからである。こうして人間は、自然に帰せられるものなどあまりないと考えるようになったり、自然を敵あるいは煩わしいものと見なすようになるのであるが、そのどちらにしても、そのように考える人間を非難することはできなくなっている。そのため逆に、乖離したものの再結合を図った人々が迫害を受けるようになった。目的論的な見方を追放したとき、人々は自然から悟性を奪いとってしまったのである。自然には理性があると主張する勇気はなくなり、自然は無精神のまま打ち棄てられた。人々が自然に求めるものといえば、技術的・機械的なやり方で人間に奉仕してくれることにほかならず、いまや自然を把握し理解しうるのは、結局のところただこの点においてでしかなくなってしまった。(LA I-6, 196)

ロバート・ボイルの時代に、物心一如の一元的な自然観はつとに失われていた。自然のなかに神や精神が宿っているのではなく、神や精神はすでに自然の外に追放されていた。ゲーテが別の箇所で引いているガレノスの言葉によれば、「明朗闊達な古代ギリシア人は、自然にも素晴らしい知性があると考えていた」(LA I-10, 394)。たしかに古代ギリシア人は、自分を取り囲むすべてのもののなかに聖なる生命を見ていた。彼らにとって、自然は人間と同じく心を有していた。

しかしロバート・ボイルの時代になると、「自然は無精神のまま打ち棄てられ」るにいたった。ボイルが打ちたてたとされる近代的な元素概念は、このような時代精神に立脚している。

ここから自ずと理解されようが、ロバート・ボイルのような繊細にして敬虔な心情の持主が、あれほど自然に関心を抱き、自然の研究に生涯従事しながらも、そこから引き出した結論はといえば、次のようなものでしかなかった。自然とは収縮したり拡張したりするもの、混合したり分離したりするものであり、その諸部分は圧力を加えられたり、衝突したりすることによって相互に働きかけ、じっに多種多様な状態をとると同時に、われわれの感覚に対しても色々な影響を与えるものなのだ、と。（LA　I-6, 196）

ボイル自身、「じっに率直に、自分は粒子論的・機械論的な見方を採っているし、この方法こそ最も確実なものであると思うと告白している」(LA　I-6, 196 f.)。まさしく彼にとって自然とは物でしかなかった。「デカルトが光に関する理論を物質化し機械論化して以来、思想家たちはこの圏内から脱出することができなくなっている」(LA　I-6, 203)とゲーテは指摘する。ホワイトヘッドの言う「科学的唯物論」の時代はすでに始まっていた。ところが「繊細にして敬虔な心情の持主」であり、信仰心の篤いキリスト教徒であったボイルは、自然から駆逐された「心」を宗教のなかに求めざるをえなかった。こうして「心」は天上の世界の専有物と化した。ボイルばかりではない、デカルトやニュートンなどの十七世紀の機械論的な自然観の持主にとって、宗教ないし神学は、彼ら自身が「物」と化さないために必要な免罪符であった。「心」と「物」とが分化した時代――それこそはゲーテの言う世界史の第二の時代、「利用、獲得、消費、技術、知識、悟性の時代」にほかならない。そしてゲーテはこの時代の流れに棹さして、「科学的唯物論」の独裁に徒手空拳で立ち向ったのだった。

＊

しかしゲーテは、「科学的唯物論」に対する自分の闘いがどこまで実を結ぶと考えていたのであろうか。世界史の第二の時代を第一の時代に引き戻すことは果して可能なのだろうか。

ゲーテは『色彩論』全三巻を公刊してから七年後、分冊誌『芸術と古代』第一巻第三冊に「精神の時代区分」と題する短論文を発表した。『色彩論』に対する世間一般の冷たい評価が、ゲーテの心理に深刻な影響を与えたと想像することも不可能ではないが、いずれにしてもこの論文は、やがて来る時代に対するゲーテの危惧と絶望を伝えている。

人類の歴史は、太古、詩の時代、神学の時代、哲学の時代、散文の時代の五つに分けられる。ゲーテの真意を忖度すれば、太古は有史以前の時代、詩の時代は古代ギリシア時代、神学の時代は中世のキリスト教の時代、哲学の時代は十七、十八世紀、そして散文の時代は十九世紀以降、つまりゲーテの晩年に始まり、ゲーテの死後、その性格をさらに明確にした時代、言いかえれば今日のわれわれの時代を指していると思われる。

「世界や諸民族や個々の人間の太古の時代はいずれも同一である。劫初においては荒涼たる空虚が万物を包んでいる」(GA XIV, 613)。西洋の前史時代も東洋の前史時代も本質的には変りがない。この時代に生きる人間は、自然を「驚きと不安に充ちた眼差で見まわしている」(GA XIV, 613)。自然の力はあまりにも大きくて、天変地異のすべてが人々を驚かせ、畏怖せしめる。『色彩論の歴史』の「太古の歴史」の項でもゲーテは書いている、「古代においても近世においても、教養のない民族の状態はおおむね似ていて、感覚を強く刺戟する現象が生き生きと把握される」(LA I-6, XV)。たとえば虹は太古の人々にとって「感覚を強く刺戟する現象」の一つであり、だからこそギリシア人は虹を驚嘆の女神になぞらえた(LA I-6, XV)。人間を驚嘆させるもの、畏怖せしめるもののなかに、太古の人々は神的なものを感じていた。そして神的なものを畏れつつも崇め、「現にあるものを、まるでこれから起こるものであるかのように予感に充ちた調子で述べた」のは、彼らのなかでも「恵まれた精神」であった(GA XIV, 613)。畢竟するところ太古の人々にとって、技術と呪術、科学と宗教とは一つのものであった(LA I-6, XVII)。

そのような彼らの最大の関心の的が太陽であり、火であったのは不思議なことではない。「古代拝火教徒の敬神は自然の直観にもとづいていた。彼らは創造主を崇める心持で昇りくる太陽に向い、それを比類なき壮麗な現象と見なした。そこにこそ天使の放つ光に包まれた神の玉座が見えると、彼らは思ったのである。〔……〕しかし注意しておかなければならないが、古代拝火教徒が崇めたのは火だけではない。四大〔地水火風〕が神の存在と威力を告知するものである以上、彼らの宗教は、四大すべての神々しさに立脚していた」(GA III, 423 f.)。

四大に対するこのような畏怖の念は、時代が進むとともに、やがて四大に対する静かな敬意へと代っていった。それが古代ギリシアに見られる「詩の時代」である。「精神の時代区分」によれば、この時代に生きる人々は「四大をもっと別のやり方で征服しようとして、それに手を伸ばす」ようになった(GA XIV, 613)。古代ギリシア人は自然を「親しみをこめて見つめ」、「生命のないものや死滅したものをも擬人化し、それに人格を与える」(GA XIV, 613)ことを好んだ。彼らの眼には、有機体ばかりではなく無機物にも霊的な生命が宿っていた。これを彼らはプシュケーと呼んだが、これこそは彼らにとっての神にほかならない。しかもプシュケーは複数であり、したがって古代ギリシアにおいては、タレスが語っているように、「万物は神々にみちている」と考えられていた。そしてこれらプシュケーを擬人化し、神々として表象したのは、「構想力によって高められた、自由で有能な、厳粛で高貴な感性」(GA XIV, 613)であり、構想力を通して神々と人間とが親しくむつみあうギリシア神話が生れた。ゲーテによれば、古代ギリシアにおいて科学と芸術とは分ちがたいものだったのである(LA I-6, 76)。

次いで現われた「神学の時代」においては、自然界を跳梁する眼には見えない精霊たちの存在がいまだに信じられてはいたものの、人々は「これらの精霊たちをたがいに従属せしめ、ついにはこれらの精霊をことごとく唯一の神に帰せしめるにいたった」(GA XIV, 614)。しかもこの神は古代ギリシアとは違って、自然のなかにではなく外にいる神、天上なる全能の神であった。神を信じつつ、人々の眼は次第に自然から引き離されていった。中世の人々にとって、自然はもはや二義的な意義しか持たなくなった。だからゲーテは言う、中世は自然研究上の「沈黙の暗黒時代」(LA I-6, 84)であり、「古代史と近世史のあいだのあの悲しむべき空隙」(LA I-6, 78)である、と。しかしこの暗黒の時代においても、やがて花開くものの種子が地中でひそかに培われていた(LA I-6, 83)。キリスト教こそ、十六世紀以降の科学的精神を準備したものだった。というのも教会やスコラ哲学が人々に教えたものはまさに秩序の観念であり、合理主義だったからで、ゲーテによれば「この時代は最も高い意味で理性に属していた」(GA XIV, 614)。近代的な二元論の淵源は、おそらくこの時代に求められよう。自然は相変らず霊的な世界と考えられてはいたものの、詩的霊気に包まれたギリシア的一元論は消滅し、自然と神、あるいは自然と精神(理性)とが相対峙するものとして捉えられるようになったのである。

二元論的な世界観がさらに明確になるのは、第三の「哲学の時代」においてである。理性に目覚めた人々は、「できるかぎりの明晰さを獲得し、きわめて神秘的な現象でさえも明快に説明しようと努める」にいたる。十七、十八世紀の合理主義的な精神は、神秘のベールを次々と剝がし、自然を精巧な機械と見なすようになってきた。自然を完全に対象化し、「物」と「心」を全く別個の実体として理解する近代的な二元論がここに開花する。その場合おおよそ十七世紀までは、自然という巨大な機械を動かしているのは、キリスト教的な神であると考えられていた。たとえばロバート・ボイルにとって、神への信仰は彼自身の「心」の証でもあったであろう。しかし産業革命の進行とともに、自ら自然ならぬ人工の機械を製作し、操作するようになってきた人々は、自然の外にあって自然を動かしている精神が、かならずしもエホヴァという人格的な存在であるとはかぎらないと考えるにいたった。こうして十八世紀になると、一方の極には機械論的な無神論が、他方の極には、精神が自然をつくり動かすのだ、と大胆に主張する観念論哲学が登場したが、ここでいう精神とは、ヘーゲルの哲学に端的に認められるように、キリスト教的な神とは違った絶対者、万物に遍在する普遍的な創造者の謂だったのである。

産業革命、それこそは自然に関する人々の観念を大きく変革するものだった。むろんゲーテには、はるか後世につくられたこの言葉はまだ知られていなかった。しかし十九世紀に入ってからドイツにも押し寄せてきた新しい機械産業の波は、彼の心を震撼させた。それはたしかに「革命」と呼びうるほどの大きな社会的変化をもたらした。フランス革命に次ぐこの第二の「革命」に新たな歴史的関心を喚起されたゲーテは、一八二一年にすでに一冊の書物として発表していた『ヴィルヘルム・マイスターの遍歴時代』にさらに六章を書き加えて、新しい時代に対する深い危惧の念を表明した。登場人物の一人はこう述べている、「とめどもなく拡がってゆく機械産業が私を苦しめ、不安にします。それは雷のようにやってくるのです、ゆっくりと、ゆっくりと。でも方向はすでに決っています。それはいずれやってきて、私たちを襲うでしょう」(HA VIII, 429)と。失われてゆくものは古い手工業社会ばかりではなく、自然と人間との一体感でもあることをゲーテは感じていたにちがいない。彼は、「進歩」という名のもとに世界を覆いつくそうとする不気味な魔手を前にして、内心の怯えを隠してはいない。『遍歴時代』の最後の数章と同じ頃に書かれた或る手紙[138]のなかで、彼はやがて来る時代の暗雲をはっきりと予言している。

若い人たちは刺戟を受けるのが早すぎます。こういう人たちは、やがて時代の渦のなかに巻きこまれてしまうことでしょう。富と速度こそ世の賞賛の的であり、誰もがそれを目指してやっきになっています。鉄道、速達便、汽船など交通上のありとあらゆる便利な手段は、進歩した世界がたがいにしのぎを削って求めているものですが、そのために進歩はゆきすぎ、結局は月並みに帰してしまいます。こうして生半可な文化が広がってゆくのが、全般的な帰結なのです。〔……〕

そもそも今日は、有能な人材、呑みこみの早い実際的な人物のための世紀であり、最高のものに達する天分には恵まれていなくても、ある程度の器用さを身に備えていれば、他人よりも抜きん出られると思いこんでいる人たちの時代なのです。でもわれわれは、これまで通りの志操をできるだけ守りつづけることにしましょう。そうして他の少数の人々とともに、すぐには帰ってこない時代の最後の者となろうではありませんか。

多くの人々が薔薇色の未来を夢みていた時代に、ゲーテは敢然と反進歩の思想を標榜した。彼は時代の流れに背を向け、『西東詩集』や『中国風ドイツ暦』に見られるように、ますます東洋的な世界へと接近していった。「世界文学」というものを提唱した晩年のゲーテは、ヨーロッパ至上主義などとはほど遠い地点に立っていた。A・ムシュクの言葉を借りれば、ゲーテは『西東詩集』のなかに救いを求めた「亡命者」だったのである。(139)

当時の時代思潮を概観してみれば、ゲーテの置かれていた位置の特殊性が理解できよう。十八、十九世紀において、ヨーロッパでは自然と歴史の連続性を強調する思潮が支配的だった。十八世紀の啓蒙主義者の多くは人間の内なる自然を理性として把握し、人類の歴史の歩みにおける〈進歩〉を確信した。啓蒙主義以降、自然がより有機的に把握されるようになると、自然が生き生きと発展するように、歴史は進歩するのだと考えられるにいたった。ヘルダーやフンボルトにとって、歴史とは生物にも似た生きた有機的生成物であった。（むろんこの思想の逢着点には、ダーウィンやH・スペンサーの進化論がある。）しかしゲーテは例外だった。彼は自然に対して全幅の信頼を寄せながら、歴史に対してはそうではなかった。歴史は進歩もすれば退歩もする。いや、進歩と見えるもの〈文明化〉がじつは〈自然〉からの疎隔であり、野蛮の始まりともなりかねないことを、彼は鋭く察知していた。明らかに彼は、自然と歴史とを対立的に捉えるルソーの思想の流れを汲んでいる。自然と歴史とは容易に通約できない。両者は次元が違うのだ。言うまでもなくゲーテにとって自然こそは最上位に位置するものだった。歴史主義者が歴史の側から自然を見ているのに対し、ゲーテは自然の側から歴史を見ている。歴史とはあくまでも〈つくられた自然〉（natura naturata）である。彼からすれば自然が豊饒である以上、歴史もまた数多の文化を発展させる可能性に充ちている。西洋的な文化ばかりではなく、東洋的な文化をも。ゲーテの大きさは、一つには彼が狭いヨーロッパ文化に捉われなかったことに由来している。事実彼は『色彩論の歴史』において、ヨーロッパの歴史を自然を尺度としながら批判的に検証しつづけ、そして予見した。世界史の第二の時代の症候は今後ますます広範囲に蔓延し、〈生きた自然〉は次第に駆逐されてしまうであろう、と。彼の予見の正しさは、本書で見てきたように、今日すでに確証されているのである。

Ⅳ

科学と形象的言語

ゲーテの科学論文や文学作品を読んでいると、言語に関する矛盾する考え方に悩まされることが往々にしてある。ある箇所では彼は言葉(語句)に対して懐疑的であったかと思うと、別の箇所では彼は言葉を金貨になぞらえている。あるときは記号言語の必要性を訴えていたかと思うと、別のときには記号によって現象の具体性が失われることに危惧の念を表明している。グレートヒエンに、「君の言葉は、この世のどんな知恵よりも嬉しい」(V. 3079 f.)と語ったファウストは、それからしばらくすると、「感情こそはすべてであり、名前なぞは天の光を包む響きの煙のようなものだ」(V. 3456 ff.)と言ってはばからない。ファウストに扮したメフィストが、たまたま訪れてきた学生を相手にして、「言葉だけで立派な議論もできれば、言葉だけで体系をつくりあげることもできる」(V. 1997 f.)と、内容を伴わない学者の空疎な言葉遣いを揶揄している場面は、よく知られている。ではゲーテは一体この矛盾をどのように解決していたのであろうか。言語に対する懐疑と信頼のあいだで、彼はいかに精神の均衡を保っていたのだろうか。

一つには書かれた時期の差異がある。一七八六年の五月と六月に、ゲーテはイエナで代数の授業を受けている。その約二年後に書かれた植物学上の短論文のなかには、明らかにこの学習の影響が認められる。

植物の諸部分が次第に変化してゆく際には、ある力の働きが見られるが、それを私が収縮と拡張と呼ぶのは、かならずしも厳密な言い方ではない。もっと好ましいのは、代数を用いてXとYと言うことである。というのも拡張と収縮という言葉は、この力の働きを全面的に表現しているとは言えないからである。

(LA I-10, 58)

収縮と拡張と言うよりもXとYと言うことによって、明らかにより高度の抽象性を得ることができる。同じことは「分極性」についても言えよう。分極性は収縮と拡張、牽引と反撥、呼気と吸気などを統括する概念であり、その抽象性はかなり高い。これらの文字や記号を用いれば、自然の有する単純にして抽象的な構造を浮び上らせることができるのかもしれない。しかしゲーテが目指していたのは、本当に抽象的な言語だったのであろうか。彼は言語によって自然は「言いつくしうる」と考えていたのであろうか。

ファウストが「はじめに言葉ありき」という『ヨハネ福音書』の冒頭の一節の独訳に満足できなかったように、じつはゲーテは、言葉で自然の真のすがたを捉えることは難しいと考えていた。

ファウストが「はじめに言葉ありき」を、「はじめに力ありき」もしくは「はじめに行為ありき」と言い換えなければならなかったのは、自然とは動体であり生成であるという思想にもとづいている。存在か生成か。この哲学上の大問題は、ゲーテの言語論上の大問題でもあった。「自然が急いでいるとき、言葉によってその手綱を締めることはできないし、自然がゆっくりと進んでいるとき、言葉によってその歩みを急がせることもできない」(LA　I-10, 283 f.)。言葉が現象を固定してしまう危険性に対して、ゲーテはつねに注意を怠らなかった。

自然を生きた現象として、生成する過程として把握する科学——そのような科学こそ、ゲーテが目指したものであったとすれば、当然のことながら、言語もそれにふさわしい条件をそなえていなければならなかった。彼がリンネを批判し、ニュートンを執拗に攻撃したのは、リンネの自然史はモザイクにも似た生命の脱殻であり、一方ニュートン光学はあまりにも抽象的で無機的なものだからであった。ところがゲーテにとって自然とはあくまでも具体的なもの、有機的なもの、つまりは生きた現象であった。そこで彼は、リンネやニュートンとは違った科学的言語、自然を生きたものとして浮び上らせる言語を確立する必要に迫られた。

『色彩論』のなかでゲーテは、「直観を概念に、概念を語句(Wort)に変えてしまうばかりか、これらの語句がまるで対象そのものであるかのように振舞っている」物理学者を批判している(教示篇、七一六節)。ゲーテ的言語(Sprache)において語句は具体的直観性を失ってはならず、しかもそこでは対象と語句とのあいだの容易には埋めがたい距離が意識されていなければならない。『動物哲学の原理』のなかでもゲーテは、フランスの生物学者が用いている「材料」(matériaux)、「構成」(composition)、「プラン」(plan)といった語句は機械論的な響きがすると指摘し、「プラン」の代りに「原型」(Typus)の語を使うべきだと主張している(LA I-10, 398 ff.)。ゲーテによれば、言語は「つねにそれ自体に固有の直観を内包していなければならない」(教示篇、七五七節)。「われわれは語句を、感じたこと、見たこと、考えたこと、経験したこと、想像したこと、理性的なこととできるだけぴったり合致させようとして、日々に新たに、真剣にして不可欠の努力をつづけている」(MuR 674)。ニュートン光学との対決においても、論争の争点の一つになっていたのは、何を「赤」と名づけるかということであったが、ゲーテは彼の考える「赤」(真紅)のイメージをヴィヴィッドに浮び上らせるために、さまざまな具体的な表現を用いている。「赤という名称を用いる場合には、黄や青を少しでも感じさせるような赤は除外し、完全に純粋な赤を考えていただきたい。たとえば白磁の皿の上で乾かせた純正のカーマインのような」(教示篇、七九二節)。畢竟するところゲーテが目指したのは、概念的・機械論的な言語ではなく、形象的言語、象徴的言語にほかならなかった。(140)「語句と形象は、隠喩や直喩において十分に認められるように、つねにたがいに求めあう相関関係にある。そのため昔から耳に向って語られたり歌われたりすることは、眼にも同じように示されるべきものとされてきた」(MuR 188)。ゲーテの形象的言語観を知る上で見逃すことのできないのは、『色彩論』の一節である。

言語は本来象徴的で、譬喩的なものにほかならず、対象は決して直接にではなく、反映のうちにのみ表現される。このことは、どんなに考えても考えすぎたことにはならない。そしてこのことが特に当てはまるのは、経験にひたすら肉薄してくる存在、〔静止した〕対象と言うよりも動体と言った方がいい存在、自然学の世界においてたえず揺れ動いている存在が問題になる場合である。このような存在はしっかりと把捉することができないが、しかしそれでもわれわれとしてはこれについて述べないわけにはゆかない。そこで少なくとも譬喩によって目指す存在に近づこうとして、われわれはありとあらゆる種類の公式を探し求めるのである。

(『色彩論』教示篇、七五一節)

「言語は本来象徴的で、譬喩的なものにほかならず、対象は決して直接にではなく、反映のうちにのみ表現される」。晩年のゲーテの言語観は、すでにヴァイマルの宮廷入りをする以前に書かれた詩「手紙」(一七七四年)にも認められる。「ごらん、自然は生きた本／完全には理解できないが、不可解というわけではない本なのだ」(GA　I, 393)。完全には理解できない自然は、「直接にではなく、反映のうちにのみ表現される」。反映のうちにおいてのみ、自然は理解可能なのだ。

「思索する人間の最高の幸福は、探究できるものを探究しつくし、探究しがたいものを静かに敬うことである」(MuR 1207)という彼の言葉がここで思い出されよう。探究しがたいのは、「対象と言うよりも動体と言った方がいい存在、自然学の世界においてたえず揺れ動いている存在」である。「しかしそれでもわれわれとしてはこれについて述べ」、これを「静かに敬」わざるをえない。「そこで少なくとも譬喩によって目指す存在に近づこうとして……ありとあらゆる種類の公式を探し求め」たゲーテは、それらの公式の欠点を指摘している。形而上学的公式は、豊かな内容を伴わないかぎり、空虚な公式に堕しやすい。数学的公式は便利だが、生硬でぎこちなく、しかも測定不可能なものには適用できない。俗受けしやすいが、しかし生きたものを死んだものに変えてしまうのが、機械論的公式である。粒子論的公式もこれと似ている。この公式を用いると、動いているものは固定されてしまう。これに対して精神的公式はもっと微妙な関係を表現できるが、しかしともすると機智にたけた言葉の遊びに堕しかねない(教示篇、七五二節)。

　これらの公式は、抽象的な記号によって具体的な事象を表現している点で、いずれも一応は「象徴的」である。しかし「記号を事象の代りにしないこと、存在するものをつねに眼前に彷彿させながら、それを語句によって殺さないでいることは何と難しいことであろうか」(教示篇、七五四節)。そこでゲーテは、抽象的なと言うよりもむしろ普遍的な記号を駆使しつつ、自然を生きた動体として、具体的な形象(現象)として、神的な究めがたきものとして捉えるような言語を構築しなければならなかった。その場合に彼には二つの課題があった。

㈠　現象学としてのゲーテ自然科学においては、記号と現象とは能うるかぎり分離してはならなかった。記号と現象、語句と形象とが合致し、「根本的な記号が現象自体を表現している記号言語」（教示篇、七五六節）こそは、ゲーテが目指したものであった。彼はこのような記号言語を「象徴法」(Symbolik)と名づけている。「つねにそれ自体に固有の直観を内包している象徴法」（教示篇、七五七節）においては、「ある領域における個々の事象を表わすための言語はその領域自体から取り出され、最も単純な現象は根本的な公式として用いられ、もっと多様な現象はそこから導き出され、展開されてゆくであろう」（教示篇、七五五節）。現象自体を表現している根本的な記号、根本的な公式として用いられる最も単純な現象とは、言うまでもなく根本現象を指している。ゲーテ的な言語は、根本現象という形象を用いながら展開されてゆく。それは根本現象と経験的現象の重層構造を浮び上らせる、立体的にして形象的な言語にほかならない。

㈡　これまで縷説してきたように、現象というものは生きたものである。したがって生きた現象の把握を目指すゲーテ的な言語は、永遠なる生成の過程にほかならない自然に即しつつ、スタティックではない動的な文体を獲得しなければならない。林正則は『植物のメタモルフォーゼ』に見られるゲーテの言語表現を仔細に分析し、対象の動態を把握するために、ゲーテが(a)動詞中心の文体に依拠し、(b)比較級を多用し、(c)再帰動詞を頻繁に用いていることに注目している。(141)

このような文体においては、語句もまた自然の生きた歩みを殺すことがない。彼はある遺稿のなかで、「語句では、対象もわれわれ自身も完全に表現することはできない」と言いながらも、しかし語句には金貨も銀貨も銅貨もあることを認めている(LA I-11, 56)。では金貨としての語句とは果して何であろうか。

言うまでもなく、それは根本現象、生き生きと生成する具体的普遍である。しかし多くの科学者は、抽象的な概念や対象の分析にばかり心を奪われ、結局は銀貨や銅貨しか手にしてはいない。このような科学者に対するゲーテの舌鋒はきわめて鋭い。

しかし残念なことに認識や知識にたずさわる人においても、望ましい関心はあまり見られない。悟性的な人間、つまり〔普遍的なものでなく〕特殊なものに眼を向け、厳密な観察を目指し、分析を事とする人間にとって、理念から出発し理念に還ってゆくものは、いわば手に余る代物なのである。こうした人間は好き勝手に自分の迷宮のなかに安住してしまい、そこから自分をすみやかに連れ出し、どこまでも導いていってくれる糸《ファーデン》など決して求めようとはしないのである。そしてこうした人間にとって、まだ貨幣に鋳造されていないために、一枚一枚数えることのできない金属は、持っていても面倒なばかりである。(LA I-9, 5 f.)

右のような科学者の用いる言語は概念的な言語であり、それは「直観を概念に、概念を語句に変えてしまう」。それに対して「理念から出発し理念に還ってゆく」ゲーテ的言語は、「現象を理念に、理念を形象に変える」(MuR 1113)。ゲーテが目指した非概念的言語においては、現象のうちに力や生命といった理念が、一のうちに全が、移ろいゆくもののうちに不変なるものが、形象のうちに金貨としての語句が浮び上る。

このような金貨の一例を、われわれは「原型」という語句のうちに見ることができる。「すべての属や種に合致するように、ある綱全体の原型を確定することは非常に難しい。というのも自然が属や種を生み出すことができるのは、永遠の必然性を持つべく定められている原型がじつは変身の神プローテウスであって、このプローテウスは、〔生物を相互に〕比較するどんな鋭い感覚からも逃げまわり、ほとんど部分的にしか、それもいわば矛盾のなかにしか捉えられないからである」(LA　I-10, 50)。

原型が変身の神プローテウスである以上、それを確定することはできないことを知ったゲーテは、原型という形象をできるかぎり生き生きと彷彿とさせることに努めた。すると「原型」という語句は、もはや単なる概念ではなくなる。たしかに概念とは名辞のことであるという意味では、「原型」も一つの概念にちがいはないし、筆者も本書のなかで一再ならず「概念」という語を用いてきた。しかし原型は悟性によってではなく直観によって認識される以上、それは抽象的な概念であるというよりも、具体的な理念であるといったほうが、正鵠を得ている。概念的言語に対する嫌悪の情を隠さなかったゲーテは、さまざまな語句を駆使しつつも、生き生きとした現象を「語句によって殺さない」ように、語句にできるかぎりの具体的形象性を与えようとした。「抽象的普遍」よりも「具体的普遍」を（一四三頁参照）。『色彩論』においても、色彩を生きたものとして描き出すことに彼はいかに腐心していることであろうか。そしてこうした困難な努力のなかから、ゲーテの独自な、動的にして生き生きとした文体が生れた。彼の自然研究のキーワードが、波打つ形象の海のなかから金貨として浮び上ってくるような文体が。

*

ところで概念が人間に属しているとすれば、形象は自然に属している。ゲーテは人間が語る言葉のなかにしばしば嘘を、逆に自然が語る言葉のなかに真実を見た。科学者たるものは自然の声を傾聴し、自然の言葉を読みとるべきである。ここに、ゲーテを他の自然科学者から分つ彼独自の立場がある。前述したように（一三八頁）、すでにイタリアに向って旅立つ前に、ゲーテはシュタイン夫人宛の手紙（一七八六年六月一五日）のなかで書いている。「自然という書物をどれほど読みとれるようになったかということは、口ではとても言い表わせません。一語一語永いこと苦労して読んでいたのが役に立ち、今や突如として進展したのです。私のひそかな喜びには筆舌に尽くしがたいものがあります」。「自然という書物」という考え方はルネサンスに、いや、さらには古代ギリシアにまでその淵源を辿ることができる。[142] ゲーテはヨーロッパのこの永い伝統の上に立ちながら、さらに大胆に呼びかける。書物を捨てて、直接に自然に接せよ。真の教師は自然であって、書物ではない、と。一七六九年二月一三日付のフリーデリケ・エーザー宛の手紙にも記されている。「大学者が偉大な哲人であることは稀です。本の虫になって数多の書物を読破してきた人は、自然という手軽にして素朴な書物を軽蔑するのです。しかし素朴なものほど真実なものはありません」。「本の虫になって数多の書物を読破」しながら、少しも賢くはなっていないことを知ったからこそ、ファウストは「偉大な哲人」になれたのではなかったか。『遍歴時代』のなかでもヤルノーはヴィルヘルムに向って言っている。人間の書く字体は多種多様だが、自然の字体はたった一つで、岩山の割れ目や裂け目を文字と見立てて、その解読に努め、そこから言葉をつくらなければならない、と(HA　VIII, 34)。

自然こそは最も素朴にして最も真実な書物であるという思想は、『色彩論』緒言のなかに明確に述べられている。

全き自然は〔眼ばかりではなく〕他の感覚に対しても自己を開示している。眼を閉じていても開いていてもよい、耳を澄してみるがよい。かすかな気息から騒々しい物音まで、単純な音の響から最高の和音まで、昂奮と激情に充ちた叫びから穏やかな理性の言葉まで、話しかけてくるのは自然そのものである。その存在、その力、その生命、その関係を自然はこうして開示してくれている。だから果てしない視覚の世界から締め出されている盲人も、聴覚の世界で無限の生命を捉えることができるのである。

眼や耳ばかりではなく、他の感覚に対しても自然は話しかけてくれている。よく知られた感覚、正しく知られていない感覚、まだ知られていない感覚に対しても。このように自然は無数の現象を通して自問自答するとともに、われわれに対して話しかけてくれてもいる。注意深く観察する者に対しては、自然は決して死んでいることも黙していることもない。

〔……〕

自然の語るこうした言語はきわめて多種多様で、複雑で、不可解なものと見えるかもしれないが、しかしその構成要素はつねに同一である。(LA I-4, 3 f.)

「自然の語るこうした言語」という表現は、ゲーテの年長の友人ヘルダーの『言語起源論』を想起させるであろう。ヘルダーはここで「自然言語」(Natursprache)というものを提起している。(143)しかしヘルダーの言う「自然」が、主に人間の内的な自然を指しているのに対し、ゲーテ的自然は、あくまでも人間を囲繞する大いなる自然である。人間の語る言語に対して懐疑的だったゲーテも、自然の語る言語に対しては深い信頼を寄せていた。だから彼はできるかぎり自然に語らしめようとした。一八二九年二月一三日、ゲーテはエッカーマンに向って述懐している。「自然はつねに真実で、つねに真面目で、つねに厳格です。自然はつねに正しくて、過失や誤りはつねに人間にあります。これを知らない人を自然は軽蔑し、これを知った真実で心の浄《きよ》らかな人にだけ、自然は胸を開いて、秘密を打ち明けてくれるのです」。

自然に語らしめるということは、自然を説明し、規定しようとする概念的言語ではなく、自然の「すがた」を生き生きと浮び上らせようとする形象的言語を用いることにほかならない。自然は形象を通して人間に語りかけてくる。語りかけてくる自然は数多の意味の予感に充ちている。ゲーテは「世界を予見(Antizipation)を通して先取りする」(HA　X, 431)と言っている。形象の直観を通して人間のなかには自然についての「前理解」が生れるのだ。自然の形象とそれについての前理解との間の循環を通して、やがて人間のなかにはひらめきのように「含蓄のある一点」が与えられる。自然は今や有意味なものとして見えてくる。「私は含蓄のある一点が、そこから多くのものが導き出《アップライテン》されてくるような一点が発見されるまで、探究をやめることがない。言いかえれば、この含蓄のある一点は多くのものを自分のなかから自発的に生み出し、それを私に差し出してくれる」(LA　I-9, 310)。含蓄のある一点こそは金貨である。この金貨が与えられたとき、世界は突如として彼の前に「開示」される。F・ローディにならって、われわれはゲーテ的言語を「開示的(epidigmatisch)」言語と名づけることができよう。[144] ひとたび開示されたとき、言葉は次から次に「導出」されてくる。対象的に思惟するゲーテにとって、言語は、自然の奥処から彼の眼前に開示されるものであった。そしてこうして生れたゲーテ的言語においては、当然のことながら語句と形象、記号と意味、形式と内容、理念と感性とのあいだに大きな乖離は認められない。この言語は語句と形象、内と外とを原則的に統合するものであり、そこでは詩「エピレマ」に謳われているように、「内にあるものもなければ、外にあるものもない／内がそのまま外なのだ」(HA　I, 358)。その意味でゲーテにとって言語とは、内と外とが相互に照らしあう「創造的な鏡」(GA　V, 544)であった。芸術に関する或る短論文のなかで彼は書いている。「象徴とは、そのものではないながらも、なおかつそのものであるようなものである。それは精神の鏡のなかに収斂された形象、しかもやはり対象と同一的な形象である」(GA　XIII, 868)と。

*

自然を形象的言語を用いて記述しようとするゲーテ自然科学は、当然のことながら詩や造型芸術と密接な親縁関係に立っている。ゲーテは自然科学と芸術との深いつながりをたびたび強調している。

学者というものは、いつの時代にもつぎのような意欲を感じてきた。生き生きと生成するものをそのままのすがたで認識し、眼に見え、手で摑みうる外的部分を連関させて把握し、それを内部の反映として受けとめ、こうして全体をいささかなりとも直観において摑みとろうとする意欲を。このような学問的な願望が芸術意欲や模倣意欲といかに近い関係にあるかということは、いまさら事細かに述べるまでもあるまい。

(LA I-9, 7)

ゲーテ的科学と詩や造型芸術を結びつけるもの――それは、両者がともに形象もしくは形態によって構築されているという事実である。右に引用した一節は、この形象の性格を的確に示している。それは第一に「生き生きと生成する」形象であり、第二に諸部分の連関が直観のうちに把握される全体であり、そして第三に内なるものが外なるもののなかに反映されている象徴である。画布に描かれた形象は、動かないのに生きて見える。同じくゲーテ的言語においても、語句によって示された形象は生き生きと生成しているように感じられなければならない。したがってそこには存在と生成との間の相剋が認められよう。語句が形象を存在として固定化・概念化しがちなのに対して、言語はその形象を生成するものとして蘇らせようとする。ゲーテを有機体学の創始者であると名づけた(八―九頁参照)R・シュタイナーの顰みにならって言えば、ゲーテ的言語は有機的な言語にほかならない。

全体を諸部分の有機的連関として明示することは、造型芸術に比し言語においてはかなり難しい。一時画家を目指したことさえあるゲーテは、このことを痛感していた。『詩と真実』のなかで彼はハーマンの言語論を称えながらも、それを実現することの困難を指摘している。

ハーマンの見解のすべては、次のような原理に帰着する。「人間がなしとげようとするすべてのものは、行為にしろ、言葉にしろ、その他のものにしろ、すべての力が統一されたところから生れなければならない。個別的なものはすべて排すべきものなのだ」。何と素晴らしい箴言であろうか。しかしこれを遵守するのは難しい。むしろこの箴言は、人生や芸術についてなら当てはまるだろう。しかし言葉による伝達、それもあまり詩的ではない伝達においてこの教えを守ろうとすると、困難は大きい。というのも言葉というものは、何かを語たり意味したりしようとすると、分離し個別化せざるをえないからである。人間が何かを語っているときには、少なくとも一瞬のあいだ一面的にならざるをえない。いかなる伝達にも学説にも、かならずや何らかの分離が伴うものなのだ。(HA IX, 514)

ここでは言葉と行為、言葉と芸術とが明確に区別されている。しかし同時に区別されているのは、詩的な言葉と詩的でない言葉でもある。まるで詩的な言葉においては、行為や芸術と同じく、統一された力を具現し、全体が個々の部分に分離する危険を避けることができるかのように。ゲーテが自分の自然科学思想を、単に論文という形においてのみならず、詩集『神と世界』に見られるように、詩の形にしても発表したのは、おそらくそのためであろう。「熟慮と断念」と題されたエッセイのなかでも、彼は理念と経験、直観と概念を結びつけることの困難に絶望し、「詩の世界に逃れていくばくかの満足を求めよう」(LA　I-9, 98)としている。

しかし詩の世界では語るべき多くのものが省略され、残された数少ない言葉が省略されたものを暗示している。したがって詩の世界に逃れることは、沈黙のなかへ逃れることでもある。シュトルム・ウント・ドラング時代に書きはじめられた戯曲『エグモント』において、死の恐怖を克服した主人公の高邁な感情を沈黙と音楽とによって表現したゲーテは、晩年になってから沈黙の尊さについて語ることがますます多くなった。「私はこれまでの人生で、言語というものは不十分なものだということをあまりにもしばしば思い知らされましたので、自分に言えること、言うべきことも、あえて口にしないことが稀ではありませんでした」(F・L・シュルツ宛書簡、一八一六年三月一一日)。「私は沈黙を守ることが多い。余計な混乱を招きたくはないし、私が腹を立てているときでもみなが喜んでいるなら、それで満足だからだ」(MuR　503)。自分が書いた他のいかなる著作よりも重要だと考えていた『色彩論』に対する世間の無理解は、彼を少なからず人嫌いにしたであろう。しかし彼が沈黙を好んだのは、単に人嫌いになったばかりではない。その生涯の大半をかけて根本現象を追究しつづけたゲーテは、自然の真のすがたは究めがたきもの、名づけがたきものであることを知った。それだけに彼は数多の経験的現象を記述しつつも、これらの根本現象のなかに根本現象が透視されるであろうことを言葉少なに語るだけで、後は固く口を噤み、根本現象の認識は読者に委ねてしまうほかなかった。寡黙である方が、かえってより多くの真実を伝えることができるのではなかろうか。要は、読者が「含蓄のある一点」を把握できるかどうかにかかっているのだ。こうして彼は沈黙しながら、根本現象が経験的現象のうちに、内なるものが外なるもののうちに象徴的に反映されているすがたにひとり見入りつづける。ちょうど『ファウスト』第二部冒頭の「優美なる土地」に描かれた主人公のように。

疲れきったファウストは、花咲く夜の野原に身を横たえている。グレートヒェンを死にいたらしめたのは自分であるという罪の意識に苛まれつつ。胸の内は闇である。そこに暁の光が射してきて、森は数多の鳥の歌声に鳴り響き、谷間にはさまざまな色彩が浮び上り、周囲はさながら地上の楽園になる。絶望の淵から救いあげられた喜悦に充ちてファウストが後を振り返ってみると、そこには過ぎ去った夜闇がある。また前方を仰ぎ見ると、そこには眼も眩むような日輪の輝きがある。彼は、人間は完全な闇のなかにも完全な光のなかにも生きることができないことを認識する。人間が生きられるのは、光と闇のあいだなる「くもり」のなかにおいてなのだ。しかしくもりはただの灰色ではない。くもりのなかからは時として鮮やかな色彩の綾が現出する。岩壁をたぎり落ちる滝の上にかかった虹を眺めつつ、彼は独りごつ(第IV章の扉絵参照)。

ああ、なんと美しいことだろう、たぎり落ちる水の流れから生れ出た
彩り華やかな虹の橋よ、流転のなかの永遠よ。
おまえは鮮やかな姿をあらわしたかと思えば空中に消えてゆき、
あたりにかぐわしく涼しい霧を撒き散らす。
虹こそは人間の努力を映し出す鏡だ。
虹に思いを馳《は》せればもっとよくわかるだろう。
人生は彩られた映像としてだけ摑めるのだ。
(V. 4721 ff.)

「人生は彩られた映像としてだけ摑めるのだ」——人間の生と自然との交感を示すこの象徴的な言葉をもって、「優美なる土地」の場は終る。その後にはじつは深い沈黙が支配している。そしてこの沈黙のなかで、ファウストの象徴的な言葉の意味を静かに嚙みしめることこそ、読者と観客に与えられた課題なのである。

注

出典表示

一、Goethe: Die Schriften zur Naturwissenschaft. Weimar 1947 ff. (Leopoldina-Ausgabe). LA と略す。（たとえば LA I-9, 127 は、レオポルディーナ版『ゲーテ自然科学全集』第一部九巻一二七頁を指す。）

一、Goethe: Werke. München 1981 (Hamburger Ausgabe). HA と略す。（たとえば HA X, 175 は、ハンブルク版『ゲーテ全集』第一〇巻一七五頁を指す。）

一、Goethe: Sämtliche Werke. Zürich 1977 (Gedenkausgabe). GA と略す。

一、Goethes Werke. Weimar 1887–1919 (Weimarer Ausgabe). WA と略す。

一、ゲーテ『ファウスト』からの引用は、V. 391ff. のように行数だけが記されている。

一、ゲーテ『箴言と省察』からの引用は Hecker 版にもとづき、M u R 575 のように略号と番号だけが記されている。

一、カント『純粋理性批判』からの引用は、一七八七年発行の原書第二版にもとづき、B と略す。

（1） Werner Heisenberg: Wandlungen in den Grundlagen der Naturwissenschaft. 3. erweiterte Aufl. Leipzig 1942, S. 34.（田村松平訳『自然科学的世界像』みすず書房、一九七九年、三七—三八頁）

（2） 朝永振一郎『物理学とは何だろうか』下（岩波新書、一九七九年）一七九頁以降。

（3） Adolf Muschg: »Im Wasser Flamme« — Goethes grüne Wissenschaft. In: A. Muschg: Goethe als Emigrant. Frankfurt am Main 1986, S. 48–72.

（4） Rudolf Steiner: Goethes naturwissenschaftliche Schriften. Bd. I, Dornach 1982, S. LXXIII.

（5） Rudolf Steiner: Mein Lebensgang. Ausgewählte Werke. Bd. VIII, Frankfurt am Main 1985, S. 113.

（6） a. a. O., S. 114.

（7） John Erpenbeck: »...die Gegenstände der Natur an sich selbst...« — Subjekt und Objekt in Goethes naturwissenschaftlichem Denken seit der italienischen Reise. Thesenpapier für die Arbeitsgruppe 0 der 70. Tagung der Goethe-Gesellschaft in Weimar. S. 1f.

（8） Vgl. Karl Richter: Literatur und Naturwissenschaft. München 1972, S. 11–18. ちなみにC・P・スノウは一九五九年に行なわれた有名な講演(C. P. Snow: Die zwei Kulturen. Literarische und naturwissenschaftliche Intelligenz. Stuttgart 1967)において、文学的知性と自然科学的知性とのあいだの架橋しがたい溝を指摘し、激しい論議を巻き起こした。一方A・ハックスレーは、アインシュタインやハイゼンベルクなどを例にとりながら、文学と自然科学とのあいだの密接な連関を指摘している(A. Huxley: Literatur und Wissenschaft. München 1963, S. 66 f.)。

（9） Martin Heidegger: Vorträge und Aufsätze. Pfullingen 1954, S. 63. ただしハイデガーの自然概念とゲーテのそれとのあいだにはかなりの隔りがある。この点については、石光泰夫「〈円〉と〈はざま〉――ゲーテとハイデガーの〈差・異〉に関する覚え書」(日本ゲーテ協会『ゲーテ年鑑』第二八巻、一九八六年)参照。

（10） Edmund Husserl: Die Krisis des europäischen Menschentums und die Philosophie. Husserliana. Bd. VI, S. 315.

（11） Max Horkheimer und Thedor W. Adorno: Dialektik der Aufklärung. Frankfurt am Main

1969, S. 36 f.

(12) Herbert Marcuse: Der eindimensionale Mensch. Studien zur Ideologie der fortgeschrittenen Industriegesellschaft. Neuwied und Berlin 1967, S. 168.

(13) Alfred Schmidt: Goethes herrlich leuchtende Natur. München und Wien 1984, S. 14.

(14) a. a. O., S. 41.

(15) Marianne Wünsch: Der Strukturwandel in der Lyrik Goethes. Stuttgart 1975, S. 150.

(16) Vgl. Kurt May: Form und Bedeutung. Stuttgart 1957, S. 71 ff. und Heinrich Düntzer: Goethes lyrische Gedichte. Leipzig 1876, Bd. II, S. 113.

(17) Vgl. Robert Mühlher: Der Lebensquell. Bildsymbole in Goethes „Faust". Deutsche Vierteljahrsschrift. Bd. 31, 1957, S. 47.

(18) 井筒俊彦「創造不断——東洋的時間意識の元型(上)」(岩波書店『思想』一九八六年三月号)九頁。

(19) 鈴木邦武『ゲーテとコーラン』(南江堂、一九七七年)七九頁。

(20) ガストン・バシュラール『火の精神分析』(前田耕作訳、せりか書房、一九七二年)三七頁。

(21) R. H. Codrington: The Melanesians. London 1981, p. 191.

(22) E. Cassirer: Language and Myth. Translated by Susanne K. Langer. New York 1946, p. 71.

(23) 岩田慶治『カミの誕生——原始宗教』(淡交社、一九七〇年)による。

(24)『折口信夫全集』第三巻(中央公論社、一九五五年)一八九頁。

(25) 岩田慶治『カミと神』(講談社、一九八四年)。

(26) M. Horkheimer u. T. W. Adorno: a. a. O., S. 11, 21.

(27) 若きゲーテに見られる折衷主義については、R. C. Zimmermann: Das Weltbild des jungen Goethe. Bd. 1, München 1969 に詳しい。

(28)『ラートブルフ著作集』第九巻(菊池栄一訳、東京大学出版会、一九六四年)九一頁。

(29) ゲーテの宗教思想に関する木村直司の詳細な研究によれば、ここで言われている「愛の父」は、旧約聖書の「怒りの神」とは違った新約聖書の神を意味している(木村直司『ゲーテ研究』南窓社、一九七六年、一九七頁)。詩「冬のハールツの旅」にも、ゲーテ的な折衷主義が現われている。ここではキリスト教的な人格神と、後述するアンチクリスト的な汎神論が結びついて、ゲーテ独自の宗教思想を形成していると考えられる。

(30) Vgl. Albrecht Schöne: Götterzeichen, Liebeszauber, Satanskult. München 1982, S. 50 f.

(31) 花崗岩を地球最古の神聖なる岩石と見なしていた十八世紀の地質学については、柴田陽弘「永遠の祭壇としての花崗岩——ゲーテの地球生成論」(ナカニシヤ出版『モルフォロギア』第八号、一九八六年)を参照のこと。

(32) Fr. Nietzsche: Also sprach Zarathustra. Musarionsausgabe. Bd. XIII, S. 9.

(33) 拙稿「ヴァルプルギスの夜の宴」(ポーラ文化研究所『is』第一九号、一九八二年)三三—三五頁参照。

(34) 芦津丈夫「大地の呼吸——ゲーテの気象学」(ナカニシヤ出版『モルフォロギア』第一号、一九七九年)二七—四二頁。

(35) G・バシュラール『大地と意志の夢想』(及川馥訳、思潮社、一九七二年)二〇九頁。

(36) Friedrich Heinrich Jacobi: Über die Lehre des Spinoza. Werke. Bd. 4, Abt. 1, Leibzig 1819, S. 54 f.

(37) a. a. O., S. 59.

(38) a. a. O., S. 63.

(39) Georg Lukács: Der junge Hegel und die Probleme der kapitalistischen Gesellschaft. Berlin 1954, S. 32.

(40) 三木清「スピノザに於ける人間と国家」(岩波書店『三木清全集』第二巻、一九六六年)二九四頁。

(41) Wilhelm Dilthey: Das Erlebnis und die Dichtung. Göttingen 1970, S. 162.

(42) ジル・ドゥルーズ「スピノザと私たち」(鈴木稚大訳、青土社『現代思想』一九八二年一二月号)九〇頁。

(43) 『イタリア紀行』一七八六年一一月一日、一一月二日、一一月三日、一七八七年三月二二日。

(44) H・ヴェルフリン「ゲーテのイタリア旅行」(前川誠郎訳、潮出版社『ゲーテ全集』第一一巻、一九七九年)三七九頁。

(45) Ottavio Bertotti Scamozzi: Le fabbriche e i disegni di Andrea Palladio raccolti ed illustrati. Vicenza 1776–1784.

(46) Vgl. Herman Meyer: Kennst du das Haus? Eine Studie zu Goethes Palladio-Erlebnis. Euphorion. Bd. 47, 1953, S. 281–294; Paul Requadt: Die Bildersprache der deutschen Italiendichtung von Goethe bis Benn. Bern u. München 1962, S. 15–23.

(47) ゲーテとパラディオの関係については、桂芳樹「ローマにおけるゲーテの日々・その三」(日本オリベッティ株式会社『SPAZIO』第二七号)に詳しい。

(48) オルテガ「内面から見たゲーテ像をもとめて」(佐野利勝訳、人文書院『ゲーテ全集』別巻、一九六一年)一八四—一八五頁。(訳語統一のため、引用者により一部改訳した。)

(49) Fr. Nietzsche: Menschliches, Allzumenschliches. Musarionsausgabe. Bd. IX, S. 122.

(50) Friedrich Schiller: Sämtliche Werke. München(Hanser)1959, V, 712.

(51) Hans Lipps: Goethes Farbenlehre. Werke. Bd. V, Frankfurt am Main 1977, S. 112.

(52) E・シャイフェレ「見ることは事物を解釈すること——ハンス・リップスの見たゲーテ自然科学」(相良憲一訳、ナカニシヤ出版『モルフォロギア』第八号、一九八六年)二七—二八頁。

(53) P・リクール「現象学と解釈学」(水野和久訳、晃洋書房『現象学の根本問題』、一九七八年)三一六—一七頁。

(54) E・カッシーラー『実体概念と関数概念』(山本義隆訳、みすず書房、一九七九年)二三頁。

(55) Hans Lipps: Untersuchungen zur Phänomenologie der Erkenntnis. Werke. Bd. I, Frankfurt am Main 1979, S. 79. シャイフェレ前掲論文二〇頁参照。

(56) マーティン・ジェイ『弁証法的想像力』(荒川幾男訳、みすず書房、一九七五年)六六頁。

(57) Wilhelm Dilthey: Aus der Zeit der Spinoza-Studien Goethes. Gesammelte Schriften. Bd. II, S. 400.

(58) ジェフリー・ヴィカーズ「合理と直視」(ジュディス・ヴェクスラー編『形・モデル・構造』、金子務監訳、白揚社、一九八六年)二四一頁。

(59) Elisabeth Rotten: Goethes Urphänomen und die platonische Idee. Gießen 1913.

(60) Georg Misch: Goethe, Plato, Kant. Logos V, 3, 1914/15, S. 280 f. ミッシュのロッテン批判については、F・キュンメル「ゲーテ自然科学の受容——G・ミッシュ、J・ケーニヒ、H・リップスの場合」(拙訳、ナカニシヤ出版『モルフォロギア』第四号、一九八二年)六六—七〇頁参照。

(61) 西田幾多郎「論理と数理」(岩波書店『西田幾多郎全集』第一一巻、一九六五年)七二頁。

(62) G. Misch: a. a. O. S. 288.

(63) Kant: Kritik der reinen Vernunft. B. 104.

(64) 印刷物のなかで「形態学」という言葉を初めて用いたのは、じつはゲーテではなく、K・F・ブルダッハである。ただし彼は人体の形態についてこの言葉を用いたのであり、それはゲーテから今日にいたる形態学とは全く違ったものであった。Vgl. Günther Schmid: Über die Herkunft der Ausdrücke Morphologie und Biologie. In: Nova Acta Leopoldina (NF). Bd. 2, 1935, S. 597–620.

(65) Karl Schlechta: Goethe in seinem Verhältnis zu Aristoteles. Frankfurt am Main 1938, S. 67 ff.

(66) Johann Friedrich Blumenbach: Über den Bildungstrieb. Göttingen. 3. Aufl. 1791, S. 31 f.

(67) A・ヘンケル「形成衝動について」(波田節夫訳、ナカニシヤ出版『モルフォロギア』第三号、一九八一年)一一一頁参照。

(68) Andrea Cesalpino: De plantis libri. XVI, Florentiae 1583.

(69) Jakob Sinibaldi: Lektio de plantarum metamorphosibus. 1676.

(70) Carl von Linné: Bibliotheca botanica. Amstelodami 1735.

(71) Vgl. Ladislav Celakovský: Linnés anteil an der lehre von der metamorphose der pflanze. Leipzig 1885; Houston Stewart Chamberlain: Goethe, Linné und die exakte Wissenschaft der Natur. Wiesner-Festschrift. Wien 1908, S. 225–238; Jakob Hermann Friedrich Kohlbrugge: Hist.-kritische Studien über Goethe als Naturforscher. Würzburg 1913, S. 113.

(72) Adolph Hansen: Goethes Metamorphose der Pflanzen 1907, S. 322 ff.; Goethes Morphologie (Metamorphose der Pflanzen und Osteologie). Gießen 1919, S. 17 ff.; Die angebliche Abhängigkeit der Goetheschen Metamorphosenlehre von Linné. Goethe-Jahrbuch. Bd. 25, 1904; Linné oder Goethe? Vossische Zeitung 1903, No. 497.

(73) Vgl. Entdeckung eines trefflichen Vorarbeiters. LA I-9, 73 ff.

(74) Adolph Hansen: a.a.O. S. 227 ff.; Goethes Morphologie (Metamorphose der Pflanzen und Osteologie). Gießen 1919, S. 7 ff.

(75) 一七八七年五月一七日付のヘルダー宛の書簡は、『イタリア紀行』ナポリの章と「第二次ローマ滞在」の双方に見いだされるが、「さらに一層理解を深めていただくために……」に始まる後段は、後者にしかない。また前段は、ほぼ同文が一七八六年六月九日付のシュタイン夫人宛の書簡のなかに記載されている。『イタリア紀行』は、イタリアからゲーテが書き送った書簡を中心に編まれたものであるが、編纂する際にゲーテがかなり手を加えたものと推測されている。したがってD・クーンは、ゲーテが「原植物」という言葉を初めて用いたのは、一七八七年五月一七日付のヘルダー宛の書簡においてではなく、六月九日付のシュタイン夫人宛の書簡においてであると言う(LA II-9a, 520)。

(76) これらの書き込みや傍線は、Géza von Molnár: Goethes Studium der Kritik der Urteilskraft. Eine Zusammenstellung nach den Eintragungen in seinem Handexemplar. In: Goethe Yearbook. Publications of the Goethe Society of North America. Vol. II, 1984, pp. 137–222 で見ることができる。

(77) 三木清『構想力の原理』(岩波書店『三木清著作集』第八巻、一九四八年)四三一—三二頁。

(78) Adolf Remane: Die Grundlagen des natürlichen Systems der vergleichenden Anatomie und der Phylogenetik. Leipzig 1956, S. 133.

(79) キュヴィエはその主著『動物界』のなかで次のように書いている。「われわれがいまうち立てた原則にもとづいて動物界を観察し、昔からよいと考えられてきた分類法にまつわる先入観を除去し、有機体制や動物という自然だけに眼を注ぐならば、四つの原型、四つの普遍的なプランがあることがわかるであろう。こう言ってよければ、すべての動物はこのプランにもとづいてつくられているように思われる。細目は些細な変容であって、個々の部分が発展したもの、もしくは付け加わったものにすぎず、何らプランの本質を変えるものではない」(Règne animal. Paris 1817, I, p. 57)。

(80) Ernst Haeckel: Generelle Morphologie der Organismen. Bd. I, Berlin 1866, S. VII.

(81) Fr. Nietzsche: Gesammelte Werke. Musarionsausgabe. Bd. XX, S. 130.

(82) E. Haeckel: Die Naturanschauung von Darwin, Goethe und Lamarck. Jena 1882, S. 31.

(83) E. Haeckel: Natürliche Schöpfungsgeschichte. 11. Aufl. Berlin 1909, S. 74 f.

(84) ただし『形態学論考』誌の序のなかで次のように記したとき、ゲーテの念頭には、後に「細胞」と呼ばれることになる「等質部分」のことがあったのかもしれない。「解剖学的方法によって物体を部分に分け、この部分をさらに分析可能な部分に分けてゆくと、最後にはこれまで等質部分と名づけられてきた原点へと辿りつくが、その問題にはここでは触れないことにして、むしろ有機体のもっと高次の原理に眼を向け、それについて論じることにしよう」(LA I-9, 7 f.)。

(85) ハイゼンベルクは一九六七年の来日に際して行なった講演「ゲーテの自然像と技術・自然科学の世界」において、ゲーテの言う原植物と現代生物学の発見したDNAとは、ともに植物の基本構造を示すものだと述べている(菊池栄一訳、『朝日ジャーナル』一九六七年六月四日号、二〇頁)。Werner Heisenberg: Das Naturbild Goethes und die technisch-naturwissenschaftliche Welt. Neue Folge des Jahrbuchs der Goethe-Gesellschaft. Bd. 29, Weimar 1967, S. 39.

(86) 『アリストテレス全集』第八巻(島崎三郎訳、岩波書店、一九六九年)四頁。

(87) 遠藤善之「ダーウィンとアリストテレス」(岩波書店『アリストテレス全集』第八巻、月報九、一九六九年)参照。

(88) 『アリストテレス全集』第八巻(岩波書店、一九六八年)ix頁。

(89) J.G. Herder: Ideen zur Philosophie der Geschichte der Menschheit. Sämtliche Werke. Hg. von B. Suphan. Bd. XIII, S. 167, vgl. S. 103.

(90) アーサー・O・ラヴジョイ『存在の大いなる連鎖』(内藤健二訳、晶文社、一九七五年)二五九頁。

(91) ゲーテとラマルクとの関係については、八杉竜一「ゲーテの生物学のもとにあるもの――ラマルクとの比較で見る」(ナカニシヤ出版『モルフォロギア』第三号、一九八一年、一一―二一頁)。岩波書店『生命論と進化思想』一九八四年、二〇七―二六頁も参照。

(92) S・ド・ボーヴォワール『選ばれた人々の生活』(高橋徹・並木康彦訳、岩波講座『現代思想』別巻、一九五八年)六二―六三頁。

(93) Walter Zimmermann: Evolution. Freiburg u. München 1953, S. 282 f.

(94) Hans Lipps: Zur Morphologie der Naturwissenschaft. Werke. Bd. V, Frankfurt am Main 1977, S. 19.

(95) a. a. O., S. 19.

(96) Fr. Nietzsche: Der Wille zur Macht. Musarionsausgabe. Bd. XIX, S. 111 f.

(97) 上山安敏「世紀末におけるモルフォロギー――進化論とモルフォロギーの位相」(ナカニシヤ出版『モルフォロギア』第八号、一九八六年)八頁参照。

(98) ジャン・ピアジェ『現代科学論』(芳賀純・佐藤功・佐藤貴美子訳、福村出版、一九八〇年)二三頁。

(99) Jakob von Uexküll: Umwelt und Innenwelt der Tiere. 2. Aufl. Berlin 1921.

(100) ヤーコプ・フォン・ユクスキュル、ゲオルク・クリサート『生物から見た世界』(日高敏隆・野田保之訳、思索社、一九七三年)二〇頁。

(101) 八杉龍一『進化論序論』(岩波書店、一九六五年)二五五―六九頁。

(102) W. Heisenberg: Wandlungen in den Grundlagen der Naturwissenschaft. 3. erweiterte Aufl. S. 62 f.(ハイゼンベルク、前掲訳書、七八―七九頁)

(103) Gernot Böhme: Alternativen der Wissenschaft. Frankfurt am Main 1980, S. 123. ちなみに数年前、私の大学の期末試験で物理学の試験監督をしたことがある。教室に行って問題用紙を袋から出すと、そこには「ニュートン光学とゲーテ色彩学の違いについて論じよ」という問題が出題されていた。ベーメが主張しているような物理学の教授法を採用している方が現にいることを知って、私自身このような授業に参加させていただきたいと思ったものだった。またM・マルティンという物理学者は、スイスの高等学校の教員のために、ニュートン光学とゲーテの色彩論を対置させながら、両理論の概要を記した本を書いている(Maurice Martin: Die Kontroverse um die Farbenlehre. Schaffhausen 1979.)。

(104) ニュートン『光学』(田中一郎訳、朝日出版社、一九八一年)二二一―二二五頁。

(105) Michael Duck: The Bezold-Brücke phenomenon and Goethe's rejection of Newton's *Opticks*. American Journal of Physics. 55(9), September 1987, pp. 793-796. なおこの論文は、Scientific American. November 1987, p. 30 でも紹介されている。

(106) Michael Duck: p. 794.

(107) 宇佐見英治・志村ふくみ『一茎有情』(用美社、一九八四年)一四〇、一四六頁参照。

(108) ニュートン、前掲訳書、六頁。

(109) M. Horkheimer u. T. W. Adorno: a. a. O., S. 16.

(110) E・カッシーラー『実体概念と関数概念』(山本義隆訳、みすず書房、一九七九年)。

(111) Schriften von Ludwig Wittgenstein. Bd. 2, Frankfurt am Main 1964, S. 273.

(112) W. Heisenberg: a. a. O., S. 34.(ハイゼンベルク、前掲訳書、三七頁)

(113) 菊池栄一「盲人の光学に挑む――ゲーテの色彩学」(『菊池栄一著作集』第一巻、人文書院、一九八四年)二一三―二二二頁。

(114) シラー宛書簡、一七九八年一月一三日。

(115) ちなみにゲーテは音響論も書いている(大森道子訳、『モルフォロギア』第四号、一九八二年、八四―九三頁)。

(116) Hans Lipps: Zur Morphologie der Naturwissenschaft. Werke. Bd. V, Frankfurt am Main 1977, S. 13.

(117) Walter Heitler: Goethe contra Newton. In: Der Mensch und die naturwissenschaftliche Er-

kenntnis. 4. Aufl. Braunschweig 1966, S. 16–30.

(118) W. Heitler: a. a. O., S. 24.

(119) ゲーテのノートのなかには、プロティノスの『エンネアデス』のなかから二つの言葉(I, VI, 1; I, VI, 9)が原文のままメモされているが(LA II-3, 17)、ゲーテはこの二つの言葉を巧みに組み合わせ、さらに自分自身の大幅な解釈を加えて、この詩を作った。

(120) ユクスキュル、クリサート、前掲訳書、二一二、二二四—二五頁。

(121) エッカーマンとの対話、一八二七年二月一日。

(122) 神の眼のエンブレームは、Arthur Henkel u. Albrecht Schöne (Hg.): Emblemata. (Stuttgart 1978) に多数見ることができるが、ゲーテのこの絵に最も近いものとして、パラケルススの同時代人の描いたものを挙げることができる(図39)。

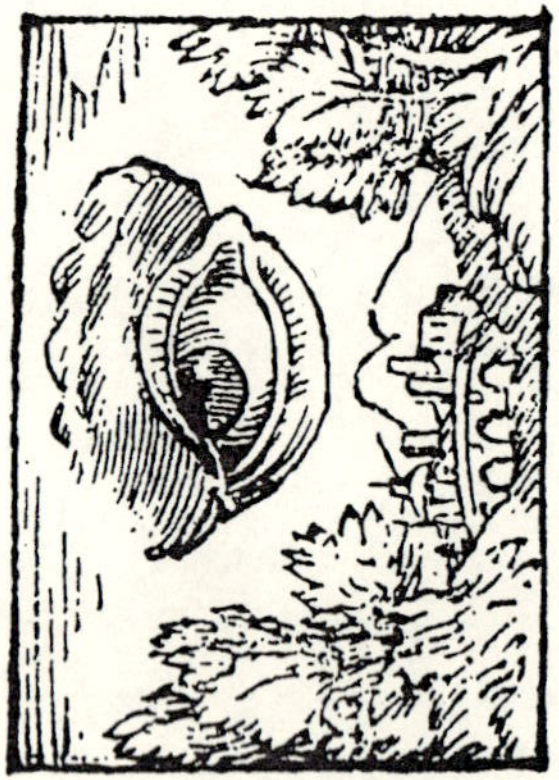

図 39 神の眼のエンブレーム

(123) Rupprecht Matthaei: Goethes Auge. In: Goethe. Vierteljahresschrift der Goethe-Gesellschaft. Bd. 15 (1940), S. 271 f.

(124) W. Heisenberg: a. a. O., S. 74. (ハイゼンベルク、前掲訳書、九四頁)

(125) ニュートン、前掲訳書、七〇頁。

(126) W. Heisenberg: a. a. O., S. 60. (ハイゼンベルク、前掲訳書、七五頁)

(127) Hedwig Conrad-Martius: Farben. Ein Kapitel aus der Realontologie. In: Festschrift Edmund Husserl, zum 70. Geburtstag gewidmet. 2. unveränderte Aufl. Tübingen 1974, S. 346.

(128) Kurt Bart: Die Farbenlehre van Goghs. Köln 1981, S. 34.

(129) Vgl. Birgit Rehfus-Dechêne: Farbengebung und Farbenlehre in der deutschen Malerei um 1800. München 1982, S. 85.

(130) Helmuth Plessner: Gesammelte Schriften. IV(Die Stufen des Organischen und der Mensch), Frankfurt am Main 1981, S. 284 ff.

(131) H. Plessner: a. a. O., S. 364.

(132) Wilhelm Dilthey: Das Erlebnis und die Dichtung. Göttingen. 1970, S. 164. なおディルタイが引いているゲーテの言葉は、『色彩論の歴史』第三部(LA I-6, 94)にある。

(133) Ernst Cassirer: Die Idee der Metamorphose und die ‚idealistische Morphologie'. In: Das Erkenntnisproblem in der Philosophie und Wissenschaft der neueren Zeit. Bd. IV, Stuttgart 1957, S. 156.

(134) Peter Szondi: Poetik und Geschichtsphilosophie I. Frankfurt am Main 1974, S. 72. 小田部胤久「詩の作用と適用――ヘルダー美学研究」(美学会編『美学』一四〇号、一九八五年)参照。なおゲーテの歴史観については、林正則「精神のモルフォロギーとしてのゲーテの《色彩論・歴史篇》」(ナカニシヤ出版『モルフォロギア』第九号、一九八七年一六―二九頁)参照。

(135) Vgl. Kurt Hübner: Kritik der wissenschaftlichen Vernunft. 2. Aufl. Freiburg u. München 1979, S. 345 f.

(136) Dilthey: a. a. O., S.164.

(137) M. Horkheimer u. T. W. Adorno: a. a. O., S. 10.

(138) Brief an Karl Friedrich Zelter, 6. 6. 1825.

(139) Adolf Muschg: Goethe als Emigrant. Frankfurt am Main 1986, S. 73–104.

(140) ゲーテの形象的言語については、Werner Keller: Goethes dichterische Bildlichkeit. München 1972, S. 17-47 に詳しい。

(141) 林正則「《植物のメタモルフォーゼ》の言語表現」(日本ゲーテ協会『ゲーテ年鑑』第二二巻、一九八〇年)一四六―四八頁。

(142) Vgl. Hans Blumenberg: Die Lesbarkeit der Welt. Frankfurt am Main 1981; Erich Rothacker: Das „Buch der Natur". Bonn 1979.

(143) Johann Gottfried Herder: Abhandlung über den Ursprung der Sprache. Sämtliche Werke. Hg. von B. Suphan. Bd. V, Berlin 1891, S. 7, 15, 49 f.; Vgl. Hans Dietrich Irmscher: Nachwort zur Abhandlung über den Ursprung der Sprache. Stuttgart (Reclam) 1966, S. 141, 169.

(144) F・ローディ「芸術としての学――ゲーテの形態学に関する著作の中の言葉」(波田節夫訳、ナカニシヤ出版『モルフォロギア』第九号、一九八七年)一四頁、およびF・ローディ「精神科学の哲学の若干の基本概念について」(中岡成文訳、理想社『理想』一九八四年五月号)二五〇―五三頁。

あとがき

今年はゲーテのイタリア旅行後二〇〇年に当り、六月一一日から一三日までの三日間にわたってヴァイマルで開かれたゲーテ協会第七〇回目の総会は、「イタリアにおけるゲーテ――経験と影響」を総合テーマとしていた。一五もの分科会が開かれたが、そのなかでも特別に多くの参加者を集めたのは、作家としても知られるJ・エルペンベック(東ベルリン)の発表、A・シュミット(フランクフルト)の司会による「イタリア旅行以降のゲーテの自然科学的思惟における主観と客観」と題する分科会だった。ゲーテの自然科学を認識論的に深く考察したエルペンベック氏の発表と、その後の活潑な質疑応答を聞きながら、今日ゲーテの自然科学に対して、全世界の人々から熱い眼差が注がれていることを私は肌にひしひしと感じた。ゲーテの自然科学は、今や世界各地で再評価されているのだ。

終戦直後、「ゲーテの自然科学を知らずにゲーテの文学作品について語ることのできないことはよく承知しているが、しかし残念ながら自分はゲーテの自然科学についてほとんど知らない」と語ったのは、当時のドイツにおける著名なゲーテ学者であった。その後時代は大きく変り、一九五〇年代の後半に入ると、ゲーテの自然科学は独文学者ばかりではなく、自然科学者や哲学者の関心をも大きく集めるようになってきた。たとえばゲーテの自然科学とその受容について、ここ数年、ドイツのさまざまな大学でいくつものゼミが開かれている。私は昨年の八月末からミアブッシュというデュッセルドルフ郊外の田舎町に滞在し、ケルン大学とデュッセルドルフ大学に通っているが、ゲーテに関するゼミで学生たちは、「根本現象」、「メタモルフォーゼ」、「原型」といった語をまるで流行語のように多用している。たしかに一九六八年の大学紛争以後十数年間、ドイツの学生たちにとってゲーテが古くさい過去の遺物と化した時期があった。しかし八〇年代に入り、古典文学が見直され、科学論が隆盛をきわめるとともに、以前にもましてゲーテの自然科学は大きな脚光を浴びるようになった。今日、博士論文のテーマにゲーテの自然科学を選ぶ人が多いのも、またゲーテの自然科学についてのアンソロジーが陸続と出版されているのも、もはや不思議なことではない。ゲーテは古くさいどころではない、彼の自然科学は西欧の近代史における革命的な思想であるという私のテーゼが、ドイツの学生たちの多くの共感を得られたのも、まことに嬉しいことだった。

日本においても事情は似ている。「ゲーテ自然科学の集い」と称する、小規模ながら学際的な学会が設立されたのは一九六七年のことであったが、それから二〇年を閲した今日、会員数も二〇〇人を超え、一般に市販されている機関誌『モルフォロギア』(ナカニシヤ出版)も、時には売りきれるほどになった。公害を撒きちらす灰色の自然科学から「緑の自然科学」へ——これは、ドイツや日本をはじめとする高度工業社会に共通した痛切な要請ではあるまいか。

本文中にも記したが、副題の「ゲーテと「緑の自然科学」」は、A・ムシュクの近著『亡命者としてのゲーテ』所収の論文「〈水のなかの炎〉——ゲーテの緑の自然科学」より借りた。西ドイツで「緑」と言えば、「緑の党」を思い浮べる人も多いだろうし、ムシュクも——最近の彼の政治的言動から推して——明らかにそれを意識していると思われるが、しかし本書では「緑」は狭い政治的な意味に限局されてはいない。『ファウスト』のなかでは、書斎の「灰色」に対して自然の「緑」がしばしば対置されている。「緑なす自然に還れ！」——これこそはゲーテの思想の核心をなすものにほかならない。ルソーから受け継いだこの思想を、ゲーテは自然科学の世界においても追究した。一年ほど前から西ドイツに生活してみて、私はこの国のアウトバーン網の発達し、通勤・通学の便利なことに少なからず驚かされた。だが他面西ドイツでは、車の排気ガスによって樹々が立ち枯れ、いくつもの森が次第に姿を消しつつあることが大きな問題になっている。むろん今日の社会から車やアウトバーンをなくすことはもはやできない。しかし西ドイツでも日本でも、われわれは開発と自然保護とのバランスをもっと図らなければならない。その意味で自然との融和を標榜するゲーテの「緑の自然科学」は、次の世紀のために幾多の示唆と指針を与えてくれていると思われる。

ドイツへの出発予定が四月から九月に変更されたとき、それならまだ時間があるから、一冊本を書きませんか、と勧めて下さったのは、岩波書店の合庭さんだった。それから八カ月間、毎日ほとんど寝食を惜しんで執筆に没頭したものの、出発前に書きあげられたのは、全体のまだ三分の二にしかすぎず、残りはドイツで仕上げなければならなかった。それにしても私は幸運だった。ゲーテをはじめとする十八・九世紀における文学と自然科学との関係に詳しいケルン大学のイルムシャー教授やケラー教授の親切な教示、私のさまざまな質問にいつもほぼ即座に答えて下さるマールバッハのクーン教授の助言は、日本ではとても得がたい「導きの糸」だった。イタリアに来たゲーテは、「当地で何かひとかどのものを学ぼうとは、前から思っていたことだった。しかしもう一度学校に入り直し、前に習ったことを忘れ去り、徹底的に学び直さなければならないとは、思ってもみなかった」(『イタリア紀行』、一七八六年一二月二〇日)と述懐しているが、それはドイツにおける私自身の痛切な実感でもあった。約二〇カ月間にわたったゲーテのイタリア滞在と、ほぼ同じ期間におよぶであろう自分のドイツ留学を、私はしばしば引き比べてみずにはいられなかった。

昨年の一二月、本書の原稿を日本に送った後、私は本書の続巻とでもいうべき次の仕事に取りかかった。それは、ゲーテの文学作品を彼の自然研究を通して読み直すという仕事で、この八カ月間、私の関心はゲーテの自然科学よりも、むしろゲーテの文学作品に傾注されていた。それだけに、先ごろ本書のゲラ刷を手にしたときには、まるで過去の自分の亡霊に出会ったような奇妙な心持がした。当然のことながら、人間は脱皮することをたえず迫られているのである。

これまでに書いたいくつかの論文の改稿が含まれているとはいえ、本書は一年足らずの期間に書きあげられた。しかし本書には、私が修士論文にゲーテの自然観を選んで以来、ちょうど二〇年にわたる研究が曲りなりにも結実している。今まで蓄積されてきたものが、ここに一気に吐き出されたのだ。おそらくドイツから帰国した後であったら、本書は容易には生れえなかったにちがいない。そう思うと、このような機会を与えて下さった合庭さんの御好意に改めて感謝せざるをえない。ひょっとすると本書は私の人生にとって一つの里程標をなしているのかもしれないのだ。

昨年の八月二五日、私が日本を発ったのと図らずも同じ日に、菊池栄一先生が御逝去された。友人からの電報で先生の訃音に接したのは、ドイツに到着してからわずか一時間後のことで、それから数日間は運命の奇しき巡りあわせに思いを馳せつつ、慟哭するばかりであった。大学で先生に教えを受けたことはなかったものの、先生はゲーテに関する筆者の最大の恩師であり、私のことをいつも叱り励まして下さった。ゲーテ自然科学に関する先生のお仕事は、『菊池栄一著作集』第一巻(人文書院)に集められているが、このお仕事がなかったら本書も生れなかっただろう、といっても過言ではない。先生の御冥福を祈りつつ、本書を先生に捧げたいと思う。

なお本書に引用されているゲーテの言葉の多くは、ゲーテ『自然と象徴——自然科学論集』(高橋義人編訳・前田富士男訳、冨山房百科文庫)に依拠している。同書「色彩論」の部の翻訳は畏友の前田富士男氏によるが、氏の許しを得て、その訳を借用もしくは参照させていただいたことを、ここに記しておきたい。

最後になったが、私にドイツ留学の機会を与えて下さったドイツのフンボルト財団、私をたえず後押しして下さった岩波書店の合庭惇さんと十時由紀子さんに心から御礼申しあげたい。

一九八七年十一月二六日　ミアブッシュにて

高橋義人

図 版 目 録

(Corpus der Goethezeichungen. Leipzig 1958–73 は Corpus と略す.)

口絵 i　ゲーテの色彩環：ゲーテ作図. Corpus V_A, 139.

ii　色彩の感覚的精神的作用：ゲーテ作図. Rupprecht Matthaei (Hg.) : Goethes Farbenlehre. Ravensburg 1971, S. 189.

iii　螺旋的色彩環：ゲーテの素描をもとにマッテイが描き直した図. a. a. O., S. 173.

iv　ヒトとサルの顎間骨の比較：ゲーテがヴァイツに依頼して描かせた図. Wilhelm Troll (Hg.) : Goethes morphologische Schriften. Jena 1926, Tafel XXVII.

序 扉絵　ノーベル賞のメダルに描かれた自然の女神と科学の女神：平凡社『世界大百科事典』17巻, 1967年, 664頁.

I 扉絵「地霊の出現」：ゲーテの素描. Corpus IV_A, 224.

図1　p. 51　ゲーテ的宇宙観/キリスト教的宇宙観：著者作図

図2　p. 57　「月の光に照らされたブロッケン山. 1777年」：ゲーテの素描. Corpus I, 190.

図3　p. 61　(「大地一内一存在」の円錐)：著者作図

図4　p. 63　(「根源的な住処としての大地」)：著者作図

図5　p. 92　「ヴィラ・パムフィーリからサン・ピエトロ大聖堂を望む」：ゲーテの素描. Corpus III, 263.

図6　p. 93　スポレートのポンテ・デッレ・トッリ：M. Ruetz, Auf Goethes Spuren. Zürich u. München 1978, S. 92.

図7　p. 97　パラディオのヴィラ・ロトンダ：HA XI, Tafel 2.

図8　p. 115　(自然と古代と自己の同心円)：著者作図

II 扉絵　W. ツィンマーマン「植物における葉の形式のメタモルフォーゼ」：Walter Zimmermann, Evolution. Freiburg u. München 1953, S. 272.

図 9　p. 223　テュルパン「理念的な植物原型」: P.-J.-F. Turpin: Atlas contenant deux planches d'anatomie comparée, trois de botanique et deux de géologie etc. Paris et Genf 1837, Planche 3.

図 10　p. 225　M. J. シュライデン「きわめて単純にしてよく知られた植物を抽象化した図」: M. J. Schleiden, Die Pflanze und ihr Leben. Leipzig 1848, S. 81 mit Tafel IV.

図 11　p. 225　F. ウンガー「完全な植物の理念的図示」: F. Unger, Botanische Briefe. Wien 1852, S. 71 f. mit Fig. 22.

図 12　p. 225　R. シュタイナーによる原植物図: Goethes naturwissenschaftliche Schriften, hrsg. von Rudolf Steiner. Bd. 1, Stuttgart, Berlin u. Leipzig 1883, S. LIX.

図 13　p. 227　A. K. フォン・マリラウン「ゲーテの〈原植物〉」: Anton Kerner von Marilaun, Pflanzenleben. Bd. 1, Leipzig 1888, S. 12 mit Fig. auf S. 13.

図 14　p. 227　J. ザックス「双子葉植物の模式図」: Julius Sachs, Vorlesungen über Pflanzen-Physiologie. Leipzig 1882, S. 45.

図 15　p. 229　W. トゥロル「原植物の模式図からサボテンの形態を導出する」: K. L. Wolf u. W. Troll, Goethes morphologischer Auftrag. Die Gestalt. Heft 1, 2. Aufl. Halle 1942, S. 37.

図 16　p. 229　直交座標の伸縮によって生れるさまざまな魚の型: d'Arcy W. Thompson, On Growth and Form. Cambridge 1917, p. 750.

図 17　p. 231　植物のメタモルフォーゼ: ゲーテの素描. Corpus V_B, 90.

図 18　p. 246　一次頭蓋の基本プラン: Adolf Portmann, Einführung in die vergleichende Morphologie der Wirbeltiere. 4. Aufl. Basel 1969, S. 91.

図 19　p. 249　頭足類と哺乳類の差異を示す図：J. H. F. Kohlbrugge, Historische-kritische Studien über Goethe als Naturforscher. Würzburg 1913, Tafel I u. II.

図 20　p. 256　節足動物とナメクジウオとサンショウウオ：Adolf Portmann, Die Tiergestalt. Basel 1960, S. 44 f.

図 21　p. 267　ヴァイマルのゲーテの書斎に今なお飾られているセイロンベンケイソウ：M. Ruetz, Auf Goethes Spuren. Zürich u. München 1978, S. 181.

図 22　p. 267　葉縁に不定芽をつけるセイロンベンケイソウ(トゥロルによる)：Wilhelm Troll: Allgemeine Botanik. Stuttgart 1973, S. 695.

図 23　p. 270　植物と動物の分化：著者作図

図 24　p. 272　アリストテレスが考えていた自然の梯子：島崎三郎作図

III 扉絵　螺旋的色彩環：ゲーテの素描. Corpus V_A, 367.

図 25　p. 316　黒地の上の白い帯：ゲーテの素描にもとづく. Corpus V_A, 40.

図 26　p. 317　白地の上の黒い帯：ゲーテ原図にもとづく. Corpus V_A, 40.

図 27　p. 320　ゲーテによるプリズム・スペクトル：ゲーテ原図にもとづく. Corpus V_A, 221.

図 28　p. 324　くもりを通して光を見ると黄が，闇を見ると青が現われる：著者作図

図 29　p. 350『光学論考』付録(図版集)表紙木版画：ゲーテによる下絵. Corpus V_A, 7.

図 30　p. 366　色彩三角形(ドラクロワによる)：Kurt Badt: Eugène Delacroix: Werke und Ideale. Köln 1965, S. 69.

図 31　p. 370　ゲーテの色彩環(口絵 i 参照)：著者作図

図 32　p. 371　馬蹄形の色彩環：ヴァイマル国立ゲーテ博物館の展示品にもとづく(Vgl. Corpus, V_A, 142.).

図 33　p. 371　ニュートンの色彩環：ニュートン『光学』(朝日出版社,

1981年)94頁参照.
図 34 p. 376 三角形によって表示されたゲーテ・スペクトルとニュートン・スペクトル: 著者作図
図 35 p. 379「呼び求めあい」と「高昇」を内包した動的な色彩環: 著者作図
図 36 p. 381 ゴッホ「種まく人」
図 37 p. 383 色彩の感覚的精神的作用(口絵 ii 参照): ゲーテ原図にもとづく. Rupprecht Matthaei (Hg.): Goethes Farbenlehre. Ravensburg 1971, S. 189.
図 38 p. 384 直線状の色彩帯: 著者作図
IV 扉絵 「人生は彩られた映像としてだけ摑めるのだ」(p. 429 参照): Goethes Faust. Zweiter Teil. Mit Zeichnungen von Engelbert Seibertz. Stuttgart u. Tübingen 1854, S. 6.
図 39 p. 442 神の眼のエンブレーム: Paracelsus: Lebendiges Erbe. Hg. von Jolan Jacobi. Zürich u. Leibzig 1942, S. 256.

■岩波オンデマンドブックス■

形態と象徴――ゲーテと「緑の自然科学」

1988年4月11日　第1刷発行
1999年9月22日　第2刷発行
2024年11月8日　オンデマンド版発行

著　者　高橋義人《たかはしよしと》

発行者　坂本政謙

発行所　株式会社　岩波書店
〒101-8002　東京都千代田区一ツ橋2-5-5
電話案内　03-5210-4000
https://www.iwanami.co.jp/

印刷／製本・法令印刷

ISBN 978-4-00-731499-5　　Printed in Japan